Katinka Buddenkotte
Betreutes Trinken

KNAUS & KO

Katinka Buddenkotte
Betreutes Trinken

Roman

KNAUS & KO

Verlagsgruppe Random House FSC-DEU-0100
Das für dieses Buch verwendete
FSC®-zertifizierte Papier *Super Snowbright*
liefert Hellefoss AS, Hokksund, Norwegen.

1. Auflage
Copyright © 2012 beim Albrecht Knaus Verlag, München,
in der Verlagsgruppe Random House GmbH
Satz: Uhl + Massopust, Aalen
Druck und Einband: GGP Media GmbH, Pößneck
Printed in Germany
ISBN 978-3-8135-0509-2

Die Veröffentlichung dieses Werks
erfolgt auf Vermittlung der literarischen Agentur
für Autoren und Verlage Peter Molden, Köln.

www.knaus-verlag.de

»*Now I know people change*
And sometimes that's good
But some people don't
When maybe they should.«

The Supersuckers, *Pretty fucked up*

I

Frau-Kinder-Mann?«, fragt eine Roboterstimme aus dem Hörer, aber das darauffolgende Kichern klingt sehr menschlich. Es wirkt sogar ganz aufmunternd, und ich begreife langsam, dass ich wieder einer unterbezahlten Minijobberin den Tag gerettet habe. Sie hat den Witz meines Lebens verstanden.

»Ja, hier ist Doris Kindermann, was gibt es denn?«, blaffe ich zurück, und das junge Ding am anderen Ende der Leitung erschrickt nur kurz, bevor sie mir mit abgehackter Stimme verkündet:»Frau Kindermann, herzlichen Glückwunsch, die Two-be-Two-Media AG hat Ihre Nummer aus zehntausend Hauptgewinnen… nä, warten Sie mal, Entschuldigung, ich bin in der Zeile verrutscht, also: Sie wollen doch ein Auto gewinnen, oder, Frau-Kinder-Mann?«

»Nein«, antworte ich, denn obwohl ich mich keineswegs als wunschlos glücklich bezeichnen möchte, will ich weder Autos, Frauen, Kinder oder Männer gewinnen. Nicht um halb acht am Samstagmorgen. Ich würde viel lieber etwas verlieren, meine Beherrschung zum Beispiel. Aber das Mädchen am anderen Ende der Leitung, das wahrscheinlich in einem sehr tristen Großraumbüro in Neubrandenburg sitzt und am gestrigen Abend ausnahmsweise auf die Einnahme eines halben Dutzend Wodkamischgetränke verzichtet hat, nur um pünktlich und nüchtern bei ihrer Frühschicht zu erscheinen, gibt mir keine Chance dazu:

»Warum denn nicht?«, fragt das Mädchen kläglich, und in

echter, tiefer Enttäuschung hakt es nach: »Warum wollen Sie denn bloß kein Auto gewinnen?«

Ich seufze. Man kann mich leicht einwickeln, wenn ich noch fast schlafe:

»Ich brauche kein Auto, da, wo ich wohne«, behaupte ich und hoffe, sehr weise geklungen zu haben. Aber das Gegenteil scheint der Fall zu sein:

»Echt nicht? Glaub ich nicht. Krass. Wo wohnen Sie denn? Hier geht ohne Auto gar nichts, das kannste mir aber glauben, ich meine, Sie können das mal glauben, hier gibt es echt gar nichts. Ich will ein Auto, und dann weg hier.«

Die Telefonkraft der Two-be-Two-Media AG schnieft hörbar, und ich sehe mich reflexartig nach einem Papiertaschentuch um. Da auch mir nach ein paar Sekunden einfällt, dass die Technik noch nicht soweit ist, dass ich ein Tempo in die ehemalige Ostzone rüberfaxen könnte, schaue ich alternativ nach meinen Kippen, finde sie unter dem Nachttischchen und zünde mir eine an.

Untermalt wird diese Aktion vom Jammern des Mädchens, das ich zwischenzeitlich »Loreen« getauft habe. Erstens passt der Name zu ihrer Stimme, zweitens duzt sie mich nun so konsequent weiter, dass ich mir auch keinen Nachnamen für sie ausdenken muss.

Loreen berichtet: »Ey, weißte, hier ist alles echt doof, ne, und ich will hier weg. Letztes Jahr wollte ich auch schon weg, da habe ich mich bei DSDS bewerben wollen, aber da kam ich gar nicht hin mit dem blöden Bus, der fuhr nur bis Angermünde, und da hat es voll geregnet, mein Make-up war fratze, und so wollte ich da schon mal gar nicht hin, weil, du musst da schon auch geil aussehen, wegen Gesamtpaket und so, klar.«

Ich ziehe an meiner Kippe und bestätige: »Hmmm, ist klar.«

Klar, Loreen hat verstanden, wie es in der Welt läuft, und

obwohl ich sie noch nicht so gut kenne, spüre ich, dass ihre Talente bei der Two-be-Two-Media AG verkümmern werden. Aber es ist auch ganz klar, dass mir schon vor dem ersten Kaffee jemand, der mir eigentlich nur meine Kontodaten aus den Rippen leiern sollte, seine Lebensgeschichte erzählt. Unaufgefordert, am Telefon. Soweit ist es also gekommen. Ich sehe nicht nur aus wie eine typische Sozialarbeiterin, ich klinge schon so. Mag daran liegen, dass ich eine bin, aber gerade im Moment denke ich wieder daran, umzusatteln.

Vielleicht können die jemanden wie mich beim FBI gebrauchen. Doris Kindermann, sanfte und ganzheitliche Verhörmethoden, garantiert ohne Tierversuche, jetzt auch telefonisch. Loreen holt mich aus meinen Tagträumen zurück:»Falls das mit dem Superstar nicht klappt – meinst du, ich habe das Zeug zum Model?«, fragt sie, ganz ernsthaft, und ich schließe die Augen. Dieser zugegebenermaßen nicht völlig vorurteilsfreie Visualisierungsversuch meiner Gesprächspartnerin will mich ganz eindeutig»Nein, auf keinen Fall!« in den Hörer rufen lassen, aber obwohl ich noch gar nicht im Dienst bin, kann ich nicht aus meiner Haut. Also sage ich, in therapeutischster Stimmlage:»Loreen, ich bin sicher, du kannst alles schaffen, was du dir vornimmst.«

»Wer ist Loreen?«, fragt Loreen irritiert, dann scheint sie ein Geistesblitz zu durchzucken, und sie schwenkt unerwartet wieder ins Semiprofessionelle über:

»Jedenfalls, es geht ja um Ihre Daten, ich meine, um Ihren Gewinn, Ihr Auto, Ihre Chance! Wo darf ich denn das Sonderlos hinschicken, Frau Kindermann?«

Ich lege auf.

Und fühle mich sofort schlecht. Wieder einmal völlig verantwortungslos gehandelt, ein Vertrauensverhältnis schändlich missbraucht, einen jungen Menschen schwer enttäuscht. Und zwei Kippen vor dem Frühstück geraucht. So sollte kein Tag beginnen, aus dem noch ein guter werden soll.

Vielleicht kann ich das irgendwie wieder hinbiegen. Ich tippe auf den Tasten meines Telefons herum, um Loreen zurückzurufen. Das funktioniert nicht, da die Two-be-Two-Media AG natürlich mit unterdrückter Nummer bei ihren Opfern anruft. Wie dumm von denen. Ich gehe in die Küche, stelle erfreut fest, dass ich tatsächlich noch über eine kleine Kaffeereserve verfüge und setze Wasser auf. Müde starre ich in den Topf und beschließe, eine Runde »Wär' ich Millionär« zu spielen, bis das Wasser kocht.

Wär' ich Millionär, überlege ich, würde ich als Erstes herausfinden, wo die Two-be-Two-Media AG ihr Büro hat, und dort würde ich ein Auto hinbestellen. Nichts Großes, eher einen praktischen Kleinwagen, mit dem Loreen einfach einparken kann. Aber mit einer riesigen rosafarbenen Schleife drumherum und einer Karte, wo nur draufsteht: »Für Loreen, lebe deinen Traum!«

Ja, es hat einen Grund, warum meine finanziellen Mittel begrenzt sind. Bei meinem Glück würde irgendeine Kollegin von Loreen tatsächlich Loreen heißen, und die würde sich den Twingo unter den Nagel reißen und direkt verscheuern. Der Traum der echten Loreen wäre nämlich der, sich eine großflächige Tätowierung auf den Rücken meißeln zu lassen, wahrscheinlich das Thor-Steinar-Logo.

Aber es gibt auch Beruhigendes von mir zu berichten: Ganz gleich, wie krank meine Fantasien auch sein mögen, ich hänge ihnen nur so lange nach, bis der Kaffee fertig ist. Meistens.

Mein Telefon klingelt erneut, und ich renne zurück ins Schlafzimmer.

»Loreen?«, keuche ich in den Hörer, und eine verdutzte Stimme antwortet mir:

»Äh, Loreen. Hier ist die Katja, könnte ich die Doki sprechen, also die Doris?«

»Am Apparat«, gebe ich zu, obwohl ich gerade gar keine Lust habe, mit Katja zu telefonieren. Katja ruft nämlich nur an, wenn der Weltuntergang bevorsteht, eine Veranstaltung, die in ihrer Wahrnehmung im Schnitt dreimal pro Woche stattfindet. So auch jetzt:»Boah, Doki, gut dass ich dich erreiche, ey, mein Auto ist kaputt. Totalschaden, da geht nichts mehr!«

»Oh Gott, was ist passiert? Bist du okay?«, frage ich so aufgeregt wie möglich, weil ich weiß, dass Katja es liebt, wenn ich bei ihren Dramen so lange mitspiele, bis sie genug davon hat.

»Nee, bei mir ist alles in Ordnung, der Andi saß ja nur da drin, als es passiert ist.«

Andi ist Katjas Freund. Jedenfalls leben sie seit acht Jahren zusammen, und alle fragen sich: Warum? Aufgrund der hohen Dichte an»Andis« in unserem Freundeskreis ist mittlerweile jeder dazu übergegangen, Katjas Andi nur noch als»Katjas Andi« zu bezeichnen. Sogar in seinem Beisein. Nur Katja nennt ihren Andi wahlweise»Dummbatz« oder in einem zusammenhängenden Satz auch gerne nur»der Andi«.

»Geht's deinem Andi denn gut?«, frage ich höflich nach und sehe bildlich vor mir, wie Katja an ihrer albernen Frisierkommode sitzt und ärgerlich abwinkt, als würde sie eine Fliege verscheuchen:

»Ach der, ja, der hat sich noch aufgeregt, dass die Karre nicht ansprang, weil er ja sooo dringend zu seiner wichtigen Arbeit musste …«

Ich unterbreche:»Katja, du sagtest was von Totalschaden, was ist denn nun mit deinem Wagen?«

Katja schnalzt ungeduldig mit der Zunge:»Also, für mich ist das ein Totalschaden, wenn ein Auto nicht mehr fährt, oder? Ich meine, Autos sollten fahren, oder?«

Ich stimme zu und stelle mir vor, wie meine Freundin Katja und die falsche Loreen ausschweifende, wenn auch wenig fachkundige Gespräche über Kraftfahrzeuge miteinander führen würden. Aber aus irgendeinem Grunde wollen beide lieber mit mir telefonieren.

»Also, was tun wir?«, fragt Katja mich nun, »ich meine, wegen heute Abend?«

»Hä?«, sage ich, um Zeit zu schinden, und das bringt Katja in Höchstform.

»Hallo, Doki, heute Abend, das Konzert, im »Deee Aitsch«! Wie soll ich denn dahin kommen, mit der Bahn vielleicht?«

»Zum Beispiel«, rege ich an und verziehe das Gesicht. Ich hasse es, wenn jemand, und besonders Katja, unsere Kneipe »Deee Aitsch« nennt. Sie heißt immer noch »Dead Horst«, meinetwegen auch »Horst«, oder für mich ganz einfach: Zuhause.

»Doki, ich hasse Bahn fahren. Das dauert ewig, und die letzte Bahn fährt schon um eins zurück, da habe ich gar keine Lust drauf!«, mault Katja, und ich weiß, was von mir erwartet wird. Zähne zusammenbeißen und die Frage aller Fragen stellen:

»Willst du bei mir übernachten?«

»Hmm. Okay, wenn's sein muss«, seufzt Katja, und bevor ich mein Angebot zurückziehen kann, macht mein zukünftiger Gast ein paar unverbindliche Vorschläge: »Doki, wenn ich bei dir übernachten soll, dann möchte ich aber an der Wandseite schlafen, okay? Und kannst du mal die Bücher raussuchen, die ich dir geliehen habe, die kann ich ja dann direkt mitnehmen. Und du kannst mir auch gleich das eine Kleid leihen, oder? Ach weißt du, dass wird vielleicht sogar ganz lustig, dann komme ich vorher zu dir, und wir trinken einen Sekt. Hast du Pfirsichsirup im Haus? Und dann spiele ich dir noch vor, was wir mit der Band aufgenommen haben, und morgen frühstücken wir schön … Weißte was, Doki, vielleicht bestellst du jetzt schon mal das leckere Baguette vor, nicht, dass die morgen zum Frühstück wieder ausverkauft sind.«

»Ist gut«, kann ich hervorpressen, obwohl ich dabei auf mein Kopfkissen beiße. Katja ist meine beste Freundin und ich liebe sie. Ich liebe auch den Ozean, aber auch den muss ich nicht unbedingt in meiner Wohnung haben. Obwohl der wahrscheinlich wesentlich anspruchsloser und somit einfacher zu beherbergen wäre als Katja.

»Warte mal Doki, da ist nur der Andi am Handy«, dann höre ich sie brüllen:»WAS WILLST DU DENN JETZT?«

Seine Antwort kann ich nicht hören, aber sie erschließt sich durch Katjas Folgegebrüll:

»NA TOLL, DER TANK WAR NUR LEER, SUPER! ABER JETZT SCHLAF ICH EH BEI DOKI, TSCHÜSS!«

Nach dieser eindrucksvollen Unterweisung ihres Liebsten wendet sich Katja wieder mir zu:»So, da bin ich wieder. Andi, der Spacken, hatte nur vergessen zu tanken. Aber dann schlafe ich trotzdem heute bei dir, oder? Ich meine, dann können wir auch mal wieder ordentlich einen trinken, wenn ich nicht zurückfahren muss. Also, bis später, tschüss!«

Katja legt auf, bevor ich mich verabschieden kann. Ich nehme ihr das nicht übel. Wenn ich bei ihr auch noch solche kleinen Delikte ahnden würde, käme ich zu gar nichts mehr.

Als ich wieder in der Küche stehe, fällt mir auf, dass mein Kaffee kalt ist. Der Kaffee, den ich aus meinen letzten Pulverresten gekocht habe.»Kein Grund, sich aufzuregen«, mahne ich mich selbst, als ich in den Kühlschrank blicke:»Alles halb so wild, es wäre eh keine Milch mehr da gewesen.«

Bei einer vierten Zigarette gehe ich im Kopf meinen Tagesplan durch. Wahrscheinlich sollte ich als Erstes die Wohnung aufräumen, und zwar gründlich, das ganze Programm. Küche wischen, Bad putzen. Den Fernsehbildschirm mit Glasreiniger bearbeiten, sonst schreibt Katja sofort wieder mit dem Finger »Du Ferkel« auf den Bildschirm. Das bleibt dann wieder wochenlang da stehen und macht mir schlechte Laune. Außerdem sollte ich Katjas Lieblingsbettwäsche aufziehen, die ich erst waschen und in den Trockner meiner Nachbarin bringen müsste. Vorher sollte ich aber unbedingt das Kleid, das Katja sich von mir leihen möchte, in die Wäsche werfen. Es steht ihr absolut nicht, und wenn es klitschnass ist, wird sie es kaum ausleihen wollen. Andererseits weiß Katja von meinem Trockner-Arrangement mit der Nachbarin. Sie hätte keine Skrupel, dort auch noch spät am Abend zu klingeln, um das Kleid dort zum Trocknen abzuliefern. Was wiederum bedeuten würde, dass ich in den nächsten Wochen *zweimal* die mordlustige Katze meiner Nachbarin füttern muss, worauf ich überhaupt keine Lust habe. Vielleicht wäre es also wesentlich sinnvoller, ganz viel Alkohol zu kaufen, Katja am Bahnhof abzugreifen und sie ein bisschen aufzuheitern, bevor sie überhaupt meine Wohnung betritt.

Ab dem ersten Bier ist Katja meist gnädiger, was mein Chaos angeht. Nach dem zweiten Bier wird sie allerdings erst recht das Kleid anziehen wollen, weil sie danach sicher ist, dass es ihre Oberweite schön betont. »Betont« kann ich noch zustimmen, aber schön geht anders. Wenn Katja diesen Fummel trägt, kann ich sicher sein, dass wir den ganzen Abend kein vernünftiges Wort miteinander wechseln werden, weil dauernd irgendein Kerl in ihrem Ausschnitt steckt.

Ich drücke die Kippe aus und stelle fest, dass ich eine enorm vielbeschäftigte Frau bin. Kaum zu glauben, dass ich mit einem 24-Stunden-Tag auskomme. Eine nüchterne Katja von meiner Wohnung und eine angeschickerte Katja von dem Brustquetschkleid fernzuhalten sind ja nur zwei Tagesordnungspunkte, andere Notwendigkeiten wie Nahrungsaufnahme, Hygiene und Kosmetik sind dabei noch gar nicht berücksichtigt. Und da war noch etwas.

Richtig, Arbeit. Meine Schicht fängt um zehn Uhr an, also jede Menge Zeit, um zu duschen und zu frühstücken. Theoretisch. Rein praktisch ist heute aber Samstag und meine Arbeit fängt um neun Uhr an.

Geistesgegenwärtig schlüpfe ich in das besagte Kleid, das meine kärgliche Oberweite einfach verschluckt, und hoffe, dass Katja es nicht mehr ausborgen möchte, wenn ich den ganzen Tag darin herumgelaufen bin. Ich werfe meinen Schlüssel und mein Handy in die Handtasche, sause die Treppen hinab, strample auf dem Fahrrad wie eine Irre bis zur nächsten Straßenecke, wo ich mich frage, ob ich die Zigarette ausgemacht habe. Falls nicht, wäre die Sache mit dem ungewollten Übernachtungsbesuch wenigstens geklärt.

Ich beschließe, nicht umzudrehen.

Zu meinen vielen guten Eigenschaften gehört unter anderem die Fähigkeit, dass ich auch in Stresssituationen immer den Überblick behalte. So steht es jedenfalls in meinen Bewerbungsunterlagen, also muss etwas dran sein.

II

Völlig aus der Puste erreiche ich meine Arbeitsstelle, den Anker Jugendtreff e. V., sofort steigt leichte Panik in mir auf. Mein Baum ist zugeparkt. Ein schlechtes Omen. Ortskundige lehnen ihre Fahrräder normalerweise nicht an diese prächtige Linde auf der Verkehrsinsel, da sie dort binnen einer Stunde geklaut werden. Auch total verrostete, uralte und offensichtlich kaputte Räder werden hier blitzschnell gestohlen. Nur meines nicht. Obwohl die Kette und die Schaltung neu sind und ich es nicht einmal mehr abschließe: Keiner will mein Fahrrad. Ich auch nicht.

Benno, mein Exfreund, hat es mir geschenkt. Vor kurzem hat er angerufen und mich gefragt, ob er das Fahrrad wiederhaben könne, um es seiner neuen Flamme zu vermachen. Ich empfand diese Forderung als so dreist, dass ich behauptet habe, das Rad sei mir geklaut worden.

Nun hoffe ich seit über drei Wochen, dass meine Lüge zur Wahrheit wird, schon, weil ich kurz nach dem Telefonat eine Fahrradversicherung abgeschlossen habe. Aber dieses verdammte Rad verhöhnt mich. Tag für Tag strahlt es mir wieder ungeklaut entgegen – langsam fürchte ich, dass es sich bei diesem nicht stattfinden wollenden Fahrraddiebstahl um eine Verschwörung handelt, in die sowohl Benno, die Zweirad-Mafia als auch irdische und überirdische Hüter der Moral verstrickt sind.

Ich wuchte das Teufelsrad also in den Ständer, gleich darauf spricht eine grollende Stimme aus dem Himmel zu mir: »Doris, kommst du dann auch langsam?«

Ich richte meinen Blick nach oben. Das Haupt meiner Chefin Margret, hängt aus dem Fenster des vierten Stocks. Trotzdem kann ich die sanfte Enttäuschung in ihrem Blick von hier unten aus erkennen: »Bin sofort bei euch!«, rufe ich und stürme los, Margret kreischt. »Doris, du musst dein Rad doch abschließen! So viel Zeit ist jetzt auch noch!«

Wie gut sind die Augen meiner Chefin? Wird sie von da oben aus bemerken, wenn ich das Kettenschloss nur lose um den Hinterreifen drapiere und den Schlüssel aufreizend darin stecken lasse? »Sicher ist sicher«, denke ich, und verknote das Schloss artig zwischen Speichen und Fahrradständer. Als ich damit fertig bin, gucke ich wieder nach oben, mit einem Kleinmädchenblick, der ausdrücken soll: »Guck mal, Mama, hab ich ganz alleine gemacht!«

Aber Margrets Kopf ist gar nicht mehr am Fenster. Ich haste zum Eingang und meine, das Fahrrad dämonisch lachen zu hören. Wenn ich nicht ganz bald etwas zwischen die Zähne bekomme, kann das noch ein recht interessanter Arbeitstag werden. Und die sind im Anker rar gesät.

Anker – der Name ist schon zum Abgewöhnen, aber wahrscheinlich auch nicht schlechter oder besser gewählt als jeder andere Name. Aber hier übertreiben sie es gerne mit dem Wortwitz: Die Mannschaft muss trotz allgemeinem Anglizismenverzicht neuerdings Crew genannt werden, weil sie zu sechzig Prozent aus Frauen besteht; die Jugendlichen heißen Jugendliche, weil sie nicht gestrandet sind. Und das dem Laden angeschlossene Café heißt Kommbüse. Ja, natürlich mit Doppel-M. Wegen der Kommunikation. Wenn ich den finde, der sich das ausgedacht hat, lasse ich ihn über die Planke laufen, ernsthaft.

Als ich die Kommbüse betrete, steigt meine Laune. Hier herrscht gähnende Leere, weder die Kollegen noch zu betreuende Jugendliche sind zu sehen, also bin ich theoretisch gar nicht schon wieder zu spät. Doch nun bemerke ich ein Leuchten hinter der Bar, ein roter Kopf strahlt mir entgegen, natürlich ist *eine* doch schon da.

»Oh, hi Doki, schönes Kleid«, begrüßt mich Kira, und ihre Gesichtsfarbe wird um eine weitere Nuance gesünder. Sie starrt mich diese vier Sekunden zu lange an, mit großen Augen, als wäre sie ein Kaninchen und ich die Schlange. Eine große, alte Boa constrictor, die sich in einen rot-schwarz gemusterten Fummel geworfen hat, der durchaus als angemessene Arbeitskleidung durchginge, wenn ich in einem Western Saloon tanzen würde.

»Äh, tja, danke Kira, ich habe das nur angezogen, weil ich nach der Arbeit noch ausgehen wollte«, rechtfertige ich meinen Aufzug, während ich mich an Kira vorbei hinter die Theke quetsche. Kira ist nicht dick, nur blockig. Sie verfügt über die Gabe, immer im Weg zu stehen, überall. Dabei sieht man nie, dass sich ihr gesamter Körper durch den Raum bewegt, sie scheint nur den Kopf hin und her zu drehen und dem geschäftigen Treiben um sich herum erstaunt zu folgen. »Es steht dir aber *wirklich* gut«, kommentiert sie meine Garderobe erneut, wobei ihr Blick meinen Brustkorb durchbohrt, woraufhin ich mich gezwungen sehe, diesem zu folgen. Mein BH ist deutlich zu sehen, also schließe ich die obersten Knöpfe nachträglich und wechsle das Thema: »Tut mir leid, dass ich zu spät komme, ich hoffe, du bist mit dem Ansturm alleine fertig geworden?«

Und obwohl ich Kira enorm zuzwinkere, weiß ich, was jetzt kommt. Kira fehlt irgendein Enzym. Sie kann keine Ironie vertragen, geschweige denn verstehen. Wahrscheinlich dachte sie tatsächlich bis vor einer Minute, dass mein Kleid so getragen werden müsste, dass die Unterwäsche zu sehen ist. Und fand es toll, weil sie alles toll findet, was ich trage, tue oder sage. Ich werde von einer Statue verehrt, die hier sonderbarerweise als Praktikantin angestellt ist.

»Oh, es ging schon irgendwie«, berichtet Kira jetzt, »aber wir haben keine Holunderbrause mehr. Auch nicht im Lager. Das war ziemlich unangenehm, weil der Ludi eine haben wollte und fast wieder gegangen wäre, als es keine gab, dabei hatte ich schon einen Strich gemacht, und das wäre blöd gewesen, wegen der Statistik, oder, Doki?«

Ich nicke langsam. Kiras größte Sorge gilt unserer Statistik, und mit dieser Einstellung steht sie nicht alleine da. Denn für jeden Jugendlichen, der unsere Einrichtung betritt, muss der zuständige Sozialarbeiter einen Strich in der Anwesenheitsliste verzeichnen. Und was sich zunächst läppisch anhört, erfordert ein Höchstmaß an Konzentration, Geschäftssinn und Weitsicht. Es will genau überlegt sein, wo auf unserem Formblatt dieser Strich verzeichnet wird, denn die Rubriken sind vielfältig: männlich, weiblich, unter fünfzehn Jahre, über fünfzehn, fünfzehn, Scheidungskind, Migrationshintergrund, Justin-Bieber-Frisur oder sonstige psychische Auffälligkeiten. Am Ende des Tages soll die Statistikliste möglichst bunt aussehen, damit wir uns alle gegenseitig auf die Schulter klopfen können, denn angeblich leisten wir ja Integrationsarbeit hier.

Außerdem kann es immer sein, dass die Stadt Einblick in unsere Statistik haben möchte, damit auch die Politiker sich auf die Schulter klopfen und uns Gelder bewilligen können.

»Der Ludi ist ja enorm wichtig, für die…«, ich falle Kira ins Wort:

»Statistik, schon klar. Wo steckt er denn jetzt?«

Kiras Kopf gleicht jetzt einem prallen Luftballon, aber er platzt nicht, sondern lässt etwas Luft entweichen, durch die winzige Mundöffnung: »Der ist im Medienraum, den hab ich ihm aufgeschlossen«, piepst sie.

Ich atme durch und stelle fest, dass ich viel zu hungrig bin, um Kira eine Standpauke zu halten. Aber ich bin sauer genug, um mich mit Ludi anzulegen, also gehe ich ohne ein weiteres Wort in den ersten Stock, reiße die Tür zum Medienraum auf und donnere los: »Ludolf Schwenke-Großmann, du weißt sehr wohl, dass du den Computer nicht für Ballerspiele nutzen sollst, oder?« Ludi macht sich nicht die Mühe, sich dem Monitor ab- und mir zuzuwenden, aber immerhin spricht er mit mir:

»Ey, Doki, hast du jetzt grade echt ›Ballerspiel‹ gesagt? Voll peinlich, echt.«

Er schüttelt den Kopf und erschießt ein Dutzend Terroristen mit einer Panzerfaust, was ihm offenbar ein Extra-Leben beschert. Ich werde richtig wütend. Bis zu diesem Level habe ich es bisher nie geschafft. Also muss ich den Jugendlichen auf einer Ebene treffen, auf der ich ihm überlegen bin – der pädagogischen. Ich stelle mich neben Ludi und drücke den verbotenen Knopf am Rechner. Der Bildschirm vor Ludi wird schwarz. Für jemanden, der es bis zum virtuellen General der US Marines geschafft hat, ist Ludis Reaktionszeit erstaunlich lang. Es dauert eine Schrecksekunde, bis er mich anschreit:»Ey, Doki, bist du gestört, oder was? So gehen die Computer kaputt, das sage ich Margret, echt, ich sage ihr das!«

Er springt vom Stuhl auf, sieht mich an und – lacht schallend:»Ha, Doki, willste dir doch noch einen aufreißen, oder hast du 'nen Zweitjob auf dem Straßenstrich angenommen? Geiles Outfit, echt…«

In solchen Momenten geschieht immer etwas – in mir. Man hört ja oft von Leuten, die nach einer Nahtoderfahrung berichten, dass ihr gesamtes Leben im Schnelldurchlauf an ihnen vorüberlief in dem Augenblick, in dem sie sicher waren, zu sterben. Wenn ich spüre, dass meine Karriere in Lebensgefahr ist, läuft mein gesamtes Studium im Zeitraffer durch meinen Kopf. Es ertönen die Schlüsselsätze aus den Seminaren und den Praktika, die goldenen Regeln wie:»Man muss sich abgrenzen«,»Immer die Kontrolle behalten«, oder auch»Bei Konflikten stets die Ruhe bewahren und zuhören, die Situation nie eskalieren lassen«.

Also halte ich mich davor zurück, Ludolf Schwenke-Großmann am Schlafittchen zu packen, um ihn aus dem Anker zu werfen. Ich nutze auch nicht mein Wissen über seine Biografie, um ihn psychologisch fertigzumachen, sondern greife nur nach seiner Hand und sage:»Komm, Ludi, ist gut jetzt. Lass uns eine rauchen gehen.«

Ludi grinst: »Dachte, du fragst nie.«

Er legt seinen Arm um meine Taille, und wir beide hüpfen die Treppen hinab, raus in den Hinterhof, denn, so Ludi: »Ey, Doki, auf der Straße lass ich mich nicht mit dir blicken, sonst denken die Leute noch, ich wär' dein Zuhälter!«

Ich sauge Teer, Nikotin und hundert andere Zusatzgiftstoffe ein und bin erleichtert, dass ich wieder einmal eine heikle Situation meistern konnte. Der zu betreuende Minderjährige lehnt entspannt neben mir an der Hauswand, er bläst den Rauch brav in die Kellerfenster hinein, damit Margret die verräterischen Wölkchen nicht sehen kann, falls sie durch das Hinterzimmer ihres Büros zufällig auf den Innenhof schaut.

Ludi kann ein Rabenaas sein, aber wenn es drauf ankommt, handelt er instinktiv richtig. Und ganz im Vertrauen: Wenn Ludi nur Unfug anstellen würde, würde ich ihn immer noch gernhaben, und wenn wir ganz ehrlich sind, könnte der Anker gar nicht ohne ihn. Denn Ludi ist unser geschummelter Ausländeranteil. Er ist als Baby aus Korea adoptiert worden, und Gott allein weiß, was das Ehepaar Schwenke-Großmann geritten hat, das arme Ding »Ludolf« zu nennen. Natürlich wurde er dadurch schon im Kindergarten zum Gespött der anderen, und eine der Erzieherinnen dachte tatsächlich bis zu seiner Einschulung, der Junge hieße »Rudolf«, könne aber dank seiner »asiatischen Vorbelastung« den Buchstaben »R« nicht aussprechen. Umso erstaunlicher, dass Ludi in den Anker kommt, um sich freiwillig weiter von sogenannten Pädagogen betreuen zu lassen, aber wenn man ihn besser kennenlernt, weiß man, warum: Hier kann man umsonst Kickern und Tee trinken, außerdem finden die Mädels ihn süß. Alle Mädels, die Sozialarbeiterinnen eingeschlossen. Und Ludi weiß um seine Herzensbrecherqualitäten. Jetzt gerade zieht er seine Johnny-Depp-Nummer ab, stellt den Kragen seiner Lederjacke hoch und schenkt mir den Blick, der Praktikantinnen dazu bringt, Computerräume aufzuschließen:»Doki, sag mal ehrlich«, hebt mein indirekter, fünfzehnjähriger Arbeitgeber nun an, »wenn ich zehn Jahre älter wäre, dann hätte ich doch eine Chance bei dir, oder?«

Ich schüttle energisch den Kopf, um so mein Lächeln zu verwischen:»Mindestens zwölf Jahre älter, und zwanzig Zentimeter größer müsstest du auch sein.«

Bevor Ludi mich nach dieser Steilvorlage unterbrechen kann (»Ey, Doki, ich hab' locker zwanzig Zentimeter«), führe ich weiter aus, warum es nie etwas zwischen mir und meinem Schutzbefohlenen werden wird:»Außerdem solltest du jede Menge Kohle verdienen, und zwar auf ehrliche Weise. Abgesehen davon hängst du mir zuviel vor dem Computer rum und bist mir eindeutig zu wehleidig. Du suchst die Schuld für deine Fehler immer bei anderen, und...«

Ludi sieht mich an, als wäre ich nicht ganz dicht, und mir wird schlagartig klar, dass ich jetzt gerade eine Grenze überschritten habe, wahrscheinlich aufgrund akuter Unterzuckerung, also füge ich nur noch hinzu:»Du bist einfach nicht mein Typ, sorry.«

Ludi nickt langsam, und klopft mir beruhigend auf die Schulter:»Äh, Doki, war nur ein Scherz, okay?«

Ich nicke, noch langsamer, Ludis Ton bereitet mir Sorge:

»Und, hey, falls du mal reden möchtest, so über deine Gefühle oder deinen idiotischen Exfreund, ich bin immer da, das weißt du, oder?« Das anschließende Zwinkern hätte er sich sparen können, aber das Weglaufen im selben Moment war ein schlauer Schachzug von ihm.

»Du Arschloch«, rufe ich ihm hinterher, »ich erteile dir Hausverbot, echt!«

»Danke für die Kippe«, höre ich Ludi noch durchs Treppenhaus rufen, und will ihm schon zum Café folgen, aber da höre ich wieder die Stimme einer höheren Macht:

« Doris, kannst du mal *bitte* zu mir hochkommen?«

»Klar, Margret, klar«, nuschle ich, drücke die Zigarette aus und laufe so rot an, wie Kira es wahrscheinlich im selben Moment im Café tut, denn als ich die Treppe hochflitze, kann ich noch hören, wie Ludi zu ihr sagt: »Wenn ich nur *fünf* Jahre älter wäre, wie wäre es dann mit uns?«

Hoffentlich arbeite ich noch so lange hier, bis ich ihm tatsächlich Hausverbot erteilen kann. Wegen Altersdiskriminierung.

Mein Plan von heute Morgen hat halbwegs hingehauen. Ich bin leicht angetrunken, habe aber weder Baguette vorbestellt noch Katjas Lieblingsbettwäsche gewaschen. Dazu hätte ich ja von der Arbeit aus erst einmal wieder zu mir nach Hause gehen müssen, aber ich habe es nur bis zu meinem Therapeuten geschafft. Der sitzt auf einem Barhocker hinter der Theke und poliert Gläser, während ich ihm mein Herz ausschütte:

»Ich weiß nicht, Toddy, irgendwie kommt es mir so vor, als würden die mich bei der Arbeit verarschen«, vertraue ich ihm an, und Toddy nickt mit düsterer Miene: »Ja, Raphael hat sich neulich geweigert, mir das Taxi zu bezahlen.«

Toddy hat keine klassische Ausbildung genossen, weder als Barkeeper noch als Psychotherapeut. Dafür ist sein Honorar bescheiden, allerdings bekommt er das mit dem Zuhören noch nicht so richtig hin. Wenn man ihm ein Stichwort gibt, redet er die meiste Zeit selber, so auch jetzt: »Doki, ich meine, es war fünf Uhr morgens, keine Bahn fuhr mehr, und ich war stockbesoffen. Und als ich Raffi dann geweckt habe, meinte er, es gibt kein Taxigeld! Was stellt der sich vor, dass ich in der Küche schlafe?«

Toddy schmettert das Glas wütend auf das Regal hinter ihm, ich überlege, wie ich möglichst elegant vom Thema ablenken kann. Toddy arbeitet seit über dreizehn Jahren hier, seit dem Tag, an dem er seinen Rückflug nach Schottland verpasst hat und er seinen Deckel nicht zahlen konnte. Raphael, der Besitzer des »Dead Horst« hat ihm den Job verschafft, ihm deutsch beigebracht, ihn beherbergt, er hat Toddy quasi adoptiert, aber wie es scheint, durchläuft Raffis Mündel gerade eine pubertäre Trotzphase. Toddy betrinkt sich bei jeder Schicht und schläft oft schon während der Arbeit in der Küche ein. Ich erwähne das lieber nicht, sondern erzähle wieder von meinem Tag: »Nein, Toddy, bei mir ist das anders: Meine Chefin nimmt mich immer in Schutz, egal, was ich tue oder lasse, dieses bescheuerte Jugendzentrum ist nur ein Prestigeobjekt für die Stadt, und ich komme mir vollkommen fehl am Platze vor. Es ist so …«, ich suche nach einem passenden Vergleich, Toddy mustert mich mit zusammengekniffenen Augen: »… als wäre ich ein Politiker, der nach Brüssel weggelobt wurde. Damit er nicht mehr stört, verstehst du? Ich bin wie Edmund Stoiber, verdammt!«

Auf diese Erkenntnis muss ich noch ein Bier trinken, Toddy knallt es mir vor die Nase und grunzt: »Doki, ich weiß nicht, warum du ein ›Stoiber‹ bist, aber was du da sagst ist eindeutig Luxusgejammer!« Toddy nickt zufrieden.

»Luxusgejammer« ist sein Lieblingswort. Seine Freundin hat es ihm beigebracht, und Toddy nutzt es als eine Art Zauberformel, wenn Gäste sich ungefragt bei ihm aufdrängen. Wenn Toddy »Luxusgejammer« sagt, ist die Therapiestunde beendet, und der Patient fühlt sich in der Regel so schlecht, dass er eine Menge Trinkgeld dalässt.

Wenn Toddy gehobener Stimmung ist und einen Gast nicht mag, hält er nach der Eröffnung »Luxusgejammer« auch gerne noch einen Monolog über das karge Leben im dörflichen Schottland, das er nie geführt hat, zu dem er aber stets neue Einzelheiten erfindet. Je nach Tagesform hatte Toddy drei bis siebzehn jüngere Geschwister, die allesamt an der Schwindsucht und dem schrecklichen Essen gestorben sind, sodass er ganz allein ein Ochsenjoch über die steinigen Felder ziehen musste, im Sommer wie im Winter.

Dem gebildeteren Publikum fällt schnell auf, dass Toddys erfundene Lebensgeschichte auf einem Sketch von Monty Python basiert, aber um drei Uhr nachts gibt es nicht mehr so viele Schlauköpfe an der Bar. Erst letzte Woche hat einer einen Zwanziger in das Sparschwein für Toddys vierfach amputierte Großmutter gesteckt, das wir vor Jahren zum Scherz aufgestellt haben.

»Doki, trink mal aus, ich muss die Bar gleich aufmachen«, belehrt Toddy mich nun, und ich nehme einen letzten Schluck. Zwischen Toddy und mir herrscht das geheime Abkommen, dass ich Biere, die ich vor der Kneipenöffnung trinke, nicht bezahlen muss. Zum einen, weil Toddy damit Raffi ärgern kann, zum anderen, weil Toddy und ich mal eine kleine Tändelei hatten, bevor die Liebe seines Lebens, Linda mit dem Luxusgejammer, auf der Bildfläche erschienen ist. Lang ist's her.

»Okay, die Konzertkarten habe ich, dann hole ich jetzt Katja vom Bahnhof ab und wir sehen uns später. Bis dann, Toddy!«, rufe ich, und Toddy's Augen blitzen:»Oh, Sexy-Katja gibt sich heute die Ehre, wie schön!«, sagt er verträumt, dann mustert er mich:»Doki, warum hast du dann das Kleid an, das ihr so gut steht? An dir ist es …«, Toddy wedelt mit den Händen und sucht in seinem Kopf nach dem Wort, das Linda wählen würde, findet es und spricht es eine Spur zu stolz aus: »verschwendet!«

»Danke, Toddy«, murmle ich und stapfe Richtung Tür, in den Sonnenuntergang hinaus.

Dabei krame ich in meiner Tasche nach Kleingeld und hoffe, dass es genug ist, um einen Zaubertrank zu kaufen, der Prinzessin Katja milde stimmen möge.

»Frau Kindermann«, herrscht meine beste Freundin mich schon aus der Ferne an, »warum warte ich hier, mutterseelenallein auf dem Bahnsteig, ohne einen Schluck zu trinken oder sonstige Unterhaltung? Warum?«

»Weil du die großmütigste, atemberaubendste und fabelhafteste Person der Welt bist, Frau Alpert«, beende ich unsere Begrüßungsformel, und wir umarmen uns. Ich spüre, dass es ein guter Abend wird, weil Katjas Umarmung ehrliche Freude ausdrückt. Aber als sie mich wieder loslässt, ein Stück von sich wegstupst, um mein Outfit zu kommentieren, fange ich mir natürlich einen Rüffel ein: »Doki, warum hast du das Kleid an? Ich wollte es mir doch leihen. Nicht, dass es nicht auch gut an dir aussieht, mit den langen Beinen, aber so oben rum?«

»Verschwendet, ich weiß«, wiederhole ich Toddys Urteil reumütig, aber Katja schaut mich verwirrt an: »Ich wollte sagen: etwas anbiedernd – die obersten Knöpfe sind offen.«

Es wird ein guter Abend: Wenn meine nicht vorhandenen Brüste einen Ausschnitt sprengen können, der an manchen Tagen selbst Katjas wogende Oberweite trägt, liegt doch eine gewisse Magie in der Luft. Katja holt mich auf den Boden der Tatsachen zurück:

»Ich glaube, es ist auch kürzer geworden. Viel kürzer. Scheiße, Doki, hast du es vielleicht bei sechzig Grad gewaschen? Da passe ich doch nie wieder rein, verdammt.«

Katja zündet sich eine Zigarette an und schnauft entrüstet.

»Tschuldige, war keine Absicht«, nuschle ich, aber ich weiß, dass diese Entschuldigung sie nicht über den Verlust ihres Lieblingskleides hinwegtrösten wird, auch wenn es meins ist:

»Ich habe gar nicht gemerkt, dass es enger ist, vielleicht habe ich seit dem letzten Mal, an dem ich es getragen habe, abgenommen.«

Katja knurrt mich an. »Mach es nicht noch schlimmer, Bohnenstange.«

Aber dann lächelt sie, als wäre ihr gerade etwas ganz Großartiges eingefallen, die Lösung aller Probleme, die Weltformel für das ewige Glück.

»Da ich ja weiß«, hebt sie an, »wie überaus dusselig und unordentlich meine beste Freundin ist, habe ich selbstverständlich vorgesorgt. Ich habe mir – ausnahmsweise – das perfekte Ensemble für den Anlass zugelegt. Du wirst Augen machen, garantiert. Also, auf in die Bat-Höhle, Quasselwasser kippen und Cellulitis wegschminken!«, befiehlt sie, packt mich am Arm und zieht mich Richtung Treppe.

Ich füge mich meinem Schicksal. Die Billigsektflasche klappert in meiner Handtasche, und ich spüre die neidischen Blicke der Passanten. Die meisten von ihnen würden auch gerne von einem resoluten Schneewittchen im Leopardenmantel abgeschleppt werden, obwohl auch sie unter Garantie berechtigte Zweifel hegen, ob diese Märchenbraut noch zusätzliches Quasselwasser benötigt.

III

Katja liest gerne, vor allem laut, und grundsätzlich das, was in meiner Wohnung herumliegt:

»... so ist der Schrecken, der in der Gemeinde Twin Peaks geschieht, viel mehr im Alltäglichen (Sägewerk, High School) zu suchen, die angeblich mysteriösen Morde sind eher als Ventil/ Erlösung zu sehen, die das wahre Grauen an die Oberfläche holen …«, Katja sieht erschrocken zu mir hoch: »Um Gottes Willen, Doki, was sollte das denn werden?«

Ich versuche, ihr das Papier zu entreißen, und grummle: »War vor deiner Zeit. Kurz vor deiner Zeit, genauer gesagt …« Tatsächlich habe ich, bevor ich Sozialarbeiterin wurde, von einer völlig anderen Karriere geträumt. Zwei Semester lang habe ich Theater- und Filmwissenschaften studiert, um später etwas mit Filmen zu machen. Filme schauen, zum Beispiel. Okay, ich wollte mit der Aufnahme dieses Studiums meiner Mutter beweisen, dass ich doch ihre Tochter bin.

Als ich geboren wurde, kamen ihr schon aufgrund der Optik Zweifel; ich sah nämlich aus wie alle anderen Babys, die im Kreiskrankenhaus Lengerich zu Welt kommen: kahl, rosig, blauäugig und gesund wie ein Stierkalb. Angeblich hatte ich auch riesige Hände und Füße, selbst in meine Ohren musste ich noch reinwachsen, so die Legende.

An jedem Geburtstag bekomme ich, nach einem knappen Glückwunsch, unaufgefordert von meiner Mutter den Satz zu hören: »Und deswegen haben wir dich Doris genannt, meine Große, weil du einfach aussahst wie eine typische westfälische Buchhalterin!«

Klingt wenig schmeichelhaft, aber der Subtext ist noch bitterer: Mein älterer Bruder heißt Mattis, was damals kein verwegener, sondern ein nahezu unmöglicher Name war. Die bucklige Verwandtschaft war schon irritiert genug, als er, kaum von der Nabelschnur befreit, ausgestattet mit voller, dunkler Haarpracht und ausgeprägten Augenbrauen an der Brust trank. Aber als die Mama dann noch voller Stolz rief: »Er heißt eben nicht Matthias, sondern Mattis! Der Name ist mir im Traum erschienen, der wird mal ganz modern!«, sind sie fast hintenüber gefallen.

Zwei Jahre später kam dann das Buch *Ronja Räubertochter* raus, genau wie ich. Dass der Räuberhauptmann aus dem Kinderbuchklassiker wirklich und wahrhaftig Mattis hieß, hat meine Mutter wohl darüber hinweggetröstet, dass ihre erste Tochter wie ein Soloprojekt ihres Mannes, meines Vaters, aussah. Oder zumindest nicht wie eine Ronja.

Also taufte sie mich Doris. Doris Johanna, was überhaupt nicht zusammenpasst, aber auch die zweite Erbtante musste bedacht werden. Meine Namensgebung war das Unterpfand, das es meiner Familie ermöglichte, ein altes Fachwerkhaus zu beziehen.

Überflüssig zu erwähnen, dass dieses Thema viele, viele Therapieminuten verbraucht hat, alle an einem Stück abgesessen bei einer etymologisch sehr interessierten Dame, die ständig nachhakte:

»Moment: Ihr älterer Bruder, also der Beschützer, wurde nach einer Astrid-Lindgren-Figur benannt, Mattis, dem Räuber. Und ihre kleine Schwester, die heißt tatsächlich ...«

»Lovis, wie die Räuberhauptmannsfrau. Oder Räuberhauptfrau, wie auch immer«, bestätigte ich, zusammengesunken auf einem unbequemen Rattansessel, und die Augen der Psychologin sprangen fast über ihren Brillenrand:

»Ihre Geschwister sind also nach einem *literarischen Liebespaar* benannt worden, das ist ja ungeheuer interessant! Wie gehen *die* denn mit dieser Last um?«

Das war so ein Schlüsselmoment in meiner einstündigen Profi-Therapie. Mit einem Mal wurde mir klar, dass meine Geschwister andere Sorgen hatten, als sich über ihre Astrid-Lindgren-Namen zu beklagen, inzestuös tätig zu werden oder Räuberbanden zu gründen. Sorgen, die vielleicht wirklich interessanter waren als meine Probleme, aber das musste die Psychologin ja nicht so raushängen lassen. Und wenn jemand wie sie auf so eine Art Geld verdienen konnte, konnte ich das bestimmt auch.

Also verabschiedete ich mich von ihr und ihren Rattanmöbeln und ging zum ersten Mal ins »Dead Horst«. Elf Stunden später lag ich mit Toddy im Bett und beschwerte mich nicht mehr über meinen Namen, da ich mich gar nicht mehr daran erinnern konnte, wie der lautete.

Zu dieser Zeit schwor Toddy noch auf die extrem körperbetonte Konfrontationstherapie, und das Konzept überzeugte mich sechs Wochen lang. Bis ich zufällig eine Frau traf, die ebenfalls seine Patientin war. Zumindest stand sie unter seiner Dusche, zusammen mit Toddy.

Rotz und Wasser habe ich damals geheult, in meiner winzigen Wohnung, ein Häuflein Elend, das vor einem halben Jahr in die große Stadt gezogen war, weil man dort so exotische Dinge tun konnte wie etwas zu studieren, das einen nicht Buchhalterin werden lassen würde. Meine total erwachsene Romanze mit einem schottischen Nymphomanen war ebenso dahin wie mein Ehrgeiz, eine Hausaufgabe über »Die Symbolhaftigkeit der anonymen Stadt im frühen Film Noir im Vergleich zur beklemmenden Bedrohung der Ländlichkeit im Werke von David Lynch« zu verfassen.

Tatsächlich bin ich mit dem Werk nicht viel weiter gekommen als bis zu der Stelle, über die Katja sich gerade königlich amüsiert. Sie liegt auf meiner Couch und strampelt mit den Beinen in der Luft, als sie die mir nur allzu bekannten Zeilen vorträgt: »Klaustrophobie und Fremdbestimmung bedrohen den modernen Menschen zwar auch in der Anonymität der Metropole, aber viel mehr noch im scheinbaren Idyll der Dörflichkeit. Siehe auch ›Nichts macht dich so fertig wie deine Heimatstadt‹, Spruch auf Postkarte, circa 1990‹.Was ist das? Ist das deine Quellenangabe, Doki?«, kreischt meine beste Freundin und verfällt in ein Crescendo fiesen Gackerns.

»Das wollte ich noch genauer recherchieren«, behaupte ich.

Dabei weiß ich noch genau, dass ich an dieser Stelle meiner Hausarbeit den Computer aus- und die Realität eingeschaltet hatte. Ich entschied, nicht ins scheinbare Idyll zurückzukehren, sondern der bedrohlichen Metropole die Stirn zu bieten. Statt arbeitslose Filmwissenschaftlerin zu werden, wollte ich etwas Sinnvolles tun, Menschen helfen, die unverschuldet in Not geraten waren. Drogen und Prostitution den Kampf ansagen. Und da die Fachhochschule den Studiengang ›Batmanwerden in acht Semestern‹ nicht anbot, schrieb ich mich für Sozialarbeit ein. Eine gute Wahl, die mich vom Frustfressen und *Twin-Peaks*-Schauen abhielt. Ich nahm zehn Kilo ab und jede Menge Selbstbewusstsein zu.

Als ich mich Monate später erstmals wieder ins »Dead Horst« wagte, um Toddy meinen neuen, verbesserten Körper zu präsentieren, fand ich den Kerl auch dort, selig lächelnd in den Armen einer überirdisch schönen Schwarzhaarigen. Und Toddy zwinkerte mir anerkennend zu, leichtsinnigerweise. Die Schönheit schüttete ihm daraufhin einen Wodka Lemon ins Gesicht, und zwar in einem so ungünstig gewählten Winkel, dass Glas und Toddys Nase brachen. Er fluchte heftig, die Schwarzhaarige weinte heftiger.

Als künftige Sozialarbeiterin schwang ich mich selbstredend zu Ersthelferin auf und brachte die beiden ins nächstgelegene Krankenhaus. Während Toddy verarztet wurde, kam ich mit der temperamentvollen Attentäterin ins Gespräch, und tatsächlich fanden wir noch eine Menge weitere Gemeinsamkeiten als die, von Toddy als Zweitfreundin ausgenutzt worden zu sein.

So lernte ich Katja kennen.

Heute ist unser zehnter Jahrestag, und da wir keine zwanzig mehr sind, wollen wir diesen nicht mit Aschenbecherweitwurf oder im Krankenhaus verbringen, sondern stilvoller.

Natürlich im »Dead Horst« , wo alles begann, aber nicht zu

nostalgisch, und auf keinen Fall wollen wir den alten Zeiten mit Toddy nachtrauern. Sanft entreiße ich Katja also den Entwurf meiner ersten Hausaufgabe, um auf ein Thema überzuleiten, das immer Leben in die Bude bringt: Luxusgejammer-Linda.

»Ich habe dem Mann vielleicht die Nase gebrochen, aber die Frau hat den Mann kastriert«, empört sich Katja und trinkt einen von den Schnäpsen, die wir eigentlich heute auslassen wollten. Ich trinke auch einen, damit mein Mund voll ist. Das hält mich davor zurück, reflexartig etwas zu erwidern wie: »Ja, gibt ja nix Schlimmeres als einen Mann, der unterm Pantoffel steht. Wie geht's eigentlich deinem Andi?«

Ich schlucke und nicke fleißig, Katja schaut sich missbilligend in meiner Wohnung um: »Doki, wie kann man so leben? Hast du in den letzten zehn Jahren eigentlich mal irgendetwas hier gemacht wie … staubsaugen oder so?«

Ich gieße uns beiden noch einen nach. Katja übertreibt maßlos. Bis vor drei Monaten besaß ich einen Staubsauger, den ich auch durchaus benutzt habe. Es ist nicht wirklich dreckig bei mir, eher – trostlos. Mit viel gutem Willen könnte man meinen Einrichtungsstil auch als »puristisch« bezeichnen, Katja nennt es »Knastcharme«.

Bei wenig Möbeln sieht man den Staub halt deutlicher, und wenn die Möbel aus Sperrmüllfunden bestehen, fügt es sich zu einem Gesamtbild, das »… einfach nicht altersgemäß ist, Doris Kindermann! Ich glaube, das Hauptproblem ist der Boden«, orakelt die selbsternannte Innenarchitektin und nippt zur Abwechslung am Sekt. Ich zünde mir eine Zigarette an und bedaure still, dass aus alten Freundinnen meist keine neuen Weisheiten fließen.

Der Boden war schon immer das Problem.

Als ich einzog, bestand er aus fleckigblauem Linoleum.

»Leg doch ein paar schöne Teppiche über die schlimmsten Stellen«, empfahl meine Schwester, deren Lebensprinzip es ist, schlimme Stellen hübsch zu verdecken. Ihre selbstgebackenen Kuchen sind mit Vorsicht zu genießen, denn unter der Zuckerglasur beißt man immer auf Verbranntes.

»Mietminderung, mindestens dreißig Prozent«, grummelte mein Bruder, der damals gerade in einem Maklerbüro arbeitete.

»Na, entweder bleibst du hier sowieso nicht lange wohnen, oder du machst hier einen vernünftigen Boden rein, wenn du Geld verdienst«, sagte meine Mutter, und so wird es wohl auch eines Tages kommen. Irgendwann werde ich mir genug Geld auf die Seite legen können, um davon vierundvierzig Quadratmeter Parkettboden zu kaufen. Das wird ein großer Tag.

»Erde an Doki, Erde an Doki!«, Katja schnippt mit ihren Fingern dicht vor meinem Gesicht.

»Hey, Fräulein, wir hatten etwas verabredet: Wenn wir heute in der Vergangenheit schwelgen, denken wir nur an die guten Dinge, richtig? Du guckst gerade, als würdest du in Gedanken den Leidensweg Christi abgehen, mit zwei Kreuzen auf dem Buckel.«

Ich schiebe Katjas Finger sanft aus meinem Gesichtsfeld und gönne mir den Luxus, noch ein wenig nachzugrummeln. Schließlich hat Katja mit dem Fußboden angefangen, jetzt soll sie auch die ganze Geschichte hören: »Weißt du eigentlich, dass sich meine Jugendliebe wegen dieses Fußbodens von mir getrennt hat?«, frage ich wehmütig, und Katja verschluckt sich fast: »Das ist die dümmste Ausrede, die ich je gehört habe, Frau Kindermann. Wer war denn der Idiot?«

»Gunnar natürlich!«, winsele ich, weil ich Katja doch schon öfter von meinem ersten Freund erzählt habe. Von der elften Klasse bis kurz nach dem Abitur waren wir das Traumpaar der Schule. Beziehungsweise waren alle anderen Mädchen neidisch, dass der schöne Gunnar mich erwählt hatte. Diese Schnepfen hätten sich bestimmt diebisch gefreut, wenn sie von dem kläglichen Ende dieser großen Romanze gehört hätten. Ein Grund für mich, niemals ein Klassentreffen zu besuchen, aber meiner besten Freundin schildere ich nun in knappen Worten, wie es damals lief:»Also, es ging mehr um die gesamte Situation, die Stadt und meinen Entschluss, nicht mit ihm nach Leipzig zu ziehen, als die Schule vorbei war. Gunnar und ich standen hier, wo du gerade sitzt, und er hat rumgeschrien:

›In Leipzig liegt überall echtes, altes Holzparkett, die Mieten sind supergünstig, das ist eine tolle, aufregende Stadt!‹ Da habe ich ihn gefragt: ›Was soll ich denn machen in Leipzig?‹ Und weißt du, was mein toller, erster Freund daraufhin gesagt hat?« Natürlich kann Katja das nicht wissen, deswegen erzähle ich es ihr, in einer Stimmlage, die eher der der Supernanny als der meines Exfreundes ähnelt:»»Und, was willst du in dieser Stadt tun? Was macht man denn mit Theaterwissenschaften, du warst doch erst dreimal im Leben im Theater, Doris!‹

Und da habe ich ihn rausgeworfen. Aus Spaß, weil ich dachte, er käme wieder, mit einer Pizza unterm Arm und einer Entschuldigung. Aber er kam nicht wieder. Statt Pizza holen zu gehen ist er nach Leipzig gezogen. Dort hat er sofort eine günstige neue Freundin gefunden, die schon auf tollem alten Parkett wohnte, eine, die nur auf ihn gewartet hat. Wie ich auf meine Pizza.«

Katja schaut mich betroffen an: »Doki, darf ich einen Song daraus machen? Ich habe da schon eine Idee: *I'm still waiting for my pizza and the love of my life …!*«

Das Tolle an Katja ist, dass ich in ihrer Gegenwart immer wieder zum Teenager werden kann.

Ich schnappe mir ein Kissen und verprügle sie damit, sie kichert. Fehlt nur noch, dass wir *Girls just wanna have fun* auflegen und uns gegenseitig Lockenwickler eindrehen. Letzteres erweist sich schon aus dem Grunde als unmachbar, da Katja mich nun im Schwitzkasten hält. Ich winsele um Gnade:»Aufhören, aufhören, wir müssen los«, röchle ich listig, und Katja lässt meinen Kopf unsanft auf die Sofalehne knallen:»Du hast vollkommen recht, ich sollte mich schnell fertig machen.« Im selben Moment ist Katja aufgesprungen und in mein Badezimmer entwischt.

Sorgenvoll blicke ich auf die Uhr. Kurz nach neun. Das Konzert fängt gegen zehn an. Bei Katjas Kosmetiktempo haben wir eine gute Chance, die letzten drei Songs mitzubekommen.

»Kannst du dich ein bisschen beeilen?«, rufe ich zaghaft Richtung Bad, und meine beste Freundin antwortet:»Ich beeile mich immer! Wenn dir langweilig wird, kannst du ja solange die Gläser spülen.«

»Jaaaa, Mutter«, rufe ich genervt, aber stattdessen rauche ich noch eine. Vielleicht könnte ich in der Zeit, in der Katja mein Bad okkupiert, auch meine Hausarbeit über bedrohliche Käfer im Film vernichten. Oder sie zu Ende schreiben. Vielleicht bestelle ich auch einfach schon mal ein Taxi.

IV

Na, die Damen, erst zum Flughafen und dann ab nach Hollywood?«, witzelt der Taxifahrer, obwohl er erst ein Drittel von Katja gesehen hat. In anderen Städten beschweren sie sich über unfreundliche Busfahrer, hier kann man froh sein, wenn der Taxifahrer einem nicht schon beim Einsteigen einen Heiratsantrag macht. Katja steigt formvollendet durch die Hintertür ein und tut etwas, wofür ich sie besonders liebe. Sie bricht Stil.

Zuerst wirft sie kokett ihre Mähne über die Schulter, gibt dadurch einen Blick auf ihre dicht tätowierte Schulter frei, alsdann entfährt ein lauter Rülpser ihrem Kirschmund: »Nä, heute mal lieber gemütlich. Fahren sie uns in die Platenstraße, Ecke Dingsring. Kennen Sie das »Dead Horst«? Setzen Sie uns einfach an der Ampel davor ab.«

Der Fahrer nickt düster, und ich kann sehen, was er kopfschüttelnd denkt: »So ein hübsches Ding, und dann muss es sich so verunstalten.«

Ich grinse, während Katja es auf die Spitze treibt: »Ach ja, Frau Kindermann, so lange können wir heute nicht bleiben, ich habe am Montag Vorstandssitzung, da muss ich noch die Präsentation vorbereiten.«

Ich nicke, um einen ernsten Gesichtsausdruck bemüht. Der Fahrer verpasst die Abfahrt.

»Rechts ab wäre jetzt günstig gewesen«, kommentiert die Vorstandsvorsitzende des Kleingartenvereins »Wilde Ranken e. V. von 1999«, und fügt geistreich hinzu: »Zeit ist Geld, aber bestimmt nicht meins, klar?«

Unser Chauffeur sieht mich hilflos an, ich schaue so strafend, wie ich kann.

»Entschuldigung, Sie haben natürlich recht«, knurrt er, Katja rückt ihre Brüste zurecht. Der Fahrer schaltet die Uhr aus.

»Was geht denn heute im »Horst«?, fragt er dann, bemüht um einen Ton, der ausdrücken soll, dass er dort jeden zweiten Freitag die Tanzfläche zu rocken pflegt.

»Och, so das Übliche«, behaupte ich, »gemischtes Publikum, Live-Band aus Finnland, danach eine gepflegte Orgie mit Jungfrauenopfern.«

Der Fahrer schaltet die Uhr wieder an. Ich muss noch viel

lernen von der Meisterin.«So ein Quatsch«, meldet die sich wieder zu Wort,»Frau Kindermann beliebt zu Scherzen. Solcherlei Amüsements sind dort gar nicht üblich, werter Herr.« Der Fahrer lächelt schelmisch:»Schon klar, Lady, würde ja aus gewissen Gründen schon schwierig.«

»Welche?«, frage ich, jetzt ernsthaft interessiert.

»Keine Jungfrauen da«, bemerkt er knapp und entlockt Katja damit ein Lachen, das im Tonstudio unter»erkältete Elchkuh« archiviert ist. Der Fahrer gibt den röhrenden Hirsch dazu, ich mache auf Bambi, indem ich verwundert aus der Wäsche schaue. Katjas Begeisterung für den ungepflegten Herrenwitz wird mir immer ein Rätsel bleiben.

Der Fahrer blinkt und fährt hinter der Ampel rechts ran.

»So Mädels, vielen Dank für die gute Unterhaltung, sagen wir fünf Euro.«

Er schaut mich herausfordernd an, aber Katja hält ihm schon einen zusammengerollten Zehner entgegen:»Stimmt so«, flötet sie,»die Freude war ganz auf unserer Seite.«

Sie entsteigt dem Fahrzeug wie die junge Grace Kelly, ich muss mich erst aus meinem Gurt winden. Der letzte Blick des Taxifahrers sagt mir:»Was für ein Klasseweib, hast du ein Glück.«

Das weiß ich doch.

Kaum stehe ich auf der Straße, grunzt Katja:»Mein Gott, ist das Raphael?«

Sie deutet in die Richtung, von der aus uns die Lichter unseres Heimathafens entgegenleuchten; ungefähr zwanzig Gestalten stehen vor der Kneipe. Sie schnattern und grölen, lachen und stoßen mit ihren Bieren an, aber aus der ganzen Geräuschkulisse hört man einen tiefen Bass heraus, der verkündet:»Mach dich vom Acker, du Gesichtswurst, aber flott.«

»Natürlich ist er das«, bestätige ich, während wir auf die Stimme zugehen.

»Gesichtswurst ist neu, oder?«, erkundigt sich Katja, und ich muss gestehen: »Jau. Passt aber.«

Wir sind endlich da.

Raphael schwitzt. Sogar stärker als gewöhnlich, sein Haar klebt klitschnass an seinem Kopf, und wenn er statt eines Unterhemdes ein T-Shirt anhätte, würde man jetzt fladenbrotgroße Ringe unter seinen Achseln sehen. Aber sowohl seine Ausdünstungen als auch sein gefährliches Aussehen ist in seinem Job durchaus von Vorteil, zumindest in Momenten wie diesen: »Sagt mal, seid ihr taub oder nur vollkommen bescheuert?«, schreit er ein Rudel Skinheads an, das sich vor seinem Laden versammelt hat. Tatsächlich weichen die Burschen einen Meter zurück und kratzen sich unisono an den kahlen Köpfen. Raphael schnauft: »Aha, also beides. Zum letzten Mal: Das ist nicht der Adlerhorst hier, sondern das »Dead Horst«! Ihr wollt hier gar nicht rein, Jungs, und falls ihr es doch versucht, rufe ich die Bullen!«

Die Glatzen schauen betreten zu Boden, die übrigen Umstehenden senken ebenfalls den Blick, damit man ihre grinsenden Gesichter nicht sieht. Nur Raphael kann sich so eine Show erlauben, ohne dabei lächerlich oder todessehnsüchtig zu wirken. Sein Geheimnis liegt darin, dass er sich tatsächlich so maßlos über dieses Missverständnis aufregt, dass er es durchaus mit sieben Skinheads aufnehmen würde, um seinen Standpunkt klarzumachen. Und es funktioniert. Die Jungs drehen ab, und Raffi spuckt verächtlich auf den Boden. Die kleinen Punkermädchen, die auf dem Stromkasten den Logenplatz eingenommen haben, klatschen Beifall, den großen Sozialarbeiterinnen an der Straßenecke wird ganz warm ums Herz.

Raffi sieht aus wie Robert de Niro in *Wie ein wilder Stier* und riecht entsprechend. Aber einem Helden wie ihm lässt man das durchgehen.

Raffi seufzt auf, winkt mir zu, aber zeitgleich haben seine Adleraugen auch schon eine zweite Gruppe von Feierwütigen auf der anderen Straßenseite erspäht, denen er die Etikette seiner Kneipe hinüberschreit:»Und ihr, ihr kleinen Tussis, bevor ihr rüberkommt: Es ist auch nicht das»Crazy Horse«, das ist in der Innenstadt. Geht da eure Jugend versauen, aber bleibt mir vom Leibe!«

Die bunte Mädchengang, die sich angetan in lustigen Kostümen an die Kneipe pirschen wollte, bleibt erstarrt stehen. Ihre Anführerin, die ein rosa Tutu über fetten Schenkeln und einen Bauchladen vor sich trägt, keift zurück:»Ey, Alter, mach' mich nicht an, ich heirate morgen!«

Ihr Hofstaat schnattert wenig damenhaft zu uns herüber, die kleinen Punkermädchen werfen leere Bierflaschen nach dem Junggesellinnenabschied. Ich überlege, was ich zur Deeskalation beitragen könnte, aber Raffi ist schneller: Mit einem Besen bewaffnet stürmt er über die Straße und scheucht die Braut damit bis vor den Altkleidercontainer. Ihr wildes Quieken, zusammen mit dem Tüllrock, unterstützt den Eindruck, dass Raphael eine Sau ums Dorf jagt, und das Publikum beginnt, laut zu johlen.

Raffi schafft es, Miss Piggy mit dem Besen vor dem Container in die Enge zu treiben, wir hören, wie er sie anbrüllt:»So, pass auf: Ich gebe dir jetzt einen Zwanziger, dafür bekomme ich alle Schnäpse aus deinem Bauchladen, und ihr verkrümelt euch in die Innenstadt, okay?«

»Okay«, quiekt die Braut, und ehe sie es sich versieht, bekommt sie von Raffi einen dicken Schmatzer ins Gesicht: »Dann mal herzlichen Glückwunsch, du Schmuckstück«, sagt er, lässt sie frei und wirft den Punkermädels lässig den Besen zu:»Und ihr Zecken macht das jetzt mal sauber, sonst gibt's Hausverbot!«

So ist er, unser Chef. Binnen Minuten hat er es vollbracht, dass sich ein Dutzend Zwanzigjährige unsterblich in ihn verliebt hat, und sein Laden einem exklusiven Publikum vorbehalten bleibt. Wieder vor der Kneipentür angekommen, öffnet er das erste Schnapsfläschchen mit den Zähnen und knurrt: »Irgendwann benenne ich den Laden um, ich bin zu alt für so was.«

»Dead Horst‹ bleibt ›Dead Horst«‹, unterbrechen wir seine Überlegungen mit Kampfgebrüll, und Raffi reckt die Faust nach oben, um den Gruß zu vollenden: »Und Horst bleibt Dead!‹ Hallo, Doki. Oh, hallo Kaaatjaaa!«

Wenn die Königin aus dem Exil heimkehrt, wird auch der Haushofmeister brünstig. Geübt wirft die Regentin den Kopf in den Nacken, öffnet den Mund, Raffi schüttet den Schnaps hinein. Die Umstehenden lachen. Nicht so laut, wie sie gelacht haben, als Raffi diesen Trick mal mit mir als Partnerin versucht hat. Er musste ziemlich hoch springen, und wir sind beide auf dem Fahrradständer gelandet. Die vielen blauen Flecken waren nicht ganz so schlimm wie der Umstand, dass ich den ganzen Abend nach Raffis Schweiß roch.

»Habt ihr Karten? Ist nämlich ausverkauft«, lässt der Chef uns nun wissen, ein wenig Stolz schwingt in seiner Stimme mit.

»Echt, ausverkauft? Ich kannte die Band gar nicht, sind die famous in Finland, oder was?«, will Katja wissen, wobei sie diesen schlecht gefälschten amerikanischen Akzent aufsetzt, den man ihr wieder ausspülen sollte beizeiten.

»Ja, schon, und wir haben ein paar Karten im Radio verlost«, gibt Raphael kleinlaut zu und stellt fest: »Aber ausverkauft ist ausverkauft.«

»Das ist von der Idee her sehr schön, aber vielleicht sollte man dieses Gedankenkonstrukt noch einmal in Frage stellen«, meldet sich die Sozialarbeiterin zu Wort, zum Glück nur murmelnd, aber mich hat sowieso keiner gehört, weil Marie im selben Moment von der Theke aus brüllt: »Raphael, halte die Frauen nicht auf, ich brauche Gesellschaft hier!«

Wir entschuldigen uns beim Chef und treten ein.

V

Ich wähle meine Freundinnen sehr sorgfältig aus. Viel sorgfältiger als meine Freunde in jedem Fall. Wenn Katja eine Königin ist, ist Marie eine Göttin. Marie schwebt hinter der Theke her, sie ist bezaubernd, schlichtweg elfengleich. Eine herbe Elfe, die immer in schwarzes Leder gehüllt ist und deren Haar vom vielen Hin- und Herschwirren stets verstrubbelt ist. Aber es ist perfekt zerzaust, so als würde eine unsichtbare Stylistin stets hinter ihr herfliegen, und Marie hat den schönsten Mund der Welt.

»Marie sieht aus wie der Sänger von Aerosmith, nur mit noch weniger Titten«, hat einst eine schwer betrunkene Frau behauptet. Und ich wünschte, es wäre nicht Katja gewesen. Das Schlimmste an diesem Kommentar war aber nicht seine Quelle, sondern dessen Wahrheitsgehalt. Marie strahlt, genau wie Steve Tyler, reinen, puren Sex aus. Aber anders als der Rock-Uropa weiß Marie gar nicht, wie unwiderstehlich sie auf beiderlei Geschlechter wirkt. Sie ist tatsächlich der Meinung, dass ihr alle Männer und viele Frauen nur hinterhersabbern, weil sie ihnen Getränke ausschenkt. Ich denke manchmal, dass wir im »Dead Horst« nur aus dem Grunde eine Theke haben, damit Marie ihre Fans auf Abstand halten kann und nicht von ihnen aufgefressen wird.

»Mädels, schön, dass ihr endlich da seid!«, grölt Marie nun, »ich habe mich zu Tode gelangweilt.«

Die acht erwachsenen Männer an der Theke kichern wie eine Ladung Cheerleader, ein baumlanger Kerl mit Armen wie Presslufthämmer schlägt errötend die Augen nieder. »Guten Abend, Stefanie Tyler«, nuschelt Katja leise, ich boxe ihr unsanft in die Rippen. Katja mag Marie prinzipiell schon, aber eben eher auf einem mittelalterlichen Niveau. Als Herrscherin der irdischen Welt zweifelt sie manchmal an der Macht der Göttlichen, und ich stehe mahnend dazwischen, ich alte Gegenpäpstin.

»Doris Kindermann, du siehst bezaubernd aus«, flüstert Marie, als sie ihre Arme um mich schlingt. Der doppelte Presslufthammer fällt vom Hocker, Katja stöckelt höflich über ihn hinweg, um Marie mit ein paar Luftküsschen ihre Aufwartung zu machen.

»Hey, Katja, tolles Make-up,« lächelt Marie meiner besten Freundin zu, und ich ducke mich instinktiv, sehe Katja dabei flehend an: »Bitte, nicht zurückzicken, es ist unser Abend, bitte, bitte, bitte!«

Wenigstens das letzte »Bitte« konnte Katja wohl in meinen Gedanken lesen, denn sie vollführt eine halbe Pirouette und stellt fest: »Mensch, Marie, wo sind denn die ganzen Leute? Raphael meinte, es sei ausverkauft. Wo ist die Band? Und wo ist Toddy?«

Marie stellt uns unsere favorisierten Getränke auf die Deckel, ignoriert geflissentlich die ersten Teile von Katjas Frage und informiert uns trocken: »Unsere Köchin hat gekündigt. Deswegen mussten wir die Band zur Frittenbude schicken, die sollten aber gleich wieder kommen. Und euer Freund Theodore …«, als Marie Toddys echten Namen ausspricht, zwinkert sie mir zu, »… der kommt erst um elf wieder. Angeblich hat er eine spontane Bandprobe, aber wenn ihr mich fragt, hatte der Angst vor euch. Ihr habt Zehnjähriges, richtig?«

Katja und ich nicken wie zwei abgerichtete Dalmatiner. Der gefallene Mann ist derweil wieder vom Boden aufgestanden, er schaut uns an, als hätten wir gerade sein Herz mit äußerst stumpfen Messern herausgeschnitten: »Ey, Mädels, tut mir das nicht an! Die Barfrau ein eiskalter Engel, und ihr zwei – lesbisch?«

»Um Gottes Willen, nein!«, kreischt Katja, und zwar so entsetzt, dass die restliche Barbesetzung dreckig lacht. Es ist erst halb zehn, aber sie geifern wie ein Rudel Schakale, das seit Stunden hungrig an der Wasserstelle gelauert hat. Aber wer will ihnen ihr instinktives Verhalten verdenken, wenn Katja sich auf die Lichtung stellt und ruft: »Hallo, ich bin eine Gazelle, hier bin ich, ich schmecke gut!«

Marie verdreht die Augen, Katja lächelt in die Runde: »Jungs, es ist schön, dass ihr so leicht zu unterhalten seid, aber um hier eines mal direkt klarzustellen: Ich bin in festen Händen, okay? Sehr fest.«

Der Abend könnte anstrengend werden. Jetzt muss ich Marie flehend angucken, damit die nicht Katja fragt: »Genau, wo ist denn dein Andi? Wahrscheinlich noch in seiner Bank, nicht wahr? Oder er bringt seine Nadelstreifenanzüge in die Reinigung, nehme ich an?«

Marie ist so nett, sich auf die Zunge zu beißen. Katja beginnt ein Gespräch mit dem langen Kerl; mit halbem Ohr bekomme ich mit, dass es um, Überraschung, seine Arbeit auf der Baustelle geht.

Mit den anderthalb verbleibenden Ohren horche ich in mich selbst hinein, frage mich, höflich interessiert, ob alles in Ordnung ist.

»Na ja«, muss ich mir selbst gegenüber zugeben, »die vorgefundene Konstellation bietet nicht unbedingt die perfekten Vorraussetzungen für einen gelungenen Abend.«

Toddy hätte hinter der Theke stehen sollen, nicht Marie. Marie ist toll, aber Katja und sie haben da diesen uralten Knochen zu kauen. Raphael.

Marie liebt Raffi, schon immer, oder immer noch, sonst würde sie gar nicht mehr hier arbeiten. Und Raffi, der hat irgendwann aufgehört, Marie zu lieben. Seither liebt er die Frauen und den Alkohol, wenn auch nicht unbedingt in dieser Reihenfolge. Raffi war nie mit Katja verbandelt, ganz so tolerant ist Katjas Andi dann auch nicht, aber er liebt es, mit ihr zu flirten. Katja flirtet zurück, ohne dabei irgendwelche Absichten zu haben, Raffi interessiert sie schlichtweg nicht. Es ist wie in einer elenden Soap-Opera, der nur Katja den Gnadenschuss geben könnte, indem sie einfach mal zu Marie sagt:»Ich will nichts von Raffi.« Mehr nicht.

Aber das wird nie geschehen. Katja könnte sich, wenn sie diesen Punkt einmal erreicht hätte, nicht zusammenreißen und müsste noch dazu sagen:»Und Raffi interessiert sich nicht mehr für dich, Marie. Er findet es nur praktisch, dass du für einen Hungerlohn hier schuftest und er sich derweil besaufen kann.«

Das wäre eine Katastrophe. Katja würde Hausverbot erteilt bekommen. Nun wird mir klar, weshalb in schlechten Fernsehserien eher ganze Häuser explodieren oder Figuren auf Nimmerwiedersehen nach Australien verschwinden, bevor es zu einem klärenden Gespräch kommt. Die Zuschauer könnten das nicht verkraften. Und bevor ich weitergrübeln kann, explodiert zum Glück das Hotel.

Raffi reißt die Kneipentür auf, ein wirbelnder Herold, der die Botschaft verkündet:»Marie, um die Ecke steht ein Reisebus! Die kommen rein!«

Die gesamte Theke grölt. Der Witz mit dem Reisebus ist

noch älter als die Kneipe. »Echt jetzt«, schreit Raffi,« ich glaube, die ganzen Leute, die im Radio Karten gewonnen haben, haben sich zusammengetan und ...«

Draußen hupt es bedrohlich. Dann klingt es, als würde eine Herde Büffel auf die Straße galoppieren. »Zapf an, Marie«, kreischt Raffi, aber im selben Moment klingelt es an der Hintertür. »Mist, die Band«, schnauft Marie, gleichzeitig wirft sie mir den Schlüsselbund zu.

»Mach denen mal die Hintertür auf, Doki! Und Katja – hilf mir zapfen!«

Raffi grinst dankbar aus dem Türrahmen, dann wird er von einer dunklen Masse überrollt. Katja und ich hechten hinter die Theke. »Schaffst du das?«, höre ich noch, wie Marie Katja fragt, und Katja knurrt: »Sicher, Marie.«

Die Büffel haben das Wasserloch erreicht.

»Gib' mal zwei Bier!«

»Ich zuerst, vier Bier, vier große.«

»Was für Bier habt ihr?«

»Kann ich ein Radler haben?«

»Ich war zuerst da!«

Katja und Marie starren die Reisegruppe ungerührt nieder, Marie erklärt die Regeln: »Es gibt nur gezapft oder Flasche. Alles 0,3. Wir schreiben nicht an, und mit albernen Cocktails wie Alster oder Radler fangen wir gar nicht erst an.«

Das Konzept wird insgesamt gut aufgenommen, die Konzertkartengewinner saufen brav, was ihnen vor die Nase gestellt wird.

Ich kann mich zur Hintertür durchhangeln, an der eines der Bandmitglieder schon ungeduldig von außen rappelt.

»Ja doch«, maule ich, während ich versuche, den richtigen Schlüssel zu erfühlen, denn das Licht im Hausflur funktioniert selbstverständlich nicht.

Schließlich finde ich ihn, öffne die Pforte, und blicke dem Albtraum eines jeden Veranstalters ins Auge. In acht von zehn Augen, um genau zu sein. Ein Paar kleiner und rotgeäderter als das andere. Fünf bekiffte Finnen. Taugt nicht mal als Zungenbrecher, aber erst recht nicht als Attraktion des Abends.

»Who arrrre you?«, fragt mich der Kleinste von ihnen, der offenbar nicht mit der Faust, sondern mit seinem Fuß gegen die Tür gedonnert hat. Er hält mir vorwurfsvoll seine blanken, blutenden Zehen entgegen. »Who am I?«, will sein Bandkumpel wissen, der einen schmückenden Eimer auf dem Kopf trägt.

»Who is she?«, will jetzt der Dritte wissen, bevor er sich in die Büsche übergibt. Nummer vier und fünf sind damit beschäftigt, gegenseitig ihre Finger zu zählen, und das Spiel scheint eine Herausforderung zu sein in ihrem Zustand.

Laut Bandinfo im Internet müssen das die beiden Gitarristen sein. Hervorragend. Warum kann ich nicht zapfen oder Büffel ordnen? Dann stünde Marie jetzt hier, und würde die Bande einfach zurechtlächeln. Ich winke die finnischen Kräuterfreunde hinein:

»I am Doki, and … ach du Scheiße, come in, and get… nüchtern, Mist, was heißt denn noch mal nüchtern auf Englisch?«

»*Sober*«, souffliert eine tiefe Stimme aus dem Off. Und ich kenne diese Stimme. Sie gehört dem Mann, der hier gerne aus dem Nichts auftaucht: »Hallo Doris. Kann ich dir irgendwie helfen?«

»Versuch's, Vladimir«, zucke ich mit den Schultern und fange den mir entgegentaumelnden Eimerkopf auf, der immer noch wissen will, wer er ist.

Vladimir, Stammgast der späten Stunde, immer zur Stelle, wenn es brennt, wirft einen abschätzenden Blick auf die Finnen, dann ruft er etwas, auf Russisch. Ich kann nicht genau sagen, ob die Jungs ihn verstanden haben oder ob sie einfach nur fasziniert von Vladimir sind, aber sie wenden sich ihm zu, und lauschen zu vier Fünfteln aufmerksam seinen Worten. Eimerkopf wird langsam schwer in meinen Armen, also stupse ich ihn unsanft Richtung Hinterhof. Er rollt vor Vladimirs Füße. Der Eimer hält.

Vladimir schreitet jetzt auf dem Hinterhof hin und her, wie ein General, der die Reste seiner Armee zur Ordnung ruft. Ich verstehe kein Russisch, aber Vladimir deutet auf die Kneipe, dann auf die Jungs, schließlich auf mich, und schüttelt in seinem Wortschwall immer wieder enttäuscht den Kopf. Als einer der Fingerzähler es wagt, zu kichern, macht Vladimir das Gesicht. Keiner kichert mehr.

Vladimirs Alltagsgesicht sieht schon nicht besonders werbewirksam aus. Markant ist gar kein Ausdruck für seine Züge, neben ihm sieht Tommy Lee Jones wie Barbie aus. Wo Iggy Pop Grübchen hat, hat Vladimir Gruben, und wenn er *das Gesicht* zieht, ist er Vlad, der Pfähler.

Manchmal denke ich, es könnte die Sonne verdunkeln und bewirken, dass das Gezwitscher der Vögel schlagartig verstummt, aber das ist nur so eine Hypothese. Ich habe Vladimir noch nie bei Tageslicht gesehen. Tatsache ist, dass *das Gesicht* bekiffte Finnen zum Schweigen bringen kann.

Gut, jetzt müssen wir sie nur noch zum Singen kriegen, denke ich, und Vladimir lächelt mir zu, im Rahmen seiner Möglichkeiten. Mit kaum merklich angehobenem Mundwinkel erkundigt er sich: »Sag, Doris, könntest du das Wasser im Keller anstellen? Für den Gartenschlauch. Ich werde die Finnen sobieren.«

»Äh, du willst sie säubern?«, korrigiere ich, aber Vladimir winkt ungeduldig ab: »Ich mache sie *sober*. Nüchtern. Ich will sie kalt machen. Mit dem Schlauch.«

»Prima Idee«, stimme ich zu, rase in den Keller und rufe nach oben: »Wasser läuft!«

Der Hinterhof vom »Horst« ist sehr klein und zu drei Seiten von Hauswänden begrenzt. Gerade mal vier Fahrräder, zehn Bierkästen, eine kreischende finnische Band und ein russischer Wasserwerfer finden darin Platz, wie ich aus dem Hausflur heraus erkennen kann. Vladimir ruft: »Doris, ich mache hier die Musiker fertig, besser, du gehst und sagst Marie Bescheid, okay?«

»Okay, aber bitte trockne sie später auch wieder ab«, rufe ich dankbar zurück, und werfe Vladimir die Schlüssel zu. Er fängt sie lässig mit der Linken, mit der Rechten hält er unbarmherzig den Schlauch auf die kreischenden Bengel gerichtet: »Ihr seid eine Schande für die Rockmusik, ihr kleinen Mädchen«, bellt er ihnen nun auf Deutsch zu.

Ich überlasse Vladimir den Hinterhof und taste mich im Dunkeln zurück an die Front, durch den Flur zur Theke. Dort sieht es auf den ersten Blick ruhiger aus. Katja ist wieder auf der Gästeseite der Theke und raucht, das Busvieh ist getränkt und wäre bestimmt wunschlos glücklich, wenn jetzt bald auch das Konzert beginnen würde. Schließlich haben sie nicht dafür bezahlt, und genau darum geht es in dem Streit zwischen Marie und Raffi:

»Raphael, wie oft soll ich dir das noch sagen: Die Leute, die jetzt hier sind, sind nicht die Kartengewinner. Das ist so ein Fanclub aus Hamburg.«

»Die sind wegen *der* Band hier?«, fragt Raphael ungläubig zurück. Er ist heimlich sehr stolz darauf, dass in seinem Laden nur echter Underground auf die Bühne kommt. Alles, was mehr als dreißig zahlende Gäste anzieht, hält er für zu kommerziell. Prinzipiell eine lobenswerte Einstellung, aber für einen Kneipenpächter verheerend.

»Ja-ha, Raffi, und du hast sie einfach reingelassen, ohne dass sie bezahlt haben. Also hol' das nach«, blafft Marie. Wütend drückt sie Raffi die Kasse und ein Stempelkissen in die Hand. Das mag er nicht. Er bleibt wie angewurzelt stehen und schnauft:»Ja, aber dann haben wir jetzt ja ein Problem, Marie.«

Marie lehnt sich mit beiden Armen auf die Theke und erklärt ganz ruhig:»Ich würde sogar sagen, zwei Probleme. Erstens: Du musst ganz schnell bei denen hier kassieren, sonst haben die ihr ganzes Geld versoffen, und zweitens: Wenn die Kartengewinner doch noch kommen, sind wir hier…«

Marie fällt das Wort nicht ein, weil es in ihrem Kosmos noch nie vorgekommen ist.

»Überbucht?«, schlage ich vor und ernte damit ein verzweifeltes Lachen von Marie, sowie einen triumphierenden Blick von Raffi.»Genau, Doki, überbucht. Deswegen kassiere ich die hier jetzt auch nicht ab, sondern wir warten auf die Kartengewinner. Und wenn die kommen sollten, schmeißen wir die hier wieder raus und alles hat seine Ordnung.«

Marie öffnet den Mund, als ob sie etwas Furchtbares sagen wollte, wie etwa:»Raphael, der du mein Herz einst gebrochen hast und nun meine Seele zermürbst, du bist ein wahrer Vollidiot, wie ich nun erkenne, also kündige ich, jetzt und hier!«

Das möchte ich nicht und muss einschreiten:»Äh, wir haben noch ein drittes Problem. Die Band. Alle bekifft im Hinterhof.«

»Warum sagst du das erst jetzt?«, fahren mich Raphael und Marie gleichzeitig an, aber bevor beide in den Hof stürmen können, halte ich sie zurück:»Ne, Vladimir kümmert sich um die. Wird schon wieder.«

»Na, dann ist ja gut«, sagt Marie, nun wieder die Ruhe selbst, und schenkt einen Whisky für Vladimir ein.

»Ich gehe nach draußen und verscheuche die Kartengewinner, diese unerträglichen Zecken, die«, entschuldigt sich Raffi, schnappt sich ein Bier und trollt sich auf seinen Posten.

Marie stöhnt auf, ich nehme die Kasse und den Stempel an mich. »Soll ich?«, frage ich die Barkeeperin meines Vertrauens, aber die entwaffnet mich wieder, schenkt mir das berühmte Marie-Lächeln: »Doki, nichts gegen dich, aber lass' das lieber Katja machen. Wenn jemand diese Tiere noch davon überzeugen kann, dass sie nachträglich Eintritt bezahlen müssen, dann Jean und Harlow.«

Ich nicke. Vielleicht werde ich es nie schaffen, dass meine Freundinnen sich untereinander befreunden, aber sie können im Ernstfall wenigstens einen gewissen Respekt der anderen gegenüber aufbringen. Und wenn Katja die schönste Barfrau der Welt als Steffie Tyler bezeichnen darf, so darf die auch Katjas Brüsten Namen geben.

Vielleicht wird es ja doch noch ein ganz harmonischer Abend.

Zwei Stunden später ist gemischte Sauna mit Kräuteraufguss.

Die Finnen traten in Ermangelung einer Wechselgarderobe in verstörender Feinrippunterwäsche auf die Bühne, der Hamburger Fanclub sah dies als den neuen Dresscode an, und schon vor dem ersten Solo waren sämtliche Typen im Raum oben ohne.

Ich weiß nicht, ob es Vladimirs Verdienst war, aber die Band rockt tatsächlich, vor allem der Schlagzeuger gibt alles. Obwohl er immer noch den Eimer über dem Gesicht trägt.

Zwischen den Songs gibt der Sänger seine Deutschkenntnisse zum besten, sie beschränken sich auf den Satz: »Natternblut fürrrr alle«, und obgleich er mit »alle« wohl nur seine Mitmusikanten meinte, trinkt jetzt die ganze Bar den hauseigenen Schnaps, dessen Rezeptur ein streng gehütetes Geheimnis ist.

Soweit ich das nach zehnjähriger Erfahrung beurteilen kann, basiert Natternblut auf einem Gemisch aus aufgeweichten Lakritzschnecken und Doppelkorn. Geschundene Zungen behaupten, dass auch mindestens zehn Tropfen Benzin pro Liter beigemischt werden. Das Gesöff müsste aber in jedem Fall deutlicher als Biowaffe gekennzeichnet sein, als die krude Werbung es auf dem selbstgebastelten Flaschenetikett bisher vermag: »Natternblut ist nicht gut«.

Natternblut hat auch zwei der anwesenden Damen dazu gebracht, sich oben herum bis auf den BH freizumachen. Soweit also alles normal an einem Samstagabend um halb zwölf im »Dead Horst«. Fast normal. Irgendwo in diesem Bild hat sich doch ein ganz mieser, kleiner Fehler eingeschlichen. Ich versuche, ihn zu finden.

Die Band spielt, die Fans toben, das Bier fließt, die halbnackten Damen sitzen kerzengerade auf ihren Barhockern und erinnern mich dabei an eine Zeichnung von F. K. Wächter, die untertitelt ist mit dem schönen Satz: »Adele zeigt ihren Brüsten die Männer.« So weit, so normal.

Allein – die Männer im Laden interessiert das nicht. Ich möchte betonen, dass wir uns nicht in einem schlecht getarnten Swinger-Club befinden, und auch, dass ich vor allem deshalb gerne seit einer Dekade hier auftauche, »weil Frau auch mal alleine hier hingehen kann, ohne angemacht zu werden«, wie meine Chefin Margret es wohl formulieren würde.

Und es gibt durchaus Dienstage oder den ein oder anderen Mittwoch, an dem hier ein fast höfisches Ritual herrscht, was das Kontaktieren der holden Weiblichkeit angeht.

Wenn unter der Woche ein Konzert gegeben wird, wissen die Männer genau, wie ein respektabler Abend zu gestalten ist: Zuerst wird das komplette Konzert lang durchgetanzt, gejohlt, gepfiffen, gebrüllt und gestampft, dann gibt es eine Nachbesprechung in Kleingruppen, für die sportlich Interessierten vielleicht noch eine Runde Tischfußball.

Erst danach darf sich der Damenwelt ernsthaft balzend zugewandt werden. Natürlich gibt es immer Ausrutscher, begangen durch Frischlinge, die sich nicht an den Knigge halten. Die Abstrafung für ungebührliches Benehmen scheint im ersten Moment kompliziert, aber als Faustregel gilt: Wer mit seiner mitgebrachten Freundin während des Konzerts herumknutscht, wird von seinen Kumpels hämisch an die Wand getanzt, wer ein fremdes Weibchen vor der Zeit angrabbelt, wird von Raffi freundlich aber bestimmt vor die Tür gesetzt. Wer es wagen sollte, einer Barkeeperin auf den Hintern zu patschen, wird nur noch bestimmt vor die Tür gesetzt. Seine Zähne werden ihm nachgeschickt. Man hält sich eben zurück, bis keiner mehr geradeaus gucken kann.

Alles andere gilt als gierig, sprich: An einem Wochentag könnten wir Mädels hier auch alle bis zwölf Uhr unbehelligt nackt herumlaufen, denn bis dahin hat der Rock 'n' Roll die Männer gepackt. Und wer danach noch auf die Pirsch geht verfügt entweder über zuviel Tagesfreizeit oder hat die Musik nicht verstanden.

Aber heute ist Samstag, und meine Welt gerät ins Wanken.

An einem Samstag, an dem ich ein Jubiläum feiere, möchte ich mich, Katja und jede andere Frau gefälligst von einer Heerschar von unbekannten Galanen umringt sehen, die sich darum balgen, mir ein Bier ausgeben zu dürfen. An einem Samstag will ich unemanzipiert schlechte Komplimente entgegennehmen und vergessen, dass ich mein Fahrrad klauen lassen muss, mit problemfreien Jugendlichen arbeite und immer noch so weit von einem Parkettboden entfernt bin wie mit zwanzig.

An einem Samstag möchte ich nicht auf vier fast nackte

Brüste schauen, deren Trägerinnen mittlerweile unsicher aus der sprichwörtlichen Wäsche schauen und kurz davor sind, sich in eine Cocktailbar in die Innenstadt zu flüchten.

Was ist heute nur los? Katja hat sich wieder mit Marie hinter der Theke verschanzt, die beiden reden miteinander, plaudern, als ob sie sich leiden könnten. Super, haben sie sich ja den optimalen Zeitpunkt ausgesucht, um sich zu verbünden. Ich fühle mich ausgeschlossen, weil zwischen mir und meinen Freundinnen eine unüberwindbare Wand aus Holz, Kerlen und Dunst steht.

Es herrschen geschätzte vierzig Grad an der Theke, unter den Armbeugen, in denen man unweigerlich zwischenzeitlich landet, locker zehn Grad wärmer. Keine Sauna mehr, sondern eher Dampfbad mit Eunuchenbetreuung.

Hoffentlich ist das Konzert bald zu Ende.

Zu den vielen Absonderlichkeiten des »Dead Horst« gehört nämlich die Unmöglichkeit, das Bühnenlicht und die Klimaanlage gleichzeitig laufen zu lassen. Gerade habe ich ein paar Spritzer Bier aus der tanzenden Menge abbekommen, und ich könnte schwören, es hat gezischt, als sie auf meinen Unterarm trafen.

Bitte hört auf zu spielen, Jungs.

»This is our last song forrrr tonight, and we want to dedicate it to our new friend!«, grölt der Bassist von der Bühne, und entledigt sich seiner Unterhose. Zum Glück hängt sein Musikinstrument tief: »Our new Russian friend, we met in the backyard tonight, and I am gonna KILL HIM!«

Die Fans aus Hamburg johlen, der Schlagzeuger zählt an, und der Sänger fällt von der Bühne.

»KILL HIM«, fordert auch die aufgepeitschte Menge vor der Bühne, und ich sehe mich besorgt nach Vladimir um. Er ist nirgends zu sehen.

Als Marie meinen Blick auffängt, deutet sie nur ungerührt auf den Merchandise-Stand, und zu meiner Beruhigung erkenne ich, dass auf den zum Verkauf stehenden Devotionalien zu lesen ist »KILL HIM TOUR 2011«.

Ich atme innerlich auf. Das Motto scheint nicht persönlich auf Vladimir gemünzt zu sein – höchst unwahrscheinlich, dass die nackten Finnen ihre T-Shirts, Poster und Buttons erst zwischen unfreiwilliger Outdoor-Dusche und Konzertbeginn gestaltet haben.

Ich schlängele mich durch die hinteren Reihen, um den Merchandise-Stand genauer unter die Lupe zu nehmen. Interessantes Sortiment, wie ich nun erkenne: Neben dem üblichen Schnickschnack wie Herrenoberbekleidung, Tonträgern und Buttons bietet die Band dort auch Handtücher mit aufgesticktem Logo feil, und – Dildos?

»Ach so – schwule Rocker«, murmle ich, und ein Blick zurück auf die Tanzfläche bestätigt meinen Verdacht. Sämtliche Bandmitglieder sind von der Bühne gesprungen, um wild mit den angereisten Hamburgern durcheinander zu knutschen. Ich seufze. Alles wieder gut.

Das Konzert ist zu Ende, die Klimaanlage springt an, und die Damen, die sich zuvor entkleidet hatten, ziehen überflüssigerweise ihre T-Shirts wieder über die hochroten Köpfe.

Die, zumindest aus weiblicher Sicht, leicht peinliche Stille wird dadurch verstärkt, dass keine Musik läuft. Das DJ-Pult ist unbesetzt.

»Ich feuere Toddy!«, kreischt Raffi. »Wo ist der Penner?«

Er hat offenkundig verpennt.

Marie zuckt mit den Schultern und wirft die erste CD an, die ihr in die Finger gerät. Leider handelt es sich um die berüchtigte Compilation »Letzte Runde«, die sonst erst gegen sieben Uhr morgens aufgelegt wird, um die letzten Gäste zu vergraulen:

»*Guten Morgen, guten Morgen, guten Morgen Sonnenschein…*«, trällert Nana Mouskouri in unerträglicher Lautstärke aus den Boxen. Aber der finnisch-hamburgerischen Freundschaft scheint es zu gefallen. Angeführt von Eimerkopf startet eine Vollkörperkontaktpolonaise Richtung Ausgang. Selbst die ehemals zeigefreudigen Mädchen reihen sich munter ein, Raffi wird zum zweiten Mal in dieser Nacht einfach umgewalzt.

Zurück im Laden bleiben allein eine schockierte Marie, ein platter Raffi und eine leicht trunkene Katja, die mit Nana um die Wette schreit: »*… nein, du darfst nicht traurig sein …*«

Raffi springt zum CD-Player, entreißt diesem seine verdorbene Frucht. Er feuert den Silberling Richtung Merchandise-Stand, wo sie unter dem Tisch landet.

»Hey, danke, aber die hab' ich schon«, meldet sich der Tisch zu Wort. Ich mache einen erschrockenen Satz zur Seite, und der Tisch rumpelt hin und her. Wie in einer ganz schlechten Zaubershow erscheint zunächst ein langer, nackter Arm auf der Tischdecke, der einen drahtigen Körper nach oben zieht. Ich glaube es nicht.

»Hallo Leute, ich bin der Fahrer von den Jungs«, verbeugt sich der Mann Richtung Theke. Mich hat er noch nicht bemerkt, obwohl ich direkt hinter ihm stehe. Ich glaube es immer noch nicht.

»Und, bist du auch so'n schwuler Finne?«, erkundigt sich Marie interessiert, und obwohl ich nur den Hinterkopf des Mannes sehe, weiß ich, dass er grinst. Ich könnte sogar genau beschreiben, wie er grinst, denn ich weiß, dass sein linker Eckzahn etwas absteht, was sein sonst perfektes, fast bedrohlich weißes Gebiss noch schöner macht: »Also, ich bin kein Finne und …«

»Hoffentlich auch nicht schwul geworden«, denke ich etwas zu laut, und der Mann dreht sich zu mir um. Er hat noch diese tollen Zähne. Und die Augen, die Nase, die Wangenknochen, ja, verdammt, er hat sich in den letzten elf Jahren tatsächlich nicht sein wunderschönes Gesicht operieren lassen.

»Doris! Wow!«, ist alles, was er sagt, bevor er mir um den Hals fällt. Ich lasse mich umarmen, lange und fest, und umarme zurück.

»Hey«, flüstere ich, und als meine Hand auf seinem Hinterkopf zu liegen kommt, bin ich schon ruhiger. Fühlt sich etwas weniger füllig an als früher. Er ist doch ein Mensch und kein Hologramm. Es ist nur Gunnar.

VI

Nach dieser schönen kleinen Ewigkeit lässt Gunnar mich schließlich los, oder ich ihn, und als ich ihm wieder in die Augen sehe, können wir beide gar nichts mehr sagen. Er strahlt mich nur an und ich ihn. Doch dann öffnet Gunnar den Mund, er…

»Da bin ich schon«, tönt es von Richtung Tür. »Ey, wo sind die ganzen Leute hin?«

Toddy stellt seine Plattenkiste auf der Theke ab, schnippt seinen Cowboyhut mit Daumen und Zeigefinger aus dem Gesicht und grinst frech. Marie zieht warnend die Augenbrauen hoch, Raffi schreit aus Richtung Küche: »TODDY, ICH BRING DICH UM!«

Toddy schaut irritiert zur Küche hinüber, aus der jetzt schon Raffi herausspringt, Mordlust in den Augen, ein Messer in der Hand. Kein Schlachtermesser, aber der Anblick reicht aus, dass wir Mädchen wie Mädchen quietschen und Toddy vollkommen perplex in Raffis Flugbahn stehenbleibt.

Ich sehe noch, wie eine Hand nach Raffis Handgelenkt greift und den daran befindlichen Körper über die Theke zieht. Jetzt erst quiekt Toddy wie ein Mädchen, Katja und Marie schreien so laut, dass man Raffis Aufprall gar nicht hören kann. Er ist ja auch gar nicht aufgeprallt. Nachdem Gunnar ihn auf unsere Seite der Theke befördert hat, fängt er ihn geschickt auf, mit einem weiteren Griff entwaffnet er ihn elegant: »Junge, was wolltest du denn damit? Ihm das Fett aus den Haaren kratzen?«

So ist er, der Gunnar. Ein zu groß geratener Terence Hill, der nonchalant jede Schlägerei im Saloon schlichtet, und die Frauenherzen werden ihm immer zufliegen, solange man sich nicht mit ihm über Parkettboden streitet. Aber Raffi ist keine Frau, sondern … »Ey, ich bin nicht *Junge*, Alter, und … und … Wer bist du überhaupt?«

Gunnar ist zum Glück nicht eitel. Er unterlässt es, seinen Degen zu ziehen und ein »Z« für »Zufällig in der Gegend herumstreunender Herzensbrecher« in Raffis Unterhemd zu ritzen, sondern kichert einfach. Das war schon immer seine Art, den Anwesenden zu zeigen, dass eine Situation vollkommen lächerlich ist. Nicht innovativ, aber wirkungsvoll.

Also kichert Raffi mit, Katja und Marie strahlen erleichtert, und ich vermutlich noch mehr, nur Toddy fühlt sich nicht eingeladen: »Raphael, echt, ich rufe die Gewerkschaft an, es steht bestimmt in meinem Vertrag, dass du nicht mit Messern stechen darfst«, mault er, und Raffi landet jetzt doch auf dem Boden, weil er einen seiner seltenen Lachflashs durchleben muss.

Eine geschlagene Minute hockt er da, gegen den Tresen gelehnt, unfähig, ein Wort zu sprechen, aber natürlich versucht er es trotzdem: »Ahgnng … gngng«, beginnt er immer wieder, zeigt auf Toddy, dann auf Gunnar, dann wedelt er mit den Händen, und das Spiel beginnt von Neuem: »Agn … gnngn…«

»Er braucht ein Bier«, diagnostiziert Schwester Marie und reicht mir eine Flasche herüber, die ich dem armen Mann an den Mund führen will.

»Übern Kopp«, empfiehlt Katja, und weil Raffi schon ganz blau im Gesicht wird, gehorche ich der Anweisung. Es wirkt. Raffi sieht aus wie ein frischgeduschter Finne, aber seine Gesichtsfarbe geht ins Violette über, und er kann hervorpressen: »Hehehehe … Arbeitsvertrag, hehehe, Toddy, du bist echt der größte Witzbold, den ich kenne, du …, du …, du … Schotte!«

Toddy öffnet erbost den Mund, aber bevor er eine Rede über sein Sklavendasein schwingen kann, besinne ich mich meiner guten Erziehung und stelle meine Freunde einander vor:

»Also Gunnar, der da am Boden liegt, das ist Raphael, der Chef. Das ist Toddy und das Marie. Und Katja, meine beste Freundin. Leute, das ist Gunnar. Er ist …«

»Der Fahrer von der Band«, schnaubt Toddy, dem es völlig schnuppe zu sein scheint, dass der großartige Gunnar ihm gerade das Leben gerettet hat. Mit der einen Hand streicht er sich unsicher durch die filzigen Strähnen im Nacken, die andere reicht er nun Raffi, der sie dankbar ergreift. Der Arbeitskampf ruht für heute.

»Hallo Gunnar, danke, dass du mich davor bewahrt hast, meinen Angestellten mit einem Buttermesser abzumurksen. Wir brauchen ihn ja noch als DJ. Willste ein Bier haben?«

Gunnar lehnt ab: »Ne, danke Raphael, aber ich trinke erst etwas, wenn ich die Band sicher ins Bett gebracht habe.«

Marie schaut Gunnar verliebt an. Sie findet alle Bandbetreuer toll, die erst ihre Musiker sicher verstauen, bevor sie sich selbst unter den Tisch trinken. Nehme ich an. Gunnar ist meines Wissens der Erste, der so einen hohen Grad an Verantwortung zeigt. Raphael schaut Gunnar noch verliebter an. Er hasst es, wenn man ihn »Raffi« nennt, daher tun wir das alle ständig.

Toddy ordnet missmutig seine Platten, er vermeidet es, Gunnar irgendwie anzuschauen.

Und ich? Ich fürchte, dass irgendeiner der Anwesenden jetzt

etwas Blödes, Erklärendes sagt wie: »Ach Gunnar, Doki hatte übrigens mal diese wilde Affäre mit Toddy, aber seit das vorbei ist, kommt sie nur noch zum Trinken hierher. Sie hatte ja seit Jahren nichts Ernsthaftes mehr mit einem Typen, deswegen feiert sie auch heute Zehnjähriges mit Katja, die ja auch mal was mit Toddy hatte, zeitgleich übrigens. Raphael steht eigentlich auf alles, was sich bewegt, und Marie ist deswegen leicht gestört. Du siehst, wir sind ein lustiger, bunter Haufen.«

Warum sollte jetzt jemand so etwas sagen, versuche ich meine unsinnige Paranoia abzuschütteln. Es gelingt mir, bis Katja sich zu Gunnar hindreht, um etwas noch viel Dämlicheres zu sagen: »Du bist also Gunnar, ja? Wir haben heute noch über dich gesprochen, die Doki und ich.«

»Doki?«, wendet sich Gunnar verdutzt an mich, und meine Gesichtsfarbe gleicht sich der meines Kleides an.

»Na ja, in fast elf Jahren kann sich einiges ändern«, entfährt es mir etwas patziger als geplant, »zum Beispiel …Vornamen.«

Alle grinsen, außer Toddy, der mir heftig nickend zustimmt: »Das stimmt! In Glasgow nennen mich alle Teddy, aber irgendeine verrückte Tussi meinte mal, dass das gar nicht zu mir passen würde. Seitdem Toddy. Hot Toddy.«

»Danke Toddy«, denke ich. Jetzt bleibt zu hoffen, dass er sich nicht spontan daran erinnert, dass ich die verrückte Tussi war, die sein E gegen ein O getauscht hat. Und *Hot Toddy* entstand eher im Eifer des Gefechts, rein privat.

Gunnar lächelt mich immer noch an, ob bewundernd oder verwundert kann ich nicht genau ausmachen, da ich nur seine Augen wahrnehme und diesen verdammten, sexy Eckzahn. Wahrscheinlich denkt der eitle Kerl gerade, dass ich jeden Tag über ihn spreche, mit meiner besten Freundin, seit zehn Jahren, und mich kein bisschen weiterentwickelt habe. Aber dieses Lächeln. Dieses Lächeln.

»Na ja«, zerstört Katja den Moment, »manches ändert sich auch nicht. Doki, also Doris hat immer noch den gleichen Fußboden in ihrer Wohnung.«

Sie grinst frech. Gunnar lacht aus vollem Halse. Ich will mir am liebsten das Buttermesser greifen, um Katja, Gunnar und mich zu erstechen. Aber ich kann mich nicht auf eine Reihenfolge einigen, also warte ich zwei, drei Sekunden, bis Gunnar mich in den Arm nimmt, so, als wären die letzten elf Jahre gar nicht geschehen.

»Oh Mann, Doris, klar, dieser dämliche Streit wegen des doofen Bodens. Mann, das war der wahrscheinlich größte Fehler meines Lebens, echt. Leipzig war auch nicht so toll, wie ich dachte ...«

Mein Körper schmiegt sich an Gunnars, mein Hirn hat sich nach den Worten »größter Fehler meines Lebens« ausgeschaltet. Gerade als ich vorschlagen will, dass wir die letzten elf Jahre für null und nichtig erklären sollten, öffnet sich die Kneipentür.

Mist, immer wenn ich denke, dass jetzt endlich das ganz große Kino abläuft, erinnert mich diese Kneipentür daran, dass mein Leben eher ein Boulevardtheater ist.

Aber im Türrahmen steht nicht die Tante aus Marokko, nicht der gehörnte Ehemann, es ist auch nicht das aufreizende Stubenmädchen, sondern das gesamte Ensemble.

Die Finnenpolonaise rauscht wieder herein, deutlich ausgedünnt und nicht ganz so rhythmisch wie bei ihrem Abgang, aber einen guten Schritt schneller. Der Grund für ihr erhöhtes Tempo wird deutlich, als wir das Schlusslicht der Prozession entdecken. Vladimir scheucht die Band, nebst einigen besonders hartnäckigen Groupies, durch den Raum und dirigiert dabei: »Los, los, alle Nackten nach oben und Tür zu!«

Die Jungs quieken aufgeregt, aber sie trollen sich, und wir

hören noch, wie sie die Treppe hinaufpoltern, ein Türenknallen und ein drohendes Röhren aus Vladimirs Kehle: »Jetzt alle Ruhe, sofort.«

Kein Mucks ist mehr zu hören, Vladimirs Schritte hallen auf der Treppe, er steckt seinen Kopf durch die Tür, die die Küche vom Schankraum trennt: »Und ihr – weitermachen wie immer, schnell!«

Da wir uns nicht rühren, macht Vladimir uns noch einmal vor, was wir alle sonst so tun. Er pflanzt sich auf seinen Stammplatz an die Theke und hält Marie ein Glas hin: »Machste mir noch so einen?«

Nach diesem eindrucksvollen Exempel für gelungenes Kneipenverhalten schaut er auffordern in die Runde, also beginnt Toddy damit, eine Platte aufzulegen, Raffi trinkt und Katja wechselt die Thekenseite. Ich wittere eine winzige Chance, dass mein Arbeitsauftrag darin besteht, an Gunnar geschmiegt vor dem Merchandise-Stand zu verharren, aber Vladimir gibt mir die milde Version des Gesichts: »Doris, Bier trinken, an die Theke, hopp hopp, es ist wichtig, jetzt.«

Ich gehorche, Vladimir scheint unsicher zu sein, welche Aufgabe er Gunnar zuweisen soll, aber dann hat er eine blendende Idee: »Du, Fremder, wisch' das Zeug vom Tisch, ganz schnell.« Gunnar gehorcht ebenfalls; es war das erste Mal, dass er Vladimirs Gesicht sehen durfte.

Sekunden später erfahren wir den Grund für Vladimirs sonderbare Strategie. Zwei Herren von der Polizei betreten das Lokal. Beide wirken nicht so, als hätten sie sich die Samstagsnachtschicht ausgesucht. »Guten Abend, die Herrschaften, wir sind auf der Suche nach ein paar nackten Männern.«

Vladimir muss uns kein Gesicht zeigen, um uns zu ermahnen, dass wir uns jetzt besser zusammenreißen. Er dreht sich zu den Beamten um und sagt ganz ruhig:

»Tut uns leid, aber hier sind nur anständige Menschen. Wir trinken nur ein Feierabendbier.«

Der kleinere der beiden Polizisten mustert unsere beschauliche Gesellschaft, als wollte er ganz sicher gehen, dass wir zum Teil Frauen und außerdem allesamt bekleidet sind.

Toddy sieht davon ab, *I Shot the Sheriff* aufzulegen, tippt sich aber an den Hut, so von Kollege zu Kollege.

Der größere, jüngere der beiden grüßt sogar zurück, dann weiht er uns in ihre Einsatzpläne ein: »Also, wir sind von ein paar Anwohnern angerufen worden, wir sollten vorbeikommen und uns einschalten bei unzüchtigem Verhalten in der Öffentlichkeit.«

Alle pressen die Lippen zusammen, der Polizist bemerkt seine unglückliche Formulierung und korrigiert: »Also, uns wurde von einer Gruppe entblößter junger Leute berichtet, die lautstark und offensichtlich angetrunken durch die Nachbarschaft marodierte. Haben Sie etwas davon mitbekommen?«

Wir schütteln die Köpfe, nur Vladimir zeigt uns ein ganz neues Gesicht, das entfernt an Inspector Columbo erinnert: »Oh, doch, warten Sie. Als ich eben draußen war, da kam mir so eine Gruppe entgegen. Ich glaube, die sind in die Martinstraße abgebogen, da ist doch so ein Lokal ...«

Vladimir kratzt sich mit dem kleinen Finger am Kopf, der kleine Polizist ruft: »Das ›Vida Loca‹, meinen Sie? Das kommt hin, da könnten die hin sein. Danke!«

»›Vieeeda Lokka‹, genau, so heißt es. Danke, Herr Wachtmeister!«, übertreibt es Vladimir nun siegessicher doch ein bisschen, und der ältere Polizist schnaubt.

»Herr Kommissar genügt völlig. Also, vielen Dank, schönen Abend noch, komm, Bernd, wir gehen zur Martinstraße.«

Kommissar Bernd hält das für eine gute Idee, er winkt uns noch einmal, dabei sagt er verträumt Richtung Marie: »Äh, ja, danke auch, und feiern Sie noch schön. Vielleicht sieht man sich ja mal, wenn hier mal jemand nackig ist … also, bis dann.«

»Be-hernd!«, dröhnt es von draußen, und der junge Polizist beeilt sich, seinem erfahrenen Kollegen in die Martinstraße zu folgen.

Toddy dreht die Musik leise, damit wir hören können, wie sich die Türen des Polizeiwagens öffnen und wieder zugeknallt werden. Die Staatsgewalt reitet vom Hof, verzichtet dabei dankenswerterweise auf den Einsatz der Sirene.

»Danke, Vladimir«, flüstert Marie, und Katja klopft dem Retter auf die Schulter. Vladimir schüttelt ihre Hand ab und knurrt:»Möchte wissen, wo Tourbegleiter ist, der muss sich um so was kümmern.«

Ich sehe mich außerstande, Vladimir zu petzen, wer da seine Aufsichtspflicht verletzt hat, denn mein Mund ist verstopft. Mit einer Zunge, die eben jenem Tourbegleiter gehört. Ich will gar nicht wissen, wie sie da hineingeraten ist, und auch nicht, ob sie sich je wieder aus meinem Mund entfernt.

»Oha«, höre ich Raphael, von weit, weit entfernt sagen.

»Ach ja, alte Liebe«, kommentiert Marie, und Toddy dreht die Musik wieder lauter, um alle Anwesenden zu erinnern, was heute noch auf dem Programm steht. Es ist kurz vor eins, und wenn die Welt nicht seit elf Jahren stillsteht, bedeutet das, dass wir gleich mit dem zweiten Schub Gäste zu rechnen haben.

Angeblich kann man während eines guten Kusses nicht denken, aber folgendes Szenario spinnt sich die Romantikabteilung meines Kopfes aus, während meine Zunge ihren alten Kumpel, den Eckzahn umschlingt: In wenigen Minuten werden wir hier von Tanz- und Trinkwütigen umringt sein, eine Unabdingbarkeit, die Gunnar und ich höflich überknutschen werden, aber irgendwann wird er mir ins Ohr flüstern:

»Doris, du kannst mir später verzeihen, jetzt möchte ich einfach, dass du mit mir zusammen in den Sonnenaufgang reitest, mit auf mein Schloss kommst, wo ich dich bis ans Ende unsere Tage lieben werde. Jeden Tag.«

Aber stattdessen geschieht etwas ganz anderes. Die Musik verstummt abrupt, Gunnars Zunge entwischt aus meinem Mund, dafür dreht mich sein Arm schwungvoll um hundertachtzig Grad. Ziemlich guter Move, aber Katjas war noch besser. Sie steht auf der Theke: »Hey, Leute, bevor das hier gleich wieder bumsvoll wird, wollte ich noch etwas sagen.«

»Lokalrunde?«, rät Raffi, aber Katja lässt sich nicht irritieren. Sie sieht ganz ernsthaft aus, plötzlich, und hat eine Träne im Augenwinkel: »Also, wie ihr wisst, ist heute ein besonderer Tag für mich, also für Doki und mich. Wir haben uns vor zehn Jahren hier kennengelernt und ...«

»Ich war dabei«, tönt Toddy, aber mehr sagt er zum Glück nicht.

Katja zittert tatsächlich, Gunnar sieht mich besorgt an.

»Also, was ich sagen wollte. Ich liebe euch. Alle. Und deswegen möchte ich euch etwas mitteilen. Ihr seid die ersten, die es erfahrt ...«

Was denn, was denn, Katja? Bist du todkrank, oder hast du im Lotto gewonnen? Bist du in Wahrheit ein Alien oder ...

»Ich verlebe quasi mein letztes Wochenende in Freiheit.«

Oh mein Gott, meine beste Freundin hat eine Bank überfallen. Ohne mich dazu einzuladen!

»Denn ich heirate. Am übernächsten Freitag, und dann muss ich zu einem Lehrgang, also bin ich da auch weg. Egal ...«

Jetzt hat meine beste Freundin, die Dramakönigin, doch tatsächlich den Faden verloren. Das kann nur eins bedeuten. Sie meint es ernst.

»Das wird eine Feier im ganz kleinen Kreis. Doki ist meine Trauzeugin, und das war's auch an Gästen ...«

Bitte was?

»Weiß dein Andi davon?«, erkundigt sich Raffi, wird aber von Marie in die Seite geknufft. Sie hat ebenfalls Tränen in den Augen. Katja unter der Haube, eine von drei Milliarden Sorgen weniger.

Katja fuchtelt unwirsch mit den Händen in der Luft herum: »Ja, natürlich weiß mein Andi davon, er hat mich ja gefragt, Blödkopp!« Dann entsinnt sie sich, dass sie auf der Bühne steht und die Zeit knapp wird.

»Deswegen wollte ich euch fragen, ob wir jetzt alle zusammen eine Flasche Natternblut köpfen wollen, uns danach die Füße wund tanzen und uns den Kater unseres Lebens zulegen wollen?«

»Keine Junggesellinnenabschiede in meiner Kneipe«, knurrt Raffi, aber er holt gleichzeitig die Flasche aus dem Kühlschrank.

»Und, äh, Doki, dich wollte ich fragen, ob du, unter den gegebenen Umständen –« Sie deutet auf den Umstand, der meine Taille mittlerweile nicht mehr umarmt, »…ob du mit mir die Nacht verbringen willst?«

Toddy gackert:« »Ich wusste es!«

Katja fährt fort: »Also, ich habe uns nämlich die Suite im Hyatt gemietet. Mit Frühstück und Wellnessmassage. Kommst du mit?«

Katja sieht mich so unendlich süß an, dass ich nur eines sagen kann, danke, aber ich würde wirklich lieber… »Natürlich kommt sie mit! Herzlichen Glückwunsch übrigens!«, sagt Gunnar und reicht der Fastvermählten die Hand, damit sie von der Theke über den Barhocker auf den Boden gleiten und mir um den Hals fallen kann: »Danke, danke Süße«, schnieft sie, und ich schniefe zurück:»Danke, danke, danke, das ist ja total super.«

Ich bin so überwältigt. Und ein wenig überrumpelt, und in

die große, große Freude, die ich damit zeigen will, indem ich zusammen mit Katja kreischend auf und ab hüpfe, mischt sich so ein winziges Gefühl von Wehmut. »Wo ist eigentlich Gunnar hin?«, fragt sich ein egoistisches kleines Stückchen von mir, und der etwas größere, gemeine Teil fragt sich, weshalb Katja ihre größte Show gerade jetzt abziehen muss, aber dann spricht doch die Stimme der reinen Vernunft aus mir: »Natternblut her, aber schnell!«, juchze ich, und wir hüpfen weiter, bis ich Vladimir bemerke, der mich amüsiert anglotzt: »Es gibt doch keinen schöneren Anblick als eine Frau, die sich aus vollem Herzen über das Glück anderer freut«, stellt er fest.

Katja wird aus meinen Armen gerissen und zum Beglückwünschen durch die sich langsam füllende Kneipe geschubst, ich höre auf zu hüpfen. Vladimir reicht mir ein Schnapsglas:

»Doris, guck' mal an dir herunter – unauffällig«, rät er mir. Verdammt, die Knöpfe vom Kleid sind dieses Mal nicht auf-, sondern abgesprungen. Alle vier. Kein Wunder, dass ich mich so frei und beschwingt gefühlt habe: »Danke«, zische ich, während ich versuche, meinen Ausschnitt mit den flachen Händen zu bedecken.

»Ein Mann muss manchmal Opfer bringen, wenn eine Dame im Begriff ist, ihren Kopf zu verlieren«, lässt Vladimir mich an seiner Weltanschauung teilhaben. Ich habe für heute genug von dramatischen Auftritten, also schnappe ich zurück: »Es war nur das Kleid, Vladimir.«

»Wie du meinst«, gibt er zurück, dann klopft er auf die Theke und ruft: »Marie, darf ich zahlen?«

Ich kann nur annehmen, dass er darf, aber mit Bestimmtheit werde ich das nie sagen können, denn Gunnar ist wieder aufgetaucht.

»Mann, hier ist ja wirklich was los«, stellt er anerkennend fest und wippt mit dem Fuß im Takt der Musik.

»Ja«, sage ich, erstens, weil es stimmt, und zweitens, weil ich plötzlich so eine ungute Distanz zwischen uns fühle, so als hätten wir uns ewig nicht gesehen und gar nicht geknutscht, eben, vor allen Leuten. Ich kann meine Unsicherheit nur ganz schlecht verbergen, schon, weil ich mit einer Hand mein Kleid am Körper festhalten muss.

»Ich gehe mal kurz aufs Klo, mich anziehen«, informiere ich meinen ehemaligen Freund, und ausgerechnet diese wenig geheimnisvolle Nachricht bricht das Eis erneut.

»Doris, du bist unglaublich«, lacht Gunnar,« warst du immer übrigens. Soll ich mitkommen?«

»Aufs Klo? Ach nö, lass mal«, entgegne ich, denn eine Lady weiß, wann es gilt, geheimnisvoll zu bleiben. Dazu gehört es unbedingt, die sanitären Anlagen ohne männlichen Geleitschutz aufzusuchen. Gunnar verpasst mir eine ganz, ganz sanfte Kopfnuss, so wie ganz, ganz früher, und er korrigiert: »Doch, ich glaub schon ich will mit dir auf den Pott, um dir dort etwas zu geben. Ein T-Shirt von der Band nämlich, oder willst du für den Rest des Abends so herumlaufen?«

Ich spreche lieber nicht aus, was ich mit dem Rest des Abends zu tun gedachte, seufze und lasse den schönen, aber gar nicht fremden Mann zu seinem verwüsteten Merchandise-Stand entschwinden, damit er mir dort ein Kleidungsstück aus den Bierpfützen fischt, auf dem selbstredend »KILL HIM« zu lesen ist.

Wieso ist er eigentlich Fahrer einer schwulen, finnischen Punkband?, frage ich mich wieder. Das ist doch ein ziemlicher Stilbruch, nachdem man in Leipzig Architektur studiert und mit einer Parkettbodenfrau zusammengelebt hat? Was ist passiert in den letzten elf Jahren?

Mir kommt ein sehr erwachsener Gedanke. Ich könnte gleich einfach mal mit meiner Jugendliebe die sanitären Anlagen einer völlig heruntergerockten Kneipe aufsuchen, um mit ihm Erfahrungen auszutauschen. Einfach nur reden. Das tun wir Sozialarbeiterinnen doch so gerne. Reden ist immer gut, es sei denn, es wird einem urplötzlich übel, vielleicht, weil man den ganzen Tag über fast nichts gegessen, aber dafür umso mehr getrunken hat.

Ich gehe schon mal vor zu den Toiletten. Gunnar wird mich schon finden, er weiß ja, wo ich hinwollte. Hasch mich, ich bin der Frühling, kann ich noch denken, bevor ich vor der Kloschüssel in die Knie gehe.

VII

Ich wache auf, und alles um mich herum ist weiß, weich und flauschig.

»Ich bin im Himmel«, meldet sich das Zentrum für Unfug und Verklärtheit, das nach einer durchzechten Nacht immer als Erstes anspringt, nur um mich dann schnurstracks mit der Zentrale für Reumütigkeit und Naheliegendem zu verbinden: »Nein, ich bin im Krankenhaus.«

Noch bevor ich mich anständig darüber wundern kann, wie gediegen dieses Hospitalzimmer eingerichtet ist, taste ich die Patientin oberflächlich ab. Die guten Nachrichten: Ich trage keines dieser unwürdigen Nachthemden, sondern ein T-Shirt, das sich fremd anfühlt, sowie die Reste eines Kleides, das mir halbwegs vertraut erscheint. Ich habe auch keine Kanüle im Arm stecken, kein Infusionsständer stört das gepflegte Ambiente des Raumes. Der frische, leicht klinische Geruch stammt auch nicht von Desinfektionsmitteln, sondern von dem Minzeplätzchen, das an meiner Wange klebt.

»Hotel«, fasst mein Hirn zusammen und löst im nächsten

Moment Alarm aus: Hotel schön. Hotel teuer. Kein Geld. Wo Katja? Panisch blicke ich mich in dem riesigen Bett um, bin versucht, nach Hilfe zu rufen, aber da erkenne ich am Horizont, am Westend des mondänen Lagers einen dunklen Haarschopf, der auf dem Kissen ruht. Nach der Hügellandschaft zu urteilen, die sich unter der Decke abzeichnet, ist dieses Haarteil auch mit einem Kopf und Körper verbunden. Es kostet mich unendliche Kraft, meinen Arm nach dem Körper auszustrecken, und als meine Fingerspitzen seinen Rücken erreichen, knurrt dessen Eigentümer nur schläfrig und streckt einen Fuß unter der Bettdecke hervor. Verdammt. Während das Knurren durchaus von meiner besten Freundin hätte stammen können, passen diese unlackierten Fußnägel auf keinen Fall zur erhofften Zielperson.

Mit zusammengekniffenen Augen scanne ich den Körper ab wie der Terminator, der sich in der Nacht selbst eingeschmolzen hat und sich nun mühsam regeneriert. Ist das Raffi? Viel zu groß. Toddy? Bitte nicht. Dann lieber ein völlig Fremder, den ich gestern Nacht, nachdem ich auf der Toilette war, irgendwo aufgegabelt habe. Was habe ich getan, nachdem ich zur Toilette gegangen bin?

»Doris?«, murmelt der Mann nun, und das ist eindeutig die Parole, die schneller wirkt als alle Kopfschmerztabletten auf einmal. Es ist Gunnar. Gunnar. Er schnarcht schon wieder, leise und regelmäßig. Wow. Er sagt meinen Namen im Schlaf. Und ich erkenne nicht mal seinen Fuß wieder, ich kaltherziges Weib. Ich sollte jetzt leise aufstehen, duschen und ein halbwegs passables Gesicht aus mir herauswaschen, bevor er aufwacht.

Würde ich alles tun – wenn mein Körper mir gehorchen würde.

Aber der ist mit sich selbst beschäftigt. Er schmerzt an Stellen, von denen ich nicht wusste, dass sie existieren, er schwitzt und dünstet aus. Verzweifelt versuche ich, meine Nase in Richtung Minzeplätzchen zu halten und wieder so zu tun, als ob ich schliefe. Oder tatsächlich einzuschlafen, aber das geht auch nicht mehr. Da liegt Gunnar. Gestern hat er mich geküsst und heute flüstert er schlafend meinen Namen. Zu gerne wüsste ich, was in den letzten Stunden geschehen ist, aber ich kann mich ums Verrecken nicht erinnern.

Gunnar.

Manchmal hatte ich mir vorgestellt, wie es sein würde, ihn wiederzusehen. Ziemlich oft sogar.

Viele unterschiedliche Szenarien habe ich mir ausgemalt: Wir treffen uns zufällig auf einem Bahnsteig, ich als erfolgreiche Geschäftsfrau, er mit seiner Parkett-Uschi, fieses Wohlstandsbäuchlein, eine Schar rotznasiger Bälger im Schlepptau. An hormonell bedenklichen Tagen sah ich uns auch in einem Café, mein eigenes vielleicht, er mit dunklen Ringen unter den Augen, verzweifelt. Ich hingegen glücklich hinter der Theke, mit einem schönen Mann an meiner Seite, unsere bezaubernden Kinder spielten im Hinterhof.

Der Klassiker war allerdings Gunnar, mit einer Schachtel Pizza in der Hand, ein Lächeln auf den Lippen, die Worte stöhnend: »Wie kam ich nur auf Leipzig? Hauptsache, wir sind zusammen.«

»Dir sei verziehen, Unwürdiger. Küsse den Ring, dann den Rest von mir.«

Danach folgten wilde Versöhnungsszenen, meist auf Linoleum.

Der Gedanke, dass er schwule finnische Punkbands durch die Gegend kutschiert und wir schon liegen, bevor wir mehr als zwei vernünftige Sätze wechseln konnten, kam mir nie in den Sinn.

Ich will mit ihm reden. Ich will duschen. Ich will, dass er weiterschläft, bis ich geduscht habe, einen vorzeigbaren Freund aufgetan und mich auf dem Höhepunkt meiner Karriere befinden kann. Das mit den Kindern werde ich wohl in dem Zeitfenster nicht schaffen, da bin ich Realistin.

Gunnars Fuß zuckt. Er könnte die Nägel mal wieder schneiden. Ich auch. Wie konnten wir uns je trennen, bei all unseren Gemeinsamkeiten?

Wahrscheinlich, weil wir beide elende Sturköpfe sind. Sonst hätten wir es doch in elf Jahren mal geschafft, uns zu sehen. Zu telefonieren. Es gibt so eine technische Errungenschaft, die sich Internet nennt. Nach jeder bescheuerten Affäre habe ich ihn gegoogelt, aber nie gefunden. Dann habe ich mir vorgestellt, er sei gestorben, oder schlimmer noch, ausgewandert nach Sibirien, ohne mir Bescheid zu sagen. Oder er hätte sogar geheiratet.

Das hat mir sehr geholfen, mich in mein Selbstmitleid hineinzusteigern, nach jedem einzelnen Idioten, der nach Gunnar kam. Denn das waren alles Idioten. Ich hätte auch mal bei meinen alten Klassenkameraden nachhorchen können, unauffällig, aber dazu war ich zu stolz. Lieber Gunnar nie mehr sehen, als bei den dummen Schnepfen und hohlen Bauern zuzugeben, dass wir uns getrennt haben, noch vor Studienbeginn. Mein Magen verkrampft sich, und ich hasse meine Schwester. Weil sie umgezogen ist, feiern wir das Weihnachtsfest seit Jahren im Nachbarkaff, so habe ich zehn Chancen verpasst, Gunnar zu treffen, beim Bäcker, am zweiten Feiertag.

Dann hätten wir da gestanden, mit unseren Brötchentüten, unterkühlt, müde und überreizt vom Familienessen, in hässlichen praktischen Winterjacken, die uns unsere Eltern geliehen hätten, und uns gefragt:»Und du so?«

Ich liebe meine Schwester. Sie hat mir das alles erspart, wegen ihr kann ich jetzt den zuckenden Fuß bewundern, der trotz dringender Pediküre so schön ist. Kernig, markant, ein guter, solider Männerfuß, der vor mir weggelaufen ist, um fortan auf Parkett zu wandeln.

Und auch jetzt wendet er sich von mir ab. Dafür dreht sich das andere Ende des Körpers mir zu: Ein verschlafenes Gesicht mit geöffneten Augen sagt:»Hey.«

»Hey«, antworte ich. Hervorragend. Elf Jahre nicht gesehen, und schon reden wir miteinander wie Ermittler in einem durchschnittlichen Schweden-Krimi. Ich muss etwas gehaltvolleren Gesprächsstoff in die Runde werfen, egal, was für einen: »Sehe ich so beschissen aus, wie ich mich fühle?«

Was für ein Eisbrecher. Gunnars Augen öffnen sich wieder, er lächelt so kokett, wie es ein Ein-Meter-neunzig-Kerl mit dichtem Bartschatten vermag:»Mit welcher Antwort habe ich eine Chance?«

Ich bin doch im Himmel. In meiner ganzen beschränkten Fantasie habe ich mir nie ausgemalt, dass Gunnar bei unserem Wiedersehen auf eine bescheuerte Frage von mir mit dem schönsten Zitat antworten würde, ein Spruch aus dem ersten Film, den wir damals gemeinsam gesehen haben. Er macht mir den *Tootsie*, im Liegen, und sieht dabei tausendmal besser aus als Dustin Hoffman.

»Du hast es nicht vergessen«, murmle ich gerührt, und Gunnar robbt näher an mich heran, um mir einen Kuss zu geben. Auf die Stirn. Klar bin ich in der Abteilung des Himmels gelandet, die denjenigen vorbehalten ist, die aus der Kirche ausgetreten sind – erst butterweich das Paradies antäuschen und dann direkt mit einem Arschtritt in die Vorhölle. Ein Kuss auf die Stirn, gefolgt von relativierendem Brummen:»Ne, hab ich nicht vergessen und werde ich auch nicht.« Er geht wieder auf Abstand. Mag an meinem Atem liegen oder daran, dass Gunnar doch die Nummer eins meiner Idiotensammlung ist.

So gut sieht er nun auch nicht mehr aus. Älter als einunddreißig. Abgekämpft. Wahrscheinlich arbeitet er den ganzen Tag, weil er Alimente zahlen muss für drei uneheliche Kinder. Oder er hat gestern halb soviel getrunken wie ich. Gunnar sieht mich besorgt an, also sehe ich tatsächlich schlimmer aus als ich mich fühle, und noch älter als er: »Ähem, Doris … von gestern Nacht weißt du nicht mehr allzu viel, oder?«

Soll das eine Fangfrage sein? Habe ich noch etwas Essenzielles verpasst, außer der Tatsache, dass wir gestorben und in einem luxuriösen Zwischenlager für Exkommunizierte gelandet sind? Ich versuche, ihn zu beeindrucken, indem ich mehr als zehn Worte in sinnvoller Kombination hintereinander aufsage: »Wir waren in der Kneipe. Du auch. Und Katja! Wir haben getrunken, da waren so komische Finnen, und dann musste ich mal kurz aufs Klo …«, versuche ich den Abend zusammenzufassen, und in der Retrospektive klingt er gar nicht mehr so aufregend, faszinierend und unglaublich.

Mag daran liegen, dass ich wichtige Teile ausgelassen habe, wie zum Beispiel, dass wir geknutscht haben und Katja heiraten will. Ihren Andi. Was für eine Sensation, denke ich, was für ein Irrsinn, ich muss sofort Katja anrufen, allerdings: Ich habe ja auch noch geknutscht. Mit dem Mann, mit dem ich das gelernt habe. Der mich jetzt immer noch fragend anschaut, und auch ein bisschen verwirrt. Verliebt? Verkatert?

»Ja, genau, du bist alleine aufs Klo und kamst nicht wieder. Katja und ich haben dich dann da gefunden und dich irgendwie ins Taxi gepackt. Klingelt da was?«

Ich schüttle den Kopf. Das sollte ich lassen, es schmerzt. Gunnar seufzt: »Und dann haben wir dich hier abgeliefert, dass war ein schönes Stück Überzeugungsarbeit, und Katja ist wieder gefahren, als sie gesehen hat, dass sie hier … also … zuviel ist. Sie hat uns netterweise das Hotelzimmer überlassen.«

Da wird er doch tatsächlich rot, der Gunnar! Und ich erst. Ich habe zwar immer noch nicht den geringsten Schimmer, was geschehen ist, aber wenn Gunnar sich schon in blumige Ausflüchte rettet, möchte ich gar nicht wissen, was ich getan habe. Oder vielleicht doch: »Gunnar, habe ich dich irgendwie ... oder du mich ...?«

Gunnar setzt sich aufrecht hin, um besser kichern zu können: »Ach, Frau Kindermann, Sie waren definitiv viel zu besoffen, um irgendwelche unsittlichen Handlungen vorzunehmen. Oder auch nur unsittlich behandelt zu werden, wie ich hinzufügen möchte. Seit wann kannst du übrigens so schnarchen?«

Ich setze mich ebenfalls hin. Vielleicht hätte ich mir doch die Illusion bewahren sollen, dass ich eine Nacht voller Leidenschaft verbracht habe. Aber der Keks ist gekrümelt, also kann ich mich ja nun wieder etwas zurücknehmen, ein wenig auf eiskalte Schneekönigin machen, so, wie ich es mir all die Jahre vorgenommen habe: »Nenn' mich nicht Frau Kindermann«, quäke ich also, weit entfernt von jeglicher distanzierter Abgeklärtheit, eher Richtung beleidigtes Zicklein. »Das darf nur Katja zu mir sagen!«

Mein Gewissen, das ich wohl über Nacht plattgelegen habe, rappelt sich auf und kriecht mir in den Nacken. Die gute Katja. Arme Katja. Überlässt mir großzügigst diese feudale Herberge, für nichts und wieder nichts. Wie schön wäre es jetzt, wenn sie hier wäre, und nicht ausgerechnet Gunnar.

»Tschuldigung, Baby. Doris. Doki. Verdammt, ich wollte doch nur ...«, er lässt seinen Oberkörper wieder in die Kissen fallen, aber nicht, ohne mich zu packen, und mich mit herunterzureißen. Ich beschließe, dass ich diese Wendung durchaus mehr genießen könnte, wenn sich nicht alles in meinem Kopf drehen würde. Also schalte ich den Kopf aus. Es klappt vorzüglich. Köpfe sind in gewissen Situationen nur dazu da, um sie an die nackte Brust seines Exfreundes zu pressen. Und das Ex dabei zu vergessen.

»Viel besser«, bestätigt auch der Mann.

Ich lasse ihn noch ein bisschen reden, nutze seinen Brustkorb als Bassverstärker, der Text klingt verheißungsvoll: »Scheiße, Doris, ich war einfach so verdutzt, als ich dich gestern gesehen habe.«

Ich hüte mich davor, ihn zu unterbrechen, mit irgendeinem Besserwissersatz, wie: »Wieso verdutzt? Ich wohne in dieser Stadt!« Nein, ich bleibe auf Empfängermodus, mal hören, wie dieser Song sich entwickelt. Die Rhythmusgitarre stimmt mit ein, Gunnar streichelt meinen Arm. Gefällt mir.

»Und du sahst so schön aus, so zufrieden, und ich finde es so toll, dass du jetzt was im sozialen Bereich machst.« Gut, diese Zeile halte ich für überarbeitungswürdig, aber auf den Refrain bin ich sehr gespannt. Und der haut rein. Gunnar schnellt hoch, umarmt mich und flüstert, er haucht mir direkt ins Gesicht: »Ich habe dich so vermisst, Süße.«

Und er küsst mich. Richtig. Richtiger als gestern, und ich küsse zurück, bestätigend, liebend, ihm alles verzeihend, wild. So wild, dass es klopft.

Was klopft? Das Zimmermädchen, na klar. Sie wartet auch nicht auf ein »Herein!«, sondern latscht einfach in den Raum, glotzt uns an und wird gar nicht rot. Das kann nur eins bedeuten: Sie hat schon andere Paare in Doppelzimmern gesehen, in ganz anderen Situationen.

»Es ist fünf vor zwölf«, stellt sie fest, noch eindringlicher als ein von Greenpeace engagierter Schauspieler, der denselben Satz in die Kamera spricht.

Aber offenbar erwartet sie jetzt nicht von uns, dass wir den sibirischen Tiger retten, sondern unsere Hintern aus dem Bett schwingen, um das Zimmer zu räumen.

»Shit«, ruft Gunnar, schwingt seinen gesamten Körper tatsächlich blitzschnell aus unserer weichen Wolkenburg und springt in seine Stiefel. Das Zimmermädchen verschwindet im Bad, zufrieden grinsend.

»Scheiße, Scheiße, ich muss die Band abholen. Ich muss die bis halb vier nach Pforzheim gebracht haben!«, flucht Gunnar, während er nach seinem T-Shirt fahndet.Was das ruppige Zimmermädchen nicht völlig zerstören konnte, schafft die Erwähnung des Wortes Pforzheim. Kann eine Stadt einen unerotischeren Namen haben? Ich denke ernsthaft darüber nach: Gummersbach ist auch nicht übel, Neu-Ulm klingt schon nach Neutrum …

»Doris, komm in die Puschen. Ich glaube, wenn wir um zwölf nicht hier raus sind, belasten die Katjas Kreditkarte für noch eine Nacht«, informiert mich Gunnar, und das schaltet meinen Kopf wieder vollständig an. Sogar den Körper vermag ich nun wieder zu aktivieren, und wie durch ein Wunder finde auch ich einen meiner Schuhe. »Keine Zeit zum Frühstücken, was?«, murmle ich, als ich unter das Bett krieche, um nach der restlichen Fußbekleidung zu suchen. Gunnar hört es dennoch, und voller Genugtuung meine ich, tiefe Enttäuschung in seiner Stimme zu vernehmen: »Ne, das klappt wohl nicht, Mist.«

Bingo, Schuh Nummer zwei ist geborgen. Wir stehen beide wieder vor dem Bett, ich betrachte die nur unzulänglich zerwühlten Laken, eine verpasste Gelegenheit, die sich in der Form wohl so schnell nicht wieder auftun wird. Vermute ich. Fürchte ich, und obwohl es ganz eindeutig mein Gunnar ist, der wenige Zentimeter neben mir steht und vor fünf Minuten noch direkt neben mir lag, habe ich dieses Gefühl, dass sich manchmal einstellt, wenn man nachmittags aus dem Kino kommt: Draußen ist es zu hell und zu wirklich, der Film war nur ein Film, und langsam dämmert einem, dass man noch den halben, echten Tag zu Ende bringen muss, in dem gar keine Superhelden auftauchen werden.

Ganz alberne Menschen schließen dann kurz die Augen, um etwas von dieser behaglichen Dunkelheit zurückzuerhaschen, in der leisen Hoffnung, dass der Film weitergeht, wieder näher kommt. »Doris, nicht umkippen«, mahnt Gunnar besorgt, und er greift nach meiner Hand. Obwohl es dieses eine Mal geklappt hat, öffne ich die Augen wieder und sehe ihn an. Er hält immer noch meine Hand.

»Hör mal, ich bin demnächst wieder in der Gegend. Ich meine, ich könnte vorbeikommen, wenn du willst …«

Nur ein kleiner Kuss. Ja, ich will: »Dann reite mit dem Wind, Cowboy, und bring die Herde sicher nach Kalifornien. Ich werde auf dich warten, hier!«, schwöre ich, und Gunnar lacht: »Du bist bekloppt, Doris. *Das* habe ich vermisst. Bis bald. Ich muss echt los jetzt. Grüß Katja, okay?«

Und er ist weg, noch während ich nicke. Okay. Klar, okay, warum nicht? Bekloppt bleiben und Katja grüßen, das sollte ich auf die Reihe kriegen. Das wird höchstwahrscheinlich alles sein, was ich in der nächsten Woche bewerkstelligen kann.

Ich setzte mich auf das Bett, um mir meine Schuhe anzuziehen. Sie sind über Nacht um zwei Nummern geschrumpft.

»Jetzt müsste ich das Bett machen«, belehrt mich das Zimmermädchen, und zupft so kräftig am Laken, dass sie mich fast bis zur Zimmertür schleudert. Die Frau ist gut in ihrem Job.

Langsam stakse ich den langen Flur hinunter, der bestimmt beeindruckend wirkt, wenn man einen Sinn und einen Blick für zurückgenommenen Protz hat. Wenn ich mit Katja hier gewesen wäre, hätte sie mir bestimmt erzählt, dass die Wandleuchten von innen mit Platin verstärkt worden seien. Und ich hätte es geglaubt, bis sie mir ihren Ellenbogen in die Seite gerammt und gerufen hätte: »Frau Kindermann, Ihnen kann man auch alles weismachen! Komm, wir gehen in den Massageraum und lassen uns von ausgemusterten Chippendales mit Weintrauben füttern.«

»Katja anrufen«, befehle ich mir im Aufzug, »dringend Katja anrufen. Mich tausendmal bedanken und grüßen. Auf jeden Fall grüßen, sonst kommt Gunnar nicht wieder, ganz logisch.«

Ich durchquere die Lobby, und an den Blicken, die mich streifen, erkenne ich, dass ich dabei bekloppt genug wirke, um den ersten Teil meines Gelöbnisses als erfüllt zu betrachten. Wahrscheinlich hilft dabei das T-Shirt, auf dem »KILL HIM« steht, sowie die Tatsache, dass ich meine Schuhe in der Hand halte.

Draußen scheint die Sonne, aber das hat sie ja gelernt. Ich nehme es mit ihr auf, und strahle alle an, die mir begegnen. Klarer Sieg in der ersten Runde, und zwar für mich. Schon nach fünf Metern weichen die Obdachlosen erschrocken vor mir zurück, so irre grinse ich. Die Sonne erkennt ihre Niederlage an und versteckt sich hinter einer Wolke. Ich gehe voll drauf ein, wähle die Dunkelheit der U-Bahn, um mich auf diese neue Taktik einzustellen. Als ich sieben Stationen später aussteige, regnet es. Da kann ich nicht mithalten. Beschwingt hüpfe ich zu meiner muffigen, kleinen Wohnung hinauf, öffne die Tür und schreibe mir einen Denkzettel: »Katja anrufen« steht auf dem Post-it, das ich mir sicherheitshalber an die Stirn klebe. Damit ich es auch nicht vergesse, wenn ich wieder aufwache. Falls ich wieder aufwache.

VIII

Wer will denn heute mal anfangen?«, fragt Margret, und ich bin froh, dass ich die berufsübliche Tarnkleidung gewählt habe. Jeden zweiten Montag ist Teamgespräch im Anker und auch heute läuft es nach dem gewohnten Muster ab: Eine Laientheatergruppe spielt *Die Zwölf Geschworenen* nach, und da sich nie Publikum einfindet, haben die Akteure sich darauf geeinigt, das Ganze mit Blümchenkaffee und Slapstick-Einlagen aufzumotzen.

Aber noch sind wir beim Aufwärmen, sprich, alle Schauspieler müssen erst in ihre Rolle finden. Dazu sitzen wir im Stuhlkreis und erzählen reihum, wie es uns so geht, was uns gerade beschäftigt und was wir für Ziele haben in den nächsten vierzehn Tagen.

Ich persönlich kann montags noch nicht so gut lügen, daher benötige ich eine gute Vorlage von einem Kollegen. Ein Anstoß zum Improvisieren könnte mich retten, und da ich seit letzter Woche weiß, dass ich unter Margrets besonderer Beobachtung stehe, und sie nach der klassischen Schweigeminute nach dem Satz: »Wer will denn heute mal anfangen?« natürlich einen freiwilligen Eröffnungsredner herauspicken wird, bete ich nur still in mein Halstuch hinein. Ein großes, buntes Halstuch und eine orangefarbene Strickjacke habe ich angezogen, darunter ein rot geringeltes T-Shirt. Es wirkt. Die Farben meines Ensembles haben sich gegenseitig längst totgebissen und somit neutralisiert. Margret schaut an mir vorbei: »Jochen, du warst lange nicht mehr der Erste, oder?«, erwählt meine Chefin ihren Kandidaten, und ich bin aus dem Schneider.

Jochen ist eine verdammt gute Wahl, zumindest aus meiner Sicht. Der Mann hat was zu erzählen, wenn auch nur bedingt Neues: »Ja, nun, ihr wisst ja, es ist bei mir derzeit privat etwas turbulent«, hebt Jochen an, wir alle nicken, und Jochen tätschelt seinen Oberarm, wahrscheinlich um sein Nikotinpflaster unter der Lederjacke zurechtzurücken. Jochens Privatleben ist immer turbulent, aber ich hoffe, er gibt noch ein paar Eckdaten preis, zum Beispiel, wie seine aktuelle Lebensgefährtin heißt und in welchem Schwangerschaftsmonat sie sich befindet.

»Ja, die Corinna entbindet nächste Woche, das ist natürlich aufregend, obwohl es ja nicht mein erstes Mal ist…«

Jochen lacht auf und der erste Test beginnt. Mitlachen, aber auf keinen Fall lauter oder gar länger als der werdende Vater selbst. Um dieses empathische Lachen zu erzeugen, habe ich mir eine Technik zugelegt: Damit es nicht schallend aus mir herausbricht, stelle ich mir eine Viertelsekunde den alten Bock beim Sex vor, dass verleiht mir sofort einen betroffenen Gesichtsausdruck. Die nötige Milde beim Lächeln füge ich dann hinzu, in dem ich mir vorstelle, dass Jochen einen Masterplan verfolgt: Er will die nächste Generation Jugendlicher für den Anker ganz alleine erzeugen, und er kann es schaffen.

»…nun, wir haben uns nun gegen die Hausgeburt ausgesprochen, was ich persönlich schade finde, aber das ist ja auch irgendwie Corinnas Entscheidung.«

Ach ja, Jochen der großmütige alte Stammesfürst. Wenn ich Glück habe, redet er noch eine Weile über seine ersten sechs Kinder und Ehefrauen, aber leider würgt Margret unseren Privatmormonen unsanft ab: »Okay, Jochen, danke. Wie sieht es denn aus deiner Sicht hier im Zentrum aus? Gibt es Jugendliche, die dir besonders aufgefallen sind in letzter Zeit?«

Jochen krault sich seine Bartstoppeln: »Nö, niemand Konkretes. Obwohl, der Ludolf vielleicht, ich finde, der hat schon so einen merkwürdigen Ton drauf, gegenüber den Mitarbeitern. Also, jetzt gar nicht aggressiv, sondern eher…«

Egal, wie sehr Jochen seinen Dreitagebart nach der passenden Vokabel absucht, er findet sie nicht. Und ich werde ihm die Lösung nicht verraten. Ich werde mich überhaupt nicht einmischen in Jochens Eindrücke über Ludi, weil das hier ein ganz abgekartetes Spiel ist. Jochen mag Ludi einfach nicht, weil der schlauer ist als die meisten Fünfzehnjährigen. Ludolf hat längst kapiert, dass wir ihn hier mehr brauchen als er uns. So gesehen nutzt er die Lage gar nicht so schamlos aus, wie er könnte.

Jochen sieht das anders: »Also, jedenfalls denke ich, dass sich einige der Mädchen vielleicht durch so eine Art eingeschüchtert fühlen könnten, und daher noch mal konkret mein Vorschlag: die Einführung eines reinen Mädchentages. Zu Förderungszwecken.«

»Diese Ratte!«, denke ich, »Ein Mädchentag, was für ein raffinierter Köder.«

Ich blicke in die Runde und schaue, wie jeder Einzelne das für ihn bestimmte Stückchen davon schluckt: Kira schaut ganz beseelt, juhu, Mädchentag. Da könnte sie bestimmt endlich ihre Filzbastelstunde unterbringen und ihre grauenhaften Ansteckbuttons in ihrer Arbeitszeit fertigen. Silke klappert leise mit dem Kuli vor ihren Zähnen, die fände einen Mädchentag bestimmt auch gut, weil sie immer noch an ihrer Diplomarbeit herumfuhrwerkt, und soweit ich weiß, lautet der Titel so ungefähr: »K.O. für Ko-Edukation? Neue Entwicklungen zur Frauenförderung im Hinblick auf Dingenskirchen«.

Die Einführung eines Mädchentages käme für Silke der Einrichtung eines persönlichen Labors, inklusive Versuchstierchen, gleich. Unsere männlichen Kollegen versuchen, skeptisch zu gucken, aber ich durchschaue sie. Innerlich freuen sich Kai und Arne tierisch, denn ein Mädchentag würde natürlich bedeuten, dass nur die Kolleginnen arbeiten würden. Könnten. Müssten. Hinter Kais Stirn sehe ich schon, wie er die freien Tage zusammenzählt, und Arne versucht, telepathischen Kontakt mit Jochen aufzunehmen, damit der etwas sagt wie: »Der Freitag böte sich aus meiner Sicht für einen Mädchentag an.«

Meine einzige Hoffnung ist jetzt Margret. Die sollte jetzt bli-

cken, was hier abgeht, aber auch sie scheint darüber nachzudenken. Intensiv, wie es bei uns so schön heißt, was meint, fi-
nanziell. Denn Frauenförderung geht immer. Ganz gleich, wie
plump oder sinnlos. Mädchen-Band-Workshop, Mädchen-
Selbstverteidigungskurs, Mädchen-machen-Mädchen-Mut, La-
dylaberstunde, Hauptsache, man druckt im Vorfeld fünfzigtausend Flyer, die eine lila eingefärbte, gereckte Faust zeigen, und
schon findet sich eine Kulturbeauftragte, die das auch total
wichtig findet. Und die Schirmherrin dieser ganzen Idee werden möchte. Komischerweise heißt es nicht Schirmdame oder
Schirmfrau …

»Doris, wie findest du denn die Idee? Das ginge ja vor allem
auch dich an«, fragt Margret nun lauernd.

Mist. Ich bin kurz davor, die Wahrheit herauszuschreien: »Ich
halte das für eine beschissene Idee, ja, gerade *als Frau*. Als Mann
fände ich die Idee wahrscheinlich super, so wie Kai, der gerade
schon die Brückentage freischaufelt, aber ganz ehrlich: Das ist
doch sexistisch! Wir würden die Jungs ausgrenzen! Und den
Klöstern Konkurrenz machen! Wie soll man denn das andere
Geschlecht verstehen lernen, wenn es ausgesperrt bleibt? Völliger Mumpitz, diese ganze Genderkacke, da kommt doch nie ein
Mädchen vorbei, das auch nur ansatzweise unterdrückt wird!«

Aber natürlich sage ich: »Was war denn noch einmal der
Grund dafür, dass wir diese Idee beim letzten Mal abgeschmet-
tert haben?«

Oh ja, ich war auch nicht ganz umsonst auf der Uni. Mani-
pulation mit der Dampframme beherrsche ich seit dem ersten
Semester. Es ist mir völlig egal, dass ich gerade wirke wie der
rechte Flügel einer erzkonservativen Partei, die seit vierzig Jahren jeden Reformversuch abwürgt. Jochen wird mir nicht die
flexible Arbeitszeit stehlen. Ich lege sogar noch einen drauf:
»Bei allen guten Absichten darf man ja auch die Interessen der

anderen Seite nicht vergessen, in diesem Fall – die Jungs. Dann wäre ein reiner Jungstag nur konsequent, oder?«

Doris Kindermann, du gerissenes Biest! Alle sehen mich beeindruckt, nein, bewundernd an, nur Jochen guckt beleidigt. Jetzt nicht nachlassen, Doris, du willst keine Geschlechtertrennung, sprich zu ihnen, solange du ihre Aufmerksamkeit hast, denk dir irgendetwas aus:»Also, aus meiner Sicht wären doch viel eher neue Anstöße sinnvoller, die alle einschließen, wie zum Beispiel…« Sport? Musik? Kochen? Rumhängen im Computerraum?»…Drogen?«

Das wirklich Traurige ist, dass keiner lacht. Es schaut auch niemand betreten zu Boden oder unterbricht mit einer wichtigen Frage (Ist noch Kaffee da?), nein, die Kollegen wollen noch nicht einmal, dass du dich bis auf die Knochen blamierst, indem du weiterredest, sie sind tatsächlich interessiert. Offen für alles, was da noch aus meinem Mund kommen mag, und auf einmal habe ich sie alle ganz doll lieb. Wo kann man heutzutage noch völlig zusammenhanglos »Drogen!« rufen, ohne dass man als geistig gestört eingestuft oder verhaftet wird. Okay, im »Dead Horst« vielleicht.

»Also, ja, vielleicht sollten wir unsere Jugendlichen mal auf Drogen aufmerksam machen.«

Ja, dann wäre vielleicht mehr Leben in der Bude, aber weil mich immer noch keiner unterbricht, rede ich einfach weiter: »Also, auf die Gefahren von Drogen. Alltagsdrogen. Alkohol. Auch Abhängigkeit von Computerspielen, das ist ja genauso schlimm.«

Ich habe es geschafft. Der Stuhlkreis ist wieder im Nickmodus. Jeder hier ist sich klar darüber, das man heutzutage von fast allem abhängig werden kann: Nikotin, dem Drang, hässliche Filztaschen zu basteln, Frauen zu schwängern, Doris den Tag zu versauen.

»Hmm, finde ich prinzipiell gut«, fährt Margret den allzu bekannten Stachel aus, »nur müsste man sich da mal etwas Neues überlegen. Mit einem Vortrag kommt man da nicht an die Kids ran, das wirkt ja eher kontraproduktiv.«

Stimmt, Vorträge kann man nur Sozialarbeitern halten, und da ich meine geniale Idee noch nicht zu Ende gedacht habe, sage ich: »Ich dachte mir das auch eher so in Projektform.«

Hui.

Ich rate jedem, der gezwungen ist, als Angestellte der Stadt zu arbeiten, sich im Vorfeld eine Dokumentation über die Wildtiere Kanadas anzuschauen.

In solchen Lehrfilmchen erfährt man nämlich, dass man sich bei Konfrontationen mit unterschiedlichen Bären ganz unterschiedlich verhalten muss, wenn man an seinem Leben hängt. Vor ausgewachsenen Grizzlys kann man sich auf hohe Bäume flüchten, beim Braunbären hilft langsames Rückwärtsgehen, im Notfall Pfefferspray. Bei Eisbären sollte man beten, aber Schwarzbären sind dafür einfach zu handhaben. Man holt irgendetwas Essbares aus seiner Tasche und wirft es ihnen vor die Füße. Schon bist du ihnen als Beute egal. Angeblich funktioniert das schon mit einem Apfel, mit einem Schokoriegel ist man auf der sicheren Seite.

Sozialarbeiter sind definitiv Schwarzbären. Oft genügt es, ihnen ein »Du, mir fehlt da noch ein konkreter Ansatz« hinzuwerfen, oder auch: »Da müssten wir vielleicht mal gemeinsam ein Konzept erarbeiten.« Das sind die Äpfel, aber der Schokoriegel ist ohne Zweifel »Projektform«.

Wir lieben Projekte. Anders als AGs oder Montagsmeetings hören die nämlich irgendwann auf, und man hat das Gefühl, irgendetwas abgeschlossen zu haben, obwohl eigentlich nur die Jugendlichen zu alt geworden sind, um unsere Einrichtung weiter zu besuchen.

Projekte unterliegen der Projektförderung. Man kann schöne, konkrete Anträge stellen, und alle sind glücklich, dass eine bestimmte Geldsumme für eine bestimmte Zeitspanne locker gemacht wurde und eine Zielsetzung hinter dem ganzen Schmu steht. Projekte haben nur einen Haken:»Das hört sich doch gut an. Willst du das in die Hand nehmen, Doris?«

Ja, genau wie geschmolzene Schokolade kleben Projekte dem an den Fingern, der sie im Eifer des Gefechts ausgepackt hat. Und alle kleinen Schwarzbären in der Runde freuen sich und werden mir jetzt ewig hinterherlaufen, super.

»Äh, ja klar, war ja meine Idee«, murmle ich, und Margret lächelt zufrieden. Der Deal wird perfekt gemacht, indem sie unsere Protokollführerin auffordert:»Jenny, hältst du das bitte fest, dass Doris dann am übernächsten Montag ihr Drogenprojekt vorstellt?« Jenny notiert, ich kann von hier aus sehen, dass sie nur »Doris/Drogen« aufgeschrieben hat.

Nun ja, weiter bin ich ja auch noch nicht.

»Also – der Mädchentag wäre ja auch erst mal auf Projektbasis gelaufen«, mosert Jochen, aber damit hat er keine Chance. Wenn es heißt:»Mädchen« oder »Drogen« setzt der gemeine Sozialarbeiter ganz klare Rockstar-Prioritäten: Erst durch Drogen inspirieren lassen, die Mädels kommen dann schon.

Stufenlos wird jetzt zur allgemeinen Tagesordnung übergegangen, plötzlich scheint es egal zu sein, wie es Arne, Kai, Kira, Jenny, Silke oder gar mir so geht, generell. Wichtige Fragen des Ankeralltags werden geklärt: Tatsächlich noch mehr Holunderbrause bestellen? Könnten die Statistikblätter einfacher/komplizierter gestaltet werden? Wer hat eigentlich heute Schicht?

Während eine heiße Diskussion darüber entbrennt, ob man den Kickertisch vielleicht statt mit Holzmännchen mit Holzweibchen ausstaffieren sollte (Vorschlag Silke), und Jochen einlenkt, dass man das ja schön an einem Mädchentag hätte tun können, spüre ich in meiner Jackentasche mein Handy rumoren. Eine SMS. Bestimmt von unendlicher Wichtigkeit. Wahrscheinlich von Katja. Oder Gunnar. Ich werde das erst in einer Viertelstunde herausfinden, oder noch später. Kira will auch Fußballweibchen haben und bietet zum Übergang an, den bestehenden Holzfigürchen kleine rosa und lila Trikots zu nähen. Jenny begeht den Fehler, für den eigentlich ich zuständig bin, und fragt genervt: »Ach, Kira, vielleicht ziehen wir denen einfach Barbieklamotten an und fertig ist die Mühle, oder?«

Ich mag Jenny. Kira gerade nicht so: »Aber Jenny, wäre das nicht irgendwie sexistisch? Also, Barbie an sich ist schon kein gutes Vorbild, oder?«

Jenny seufzt leise. Ich muss sie mal ins »Dead Horst« mitnehmen. Sie ist vielleicht die Einzige im Raum, die noch zu retten ist.

Ich meine, alle, wie sie hier sitzen und in ihre Tassen starren, sie waren alle mal gute Leute – oder hätten mal welche werden können. Jochen gründet nun einmal gerne Familien, ich bin mir sicher, er tut alles für seine Kinder, er gibt ihnen sogar (noch) Namen statt Nummern. Und ich weiß, dass Jochen sich früher genauso engagiert um anderer Leute Kinder gekümmert hat, die, denen es wirklich dreckig ging.

In seiner Zeit hat er sich mit Jugendämtern angelegt, vermittelt, getröstet und die ganz harten Fälle nachts unter den Brücken gesucht und gefunden. Iris hat lange für ihre Reittherapie gekämpft, so lange, bis das Pferd gestorben ist. Silke hat ein Jahr in einem Frauengefängnis in Brasilien gearbeitet und allen Grund dazu, ihre Diplomarbeit noch nicht beendet zu haben. Kai kommt tatsächlich »von der anderen Seite«, sprich, er war selbst ein Problemkind, Problemjugendlicher und hat sich da rausgearbeitet. Nur war er als Szenekenner zu perfekt. Als er ein Praktikum bei der Drogenberatungsstelle in seinem eigenen Viertel absolvierte, blieb dort die Klientel fern, weil sie zum großen Teil mit ihm verwandt war.

Und dann sind da unsere Spezialfälle: Arne wollte Profifußballer werden, aber seine Knie nicht. Unverdrossen begann er danach das Studium des Pflegemanagements, aber sein Ehrgeiz schwand, er wurde Sozialarbeiter. Daraus kann ich niemandem einen Vorwurf machen, allerdings wirkt Arne von Schicht zu Schicht abgestumpfter. Er hat sich noch nicht einmal darüber aufgeregt, dass seine geliebten Tischfußballfiguren vorrübergehend entmannt werden sollen.

Nun, Jenny ist noch ganz neu hier, Kira ist Kira und Margret die Chefin. Die Patronin, die Gallionsfigur, die Grande Dame. Wenn Jochen früher der Robin Hood der Straßenkinder war, war Margret Calamity Jane, Mutter Teresa und Katharina die Große in einer Person.

Legendär die Geschichte, wie sie mit einem Jagdgewehr vor dem Haus eines prügelnden Vaters stand und die verwahrlosten Kinder forderte. Der Fall ging durch die lokale Presse.

Leider wurde nie erzählt, wie es weiterging, nachdem Margret die Deutschlandflagge im Vorgarten abgeschossen hatte. Zwar wurden die Kinder in Pflegefamilien untergebracht, aber Margret wurde von ganz oben angeraten, alles mal etwas ruhiger anzugehen. Aus dem Fokus zu verschwinden. Und dann geschah der großen Margret, was allen wiederfährt, die im wilden Wasser auf Tauchstation gehen – sie werden angespült, auf einer paradiesischen Insel. Ohne Rückflugticket.

Ich arbeite hier, weil ich mich vor dem Supergau aus der Affäre gezogen habe. Sozusagen noch vor dem großen Sturm ins Rettungsboot gesprungen bin. So hatte ich zwar einen guten Sitzplatz ergattert, aber gelandet bin ich am selben Ort: der Insel der Verdammten.

Aber so sehr mich mein beruflicher Status quo auch deprimiert, es gibt lichte Momente: Das Geld ist pünktlich auf dem Konto, ich bin richtig gut im Kickern geworden, und in zehn Minuten kann ich endlich die SMS lesen, die wahrscheinlich mein Leben verändern wird.

»Mist, der letzte Schluck Milch. Will den noch jemand?«, fragt Silke und hält die fast leere Milchtüte in die Runde. Und alle, alle verneinen, starren dabei in ihre Kaffeetassen, deren blassbraune Inhalte allesamt nach einer Aufhellung schreien. Das findet man auch nur unter Sozialarbeitern. Kein direkter Egoismus, niemals.

»Riecht eh' schon komisch«, erschnüffelt Silke nun aus der Tiefe der Milchtüte und entleert den Rest in den Ausguss. Damit ist auch das Meeting beendet. War doch ein positiver Abschluss, irgendwie.

»Kennst du jemanden, der kochen kann? Hilfe, M.«
Interessante Textbotschaft. Nicht ganz das, was ich mir von der SMS erhofft habe, und M für Marie stand auch nur in der Top 10 meiner Wunschabsender, aber nun gut.

»*Warum?*«, tippe ich zurück, obwohl ich es hasse, Fragen mit Gegenfragen zu beantworten. Dann geschieht nämlich erfahrungsgemäß das, was jetzt geschieht. Die Gegenseite holt zum direkten Appell aus, ich nehme Maries Anruf entgegen:

»Weil die Pommesbude dicht macht.«

»Warum?«

»Och Mensch, Doki, hast du noch 'ne andere Platte drauf? Weiß nicht, jedenfalls macht die Frittenschleuder zu, und wir müssen die Bands jetzt wirklich füttern. Mit echtem Essen.«

Marie klingt ehrfurchtsvoll. Echtes Essen kommt in ihrem Leben nicht so vor, sie ist Trennkostanhängerin. Mal isst sie die Pommes mit Ketchup, mal mit Majo. Nie rot-weiß.

Ihr Spruch von vorgestern: »Die Köchin hat gekündigt«, war nichts weiter als ein Insiderwitz, den Marie seit ungefähr vier Jahren zum Thema Bandverköstigung bringt, also seit dem Tag, an dem die Köchin tatsächlich gekündigt hat.

»Hm, okay, was wirst *du* denn dann essen?«, frage ich, stets um das Individuum besorgt, solange ich auf dem Betriebsgelände rauche.

»Ich finde schon was«, antwortet Marie knapp, und vor meinem geistigen Auge sehe sie wie ein emsiges Eichhörnchen die Erdnüsse aus den Thekenritzen klauben.

»Also, fällt dir jemand ein, der ab und zu für die Bands kochen kann? Für wenig Geld. Also, ganz wenig?«

Ich denke nach. Neben mir, an der Vordertür des Anker, bemüht sich Kira, ein Plakat mit Tesafilm zu befestigen. Als sie nach einem unschönen, klebrigen Kampf mit der Materie endlich gewonnen hat, schaut sie stolz auf ihr Werk. Ich überfliege den Text auf dem Poster:

»Liebe Anker-Besucherinnen,

am nächsten Freitag veranstalten wir einen MÄDCHENPRO-BETAG!

Mit Kaffee, Klönen und Kickerinnenturnier sowie Kira und Doris an der Theke!«

»Marie«, höre ich mich sagen, »ich kann das erst mal machen. Ich kann kochen. Für wenig Geld.«

Nicht, dass ich Jubel gewohnt bin, aber in meiner Erinnerung aus Schultheateraufführungen hört er sich doch lauter an. Und weniger verzagt.

»Du? Kochen? Äh, bist du sicher?«

Überhaupt nicht, jedenfalls nicht mehr, aber was ist die Alternative? MÄDCHENPROBETAG! Wer veranstaltet so was, außer wir? Zuhälter? Pornoproduzenten?

Ich spreche wieder in mein Handy:

»Klar, ich habe früher oft gekocht. Also, ganz früher. Zu Hause.«

»Okay.«

Kira und Doris an der Theke. Wie frech. Doris und Kira klingt doch viel besser, fast so gut wie niemand und Kira an der Theke.

»Wann soll ich vorbeikommen? Ich meine, ist eure Küche überhaupt funktionstüchtig, Marie?«

Krampfhaft versuche ich mich zu erinnern, ob der Raum hinter der Bar wirklich eine Küche war, oder ob wir ihn seit zehn Jahren nur so nennen, weil er gefliest ist, aber keine Badewanne drin steht.

»Denke schon. Immerhin hat Raffi ein Buttermesser dort gefunden.«

Ich kann meinen Blick immer noch nicht von dem Plakat abwenden.

KICKERINNENTURNIER. Hilfe.

»Das ist alles, was ich brauche, Marie.«

Immerhin klinge ich schon wie ein hyperaktiver Fernsehkoch.

»Gut, dann komm doch später einfach mal rum«, räuspert sich Marie. Sie scheint wenig überzeugt.

Kira strahlt mich beifallheischend an, ich wende mich von ihr und ihrem Machwerk ab. Die Entscheidung ist getroffen: »Marie, welche Alternative habt ihr denn?«, rüge ich die Bittstellerin, und aus irgendeinem Grund stimmt sie das heiterer: »Haste auch wieder recht. Bis später, danke.«

Ich lege auf, drehe mich aber nicht wieder um. Kira ist noch da, ich höre ihr beständiges, leises Schnaufen.

»Doris, wie findest du denn das Plakat? Also, ich dachte, einfach mal die Initiative ergreifen ist ja immer gut, einfach mal machen«, faselt sie mir in den Rücken.

Ich kann nicht mit diesem Mädchen. Ich kann es nicht mehr. Sie ist eine Plage, der Teufel mit Tigerentenanhänger am Schlüsselbund, und einer inneren Einstellung, die sie in anderen Kulturen zum Selbstmordattentäter prädestinieren würde.

»Ja genau Kira, irgendetwas machen ist immer gut«, lobe ich also meine Praktikantin und kann ihr nicht mal verübeln, dass sie jetzt rot wird vor Stolz.

»Also, ich freue mich auf den Freitag, das wird bestimmt lustig, nur wir Mädels«, zwitschert Kira vergnügt und geht in den Anker hinein, um dort jemandem im Weg zu stehen.

Ich zünde mir noch eine an, bevor meine Schicht anfängt. Angeblich kann man weder auf Vorrat schlafen noch rauchen. Was nicht heißt, dass man es nicht versuchen sollte, immer wieder. Hauptsache irgendetwas machen. Damit die Zeit herumgeht. Bis die richtige SMS kommt kann man ja Mädchenprobetage veranstalten oder behaupten, man könne für zehn hungrige Musiker für wenig Geld eine schmackhafte Mahlzeit zubereiten. Das ist zumindest vielversprechender als endlos mit dem Anrufbeantworter der besten Freundin zu kommunizieren. Oder sich zu schwören, nie wieder Alkohol zu trinken. Man kann den Boden wischen und sich alte Fotos anschauen, von Gunnar, dann kann man den *Tatort* so nebenbei verfolgen, dass man sich kurz vor Schluss absolut sicher ist, dass der Kommissar der Mörder ist, und sich dabei schämen, weil man eine alberne kleine Tussi ist, die ihre Sonntagsabenddepression nicht alleine bewältigen kann. Man kann sich vor den Spiegel stellen und seinem Gegenüber erklären: »Ich bin eine unabhängige Frau, die es nicht nötig hat, sich von irgendwelchen Kerlen oder Freundinnen und deren Stimmungen gängeln zu lassen oder vor einem Spiegel zu stehen und sich derartig bescheuerte Ansagen zu machen!«

Man kann sich darauf freuen, dass am Montag die Arbeit wieder anfängt. Wenn man es schafft, die unweigerlich dara4uffolgende Heularie zu überstehen, kann man sich stolz auf die Schulter klopfen, weil man nicht aus dem Fenster gesprungen ist, aus Rücksicht auf die Nachbarn. Das baut auf, und man sieht die Dinge wieder realistischer: Katja wird sich schon melden, und Gunnar ebenfalls – oder auch nicht, völlig wurscht.

»Da wäre also ein vorsichtiger Optimismus durchaus angesagt«, stimmte mir an dieser Stelle des gestrigen Abendprogramms auch Günther Jauch zu, und das Publikum klatschte. Ich ging ins Bett. Nachschlafen geht nämlich immer, eine todsichere Nummer, wenn man nur irgendetwas machen will.

IX

Ich hatte mein Suchtpotenzial unterschätzt, arrogant behauptet, nicht zur Zielgruppe zu gehören, aber im Laufe einer fünfstündigen Thekenschicht hat es mich ebenfalls erwischt.

Ich bin abhängig von Holunderblütenbrause, wie alle anderen hier.

Bei der ersten Flasche dachte ich, ich tue meinem Körper etwas Gutes. Bei der zweiten Flasche war es wissenschaftliches Interesse: »Ist das wirklich der Geschmack von naturbelassenen Biofrüchten aus kontrolliert ökologischem Anbau?«

War dann bei der dritten Flasche egal, ich brauchte den Zucker. Flasche fünf und sechs waren eine Entschuldigung dafür, alle zehn Minuten zur Toilette zu rennen, was einen mehrfach entgiftenden Effekt erzielte: Der Alkohol ist jetzt aus meinem Körper geschwemmt, und ich musste mir nur halb soviel Müll von Kira anhören, wie in fünf Stunden hineinpasst.

Kurz vor zwei kamen sogar ein paar Jugendliche. Die Jungen mochten die Idee »Mädchenprobetag«, ernsthaft. Sie haben nicht mal über das Wort gelacht, mir scheint, dass sie zu sehr Kiras Einfluss unterstehen. Zuerst macht sie die naiven Seelen mit Holunderextrakt gefügig, dann übernimmt sie die Weltherrschaft.

Schon bald wird in diesem Land kein einziger Kickertisch mehr vorhanden sein, dessen Mannschaften nicht aus Transvestiten bestehen. Ich nehme die Behauptung, dass sämtlicher Alkohol meinem Körper entwichen ist, zurück und sage zu Kira: »Ja denn tschüss, ich bin Mittwoch wieder da. Schönen Tag noch Leute.«

»Tschüüüüss, bis Freitag«, winkt Kira.

»Tschö, bis denne«, Jochen, wieder versöhnt mit der Welt. Mädchenprobetag, ein Etappensieg, auch für ihn.

»Ach ja, Doris, mach's gut, und denk an dein Drogenprojekt. Ich bin gespannt!«, ruft Margret.

Oh, ich erst. Nur ein ausgefeiltes Drogenkonzept kann schließlich den Mädchentag stoppen.

Von wegen Feierabend. Ich muss eine tolle Anti-Drogen-kampagne ersinnen, konzentriert nicht an Gunnar denken, aber als Erstes möglichst kostengünstig nach Canossa kriechen beziehungsweise nach Bonn fahren.

Die SMS von Katja kam nämlich doch noch:« *Frau Kindermann, Sie können mir die Füße küssen. Um 17 Uhr, bei mir.*«

Also jetzt schnell aufs Fahrrad gesprungen und ab zum Bahnhof.

Mein Fahrrad ist weg. Weg.

»Danke, danke für das Zeichen!«, schreie ich gellend gen Himmel, aber eine Antwort bleibt aus. Margret ist also doch nicht Gott, sonst hätte sie in den vierten Stock fliegen können, um mich vom Fenster aus zu tadeln. Sie ist nur eine eingerostete alte Hexe, die Kira den Mädchenprobetag gestattet hat, damit ich einen gewissen Ehrgeiz in mein Projekt hineinlege.

Soll sie doch lieber wieder mit geladenen Flinten durch die sozialen Brennpunkte patroullieren, denke ich, da fließt am Ende weniger Blut als in Kira drinsteckt.

Es sind die kontrolliert angebauten Holunderbäume, die mich so was denken lassen, ich bin sicher.

Ich renne Richtung Bahnhof. Bei jedem Schritt spüre ich, wie sich Schweiß unter meinen Achseln staut. Er riecht süßlich und nach Frucht. Wahrscheinlich werden an den betreffenden Stellen später duftende Zuckerränder entstehen. Irgendjemand wird diesen Nebeneffekt werbewirksam nutzen und sich eine goldene Nase damit verdienen. Ich muss von dem Zeug wieder loskommen. Danach werde ich die Substanz für mein Projekt im Auge behalten.

Da ich mich dreiundzwanzig Minuten in der Toilette des ICE verstecke, habe ich die Muße, darüber nachzudenken, wie man so leben kann. Wie Katja, meine ich.

Es wäre mir einfach zu anstrengend, diesen Nostalgie-Style so konsequent durchzuhalten, sowohl am eigenen Körper als auch in der Einrichtung. Gut, es fehlt mir an Grundvoraussetzungen wie aufdrehbare Haarpracht und dem entsprechenden Kleingeld für Originalvorhänge, Tapeten, Dekorschälchen und Kuchengabeln. Und dann noch ihr Andi. Der ist über die Jahre zwar zu einem passenden Accessoire mutiert, indem er entsprechend angezogen auf Oldtimer-Börsen herumschnürt und Katjas Begeisterung für potthässliche Lampen teilt, aber reicht das, um sich für ewig zu binden?

Ich fürchte, dass aus dieser Eheschließung ein ungutes Gleichgewicht entstehen könnte, eine Aufwertung Andis, die ich nicht nur als Katjas beste Freundin kritisch beobachten muss.

Sie wird doch wohl nicht Andis Namen annehmen. Katja Jahn? Furchtbar, ein »Jaja« in der Mitte, das klingt doch schon nach geduldigem Hausfrauendasein. Ich kann mir richtig vorstellen, wie sie in ihrer Sechziger-Jahre-Küche Muffins backt und mit der Zeit den schönen Stilbruch, der sie zu der einzigartigen Katja macht, mit Zuckerglasur verkittet. Eine Katja Jahn ist in der Lage, ihr Rock'n'Roll-Potenzial klammheimlich unter den Teppich zu kehren, wahrscheinlich jeden Freitag.

Andi Alpert hingegen, das klingt nach einer albernen Comicfigur. Perfekt. Ich werde das, in meiner Funktion als Trauzeugin, gleich mal vorschlagen.

Bestimmt sind die Brautleute ganz heiß darauf, sich in Fragen von weiblicher Selbstbestimmtheit und daraus resultierender Nachnamensauswahl von einer Frau beraten zu lassen, die zwar schwarz fährt, aber es tatsächlich geschafft hat, sich zu ihrem signalfarbenen Strickjäckchen noch Ringelsocken anzuziehen. Unterschiedliche Ringelsocken, wie ich gerade feststellen muss.

Vielleicht sollte ich eher sukzessiv auf das Thema hinarbeiten. Mit einer kleinen Anekdote aus dem Arbeitsleben zum Beispiel. Ich muss das, was in meinem Leben als Business-Garderobe zählt, mit allerhöchster Wahrscheinlichkeit vor der Modepolizei rechtfertigen.

Keinen konkreten Stil zu haben ist auch ziemlich anstrengend.

»Mädchenprobetag? Das ist nicht deren Ernst, oder? So würden *wir* das ja nicht mal nennen, ich meine, selbst intern nicht.«

Katja schüttelt den Kopf und scheint ein weiteres Mal froh darüber zu sein, dass sie ihr Geld mit ehrlicher Arbeit verdient. Sie schult Messehostessen, bringt also verzweifelten Studentinnen bei, wie man Geldsäcke so anbaggert, dass sie ihnen eine

Yacht abkaufen, aber nicht an die Brüste grapschen. Katja ist fantastisch in ihrem Job, ihr Chef nennt sie »die Geishaflüsterin«.

»Da hast du bestimmt wieder irgendetwas falsch verstanden, Doki«, gibt Andi zu bedenken. Zum Glück ist mein Mund voll mit Kekskrümeln, sonst hätte ich bestimmt spontan einen unserer üblichen Kleinkriege vom Zaun gebrochen, Dokistan gegen Andiland.

Im Grunde habe ich nichts gegen ihn, wirklich. Das Problem ist nur, dass wir zwar in fast allen Lebensbereichen völlig unterschiedlicher Ansicht sind, dabei aber aussehen, als wären wir unangenehm nah miteinander verwandt. Viele Menschen hielten uns früher für Geschwister. Katja fand das lustig, Andi und ich nicht. Weder wollten wir einander ähneln noch wie der Prototyp der westfälischen Spargelbauern aussehen, von denen wir nun einmal abstammen. Also arbeiteten wir krampfhaft gegen unser Landei-Image an, gruben Fluchttunnel aus unserer Vergangenheit, schön brav in entgegengesetzte Richtungen. Wir kämpften hart, angetan mit höchst unterschiedlichen Tarnanzügen – und nicht immer mit Erfolg.

Andis bevorzugtes Lieblingskostüm, das er auch jetzt vorführt, ist »der smarte Geschäftsmann«. Seine Anzüge sind teuer, aber immer einen Tick zu angeberisch. Er vergisst, die Preisschilder unter seinen Schuhen zu entfernen, und ich fürchte, er tut das mit Absicht.

Wenn er seine Laptoptasche spazieren trägt, sieht sie immer aus wie ein kleines, albernes Herrenhandtäschchen, nicht nur, weil er riesig ist, sondern weil er gelegentlich noch trainiert.

Andi trainiert. Er macht keinen Sport, er stemmt keine Eisen, er geht nicht ins Fitnessstudio, Andi trainiert, jawoll.

Lange hat er verbissen für den unwahrscheinlichen Fall trainiert, dass ein Remake von *Rocky IV* gedreht wird und er für den Part des Drago vorsprechen darf. Leider legte er keine Muskeln zu, sondern wurde nur sehniger, geradezu dürr, seine Wangenknochen stachen hervor. Als mich eine flüchtige Bekannte fragte:»Seid Andi und du eigentlich nur Geschwister oder Zwillinge?«, hob das meinen Wunsch, anders als Andi auszusehen, auf ein ganz neues Niveau.

Da ich plastische Chirurgie ablehne, musste ich zu anderen Mitteln greifen.

So ist es also mehr oder weniger Andis Schuld, dass ich mein weizenblondes Haar gefärbt habe. Und zwar pink. Dann schwarz, weißblond, rot, alles durcheinander. Mein Nasenring, meine kruden Tätowierungen, meine ausgelatschten Stiefel, die laufmaschigen Strumpfhosen sind damit keineswegs eine späte Blüte pubertärer Auflehnung, sondern einzig und allein der Versuch, nicht mehr so auszusehen, als hätte ich mit Katjas Andi in einem Genpool geplanscht.

Überflüssig zu erwähnen, dass wir füreinander unsere schärfsten Kritiker sind.

Bis wir ein paar selbstgebrannte Schnäpse getrunken haben. Dann wollen wir immer Polka tanzen, über Spargelrezepte diskutieren, Trecker fahren oder kleine Menschen hochheben, um sie an Dachrinnen aufzuhängen.

Das findet Katja wiederum nur bedingt lustig, also bleibt Andi der smarte Banker, der es geschafft hat, und ich die bunte Struwwelpetra, die immer etwas geschafft aussieht.

Vor allem, wenn ich gerade an einem Keks zu ersticken drohe.

»Doki, alles klar? Der Andi meinte das nicht so, der ist nur ignorant. Er hat keine Ahnung davon, in was für einem Irrenhaus du arbeitest. Du kennst ihn doch, der plappert gerne Unsinn, wenn der Tag lang ist.«

Katja ist sich sehr wohl bewusst darüber, dass ihr zukünftiger Ehemann noch anwesend ist, das merke ich daran, wie sie ihm tadelnde Blicke zuwirft. Aber ihr Andi scheint weder durch die verbale Attacke noch durch Katjas Killerblick getroffen zu sein, er ist viel zu sehr damit beschäftigt, seine Frisur auf Freizeitmodus umzufrisieren. Tatsächlich verstrubbelt er sein Haar hierfür nicht, sondern legt noch etwas sündteure Pomade nach, alsdann tauscht er das fesche Designerbrillengestell gegen die riesige Original-50er-Jahre-Hornbrille aus und öffnet das Jackett. Andi läutet seit Jahren seinen Feierabend mit diesem Ritual ein, und anfangs sah er nach dieser kurzen Verwandlung auch tatsächlich aus wie Buddy Holly. Aber mittlerweile wird er nachlässig beim Training, sein Wohlstandsbäuchlein lugt frech über den Hosenbund. Er gleicht nun eher dem nicht mehr ganz jungen Heinz Erhardt.

»Igitt, Andreas zieh die Wampe ein, wir essen gerade«, stöhnt Katja und piekt mit spitzem Fingernagel in den Ballon, der sich unter Andis Hemd abzeichnet. Andi rülpst. Wie soll das erst werden, wenn die beiden verheiratet sind?

»Ach ja, wir haben uns das mit der Hochzeit übrigens noch mal überlegt«, erweist sich Katja als telepathisch zuverlässig, und ich werfe die Kekspackung vor Freude in die Luft. Alle Kekse landen mit der Schokoladenseite nach unten auf dem Teppich, aber keiner beachtet meine Meisterleistung: »... äh, also, von wegen kleiner Kreis, das können wir echt nicht bringen«, fährt Andi fort und klaubt sich eines der verunfallten Plätzchen vom Flokati. »Ja, wir müssen halt die Familien einladen, und dann wollen wir doch auch Freunde dabei haben ...«

»... und ein paar Leute von der Arbeit«, erklärt Katja. Sie fegt Andi den Keks wieder aus der Hand.

Es ist eine Sache, wenn Paarhälften gegenseitig ihre Sätze beenden, aber müssen sie gleich so entsetzliche Geschichten zusammenstricken? Andi lehnt sich zurück und verkündet abschließend:

»Und jetzt habe ich nachgefragt. Wir können wohl im September das »Luftschloss« mieten. Da sind welche abgesprungen.«
Katja und ich schreien auf.

»Oh Gott, oh Gott, bitte, lass das einen Scherz sein«, bete ich, und auch Katja entrüstet sich: »Andreas, das ist nicht dein Ernst? Das »Luftschloss«? Dieser ekelhafte Nobelpuff, dieser Prosecco-Schlampen-Schuppen, wo nur blondgesträhnte Yuppietanten feiern, diese überteuerte Kitschbude?«

Andi ist bleich geworden: »Aber du liebst doch Kitsch, Baby.«

Katja springt von der Couch auf, rast hinüber zu Andi und – umarmt ihn. Ihr Quietschen gleicht dem einer Bande hysterischer Brautjungfern – blond gesträhnter Brautjungfern selbstredend.

»Wie geil, wie geil«, brabbelt sie nun, völlig von Sinnen, und hüpft auf Andis Schoß herum. Bis hierhin konnte ich diese Szene irgendwie ertragen. Ich habe mal ein Praktikum in der geschlossenen Abteilung absolviert, da habe ich auch viel Elend gesehen. Da vegetierten ganz andere seelenlose Menschenhüllen vor sich hin, die Unsinn faselten und dazu noch erheblich schlechter rochen als diese beiden hier.

Aber ich spüre, dass Andi ganz kurz davor ist, etwas zu tun, was ich nicht tolerieren kann, etwas Furchtbares, Erniedrigendes, Andi-mäßiges. Und er tut es. Er patscht dem Wesen, das sich auf mysteriöse Weise des Körpers meiner besten Freundin bemächtigt hat, mit der flachen Hand auf den Rücken und gurrt mir sonorer Stimme: »Na siehste, der Papa weiß doch, was gut ist.«

»Seid ihr wahnsinnig geworden?«, schreie ich, und Katja hört auf, den Papi als Hüpfburg zu missbrauchen.

»Was hast denn du jetzt?«, erkundigen sich beide. Sie fragen synchron, im selben Tonfall, ich werde also mindestens zwei Exorzisten anwerben müssen, um meine Freunde wieder aus diesen Zombies herauszubeschwören. Hoffentlich ist es noch nicht zu spät.

»Ey, Leute, das »Luftschloss«! Das steht für alles, was wir immer gehasst haben, das ist die Dekadenz in Lachsfarben, da feiern doch bestimmt auch die rechten Studentenverbindungen, der Laden gehört doch irgendeinem Mafiatypen, das ist doch … pervers.«

Ich finde kein anderes Wort dafür. Andi schenkt mir einen skeptischen Blick, dann seufzt er: »Tja, manche Menschen entwickeln sich eben weiter, Doris.«

Wow. Wow. Ich brauche was zu trinken. Schnaps, eine ganze Flasche, um sie erst leer zu saufen und sie dann Andi auf den Kopf zu hauen. Und Katja ist offenbar auch nicht mehr zu retten. Stumm hockt sie auf dem Schoß des Baldgatten und kneift die Lippen zusammen, als hätte *ich* mich gerade daneben benommen. Oder so, als müsste sie sich extrem zusammenreißen, um nicht zu lachen. Andi grinst schon von einem Ohr zum anderen.

»Ihr seid krank«, diagnostiziere ich. Beide kichern. »Totale Arschlöcher, fies seid ihr!«

Das junge Glück hat sich zu einer zitternden organischen Skulptur in den Sessel verkeilt, sie lachen sich bestimmt gleich tot. Witzig, wirklich.

»Boah, Doki, du hättest dein Gesicht sehen sollen, großartig«, blökt Andi irgendwann, und Katja gackert. »Das war die Rache. Für Samstag. Das »Luftschloss«, du hast es echt geglaubt, oder?«

»Ach, nein, nicht so wirklich«, winke ich ab, aber tatsächlich fällt mir ein Riesenstein vom Herzen. Meine Freunde haben diese ganze Nummer nur vorgeführt, um mich komplett aus der Fassung zu bringen. Ich bin mir sicher, Idee und Drehbuch stammen von Katja, aber Andis schauspielerische Leistung – Oscar-verdächtig für seine Verhältnisse. Er selbst fand sich auch richtig prima, die hektischen roten Flecken im Gesicht bekommt er immer, wenn er sich einen Ast freut: »Sie hat's geglaubt, sie hat's geglaubt. Aber, Doki, weißt du, wir haben wirklich vor, das Ganze *etwas* größer zu feiern.«

»Etwas, ja? Was schwebt euch vor, zuerst Trauung im Dom, dann eine kleine Parade den Rhein runter?«, rate ich, aber bevor Andi das große Geheimnis ausplaudern kann, kommt ihm Katja zuvor: »Nein, besser. Wir feiern im ›Dead Horst‹!«

Ich klatsche Andis Dame ab, um ihm zu zeigen, wie ein echtes Freudentänzchen aussieht. Man springt einfach solange schreiend auf und ab, bis die Nachbarin mit dem Besenstiel von unten an die Decke klopft. Profis wie Katja und ich brauchen nur zehn Sekunden, um die entsprechende Reaktion auszulösen: »Ist ja gut, Frau Liedtke, kriegen Sie sich wieder ein«, schreit Katja ihren Fußboden an, überlegt, und fügt noch lauter hinzu: »Bald sind Sie uns los, wir heiraten und ziehen aus!«

Frau Liedtke scheint diese Botschaft in stiller Freude zu verdauen, das Klopfen bricht ab, ich plumpse zurück auf die Couch. »Ne, echt, ihr wollt umziehen? Wieder in die große Stadt«, frohlocke ich, aber Andi schüttelt den Kopf: »Nä, eher weiter raus. Wo nicht so viele Nachbarn sind und ein bisschen mehr Platz.«

Er sagt das ganz ernst. Katja lacht auch nicht. Unten bei Frau Liedtke knallt ein Korken gegen die Wand.

»Oh, oh je ... Katja, *müsst* ihr heiraten?«, frage ich, und das hebt die Stimmung im Raum wieder.

Katja reckt ihr kleines, prominentes Kinn in die Höhe, wie sie es immer tut, wenn ich sie zu einem Scarlett-O'Hara-Moment herausgefordert habe: »Ja, so ist es, ich muss heiraten!

Denn auch ich gehöre zu jenen Frauen Mitte dreißig, die eine hervorragende Ausbildung genossen haben. Nur dadurch bin ich in diesen sehr gut bezahlten Job hineingerutscht, und es war mir klar, dass das Schicksal mich eines Tages ereilen würde – ich muss heiraten! Oder mein Steuerberater reißt mir den Kopf ab!«

»Scheiße, Katja – du willst Andi wegen Geld heiraten?«

Ich hätte nie gedacht, dass ich so enttäuscht darüber klingen kann, dass meine beste Freundin nicht ungeplant schwanger ist.

»Och Mensch Doki, du kannst einem auch alles versauen. Erstens mal: Andi will *mich* wegen des Geldes heiraten…«

Bei diesem zweifelhaftem Kompliment versucht Andi, sich in eine lässige Gigolopose zu werfen, sieht dabei aber eher aus wie ein dicklicher Zwölfjähriger, der zuviel von Omas gutem Apfelkuchen gegessen hat.

»… und zweitens: ist echt ein *Batzen*, den wir da sparen würden. Werden. Und ich meine einen Batzen für meine Verhältnisse, nicht für deine.«

Katja hält eine halbe Schweigeminute für Mammon ab. Vor meinem geistigen Auge sehe ich Katja, die wie Dagobert Duck in einem Goldmünzenberg badet. Daneben steht Andi, der sich mit einem sehr großen Schein den Rücken abtrocknet. Geld verdirbt die Leute wahnsinnig schnell. Kaum redet einer von großen Batzen, stelle ich mir den Bräutigam meiner besten Freundin nackig vor, pfui.

»Doris, du wirst nie zu Geld kommen, wenn du dich bei der Erwähnung des Wortes schon schüttelst«, missversteht Katja meine körperliche Reaktion: »Jedenfalls, wir heiraten, übernächste Woche Standesamt, im September die Party und fertig.«

Sollte ich jetzt irgendetwas dazu sagen? Dem jungen Glück

meinen Segen geben? Sie werden heiraten, in eine größere Wohnung ziehen und Batzen haben. Sie entwickeln sich weiter. Ich bin ganz gut im Zurückgehen: »Äh, ja, wie gesagt, super Idee, im ›Horst‹ zu heiraten. Habt ihr euch schon überlegt, welche Band spielen soll?«

Katja überlegt laut: »Hm, vielleicht die finnischen Saunafreunde? Musikalisch habe ich ja nicht viel von denen mitgekriegt, aber wenn wir die buchen, muss die ja irgendjemand hinfahren, oder Doki? Vielleicht jemand, der Gunnar heißt und mir meinen Junggesellinnenabend nebst Freundin geklaut hat, indem er meinen Platz im King-Size-Bett eingenommen hat, um dort ein saftiges Wiedersehen zu feiern, von dem ich jetzt jedes schmutzige Detail hören will – Andi, geh mal raus!«

»Gerne«, schnauft Andi, erhebt sich und hält sich charmanterweise noch die Ohren zu, während er durch die Tür verschwindet.

»Gab gar keine schmutzigen Details«, gebe ich zu und suche den Boden nach Keksen ab, die neben dem Flokati gelandet sind.

»Ah, verstehe, Madame lässt ihn zappeln«, lobt Katja, und ich breche meine Suche nach unbehaartem Kleingebäck ab: »Ne, leider nicht. Wir wurden gestört glaube ich. Ach was, vergiss es, es war ein schöner Abend, und jetzt geht das Leben weiter.«

Katja sieht mich mit großen Augen an. Sie kennt mich zu gut, als dass sie mir so eine Einstellung auch nur ansatzweise zutrauen würde.

»Doris Kindermann, du hast geleuchtet, als du diesen Kerl wiedergesehen hast. Und er auch. Vielleicht wart ihr physisch nicht mehr in der Lage dazu, aber da geht doch was!«

Plötzlich überkommt mich dasselbe Gefühl, wie ich es als

Kind immer hatte, wenn ich mit meiner Mutter im Schwimmbad war. Wir sind selten hingegangen, aus gutem Grund. Denn sobald ich dort war, bin ich ins Becken gesprungen und nicht mehr rausgekommen. Stundenlang, trotz Chlorallergie. Und wenn meine Mutter mich endlich eingefangen hatte, war ich durchgefroren, todmüde und gleichzeitig aufgekratzt: in der Stimmung für einen Trotzanfall, aber einfach körperlich und seelisch zu aufgeweicht, um es wieder in mein Element zurück zu schaffen. Ich habe auf der Rückfahrt nach Hause nur leise geweint, aus tiefstem Herzen, weil ich wieder mal keine Meerjungfrau geworden war und für immer weiterschwimmen konnte.

»Oh mein Gott, Doki, ich hoffe, das ist noch Restalkohol, den du da ausheulst! Jetzt sag' nicht, dein doofer Gunnar hat dir ein Leid angetan, komm mal her!«

Katja quetscht mich an ihre weiche, warme Brust und riecht sogar ein bisschen nach heißem Kakao. Diese kombinierte Essenz der Mütterlichkeit lässt mich auf der Stelle komplett zum Kleinkind mutieren:

»Och ne, Scheiße, das war alles so komisch mit Gunnar, wir haben noch nicht mal Telefonnummern ausgetauscht, und er ruft nicht an, und er kommt ›demnächst‹ wieder, aber ich will den vielleicht gar nicht sehen, vor allem: ›demnächst‹, ist doch alles doof, der hat mich geküsst, und nun ist er in Pforzheim, ich habe ihn gar nicht gefragt, warum er nicht mehr bei der Parkett-Uschi ist, und er hat mich auch gar nichts gefragt… ah!«

Ich bin ganz kurz davor, an meinem Daumen zu nuckeln.

»Doki, du redest wirr. Was willst du denn jetzt, und was nicht? Zurück ins Wasser oder bei Mama auf dem Schoß heulen?«

Habe ich Katja die Geschichte tatsächlich mal erzählt? Natürlich.

»Ich will, dass Gunnar sich bei mir meldet«, schniefe ich trotzig, und genau darum geht es. Er ist dran, Punkt.

Katja seufzt: »Also, wenn ich es jetzt mal mit meinen rudimentären Psychologiekenntnissen in Klein-Doki-Sprache zurückübersetzen soll: Die Mama soll jetzt ins Wasser springen, dich ein wenig herumjagen, aber vor allem dabei bis ans Ende aller Zeiten sagen: ›Hui, wie toll die kleine Doris schon schwimmen kann! Die hole ich ja nie ein!‹ Richtig?«

Total richtig und entsprechend entwürdigend. Also stelle ich Katjas Theorie ein Bein, damit sie hinken muss: »Nein, doch, fast. Also, Gunnar ist in diesem Schwimmbad-Gleichnis nicht meine Mama, sondern doch eher… das Wasser?«

Katja stöhnt: »Das ist jetzt selbst mir zu kitschig, Alte.«

»Nun ja, gechlortes Wasser. Gefährlich. Und ein bisschen abgestanden«, schlage ich kompromissbereit vor, Katja stöhnt lauter.

»Süße, mir ist egal, ob dein Gunnar nun das Babybecken oder der Bademeister ist, aber du kommst keinen Schritt weiter, wenn du nicht irgendetwas tust.«

»Bloß nicht irgendetwas«, beschwöre ich Katja, aber sie lässt sich nicht bremsen: »Finde seine Nummer heraus, ruf ihn an oder lass es. Aber verschwende bloß nicht eine ganze Woche darauf, dass er sich meldet, oder aus Pforzheim zurückkommt. Mach was mit deiner Zeit, um Gottes Willen. Lade ein paar heiße Typen zur Arbeit ein, um den ollen Mädchenprobetag zu boykottieren, oder such dir besser gleich einen neuen Job. Du weißt schon: Lieber einmal einen Kahlschlag beim Friseur riskieren, als ewig das wartende Rapunzel zu spielen, oder?«

Genau das habe ich gebraucht. Einen persönlichen Drillsergeant, der mich mit Weisheiten aus der *Cosmopolitan* traktiert. Noch schmerzlicher treffen mich diese goldenen Worte, weil sie von der Frau präsentiert werden, die sich bald wegen ihres Geldes heiraten lässt.

Sie hat nicht nur jedes Recht der Welt, sondern auch die unbedingte Aufgabe als Freundin, mir mit ihren Leopardenkunstfell-Stiefeletten in den Hintern zu treten.

»Wird gemacht, Ma'am!«, schniefe ich also. »Außerdem habe ich tatsächlich eine Menge zu tun. Ich muss was Interessantes mit Drogen vorbereiten und für die Bands im ›Horst‹ kochen«, fällt mir ein, und Katja quittiert diese Wochenvorschau mit einem schiefen Lächeln: »Ich hoffe, dass es sich da nicht um ein und dieselbe Tätigkeit handelt, mein Herz.«

Das hoffe ich auch. Wir umarmen uns, und als ich schon wieder im Treppenhaus stehe, fällt mir ein, dass ich schon wieder etwas völlig verdrängt habe: »Tschüss, Andi! Bis bald! Sieh' zu, dass dein Smoking dir wieder passt bis zur Hochzeit!« kreische ich durch die Wohnungstür, und Andi brüllt zurück: »Schnauze, oder wir feiern doch im ›Luftschloss‹!«

Frau Liedtke erklärt diese herzerweichende Abschiedsszene per Besenstil für beendet.

Ich bin mir sicher, dass Katja und Andi ihren Hausdrachen vermissen werden, wenn sie erst mal ausgezogen sind. Dieses aufgebrachte Morsen mit dem Besenstil ist wirklich putzig. Oder auch »herrlich old school«, wie sich das Brautpaar wahrscheinlich ausdrücken würde.

Darüber würden sie dann herzlich lachen, ihre Batzen liebkosen, und Frau Lietke könnte sich für den Rest ihres Lebens in dem Gefühl sonnen, die unliebsamen Nachbarn durch stetiges Pochen vertrieben zu haben.

So hat doch jeder was von der Weiterentwicklung. Vielleicht sollte ich auch mal an dieser Veranstaltung teilnehmen.

X

Montags finden grundsätzliche keine Konzerte im »Dead Horst« statt, also nutzen wir diesen Abend gerne für moderne Ritterspiele. Der Grundaufbau ist immer derselbe: Die üblichen Verdächtigen sitzen an der Bar und schmachten Marie an. Auf unterschiedlichste Weise buhlen sie um ihre Gunst, doch ganz gleich, welche Mühen die stolzen Recken aufbringen, alle bekommen von Marie nur denselben Dank: ein Lächeln, nicht mehr. Aber durch das kurze Aufblitzen ihrer kleinen Zahnlücke werden die meisten Anwärter so sehr angestachelt, dass sie sich zu Höchstleistungen auf ihrem jeweiligen Fachgebiet aufschwingen.

Der erste Zweikampf des Abends wird von Holger und Felix bestritten, eine ungleiche Paarung, die interessant zu werden verspricht. Holgers Trümpfe wirken auf den ersten Blick unschlagbar: Erstens ist er Finanzbeamter und hat nicht nur der halben Kundschaft, sondern auch das »Dead Horst« schon über die Hürden einer Steuererklärung gehievt. Beziehungsweise hat er dem Kneipenmanagement ganz behutsam erklärt, dass wir tatsächlich in einer Staatsform leben, die Steuern eintreibt.

So wurden Holger auch schon Privataudienzen mit Marie gewährt – nur sie, er und ein Berg von Quittungen. Es dürfte also geknistert haben zwischen den beiden. Leider nicht auf die von Holger erhoffte Weise, denn natürlich hat auch er eine Achillesverse. Einen Achilleskörper viel mehr, denn wer vierzehn Jahre am Schreibtisch hockt, sieht irgendwann auch so aus. Ein schlaffer Wanst, der durch Holgers Kleiderwahl optimal betont wird, gepaart mit einer Halbglatze und einem Brillengestell, das der Optiker, der es Holger vor zwanzig Jahren aufgeschwatzt hat, bestimmt als ›pfiffig‹ tituliert hat, lassen ihn auf dem Schlachtfeld nicht gerade glänzen.

Dass er überhaupt antritt, mag in Holgers realistischer Selbsteinschätzung gründen: »Wenn ich eh' keine abkriege, kann ich mir auch von der Schönsten einen Korb abholen.«

Schon daher ist Holger ein Gegner, mit dem immer zu rechnen ist; heute darf er vorlegen: »Äh, Marie, ich habe mir was überlegt, wie ihr bestimmt eine Menge Geld sparen könntet, mit der Deklarierung der Getränke, da gibt es ein ziemlich schlaues System, fast völlig legal ...«

Weiter kommt er nicht, denn Marie beugt sich ehrlich interessiert zu ihm herüber, und so eine direkte Hingabe kann er nicht verkraften. Er reißt seine Brille von der Nase und fängt an, diese wie wild zu putzen, und da Felix, sein Gegner, um Holgers vorrübergehende Blindheit weiß, nutzt er den Zeitpunkt zum Angriff: »Marie, kann ich noch ein Pils haben? Ich zahl's am Samstag, versprochen.«

Dieses kleine Luder, denke ich, aber damit hat Felix sich zu weit aus dem Fenster gelehnt, viel zu dick aufgetragen für die Uhrzeit. Dass dieser Einstieg eine Nummer zu groß war, bestätigen mir auch die Blicke der anderen anwesenden Frauen in der zweiten Thekenreihe sowie Marie selbst. Statt Felix ein sorgenvolles Lächeln zu schenken, seufzt sie auf: »Ach Felix, am Samstag bist du gar nicht in der Stadt, also: Trink soviel du willst, ich schreib's auf und du zahlst es nächste Woche, okay?«

Marie knallt Felix eine Bierflasche vor die Nase. Auf den Rängen macht sich Unruhe breit: Sollten wir gerade ein klassisches k.o. durch einen Doppelfehler in der Eröffnung beobachtet haben, oder wird der junge Felix diesen Patzer wieder ausbügeln können?

Und wie immer besteht die Möglichkeit, dass Holger seine Chance jetzt komplett selbst verbockt oder ein neuer Edelmann auf der Bildfläche erscheint, der ... Albert heißt.

»Hallo, die Damen, die Herren, guten Abend, oh Krone der Schöpfung, gebenedeit seiest du unter den Frauen, lass all diesen Dreck und Unbill hinter dir und folge mir auf eine Reise ins Ungewisse!«, grüßt Albert, alle stöhnen auf, nur Marie – lächelt.

»Ein Gin Tonic, wie immer?«, grüßt sie zurück, und Albert schließt genießerisch die Augen, lässt sich auf den Barhocker zu meiner Rechten sinken und wendet sich ans Publikum: »Diese Frau kann in meinem Gesicht lesen wie in einem Buch, ihr seid es nicht wert, von ihr bewirtet zu werden! Ach, hey, Doki, du auch hier, du zweitschönste Blume auf der Wiese meines Lebens!«

Bevor ich so etwas Dämliches wie »Ja« erwidern kann, krabbelt Holger aus seiner Ecke. Mit frisch geputzter Brille fixiert er Albert und berichtigt: »Du meinst wohl: drittschönste Blume.«

Alle nicken, und ich nehme den Kommentar nicht allzu persönlich, weil Holger nun mal beruflich mit Zahlen zu tun und ganz eindeutig recht hat.

Wie wir alle wissen, ist Albert nicht nur Schauspieler und Schwerenöter, sondern auch noch verheirateter Familienvater. Um Marie wirbt er nur der Gewohnheit halber, kann aber, wenn herausgefordert, genauso ein Erbsenzähler wie Holger sein: »Mein lieber, treuer Amtsschimmel«, wendet er sich nun belehrend an den Finanzmann, »da ich treusorgender Vater einer grandiosen Tochter bin, sollten wir uns doch darauf einigen, dass Doki dann wohl nur die viertschönste Blume ist, eine langstielige Lilie unter all den Rosen, oder vielleicht doch eine Sonnenblume, eine Bohne…«

Ich kann nur noch mit einem halben Ohr verfolgen, wie weit meine botanische Herabwürdigung fortschreitet, denn Felix hat sich unbemerkt wieder auf sein Schlachtross geworfen. Er greift tollkühn vom anderen Ende der Theke an: »Marie, ey, sorry, bei mir ist es gerade echt knapp mit der Kohle, mir geht's nicht so gut. Du weißt ja…«, nuschelt er halb der Angebeteten, halb seinem Jackenkragen zu, und natürlich weiß Marie und lächelt.

Wir alle wissen, lächeln aber nicht, sondern schauen in alle möglichen Richtungen, nur nicht in Felix'. Der hat da nämlich ganz entschieden zu unlauteren Mitteln gegriffen. Während seine Gegner noch am Nebenkriegsschauplatz tänzeln, hat er den Morgenstern ausgepackt: Felix ist innerhalb einer Woche aus seiner Band geworfen und von seiner Freundin verlassen worden. Dass dieses Mädchen, das wir alle nur als das Kichermonster bezeichnet haben, tatsächlich Felix' Freundin war, hat er allerdings erst im Nachhinein zugegeben. Aber das mit der Band war ein wirklich harter Schlag. Ein Gründungsmitglied aus der Band zu schmeißen, das macht man nicht, es sei denn, dieses Gründungsmitglied hätte sich ganz unfein verhalten, sprich, es hätte die Bandkasse für eine neue Gitarre geplündert, statt davon die Proberaummiete zu bezahlen.

Mit solchen Aktionen reißt man auch seinen weiteren Bekanntenkreis in ein moralisches Dilemma: Zu diesem Thema gab es schon heftige Diskussionen an der Theke, die Fronten waren schnell verhärtet.

Die Pro-Felix-Gruppe argumentierte stets mit: »Ey, der ist halt Vollblutmusiker, und es ist eine supergeile Gitarre, zu dem Spottpreis hätte ich die auch gekauft!«

Die Gegenseite war und ist jedoch überzeugt:

»Der Penner, jetzt fliegt vielleicht die gesamte Band aus dem Proberaum raus, und er kann die Gitarre eh nicht mehr benutzen!«

So ungern ich es zugebe: Es war also ein ganz klassisches Männer-gegen-Frauen-Ding, aber bevor es zu klischeehaft wurde, kam Vladimir und hat ein Machtwort gesprochen.

Er hat sich die Diskussion angehört, dabei langsam seinen Whisky geleert, und uns dann auf einen bisher nicht beachteten Aspekt an dem Fall aufmerksam gemacht, in dem er sprach: »Ein Gutes hat die Sache in jedem Fall für alle. Kichermonster kommt nicht mehr in Kneipe.«

Und allein wie Vladimir das Wort »Kichermonster« ausgesprochen hat, so schwermütig und auch leicht verängstigt, als handle es sich bei »Kichermonster« tatsächlich um einen gemeingefährlichen Lindwurm und nicht um eine nervtötende Blondine, hat uns alle wieder miteinander versöhnt.

Trotz allem – Felix steht unter einer Art Teilzeitächtung der Mädels, und die Jungs wollen ihm seine neue Gitarre abschwatzen. Kurz gesagt: Felix *muss* sich um Marie bemühen, sozusagen an höchster Stelle um Absolution bitten, und ihm wird Gnade geschehen, wenn das hohe Gericht bezeugen kann, dass Marie ihn mehr als fünfmal angelächelt hat an einem Abend.

Eines konnte er bisher erbeuten, und bei dem nun folgenden zweiten sind wir nicht sicher, ob es zählt. Marie lächelt nämlich viel eher das neue Bier an, welches sie Felix reicht, und säuselt: »Hier, Felix, das geht aufs Haus, du hast es ja wirklich nicht leicht im Moment«, und ihr Lächeln mutiert zu einem fast tückischen Grinsen, als sie hinzufügt: »Und Kicher… ich meine Babsi, die sehen wir bestimmt auch nicht sobald wieder, oder?«

Felix fällt drauf rein, nickt mit ernstem Gesicht und schaut dabei so angestrengt auf seine Flasche, dass er nicht sehen kann, wie die gesamte Kneipe sich köstlich amüsiert: über Felix' Show, über die Abwesenheit von Kichermonster, über Vladimirs goldene Worte. Wir sind leicht zu erheitern an einem Montagabend.

Das Spielfeld wird mittlerweile neu aufgebaut: Felix wähnt

sich sicher in der Lonesome-Cowboy-Pose, verharrt also schweigend auf seinem Platz, darauf hoffend, dass Marie ihn im Laufe des Abends über seinen Seelenzustand ausfragen und belächeln wird, Albert und Holger haben sich in ein Gespräch über Led Zeppelin verbissen:

»Das zweite Album war einfach gnadenlos überschätzt«, ereifert sich Albert, und Holger kontert: »Aber ich brauche die Erstpressung als Kapitalanlage, daher kannst du es mir die Platte doch einfach verkaufen.«

Albert beißt in seine Limette, noch kauend widerspricht er: »Holger, die verkaufe ich dir nicht. Mir ist doch egal, ob die Musik scheiße ist, das Album hat einen ideellen Wert für mich!«

Die beiden Herren haben sich gegenseitig ins Aus geschossen, also hat Marie nun offiziell Pause. Sie nutzt diese dazu, ihre weibliche Fangemeinde zu amüsieren: Sie lächelt uns Jurorinnen besonders schön zu, schielt dabei aber gleichzeitig höchst unattraktiv, damit wir nicht kurz nach dem Wochenende noch alle lesbisch werden. Ich glaube nicht, dass ich in der Hinsicht gefährdet bin, aber ich bin mir genauso sicher: Wenn ich ein Typ wäre, würde ich natürlich auch auf Marie stehen, nicht auf Katja. Denn Marie verfügt über eine besondere Gabe. Sie ist Hellseherin, oder besser gesagt Hellhörerin, oder man kann es auch so ausdrücken wie Olaf es jetzt tut: »Hey, Marie, wann melden wir dich endlich bei *Wetten, dass…?* an? Uns entgehen Millionen, Baby! Millionen!«

Marie grinst immer noch schielend in Olafs Richtung, denn Olaf hat einerseits völlig fantastische Vorstellungen davon, was er als Manager einer Wettkönigin verdienen könnte, und außerdem ist er stockschwul. Natürlich vergöttert er Marie trotzdem, aber statt sich nur in ihrem Lächeln zu sonnen, will er ihr Potenzial optimal ausschöpfen, wie er sagt.

Olaf berät im richtigen Leben große Konzerne, die ihr Potenzial ebenfalls optimal ausschöpfen wollen, daher begegnen wir ihm mit leichtem Misstrauen, sobald er einen geschäftlichen Ton anschlägt. Wenn Olaf die Firma Doris Kindermann beraten würde, würde er ihr bestimmt raten, hundert Prozent der Belegschaft zu entlassen und Insolvenz anzumelden. Folglich rede ich mit Olaf ausschließlich über das Wetter oder über Maries Gabe.

»Doki,«, wendet er sich nun auch an mich, »du hast doch Einfluss auf Marie. Sag ihr, ich darf sie bei der Sendung anmelden, bitte.«

Natürlich kann Marie Olafs Worte nur allzu gut hören, also schüttelt sie nur den Kopf, während sie flüchtig die Theke abwischt. »Du spinnst Olaf, das würde nie funktionieren«, wehrt sie ab, aber Olaf hat sich an dieser Mission festgebissen.

»Marie, ich sage ja nicht, dass du nicht trainieren musst, aber so als Außenwette wäre das genial! Überlege doch mal, was das für eine Werbung für den Laden wäre. Hunderte neue Gäste könntet ihr damit anlocken.«

Es ist plötzlich sehr still in der Kneipe. Keiner gibt auch nur einen Mucks von sich, die Musik hat wahrscheinlich schon vor Minuten aufgehört zu spielen, nur hat es keiner bemerkt, weil alle gequatscht haben. Wir alle starren Olaf an, und dabei sehen wir wahrscheinlich aus wie ein verängstigtes Urvolk, das soeben von einem Forscher entdeckt wurde und darüber gar nicht erfreut ist. Auf einigen Gesichtern vermeine ich düstere Entschlossenheit zu erkennen: Sie wollen den weißen Mann meucheln, bevor ganze Armeen hier auftauchen und unsere abgeschiedene, wunderbar autarke Kultur zerstören. Olaf spürt die Feindseligkeit, errötet trotz des schummrigen Lichts sichtbar und nuschelt: »Ich meine ja nur.«

Wie ein geprügelter Hund schleicht Olaf zu seinem Platz

zurück, beobachtet von etwa zwanzig Augenpaaren, in denen sich durchaus noch Mordlust spiegelt.

Und wer klärt die Situation? Wer kann aus allem Übel noch etwas Schönes zaubern, wer vermag es, dem bitteren Trank Süße zu verleihen? Natürlich nur sie:

»Also, Olaf, zum letzten Mal, ich gehe nicht zu *Wetten, dass...?*, aber dafür...«, Marie gibt eine Lokalrunde Lächeln aus, »...mache ich jetzt eine kurze Show nur für euch, okay?«

Alles jubelt, sogar Felix kann seinen Trennungsschmerz vorübergehend vergessen. Er klatscht begeistert wie ein Seehund, der den Pfleger mit dem Fischeimer erspäht hat: »Ey super, Marie, ich bin als Erster dran, okay?«

Und wieder sorgt Felix unabsichtlich für Erheiterung, und in das allgemeine Prusten ruft Albert hinein: »Hey, Felix, bist du sicher, dass deine Eltern nicht verwandt sind?« Und Felix schnappt zurück: »Natürlich sind die verwandt, die sind ja verheiratet.«

Spätestens in diesem Moment wird allen klar, weshalb Kichermonster immer soviel zu giggeln hatte. Holger versucht, die Regeln noch einmal für Felix zu erklären:

»Alter, das Spiel funktioniert doch nicht, wenn du sagst, dass du als Erster dran bist.«

Felix haut sich mit der flachen Hand vor die Stirn: »Richtig, richtig, Alter! Sorry, ich bin grad ein bisschen neben der Spur, wegen Babsi.«

Bevor Felix die Geschichte zum zwölften Mal erzählen kann, bestimmt Olaf: »Okay, dann verbindet Holger Marie jetzt die Augen, und ich bestimme, wer mit rauskommt.«

Holger schnappt sich begeistert Alberts Halstuch, hüpft erstaunlich behände auf die andere Thekenseite und verbindet Marie die Augen. Olaf deutet auf die fünf Auserwählten, die er mit vor die Kneipentür nehmen will. Ich bin nicht unter ihnen, aber das ist mir lieber so, nur zu gerne schaue ich mir das Wunder wieder von Anfang bis Ende an.

»Wie viele Finger siehst du?«, fragt Holger Marie, um sich zu versichern, dass Alberts Schal blickdicht ist.

»Keinen«, antwortet das Teilzeitorakel, denn Holger hat in der Aufregung versäumt, ihr seine Hand vor das Gesicht zu halten.

Holger seufzt und erklärt dem Publikum überflüssigerweise: »Wir fangen trotzdem an. Olaf, schick jemanden rein. Die anderen bitte absolute Ruhe.«

Alle schauen gespannt auf die Kneipentür, sie öffnet sich quietschend.

Miriam erscheint im Türrahmen, deutet einen Knicks in die Runde an, sagt aber gemäß den Spielregeln nichts. Marie nickt: »Das war einfach, hallo Miriam!« Anerkennendes Raunen geht durch den Raum, aber das war nur der erste Teil der Aufgabe. Mit verbundenen Augen tastet sich Marie elegant zum richtigen Kühlschrank vor, entnimmt diesem zielsicher das von Miriam favorisierte Getränk, ein alkoholfreies Bier, und öffnet es. Die Menge hält den Atem an, Marie konzentriert sich kurz und spricht dann: »Zusammen mit diesem Bier hat Mimi dann einen Deckel über zehn Euro sechzig!«

Holger schaut auf den Zettel an der Wand, auf dem unsere Sünden vermerkt sind, rechnet das Bier hinzu und hält einen Daumen hoch: »Zehn sechzig, exakt!«

Wir klatschen, Marie schüttelt den Kopf: »Zu einfach.«

Die nächsten drei Kandidaten und deren Getränkewünsche errät Marie ebenfalls richtig, sie vollbringt es sogar, blind einen perfekten Wodka Lemon zuzubereiten, ohne auch nur einen Tropfen zu verschütten. Als jedoch Felix' grinsendes Gesicht im Türspalt erscheint, gerät unsere Goldmarie in ein völlig unerwartetes Formtief.

Falten erscheinen auf ihrer Stirn, sie sieht plötzlich so alt aus, wie sie tatsächlich sein müsste. Felix latscht noch einmal unterstützend an der Theke vorbei, lässt seinen Schlüsselbund dabei klimpern und schnauft sogar leise, völlig regelwidrig.

Marie schweigt. Felix hört auf zu schnaufen, lehnt sich aber so weit über die Theke, dass Marie ihn am Geruch erkennen müsste. Sie wendet sich von ihm ab und meldet leise: »Okay. Felix trinkt Pils«, nennt aber nicht mal die Marke.

»Okay, aber wie hoch ist sein Deckel«, fragt eine nicht zu identifizierende Stimme aus dem Dunklen.

»Ja genau, Marie, das müsstest du doch wissen«, feuert Holger Marie an, sein Finger gleitet über den Kontrollzettel an der Wand, er sucht Felix' Deckel. Und findet ihn.

»Oh-ha«, entfährt es ihm dann, und obwohl Marie gar nicht mehr lächelt, kann er nicht aus seiner Haut. Ehrfurchtsvoll liest er die Summe ab, die hinter Felix' Namen notiert ist:

»Dreihundertneunundsechzig Euro siebzig! Wahnsinn.«

Marie befreit sich nun endlich von ihrem Sichtschutz, reißt die Liste von der Wand und verschwindet in die Küche. Die Tür knallt hinter ihr zu, Ende der Vorstellung.

Das Publikum starrt Holger kopfschüttelnd an, da Felix bereits aus der Vordertür entwischt ist.

»Hey, ich habe nur vorgelesen, was da stand, so sind die Regeln«, versucht er sich zurechtfertigen, aber Albert fährt ihm über den Mund.

»Regel gilt nicht mehr, Alter!« Leises Gackern aus dem Hintergrund.

»Genau, Django!«, bestätigt irgendein Witzbold, und das Gackern wird mehrstimmig.

Egal, wie viel in der Kasse fehlt, für Sparwitze reicht es immer noch, wenn man mit allen teilt.

Die breite Masse schickt sich an, aus der kümmerlichen Vorlage einen Motivteppich zu knüpfen, Thema: Die besten Zitate aus den schlechtesten Spaghetti-Western.

Schon nach wenigen Sekunden haben sich Holger und Albert in einen neuen Streit verwickelt, man ist sich mehr als uneinig darüber, in welchem Film Bud Spencer gesagt hat: »Der hat doch weniger Hirn im Kopf als ein Spatz Schmalz im Knie.« Marie bleibt verschwunden, das vorwurfsvolle Klimpern von leeren Gläsern wird lauter. Holger gibt bald auf: »Okay, meinetwegen, Albert, es war in *Zwei Himmelhunde auf dem Weg zur Hölle*, hast gewonnen.« Aber Albert weigert sich, diesen Sieg gebührend auszukosten. Es macht ihm keinen Spaß, Recht zu haben, wenn sein Publikum unvollständig ist.

»Ich schau mal nach Marie«, erbarme ich mich schließlich, und mein Plan wird huldvoll abgenickt. Immerhin, ein paar durstige Filmfreaks trauen mir diese heikle Operation zu, wieder etwas, was ich in zukünftige Bewerbungsschreiben aufführen kann: »Krisensituationen durchschaue ich schnell und handele selbstständig, obgleich nicht übereilt. Im Vordergrund steht für mich stets das Wohl der Klienten.«

Ich gehe nicht hinter der Theke her, sondern außen um die Kneipe herum zur Hintertür. Aus Respekt vor Marie. Sie hasst es, wenn jemand hinter ihrer Theke herläuft, ohne dass sie es im Vorfeld gestattet hat. Aber tatsächlich dient dieser kurze Umweg auch dazu, mir frische Luft zwischen die Ohren pusten zu lassen. Ich habe immer geahnt, dass Felix sich ausschließlich von Bier ernährt, aber warum hat Marie zugelassen, dass er das auf Pump tut? Ist sie von Muttergefühlen überwältigt worden, als der kleine Vollidiot sich von seinem Kichermonster getrennt hat? Oder resultiert dieser Riesendeckel doch eher auf Raffis eigentümlicher Geschäftspolitik? Unwahrscheinlich. Wenn Raffi das Geld in Form von Alkohol unter die Leute verteilt, führt er nicht Buch darüber.

Ich bleibe stehen, um grob zu überschlagen, wie viel Geld ich hier in den letzten Jahren versoffen habe. Das vorläufige Zwischenergebnis sind leichter Schwindel und hoffentlich eingebildete Leberschmerzen. Zumindest wirkt die Summe von dreihundertneunundsechzig Euro jetzt überschaubar, geradezu lächerlich.

Nun sollte ich in der Lage sein, Marie aufmunternd auf die Schulter zu klopfen und etwas zu sagen wie: »Kopf hoch, wenn wir gleich alle nur einmal zehn Prozent Trinkgeld geben, ist Felix' Deckel so gut wie getilgt.«

Als ich an der Hintertür der Kneipe ankomme, erwartet mich Marie bereits dort. Ihre Frisur ist aufgelöster als üblich, aber ihre Haltung schon wieder die einer Primaballerina. Sie tritt eine Kippe anmutig mit der Zehenspitze aus, während sie sich schon eine zweite anzündet.

»Hey Doki, ich dachte, ich räume dir schon mal die Küche ein bisschen auf, für Freitag.« Ihre Stimme klingt belegt, aber sie gibt sich alle Mühe, mir den Clown vorzuspielen: »Ich habe sogar den Herd entdeckt. War unter den Bierkisten. Komm, ich zeig ihn dir!«

Wortlos folge ich Marie zurück durch den Hausflur in die Küche. Tatsächlich, da steht ein Herd. Sogar angeschlossen. Damit ist es fast amtlich: Die sogenannte Küche ist eine Küche, war zumindest mal eine und könnte mit wenig Aufwand wieder eine werden.

»Habt ihr Töpfe, oder sowas?«, wage ich zu fragen. Marie denkt angestrengt nach:

»Da gucken wir mal. Im Keller. Die Tage.« Ich schaue sie an und befinde, dass Marie schnellstens wieder aus der Küche herausollte. Der Ort scheint ihr nicht zu behagen, und das Licht schmeichelt ihrem Teint nicht. Außerdem gerät sie ins Plappern, was äußerst untypisch für sie ist: »Na ja, es war alles etwas kurzfristig geplant, aber wir dachten, warum sollten die Bands nicht mal etwas Vernünftiges essen, die Pommesbude hat die Preise ja auch wieder erhöht…«

Sie hört auf zu reden. Zum Glück kann ich auch die Klappe halten, wenn es wirklich drauf ankommt. Die Pommesbude verschwindet also gar nicht, sondern wird nur unbezahlbar. Und ein Schuldendeckel von dreihundertachtzig Euro ist für Marie ein Grund zum Heulen. Eine geschicktere Geschäftsfrau als ich würde an dieser Stelle des Gesprächs nachhaken, für wie wenig Geld sie denn kochen soll. Mir kommen nur eher unbekannte Lebensweisheiten in den Sinn: »Denke nicht darüber nach, was deine Kneipe für dich tun kann, sondern darüber, was du für deine Kneipe tun kannst!«

Zu Marie sage ich: »Also ich finde, seitdem die Frittenbude die Majo gewechselt hat, konnte man die sowieso vergessen.«

Marie nickt grimmig: »Exakt. Und wer kann schon an fünf Tagen die Woche Pommes mit Ketchup essen?«

Abgesehen von Marie fällt mir keiner ein, dafür eine Menge Leute, die völlig ohne feste Nahrung auskommen: »Äh ja, Marie, vielleicht solltest du wieder hinter die Bar, da herrscht Ebbe.«

Marie schaut mich an, als hätte ich sie gerade aus einem hundertjährigen Schlaf geweckt, aber dann reagiert sie genauso schnell wie jede Prinzessin, die dieses Schicksal erleiden musste: Nicht wundern, sondern kurz die Haare geschüttelt und wahrhaft royal gesprochen: »Stimmt, dann mal los, Deppen abfüllen.«

Ganz selbstverständlich schlage ich den Weg zur Hintertür ein, aber Marie hält mich an der Schulter fest: »Doki, du kannst ruhig vorne rum gehen. Du arbeitest ja jetzt hier.«

Ich werde tatsächlich rot. Heute Nacht habe ich den Ritterschlag erhalten, obwohl ich gar nicht offiziell bei den Spielen angemeldet war. Als wir durch die Milchglastür in den Schankraum treten, wird mein gesellschaftlicher Aufstieg durchaus registriert.

»Boah, endlich Marie, wir waren am Verdursten!«, schallt es aus trockenen Kehlen, nur Holger murmelt leise: »Und ich bin mir doch sicher, Bud Spencer hat den Spruch in *Das Krokodil und sein Nilpferd* gebracht.«

»Du hast echt keine Ahnung von gar nichts«, steigt Albert sofort wieder ein: »da höre ich mir doch lieber *Led Zeppelin II* an, als dein unqualifiziertes Geschwätz.«

Marie lächelt. Dann holt sie den Whisky aus dem oberen Regal.

Die Kneipentür öffnet sich, und noch bevor Vladimir seinen Stammplatz an der Theke erreicht hat, steht sein Glas vor ihm.

Er hebt anerkennend eine Augenbraue Richtung Marie, und grüßt mich freundlich:

»Ah, Doris, schön, dich zu sehen. Du machst einen… sortierten Eindruck.«

Ich zucke mit den Schultern, freue mich aber insgeheim, dass Vladimir auf seiner angestrengten Suche nach passenden Adjektiven stets das höflichste ausspricht. Nach der Vorstellung, die ich am Samstag anscheinend gegeben habe, wären auch Attribute wie »nüchtern«, wahlweise auch »nicht total verrückter, vollständig bekleideter, lebendiger Eindruck« durchaus angemessen gewesen.

Ich bestelle noch eine Cola, um mich auch in naher Zukunft dieses Lobes würdig erweisen zu können.

Währenddessen wird Vladimir von Albert in Beschlag genommen. Der benötigt einen Ratschlag in einer Angelegenheit, die ihn schon seit Sekunden wieder beschäftigt: »Vladimir, sollte ich einem Freund, na, sagen wir lieber: einem Bekannten für viel Geld eine Schallplatte verkaufen, die ich selbst total beschissen finde?«

Und Vladimir schaut Albert an – als Tierdokumentarfilmfan möchte ich sagen, wie ein Grizzlybär, dem einfältige Biologen eine äußerst durchsichtige Falle gebaut haben. Zwei grünbraune Augen, in denen sich eine Menge Verständnis mit den geistig Armen und ein Hauch Skepsis, gemischt mit einem guten Schuss Amüsement spiegelt. Statt etwas zu sagen, trinkt Vladimir einen Schluck, wobei er kaum merklich mit dem Kopf schüttelt.

Es ist genau dieses detailliert begründete, salomonische Urteil, das Albert zur Vernunft bringt. Er schaut kurz zu Boden, schüttelt einen unsichtbaren Kobold von seinen Schultern und ruft zu Holger herüber: »Hey Alter, weißte was? Ich schenke dir die Platte, okay?«

Holger lächelt irritiert, wähnt diesen Anflug von Großzügigkeit einen geschickten Winkelzug von Albert, sich bei Marie einzuschmeicheln. Aber als Vladimir ihm bestätigend zunickt, freut er sich. »Hey danke, das ist total cool. Willst du noch 'nen Gin Tonic haben dafür?«

Albert lehnt das Angebot nicht ab, Marie hat schon längst die Eiswürfel ins Glas klimpern lassen. Ich nuckle an meiner Cola und bemerke erst jetzt, dass Vladimir einen großen Koffer neben sich abgestellt hat. Er ist gitarrenförmig.

»Was ist da drin?«, frage ich ihn, und er antwortet, ohne mit der Wimper zu zucken: »Eine Awtomat Kalaschnikowa, obrasza 47, aus der alten Heimat. Was dachtest du denn?«

Heute ist der Abend, an dem ich Kira durchaus Konkurrenz machen könnte, was die Leuchtfrequenz meiner Birne angeht.

»Na ja, vielleicht… ein Bass?«, murmle ich kleinlaut, und Vladimir schnauft in sein Getränk: »Was soll ich denn mit einem Bass, Doris?«

Eine ebenso berechtigte wie rhetorische Frage. Nur Idioten spielen Bass. Eine AK 47 hingegen kann man sich als hübsches

Dekorationsobjekt an die Wand hängen und hat so bei Dinnerpartys stets ein hübsches Small-Talk-Thema parat. Es sei denn, man hat sich unvorsichtigerweise ein paar Leute vom Verfassungsschutz eingeladen, das würde wieder hitzige Diskussionen nach sich ziehen.

»Sag, Doris, könntest du auf den Koffer aufpassen für eine Weile?«

Natürlich. Endlich ein Auftrag, den ich problemlos erfüllen kann: Einen mysteriösen Koffer anstarren, solange sein Besitzer eine kleine Weile die sanitären Anlagen aufsucht.

»Ich habe dich erwählt, weil du nicht hineinschauen wirst«, erörtert Vladimir, gewohnt um Alltagsdeutsch ringend. Ich puste mir geschmeichelt die Ponyfransen aus der Stirn. Kein Wunder, dass Vladimir mir daraufhin mehrmals auf die Schulter klopft, so, als würde er ein gehorsames Pferd loben.

Er schwingt sich von seinem Hocker und verschwindet dahin, wo auch Liebhaber automatischer Handfeuerwaffen alleine hingehen. Kaum ist er weg, versuche ich, mich möglichst lässig gegenüber dem Koffer zu verhalten. Ihn zu ignorieren, den Blick schweifen zu lassen. Mein nervöses Gucken zu allen Seiten bewirkt immerhin, dass Marie mir ein Bier vor die Nase stellt.

Nachdem ich es halb geleert habe, kann ich wieder klar denken: In Gitarrenkoffern befinden sich Gitarren. Nur spielt Vladimir nicht Gitarre. Zumindest noch nicht. Wenn er das Gitarrenspiel erlernen will, sollte er üben auf dem Instrument, statt es mir »für eine Weile« zu übergeben. Also definitiv keine Gitarre. Als das Bier ganz leer ist, beschließe ich, dass sich in dem Koffer etwas ganz, ganz anderes befinden muss. Sehr viel Geld. Das würde mir niemand anvertrauen. Ein Wurf Kätzchen? Dank dem Fehlen von Luftlöchern ein Wurf toter Kätzchen. Nein, das würde man riechen. Also doch die Formel für den Weltfrieden. Ich sollte Vladimir einfach fragen, wenn er zurückkommt: »Wo bleibt der denn?«, erkundige ich mich bei Marie, und die erwidert: »Äh, Vladimir hat schon gezahlt und ist abgehauen.«

»Quatsch, der hat doch noch seinen Koffer hier stehen«, berichtige ich, und da fällt der allwissenden Bardame ein: »Stimmt, er hat erwähnt, dass du eine Weile darauf aufpassen sollst. Nimm ihn einfach mit nach Hause, hier kommt der nur weg.«

Ich ärgere mich eine Weile darüber, dass es im Laufe der Geschichte niemand für nötig befunden hat, die Länge einer Weile genauer zu definieren, aber dann fällt mir ein besserer Zeitvertreib ein.

»Kannste mir einen Schnaps geben, Marie?«

Sie sieht mich besorgt an: »Auf'n Montag, Doki?«

»Nein, auf Vladimirs Deckel«, beschließe ich trotzig.

XI

Bei meiner dritten Tasse Kaffee sind die Zigaretten alle, fluchend sitze ich vor dem Computer, weil meine Verbindung ins Internet so lahm ist, als wäre sie gestern ebenfalls versackt. Perfekte Vorraussetzungen, um mich dem Thema Drogenprävention zu widmen.

Zunächst sammle ich Informationen. Leider hat die weltweite Wissensquelle zuviel davon parat: Zum Beispiel veröffentlicht das Bundeskriminalamt jedes Jahr einen Wust von Statistiken zum Thema. Kira würde bei dem Anblick dieses grafisch mäßig aufgearbeiteten Datenwustes bestimmt ein feuchtes Höschen bekommen. Nach kurzem Überfliegen der Zahlen stelle ich jedoch fest, dass diese höchst alarmierend sind.

Die Drogensüchtigen, besonders die, die sich mit hartem Stoff zudröhnen, werden immer älter. Nicht, weil die Qualität von Heroin und Co. immer besser wird, sondern weil die jungen Leute offenbar kein Interesse daran haben, eine klassische Junkie-Karriere einzuschlagen. Also kann ich den Notfallplan, im Medienraum den Film *Wir Kinder vom Bahnhof Zoo* anzuwerfen, endgültig begraben.

Nein, das hatte ich nicht wirklich vor. Ein Funken beruflicher Ehrgeiz glimmt tatsächlich noch in mir, sonst würde ich gewisse Dinge im Anker nicht so eiskalt durchsetzen. Zum Beispiel, dass ich jeden zweiten Dienstag frei habe. Schlechtes Beispiel. Aber ich beziehe immer ganz klare Positionen zu inhaltlichen Angelegenheiten: Ich bin gegen Tischfußball-Transen, gegen Rauchverbot im Hinterhof, gegen Holunderbrause, gegen Mädchentage, auch probeweise, gegen Kira. Ich weiß, wie unfair das klingt. Also bin ich auch gegen alle anderen Kollegen. Und gegen die Jugendlichen.

Wann bin ich so geworden?

Als ich diese Frage in die Suchmaschine eingebe, erhalte ich keine befriedigende Antwort.

Beruflich komme ich so nicht weiter, also könnte ich mich privat ein wenig fortbilden. Das funktioniert wesentlich besser, die richtige Motivation weckt den Spürsinn in mir: Wenn man die Internetseite einer gewissen finnischen Punkband besucht, findet man zum Beispiel relativ schnell heraus, dass deren Fahrer und Fanartikelverkäufer auch für deren Online-Präsenz verantwortlich zeichnet. Gunnar Thielen steht da im Impressum. Er hat also die Parkettfrau geheiratet und ihren Namen angenommen, schießt es mir durch den Kopf, und das hinterlässt ein merkwürdig flaues Gefühl in meinem Magen. Hätte er auch den Namen Kindermann angenommen? Nach einer weiteren Tasse Kaffee geht es meinem Magen wieder besser. Ich habe in meinem Hirn statt im Netz gewühlt und die Einsicht in eine vage Erinnerung von 2004 bestätigte, dass Gunnars Eltern sich damals scheiden ließen, Mädchenname der Mutter: Thielen. Kein Wunder, dass ich ihn nicht aufspüren konnte. Wieder ein Mysterium der Weltgeschichte entschlüsselt, und das noch vor zehn Uhr morgens.

Da ich so gut in Form bin, schaue ich nach, was eine durchschnittliche AK 47 wiegt. Das ist schon kniffliger. Das alte Model bringt 3,9 Kilo auf die Wage, allerdings ungeladen. Selbst wenn ich wüsste, ob Vladimir mir sein Souvenir samt Munition oder ohne anvertraut hat, müsste ich ja noch das Gewicht des Koffers abziehen, um auf verlässliche Zahlen zu kommen.

Ich recherchiere. Das vorliegende Model ist ein *Fender Guitar Case Black Solex* und wiegt 5,1 Kilo, ebenfalls ohne Munition. Meine Badezimmerwaage zeigt für den gesamten Koffer 9,9 Kilo an und 0% Körperfett. Ich atme auf. Damit habe ich Leichenteile als Inhalt ausgeschlossen. Sonst nichts. Um mir ein weiteres Erfolgserlebnis zu gönnen, kehre ich auf mein Fachgebiet zurück.

Im Impressum der Saunajungs-Seite ist Gunnars Handynummer angegeben. Ich speichere sie ab. So kann ich mich möglichst gleichmütig melden, wenn er anruft. Ich probiere ein paar Varianten durch:

»Wer ist da? Ach Gunnar, Mensch, du schon wieder, ja ich bin grad in Berlin, ist ungünstig grade, ich melde mich bei dir, lass uns doch mal Kaffee trinken.«

Viel zu nett. Außerdem weiß ich gar nicht, was ich in Berlin zu tun hätte.

Wie wäre es damit? »Ach Gunnar, schön, dass du dich auch

mal meldest. Du, die Katja hätte gerne die Hälfte der Hotel-
übernachtung von dir zurück, ich habe das mal ausgerechnet...«

Hervorragend. Damit komme ich nicht nur selbst wie eine
verletzte Zicke rüber, sondern mache auch noch Katja zum
Geizhals.

Ich denke über die wahrscheinlichste Ansage nach, die ich
dem tollen Gunnar Thielen, früher Terstraten, bei seinem Anruf entgegenröcheln würde: »Gunnar? Du bist das? Was für
eine Freude, nach all den Jahren. Komm' mich doch mal besuchen, ich lebe jetzt im Altersheim ›Sonnenhügel‹, direkt in
Bad Kreuznach. Ah, du hast keine Zeit. Lebst in Schottland.
Auf einem Schloss, aha...«

So nicht, mein Lieber! Wütend drücke ich auf den Anruf-
Knopf. Es tutet. Ich lege nicht auf, zur Belohnung meldet sich
die Mailbox: »Hey, hier ist Gunnar, ich bin grad on the road...«

»On the road«? Wie peinlich ist das denn? Ich will auflegen,
mich vor Lachen schütteln, die Akte Gunnar für immer unter
»Wichtigtuer« abheften und schließen, danach flugs ein völlig
neues Leben beginnen, aber der Ansagetext ist noch nicht beendet: »...Doris, wenn du das bist, ich weiß, wie sehr du Anrufbeantworter hasst, aber leg nicht auf.«

Ich lege auf.

Er denkt an mich. Er wird mich zurückrufen. Ich schalte
mein Handy ab. Grinse. Dusche. Grinse immer noch. Finde
im Internet einige total interessante Artikel über das Suchtver-
halten von Vierzehn- bis Neunundzwanzigjährigen sowie eine
Theatergruppe, die eine Art Musical zum Thema geschrieben
hat. Grinse dabei. Ich schreibe an meinem freien Tag drei Anträge auf projektbezogene Förderung, grinse hochkonzentriert.

Als ich mit dem Produzenten des Jugendtheater-Stückes
»Cool Drauf?!« telefoniere, höre ich auf zu grinsen und mache

einen Termin mit ihm aus, im Anker, damit wir das Ganze besprechen können. Er freut sich. Ich freue mich, also grinse ich wieder.

Nun bin ich seit zwei Stunden Nichtraucher und fühle mich sauwohl dabei. Zur Belohnung für all meine guten Taten an diesem Tag stelle ich mein Handy wieder an.

Eine SMS von Katja, eine Nachricht von Gunnar. Katja schreibt: »*Andi ist ein Vollidiot.*«

Schön, wenn jemand eine unumstößliche Wahrheit endlich als solche annimmt, aber bevor ich meiner Freundin zu dieser Erkenntnis gratulieren kann, muss ich doch die Mailbox abhören: »Ja, hey Doris, Gunnar hier. Nehme mal einfach an, dass du das warst, die aufgelegt hat, als die Mailbox dranging.«

Niemand kennt mich so gut wie Gunnar, verzückt lausche ich seinen weiteren Worten: »Also, es geht um Folgendes: Ich habe am Samstag wohl den Schlüssel von der Bandkasse verloren, wäre also furchtbar nett, wenn du noch mal da im Hotel nachfragen könntest. Den Schlüssel kannst du mir dann schicken, und zwar an folgende Adresse ...«

Es kommt nichts mehr nach der Adresse. Gar nichts. Kein »Danke«, kein »Ich vermisse dich«, kein »Ich weiß nicht mehr, wie ich ohne dich leben konnte«.

Ich lege mich wieder ins Bett, ohne die Anträge auf Projektförderung zu verschicken. Gegen Abend stehe ich noch mal auf, um den Flyer von dem Pizzabringdienst zu suchen, der auch Kippen mitliefert. Ja, das Leben ist eine wilde Fahrt auf der Achterbahn, aber ich bin eben nicht cool drauf. Und ich sitze schon gar nicht an den Hebeln, die das Biest stoppen könnten.

Vielleicht sollte ich den ganzen Vergnügungspark schließen und etwas völlig Neues anfangen. Morgen.

XII

Wir hätten vielleicht irgendwelche Aktionen planen sollen«, murmelt Kira und lugt verstohlen über die Theke. In der Kommbüse herrscht Nachkriegsstimmung. Eine Handvoll junger Frauen sitzt erstarrt auf den Sofas, sie alle scheinen sich zu fragen, wann die Männer endlich wiederkommen. Oder ob überhaupt.

Leider haben wir es im Vorfeld versäumt, ein paar Trümmer bereitzustellen, aus denen die Mädels hätten neue Stadtkerne aufbauen können. Ich versuche, nicht allzu triumphierend zu grinsen, aber ein wenig Salz muss ich doch noch in Kiras Wunden streuen:

»Wollte denn keine von den Mädels die Tischfußballer umziehen?«, erkundige ich mich scheinheilig, und Kira schüttelt gekränkt den Kopf: »Die haben gesagt, das sei ihnen zu albern.«

Teenager sind großartig. Unberechenbar, irrational und wenn sie keinen Bock auf etwas haben, legen sie den aktivsten passiven Widerstand an den Tag, der sonst nur ihren eigenen Eltern in jener Härte entgegengeschleudert wird, wie er nun Kira und mich trifft.

»Will jemand vielleicht noch einen Kaffee?«, fiepst sie in die Runde, und Leslie schnauzt sie an: »Ne, echt nicht. Der Kaffee ist ekelhaft. Warum gibt's hier eigentlich keinen Latte? Oder einen ganz einfachen Cappuccino?«

Die anderen Mädchen nicken düster, Kira sieht mich hilfesuchend an.

Aber es ist zu spät. Kira hat sich mit diesem Mädchenprobetag nicht nur ihr eigenes Grab geschaufelt, sie hat es auch noch geschmacklos dekoriert, und sich zum guten Schluss den Spaten selbst auf den Kopf gehauen, bevor die Mädels sie, aus gutem Grunde, lynchen konnten.

Seit Mittwoch hat Kira ihren Untergang vorbereitet, und ich habe schändlicherweise dabei zugesehen. Ich schwieg, als sie eine zehn Meter lange, fliederfarbene Papiergirlande mit dem biologischen Symbol für »weiblich« fertigte und selbige aufhängte. Ich sagte kein Wort, als ich sie Unmengen von Broschüren bestellen hörte. Als sie heute Handspiegel auf den Bistrotischen auslegte, schwankte meine Stimmung zwischen Hoffen und Bangen.

Ich dachte, sie würde den Mädels vielleicht einen Grundkurs in gepflegtem Make-up anbieten wollen, und das hätte ich wirklich gerne gesehen. Ein Eselchen erklärt den Vollblutfohlen die Rennbahn, aber es hätte einen gewissen Unterhaltungswert gehabt, und vielleicht hätte ich auch mein Geheimprojekt, Kira die Augenbrauen zu zupfen, endlich verwirklichen können. Aber Kira hatte andere Pläne mit den Spiegeln.

»Was meinst du, Doris, wenn wir alle so ein wenig gequatscht haben, dann könnten wir uns doch mal mit dem gängigen Schönheitsideal auseinandersetzen. Also, auch ruhig intensiv. So, dass wir den Mädels klarmachen, dass sie alle so in Ordnung sind, wie sie sind – auch untenherum.«

Natürlich werden Frauen, deren Lieblingsfilm *Grüne Tomaten* ist, von mir in eine gewisse Schublade gesteckt, aber Praktikantinnen, die die einzig lustige Stelle in dem Film einfach nicht als solche verstanden haben, sollte man doch dauerhaft wegschließen.

Ich verzichtete also darauf, Kira etwas über intime Grenzen zu erzählen, sondern sammelte schnellstens die Spiegel wieder ein und ersetzte sie durch Knabberzeug.

Das ist jetzt eine Stunde her, und alle Chips-Schalen sind längst geleert, bis auf eine.

»Guck mal, Doki, die Natascha hat gar keine Chips gegessen«, informiert mich Kira über ihre neuesten Beobachtungen, »Meinst du, die ist magersüchtig? Ich frag' sie mal!«

Genug innerlich gelacht, ich halte Kira an ihrem Halstuch fest. »Das wirst du nicht tun«, zische ich, und Kira sieht aus, als wenn sie gleich losheulen wollte.

Ich packe sie an den Schultern und pflanze sie auf den Barhocker, Gesicht zu mir, schnappe mir eines ihrer Apfelbäckchen, um sie zu fixieren: »Kira, ich werde dir jetzt mal ein Geheimnis erzählen, über Jungs und Mädchen.«

Kira sieht mich an, als hätte ich ihr soeben das ganz große Geheimnis verkündet, nämlich dass Störche gar nicht in der Lage sind, sechs Pfund schwere Säuglinge über eine längere Strecke in einem Tuch zu transportieren. Ich muss hier wohl ganz behutsam vorgehen: »Kira, zwischen dreizehn und siebzehn ist jeder Mensch einfach nur scheiße. Jeder hasst Teenager, und sie sich selbst am meisten. Ihre einzige Freude ist es, Erwachsene zu ärgern. Und jetzt wird es kniffelig. Du bist die Erwachsene, zumindest bis heute, zwanzig Uhr.«

»Du aber auch, oder?«, piepst Kira, und ich weiß, ich muss einen anderen Ansatz finden.

»Klar, ich auch, aber das Wichtigste ist: Du darfst jetzt nicht heulen. Oder meckern. Oder versuchen, sie zu irgendetwas zu animieren, sie werden garantiert das Gegenteil tun. Du willst Beweise? Ein Beispiel? Gerne. Jede Einzelne von denen kotzt sich bei dir oder mir oder Jenny über Jungs aus, richtig? Jetzt aber hätten sie gerne Jungs da, weil wir sie ausgesperrt haben, verstehst du?«

Kira schüttelt den Kopf.

»Also, noch mal: Die werden sich hier nicht auf Knopfdruck über die Unterdrückung durch das Patriarchat auslassen, schon wie ...«

Ich würde am liebsten sagen: »... du diese unentspannte Kulisse aus verquastem Post-Feminismus aufgebaut hast«, aber kriege noch die Kurve: »… weil sie uns jetzt hassen. Sie hassen uns, weil wir da sind, und die Jungs nicht. Es sind Teenager.«

Kira starrt mich stumm an. Nach meiner Einschätzung konnte sie meinen Ausführungen nicht bis zum Ende folgen. Der Hamster, der ihren Denkapparat am Laufen hält, ist irgendwo auf halber Strecke aus dem Laufrad gesprungen und beleidigt in sein Häuschen abgezogen.

»Die hassen uns doch nicht, Doki. Mit ganz vielen von denen habe ich schon ganz oft, ganz toll geredet, es ist nur …«

»… du hast sie zum Rudel zusammengetrieben. Sie sind in der Überzahl. Sie hassen dich«, bestehe ich knallhart auf meinem Standpunkt.

»Aber, aber …«, Kiras innerer Hamster rafft sich noch mal auf und schlägt eine völlig neue, ungeahnte Richtung ein. Er schmeißt das Rad um. »Aber Doris, rein statistisch müsste doch mindestens eins von den Mädels lesbisch sein. Oder werden. Die muss den Mädchentag doch gut finden. Die eine wenigstens.«

Kira späht wieder über die Theke, hoffend, dass sich gleich jemand vor lauter Langeweile outen wird.

»Kira, die homosexuellen Jugendlichen gehen ins ›Bi-You‹. Es ist eine große Stadt. Wir haben ein Extra-Jugendzentrum für schwule, lesbische, bi-sexuelle und solche, die es, um dich zu zitieren, werden wollen.«

Kiras Hamster entscheidet sich dafür, mal wieder auf dem uralten Maiskorn herumzulutschen, das er seit Monaten in der Backe lagert. »Na, aber das ist doch auch irgendwie diskriminierend, oder?«

Ich hätte einfach meinen Plan durchziehen sollen. Der bestand darin, dass ich Kira zur Erwachsenen erkläre, ihr noch einmal aufmunternd in die Wange kneife und verschwinde, mit in die Luft gerecktem Daumen, der ihr zeigen sollte: »Du schaffst das, Baby.«

Bei Mel Gibson klappt das immer. Zumindest in seinen Komödien. Das hier scheint sich eher zur *Passion Christi* zu entwickeln, wenn mir nicht schnellstens jemand aus der Patsche hilft.

»DOKI! Haaalloo! Doki?«, schreit eine Stimme, unterstützt von einem wilden Hämmern gegen die Frontscheibe der Kommbüse. Es ist Ludi. Er wirkt verwirrt, erschrocken, völlig aus dem Häuschen. Nun ja, er schaut amüsiert durch den Vorhangschlitz, und alle Mädchen winken ihm verzückt zu.

»Ludi scheint meine Hilfe zu brauchen, ich muss da mal raus«, verkünde ich Kira, die dem jungen Mann ebenfalls zuwinkt, allerdings eher so, als würde sie ihn verscheuchen wollen.

»Doris, es ist doch Mädchentag…«, appelliert Kira an mein Pflichtbewusstsein, aber jetzt bringe ich mein Totschlagargument: »Mädchen*probe*tag, das ist etwas völlig anderes. Bis gleich!«

Ich laufe zum Hinterausgang, wobei ich mir durchaus bewusst bin, dass mir die sehnsüchtigen Blicke der Mädchen folgen. Es wird vielleicht noch zwei, drei Minuten dauern, bis einer von ihnen auffällt, dass dies ein freies Land ist und sie einfach abhauen können.

Das wäre mir nur recht, dann könnte ich völlig ohne schlechtes Gewissen früher gehen und Kiras Projekt würde offiziell als gescheitert gelten. Als ich die Hintertür erreiche, höre ich, wie die Schöpferin des Mädchenprobetages zum letzten Strohhalm greift. »Wer will denn noch Holunderbrause? Ich gebe eine aus!«

»Klassisches Ausnutzen durch Kopplung von Abhängigkeiten, Respekt Kira«, denke ich mir und stürme zur Tür hinaus.

Dort pralle ich direkt mit dem Brustkorb gegen etwas Hartes, einen Basketball oder Ludis Kopf.

»Autsch, wieso hast du nicht vorne gewartet?«, röchle ich, und Ludi hält sich beide Hände vors Gesicht: »Warum hast du keine großen, weichen Brüste, dann wäre meine Nase jetzt nicht gebrochen!«

»Wenn deine Nase gebrochen wäre, wärst du gar nicht in der Lage, sexistische Bemerkungen zu machen«, stelle ich fest. Ludi nimmt seine Hände vom Gesicht und zeigt mir ein Grinsen, das genau so schief wie seine Brille ist: »Sexistisch, ja? Mädchenprobetag, das ist sexistisch, Doki.«

Darüber diskutiere ich nicht mehr, mit niemandem. Stattdessen werfe ich Ludi eine Packung Zigaretten zu: »Danke, dass du gekommen bist. Ich habe mir schon Sorgen gemacht, dass du es vergisst.«

Ludi mustert die Packung, als wäre ich in der Lage, eine Schachtel Kippen zu leeren, sie mit Dreck zu füllen und dann wieder in Folie einzuschweißen. Okay, ich hatte darüber nachgedacht, aus pädagogischen Gründen. Ludi öffnet die Schachtel und bietet mir eine an.

Wie tief kann man sinken? Ich fische eine Zigarette heraus.

»Doris, Doris, Doris, wenn das jemand rauskriegt«, flötet mein Schützling kopfschüttelnd, »abgesehen vom rechtlichen Standpunkt bin ich vor allem moralisch enttäuscht von dir. Da bittest du doch tatsächlich einen Schutzbefohlenen, hier aufzukreuzen, einen Notfall vorzutäuschen, um dich von der Arbeit wegzuholen, im Tausch gegen gefährliche Drogen! Und das auch noch am Muschitag…«

»Muschi*probe*…«, hebe ich an und beiße mir zu spät auf die Zunge. Ludi gackert, und meine einzige Angst ist, dass Kira das hören könnte. Ich bin ein durch und durch schlechter Mensch. Und Ludi genießt das: »Warum hast du dich nicht etwas raffinierter aus der Affäre gezogen? Ihr habt doch bestimmt so ein Labertreffen dazu gehabt, zu dem Blödsinn hier. Da hätte ich an deiner Stelle doch einen reinen ›Jungstag‹ vorgeschlagen, am besten am Samstag, und schon wäre das Ganze den Bach runtergegangen.«

Stimmt. Ein nikotinabhängiger, winziger Teenager mit kaputter Brille führt mich vor, und was tue ich? Schmollen: »Ach, Ludi, hätte ich einen Jungentag vorgeschlagen, hätte es geheißen: ›Unterdrückte Jungen sollen ins ‚Bi-You' gehen‹.«

Ludi nickt: »Ja, die haben den Schwuchteltag, stimmt.«

»Ich glaube nicht, dass die das Schwuchteltag nennen«, merke ich an, aber Ludi verdreht die Augen: »Ne, glaube ich auch nicht, dass das Schwuchtelzentrum den Schwuchteltag Schwuchteltag nennt, Doki, aber der Punkt ist doch …«

Ich muss kichern: »Wer dreimal Schwuchtel in einem Satz sagt, ist selber eine!«

Ludi wirft mir die Zigarettenschachtel an den Kopf: »Du bist echt doof, Doki! Und so etwas ist Sozialarbeiterin.«

Wir beide schweigen betreten, für drei Sekunden. Zum Glück, denn so können wir hören, wie sich das Fenster im oberen Stock öffnet. Ich kann Ludi an die Hauswand pressen, bevor Margret ihren Kopf aus dem Fenster streckt: »Doris, bist du das? Was ist denn los da unten?«

Sie kann Ludi und mich nicht sehen, wir stehen im toten Winkel. Allerdings piekst mir Ludi mit spitzem Zeigefinger in die Seite, der kleine Drecksack.

»Äh, nichts, Margret, alles in Ordnung, ich war nur kurz draußen um …« Ludi piekst jetzt in die andere Seite, ich haue blind auf seine Finger. »Au!«

Margrets Stimme wird noch eine Spur tiefer: »Doris, versuche doch, innerhalb deiner Arbeitszeit nicht so viel zu rauchen, wirklich.«

Ich will mich verteidigen, Ludi springt ein: »Hallo Margret, ich bin's, Ludolf, ich habe einen Notfall, ich meine ... ich fliege von der Schule vielleicht.«

»Drunter ging es auch nicht, oder?«, zische ich Ludi zu, der das alles hochkomisch zu finden scheint.

Wir hören Margrets Schnaufen, bevor sie spricht: »Was hast du denn angestellt, Ludolf?«

Ich schließe die Augen. Ludi ist durchaus in der Lage, jeden für einen schlechten Witz zu verraten. Er wird gleich erzählen, dass er einen Wanderzirkus in die Aula eingeschleust habe und der gesamte Lehrkörper bei der Tigerdressurnummer aufgefressen wurde. Aber er sagt: »Äh, Margret, das würde ich ganz gerne mit Doris allein besprechen, wenn es ginge. Ist eher persönlich.«

Margret seufzt erneut: »Okay, ich denke, Kira kann die Massen unten auch alleine bändigen. Geht doch einen Kaffee trinken oder so.«

Das Fenster schließt sich wieder. In wenigen Sekunden, wenn Ludi und ich den befohlenen Kaffee oder so trinken gehen, wird sie das Fenster erneut öffnen, um endlich ihre Zigarette zu rauchen.

»Danke, Ludi«, flüstere ich, und er zuckt mit den Schultern: »Immer doch. Jetzt schuldest du mir aber noch eine Schachtel Kippen.«

Aber ich habe nicht vor, mich noch länger erpressen zu lassen, nicht auf diesem Niveau.

»Mach einen Plan und halt dich dran«, sagte meine Großtante stets. Eine rätselhafte Aussage für eine Frau, die sich nach sechsundfünfzig Ehejahren hat scheiden lassen, aber heute werde ich ihren Tipp mal befolgen.

»Nein. Ich weiß was Besseres«, raune ich und bedeute Ludi, im Hof auf mich zu warten. Auf dem Weg zurück in die Kommbüse lege ich meinen besorgten Gesichtsausdruck auf, nuschle Kira etwas von »Ludolf, dringend, massive Schulprobleme, bis später« zu und schnappe mir meine Jacke. Dazu schwinge ich bedeutungsvoll den Zeigefinger nach oben, um Kira klarzumachen, dass ich mit Gottes Segen gehe beziehungsweise Margret von der Aktion weiß. Um sie vollständig zu verwirren, rufe ich noch »Trage den Vorfall unbedingt in die Statistik ein, ja?«, und renne hinaus.

»Und, was machen wir jetzt?«, will Ludi wissen, während wir auf den U-Bahnhof zusteuern. »Wir gehen in den Supermarkt und kaufen ein.«

Jetzt ist Ludis Enttäuschung echt. Aber zum Glück bin ich die Meisterin der Motivation und weiß außerdem, dass gerade Heranwachsende nach Abenteuern gieren.

»Aber vorher – fahren wir schwarz mit der Bahn, und dann nehme ich dich mit in eine Punk-Rock-Kneipe.«

»Ju-hu«, knurrt Ludi, aber er folgt mir. Wahrscheinlich will er neues Material sammeln, um demnächst ganze Zigarettenstangen einzufordern, als Schweigegeld.

XIII

Doki, das hier ist Kinderarbeit, hundsgemeine Versklavung, du bist deinen Job sowas von los«, ereifert sich Ludi, aber darauf gehe ich gar nicht ein. Ich kann auch gar nicht, denn ich trage eine Plastiktüte zwischen den Zähnen. Und drei weitere in jeder Hand, daher musste mir Ludi den Rucksack abnehmen, unter dessen Last er fast zusammenbricht.

»Ich bin noch im Wachstum, ich darf nicht so schwer heben«, kräht mein Komplize gegen den Straßenlärm an, und ich befehle souverän: »Hschnhekschwrübenschon.«

Ludi greift nach der Tüte, die mir vor dem Oberkörper baumelt und ich renke meinen Kiefer kurz ein, bevor ich meine Botschaft wiederholen kann: »Da drüben ist es schon. Hör' auf zu jammern, das ist ein Kulturtrip. Subkulturtrip.«

Ludi lässt die Arme sinken, und mault:

»Die Bruchbude da? Da gehst du in deiner Freizeit hin? Das ist ja ekelhaft.«

Ich muss zugeben, dass das »Dead Horst« im Tageslicht nicht gerade anheimelnd aussieht. Aber nicht vor Ludolf: »Ekelhaft? Der Laden hat Geschichte, hier kannst du noch was lernen, das ist eben nicht dieser moderne, langweilige Kram …«

Ich halte inne, weil ich meine, ganz ähnliche Worte schon einmal gehört habe. Ich glaube, aus dem Mund meiner Mutter, als sie uns für eine eigene Jauchegrube begeistern wollte.

»Also, drinnen sieht's besser aus«, murmle ich, aber Ludi sieht mich so zweifelnd an, als hätte ich einen Rundgang durch die Kanalisation vorgeschlagen.

Wir schleppen unsere Einkäufe über die Straße und ich klopfe an die Tür. Ich hämmere gegen die Tür. Ich schlage die Tüte, von der ich meine, dass sie nur Konserven beinhaltet, vor die Tür.

»Immerhin, der Schallschutz funktioniert beidseitig«, outet sich Ludi als Technikfreak. Irgendwie hat er es geschafft, sich schon wieder eine Zigarette anzuzünden, aber als er sich lässig an einem geparkten Wagen anlehnen will, schrillt dessen Alarmanlage los.

Erwartet man gar nicht in der Gegend, ein schöner Moment, um vor Schreck die Tüte mit dem Gemüse fallen zu lassen.

Zumindest konnten wir durch den Sireneneinsatz die gewünschte Aufmerksamkeit erregen. Die Tür wird von innen aufgeschlossen und einen Spalt breit geöffnet:

»Ich habe extra gesagt, Soundcheck nicht vor sieben«, faucht

Raffi uns entgegen. Er will die Tür schon wieder ins Schloss fallen lassen, da rufe ich: »Raffi, ich bin's, Doki. Ich bin zum Kochen da.«

Raffi steckt seinen Kopf nun aus der Tür, unsicher mustert er mich:« Ah, sicher, klar Doki. Tschuldigung, ich bin… tagblind.«

Ganz ehrlich: Wenn ich mir Raffi so ansehe, wünschte ich mir, tagblind zu sein. Sein Teint hebt sich farblich kaum von der Stahltür ab, und seine Augen sind blutunterlaufen. Die Adern auf seiner Nase verbinden die dort ansässigen Mitesser zu einem bis dato unbekannten Sternbild, dem »Großen Schluckspecht«. Als ihm bewusst wird, wie ich ihn anstarre, setzt er seine Batman-Sonnnebrille auf und knurrt: »Also, *du* siehst jetzt schon besser aus.«

»Satanistische Sozialarbeiterin opfert unschuldigen Jungen bei Vampir-Orgie«, verkündet mir Ludolf die morgige Schlagzeile flüsternd, Raffi tritt aus der Tür auf die Straße. Er trägt einen zerfetzten Seidenkimono und Puschelpantoletten in Bärentatzenform. Vom Herrscher der Nacht zum Hofnarr des Halbdunkels in sieben Sekunden – hätte nicht gedacht, dass ich in meinem Alter noch so schnell desillusioniert werden könnte.

»Wer issn das? Dein Sherpa?«, erkundigt sich Raffi, dabei deutet er mit der linken Tatze auf Ludi. Die Hände braucht er, um sich eine Zigarette zu drehen.

»Das ist Ludolf. Einer meiner Jugendlichen«, erkläre ich, und Raffi lässt den Tabakbeutel sinken. »Ludolf? Krass. Ich meine jetzt wegen diesen Typen vom Schrottplatz, kennt ihr, oder?«

Ludi lächelt Raffi zuckersüß an: »Ja, kenn ich, und weißte was, Alter? Du bist der Erste, der mich darauf anspricht.«

Raffi zieht eine Augenbraue hoch, in höchster Annerkennung für seine eigene Kombinationsgabe.

»Nenn' ihn einfach Ludi«, schlage ich Raffi vor, der sich aber nun, wahrscheinlich durch den ersten Nikotinkick des Tages, zu weiteren geistigen Höhenflügen herausgefordert fühlt: »Na, bestimmt nenne ich ihn nicht ›Dolfi‹, ha. Coole Brille auch, Alter.«

Ludi nickt gequält, ich spüre, dass er am liebsten sofort abhauen würde.

»Komm, Ludi, ich zeig' dir die Kneipe«, bestimme ich und zerre ihn an Raffi vorbei in den dunklen Raum, »es gibt sogar einen Kicker… und eine Theke… Barhocker… Kabel.«

Maklerin wäre also garantiert auch eine berufliche Herausforderung für mich. Leichte Panik spiegelt sich in Ludis Augen: »Doki, soll das irgendein Test sein, so eine Art Schocktherapie? Willst du mir zeigen, wo es endet, wenn ich weiter rauche und trinke?«

»Du trinkst?«, rufe ich überrascht, und Raffi kichert: »Ich will doch hoffen, dass der Junge trinkt in einer Kneipe. In meiner Kneipe vor allem.«

»Ach du Scheiße, du bist der Chef hier?«, Ludi schüttelt sich angewidert.

Auf meiner imaginären Statistikliste notiere ich diesen Ausflug schon mal unter »Konfrontationstherapie«, was viel besser klingt als »Förderung und Anstiftung von Gewalttaten seitens der Betreuerin«.

Raffi baut sich kerzengerade vor Ludi auf, dank seiner Puschelslipper sind sie genau gleich groß: »Ja Bürschchen, das ist mein Laden. Und wenn in ein paar Stunden die Band loslegt, wirst du mir auf Knien danken, dass du hier sein durftest.«

Ludi mustert Raffi unerschrocken von oben bis unten und fragt dann: »Ey, weißt du eigentlich, wie lächerlich du aussiehst? Sind das Häschen da auf deinem Bademantel? Rosa Häschen? Willst du gleich noch gegen ein paar Wattebäuschchen boxen, oder zieht deine Mutter dich jeden Tag so an?«

Mische niemals Berufliches mit Privatem, es endet doch nur damit, dass man ein bis zwei Leichen im Bierkeller verstecken muss.

Raffi pumpt sich noch einmal auf, aber als Ludi nicht einmal mit der Wimper zuckt, schnalzt Raffi mit der Zunge, dreht sich zu mir und spricht: »Der Bursche gefällt mir. Erinnert mich an mich selbst in dem Alter, verdammt große Schnauze.«

Wieder zu Ludi gewandt fügt er hinzu: »Zu deiner Information: Es sind keine Häschen. Sondern *Bärchen*. Passend zu den Slippern.«

Raffis Zinken berührt fast Ludis Stupsnäschen, doch der weicht keinen Millimeter zurück. So könnte ich mir einen Jungenprobetag bei der Fremdenlegion vorstellen.

»Kannste kickern?«, erkundigt sich Raffi nach diesem Test hoffnungsvoll, und Ludi grient: »Tragen coole Kerle Bärchenslipper?«

Die beiden flitzen zum Kickertisch, entlocken ihm durch gezielte Tritte die gewünschte Anzahl Bälle und legen los. Sie handeln rauchend die rudimentären Regeln aus, beschimpfen sich schon nach Sekunden wüst, und ich bin Luft für sie.

So fühlen sich also Tierschützer, wenn sie erfolgreich ein paar junge Waschbären ausgewildert haben. Ein wenig stolz, aber auch mit wehem Herzen und dem unguten Gefühl, dass die niedlichen Rabauken innerhalb kürzester Zeit die Nachbarschaft auseinandernehmen werden.

»Zum Glück können sie sich nicht vermehren«, beruhige ich mich selbst und schleppe die Einkäufe in die Küche.

Jemand hat hier aufgeräumt. Und zwei Töpfe hergebracht. Sogar die Messer sind gewetzt, und die Bierkisten stehen so, dass man sich tatsächlich um die eigene Achse drehen kann.

Sofort fange ich damit an, die Zwiebeln zu häuten. Ich will

nicht, dass irgendwer reinkommt und denkt, ich würde aus einem anderen Grund weinen. Aber tatsächlich bin ich tief gerührt, dass jemand daran gedacht hat, mir ein Set Schneidebrettchen bereitzulegen. Gleichzeitig bin ich erschüttert darüber, wie sehr die Emanzipation an mir versagt hat. Bei mir braucht es nicht einmal einen nagelneue Einbauküche oder die Aussicht, Batzen zu sparen, um mich spontan für die Hausfrauenrolle zu begeistern. Ich bin schon mit einem glänzenden Abtropfsieb zu kriegen. Wer weiß, was ich einem Wildfremden im Tausch gegen einen Stabmixer anbieten würde?

Aber als ich die Zwiebeln geschält, gewürfelt und in einem Stich Butter auf mittlerer Flamme angeschwitzt habe, wird mir klar: Ich bin immer noch süchtig. All die Jahre war ich nur eine trockene Köchin. Jetzt bin ich wieder angefixt.

Schon vor dem Zubereiten der Mehlschwitze bin ich im Vollrausch. Mein Zeitgefühl verabschiedet sich zwischen dem Karamellisieren von schräg geschnittenen Karottenscheiben. Als ich die erste von drei Saucen mit einem Schluck Weißwein ablösche, habe ich mein Zeitgefühl komplett verloren.

Erst eine gehörige Weile später meine ich, Musik zu vernehmen, gerade als ich die Lasagne in den Ofen schiebe. Und als ich die Vinaigrette mit einem Spritzer frischer Limette verfeinern will, werde ich aus meiner Trance wachgerüttelt:

»Doki? Was um Gottes Willen machst du hier?«

Der Raum ist in Dunstschwaden gehüllt, aber die Stimme klingt vertraut – sie gehört zu Marie.

»Lasagne«, antworte ich wahrheitsgemäß, »aber selbstverständlich ist das nur der Hauptgang. Vorher gibt es einen frischen Salat der Saison mit einer Reduktion aus Himbeeren und angebratenen braunen Champignons, dazu …«

Ich höre nur, wie zu meiner Rechten das Fenster geöffnet wird, der Rauch verflüchtigt sich langsam, eine augenscheinlich völlig verstörte Marie nimmt dafür Konturen an. Sie schüttelt mich an den Schultern: »Doki, bist du wahnsinnig geworden?«

»Wieso?«

Marie schnauft: »Es riecht soooo gut! Viel zu gut. Alle kriegen Hunger. Und die Band nervt mich seit einer halben Stunde, wann es endlich Essen gibt. Und langsam wird es auch Zeit, es ist halb neun!«

Halb neun schon, wundere ich mich, das ist ja zwanzig Minuten nach ... »Blätterteigtaschen!«, schreie ich und öffne den Kühlschrank. Die Blätterteigtaschen hätten vor zwanzig Minuten im Ofen sein müssen, sonst sind sie viel zu heiß beim Servieren. Sie würden den Gaumen verbrennen und so die Geschmacksknospen für den Hauptgang verbrutzeln, eine schreckliche Vorstellung.

»Aua«, rufe ich, denn Marie hat die Kühlschranktür wieder zugeknallt, als meine Finger noch dazwischen waren. »Nix Blätterteigtaschen«, befiehlt sie harsch, »auf die Teller mit dem Zeug, oder die Raubtiere da draußen fressen uns.«

Klingt vernünftig. Blätterteigtaschen halten sich im Kühlschrank bestimmt einen Tag. Man kann sie auch zum Frühstück servieren, als herzhaften Kontrast zu frischem Obstsalat. Aber eins nach dem anderen.

»Okay, wo sind die Teller, Marie?«

Marie haut sich die Hand vor die Stirn: »Scheiße, Mist, ich wusste, irgendetwas habe ich vergessen einzukaufen!«

»Gibt es Besteck? Außer Raffis Buttermesser?«

Marie dreht sich auf dem Absatz um und geht wortlos aus der Küche, an die Bar.

»Ihr esst auch aus einem Trog, oder?«, höre ich sie rufen.

Dem allgemeinen Grölen entnehme ich, dass ich jetzt das Essen an der Bar servieren kann.

XIV

Ein lang gehegter Traum hat sich endlich erfüllt. Zehn Männer liegen mir zu Füßen, ein weiteres Dutzend begehrt lautstark Einlass zu dem Gebäude, in dem ich Hof halte. Würde ich nicht von einem elend schlechten Gewissen geplagt, könnte ich mein Debüt als Vamp mehr genießen, aber leider haben sich auch in diesem Bild wieder ein paar kleine Schönheitsfehler eingeschlichen. Zum einen liegen die Männer auf dem Kneipenboden, weil sie zu vollgefressen sind, um aufzustehen. Zum anderen befindet sich der Elfte ihres Bundes in der Notaufnahme. Beim gierigen Schlingen hat er aus Versehen seine Pommesgabel mitgegessen. Oder zumindest Teile davon, vielleicht. Er wollte das unbedingt checken lassen und war davon überzeugt, dass man die Plastikzinken auf einem Röntgenbild seiner Innereien erkennen könnte. Bleibt zu hoffen, dass die Band bald Karriere macht und Medizin nur ein Hobby des Sängers bleibt.

»Sie werden ihm höchstens den Magen auspumpen«, seufzt Marie, »schade, das es ausgerechnet den Sänger getroffen hat. Ich meine, sonst könnten wir mit dem Konzert anfangen – oder zumindest die Leute reinlassen. Auf der anderen Seite – scheiß der Hund drauf, fangen wir eben später an.«

Ich bin ein wenig besorgt um Marie. Offensichtlich darf man sie mit gar nichts anderem außer frittierten Kartoffeln füttern, denn das hat eine spontane Persönlichkeitsspaltung zur Folge. Ihre Körperspannung ist dahin, dafür liegen ihre Haare glatt am Kopf, und es scheint Marie völlig gleich zu sein, wann oder ob hier heute ein Konzert, eine Treibjagd oder eine Tupper-Party stattfindet.

Ich habe ein Pasta-Anästhetikum entwickelt, per Zufall. Allerdings muss ich wohl noch ein paar Versuchreihen ansetzen, denn die bisher zu beobachtenden Nebenwirkungen bei Überdosierung sind doch unschön. Mal abgesehen davon, dass alle männlichen Versuchspersonen nicht mal mehr aufrecht sitzen können, ist eine entspannte Marie eine Sache, aber eine Thekengöttin sollte nicht ihren obersten Hosenknopf öffnen und dabei laut rülpsend verkünden:

»Boah, lecker war's!«

Immerhin konnte keiner außer mir das mit dem Hosenknopf sehen, also fällt der Chor der Liegenden übergangslos in den Lobgesang ein.

»Jau, saugeiles Futter!«

»Echt, selten so gut auf Tour gegessen!«

»Willst du mich heiraten, Köchin?«

»Ich will vor allem, dass euer Sänger sich nicht ernsthaft verletzt hat«, murmle ich, denn ich sehe mich mittlerweile schon vor Gericht, angeklagt wegen Körperverletzung durch Plastikpommesgabeln. Zumindest Anstachelung zur Selbstverstümmelung, herbeigeführt durch vorheriges Aushungern des Opfers. Etwas zieht an meinem Hosenbein, es ist der Bassist der Hauptband, wenn ich mich recht entsinne. Jedenfalls hat er bis zur Fütterung im Bandbus geschlafen, ein ziemlich sicheres Indiz. Jetzt will er mich aufmuntern: »Hey du, mach dir keine Sorgen, wegen Ray, dem Spinner. Der ist immer so pingelig, ich meine: Ich habe mal eine Tüte Chips gegessen, ganz allein. Da bin ich gar nicht von gestorben. Das kann ein Magen schon vertragen.«

Süß, dass mich ein fast zahnloser Saitenzupfer trösten will, aber trotzdem wage ich zu behaupten: »Ähem, also, ich glaube, jeder von uns hat schon mal eine Tüte Chips gegessen.«

Der Bassmann schüttelt den Kopf, und fügt seiner vorherigen Aussage ein wichtiges Detail hinzu: »Oh, nein, nein, ich meine: Ich habe die ganzen Chips gegessen, und dann die Tüte. Sie glitzerte so schön.«

Seine Bandkollegen stöhnen und bewerfen ihn mit allem, was sie zu fassen kriegen, ohne ihre Liegeposition dabei aufgeben zu müssen. Ein Regen aus Kippenschachteln, Aufklebern und Schuhen prasselt auf den Mann mit dem Stahlmagen herab. Er nimmt es sportlich, schaut sich einen der Aufkleber näher an, verzichtet aber, von ihm zu kosten.

»Kann ich einen Schnaps haben?«, erkundigt sich der Drummer. Marie schüttelt den Kopf: »Kein harter Alkohol vor dem Auftritt.«

»Welcher Auftritt, unser Sänger ist hinüber!«, mault es zurück, aber bevor Marie antworten kann, hören wir ein Auto auf der Straße scharf bremsen. Und Sekunden später steht Toddy hinter der Theke, er schleift Ray, den Pommesgabelfresser hinter sich her. Für jemanden, der gerade aus dem Krankenhaus kommt, trägt dieser eine erstaunlich gesunde Gesichtsfarbe zur Schau.

Toddy schaut Ray streng an, wie der Fußballtrainer der F-Jugend, der das Kameradenschwein des Tages vorführt. Ray guckt, als wollte er am liebsten im Boden versinken, was Toddy natürlich nur in seiner Rolle bestärkt: »Nun, Ray, hast du uns vielleicht etwas zu sagen? Vielleicht eine Entschuldigung?«

»Tschuldigung«, nuschelt Ray, bemüht, niemanden Spezielles anzusehen.

»Wie war das?«

Toddy klingt dermaßen erzürnt, dass die übrigen Bandmitglieder sich dazu angehalten fühlen, Haltung anzunehmen. Wie ein paar Untote im ersten Lehrjahr hangeln sie sich an der Bar empor und blicken ihren Sänger erwartungsvoll an. Der gibt bockig zu Protokoll:

»Entschuldigung, dass ich Alarm gemacht habe, Leute. Ich habe die Pommesgabel wiedergefunden. Komplett. In meinem T-Shirt.«

Alle kichern, außer Toddy. »Hast du uns sonst noch etwas zu sagen, Ray?«

Toddy sollte Direktor im Jugendknast werden, oder wenigstens niemals Vater.

»Ja, ich möchte mich bei der Köchin entschuldigen, dass ich sie verklagen wollte.«

»Angenommen«, murmle ich, aber Toddy ist noch nicht fertig mit dem Mann. Er schüttelt ihn, dass dessen Halsschmuck nur so klimpert: »Und vielleicht möchtest Du dich noch bei jemandem entschuldigen? Vielleicht bei dem, der dich in seiner Freizeit ins Krankenhaus gefahren hat und aus diesem Grunde zu spät zu seiner Probe kommt und, schlimmer noch, zu spät zum Essen?«

Ray schnieft: »Entschuldigung… Sir.«

Toddy nickt zufrieden und schlägt einen freundlicheren Ton gegenüber Ray an. Viel freundlicher: »Und übrigens – eure dritte Platte fand ich richtig super, also, da habt ihr echt ein Fass aufgemacht, da ging jeder Song direkt auf die Eier, also, ich könnte mir gut vorstellen, dass wir mal zusammen ein paar Konzerte machen.«

Ray ist zu sehr Profirockstar, als dass er sich über Toddys übergangslosen Wechsel vom Schleifer zum Superfan noch wundern würde, und liefert lässig die Standardantwort ab, die bei derartigen Anfragen fällig ist: »Ja, da solltet ihr euch mal mit unserer Booking-Agentur unterhalten, die regelt das. Schickt da eine CD hin, wer weiß…«

»Ey«, rufen die Zombies aus der Vorband geschlossen, um ihre Tournee-Pläne bangend, und während sich Ray noch geschmeichelt am Kinn kratzt, faucht Toddy sie an: »Ja Jungs, so ist das Business. Meine Band kann wenigstens aufrecht stehen – meistens.«

Dumpf grunzend trottet die Band auf das Plateau zu, das wir

euphemistisch Bühne nennen. Marie findet diesen Aktionismus wegweisend und ruft: »Okay, dann lasse ich mal die Leute rein.« Sie klimpert mit dem Schlüsselbund und weckt so die übrigen Anwesenden aus der Fressnarkose.

»Oh mein Gott, keiner darf mich ohne Make-up sehen«, heult der Chipstütenvertilger und flüchtet hinter die Tür, die irgendein Scherzbold mal mit »Backstage« beschriftet hat. Noch bevor wir ihn warnen können, hören wir ein lautes Scheppern. Wieder mal hat ein Mann die Grenzen der Physik hautnah erfahren: Wenn man einen Spiegel in eine Besenkammer stellt, macht es den Raum zwar optisch größer, aber mehr Platz als vorher ist so nicht vorhanden. Hoffentlich isst er die Scherben nicht auf.

»Ey, Christoph, du Vollidiot, Backstage ist oben, weiß doch jeder!«, ruft Ray der geschlossenen Tür zu, schüttelt den Kopf, und grinst stolz. Marie hat ihm das echte Backstage im ersten Stock längst gezeigt, das erste Mal vor neun Jahren. Dann noch mal vor acht, sieben und sechs Jahren. Mittlerweile muss Marie nur noch nach oben zeigen, und Ray findet sein Nachtlager selbständig. Vielleicht sollte ich den Mann einfach in den Anker einladen, ihn kommentarlos in den Medienraum stellen, und die Jugendlichen würden niemals auch nur daran denken, etwas Härteres als einen Joint auszuprobieren.

Der Bassist ist der Besenkammer wieder entkommen, vorwurfsvoll murmelt er: »Da können wir unmöglich alle drin schlafen! Ihr müsst die Putzeimer da rausnehmen.«

Wenn ich den mit in den Anker brächte, würden die Jugendlichen niemals etwas Härteres als ihre Holunderbrause versuchen. Ray versetzt es in absolute Hochstimmung, dass sein Saitenschinder tatsächlich noch begriffsstutziger ist als er selbst, und schlägt ihm vor:

»Ach, Alter, das passt schon, müssen wir uns heute eben

nach mageren Groupies umschauen – steh ich eh drauf.« Dabei mustert er mich von oben bis unten.

Noch bevor mir eine Abfuhr einfällt, die zwar geistreich, aber auch für Ray verständlich ist, unterbricht Toddy schon diesen plumpen Annährungsversuch:

»Ray, mein Freund, lass die Finger von der Braut. Die ist gefährlich. Ich kenne sie seit Jahren, aber ich hätte nicht mal gedacht, dass sie ein Ei braten könnte. Aber das hier…« Toddy streckt den Arm aus, dippt den gestreckten Zeigefinger in die kläglichen Saucenreste und leckt ihn ab. Wie ein Zollfahnder, der ganz hausbacken ermitteln will, ob es sich bei dem weißen Pulver, das der Verdächtige in verschweißten Klarsichttüten in ein Stofftier eingenäht hatte, auch wirklich um Kokain handelt, »… ist echt lecker. Wo hast du das gelernt, Doki?«

Ray, der Chipstütenmann und Toddy schauen mich erwartungsvoll an, ich lasse meine Blicke durch den Raum schweifen. Vielleicht hat ja jemand eine einleuchtende Erklärung für meine Kochkünste an die Wand geschrieben. Aber dort ist nichts Neues aufgetaucht, dafür fehlt etwas Altes: »Wo ist der Kicker?«

Immerhin ein gelungenes Ablenkungsmanöver. Toddy schaut perplex in die Ecke, in der ein auffällig sauberes Rechteck inmitten des schmutzigen Bodens aufleuchtet und tut, was er immer tut, wenn er heillos überfordert ist: »Raffi! Raphael! Jemand hat den Kicker geklaut! Aber es ist gar nicht meine Schicht, ich bin unschuldig. Raphael, Hilfe!«

»Genau, wo ist Raffi? Und Marie?«

»Und wo ist Ludi?«, ergänze ich. Plötzlich bekomme ich es mit der Angst zu tun. Hat sich während meines Kochrausches ein Wurmloch im Raum-Zeit-Kontinuum aufgetan und den besseren Teil meiner Freunde und meiner Kneipe geschluckt?

»Ja, und wo sind meine ganzen Fans? Da standen doch mindestens hundert vor der Tür, oder?«, mutmaßt Ray, und noch bevor Toddy diese Zahl drastisch nach unten korrigieren kann, hören wir es.

Plock. Plock, plock, plock. Kaschamm.

Mittelgroßer Jubel erschallt. Er kommt von der Straße.

Ich stürme zur Tür, Ray kräht mir hinterher: »Sagt den Leuten Bescheid, dass ich hier bin! Sagt ihnen, ich bin hier drin und trinke ein Bier, einfach so, wie ein ganz normaler Kerl.«

Toddy fügt hinzu: »Und sag Raffi, dass ich gleich hier weg bin. Aber er muss mir die ganze Schicht bezahlen, plus Spritgeld zum Krankenhaus!«

Das Bild, das sich mir auf dem Bürgersteig vor der Kneipe bietet, beweist, dass ich mit meiner Vermutung über das Wurmloch ziemlich gut lag – während ich über den Töpfen hing, haben die Menschen hier vielleicht kein Paralleluniversum aufgebaut, aber immerhin eine neue Zivilisation, mit allem was dazugehört.

Sie verfügen über Bier, Licht und rudimentäre Sprache, und weil die Population aus mehr als den amtlich dazu benötigten Zwölfen besteht, haben sie schon mal eine Religion gegründet, aber das geht ja immer fix.

Einen Messias haben sie auch schon auserkoren. Der wirbelt wie ein Irrwisch an den Kickerstangen herum und hält durch das Vorführen von faulen Tricks oder wahren Wundern die Gläubigen in Ehrfurcht.

»Wie habt ihr den Kicker…«, rufe ich Ludi quer über den Tisch zu, werde aber von seinen Jüngern gemaßregelt: »Ey, quatsch' ihn nicht an, wenn der Ball im Spiel ist. Der Meister hat eine Serie!«

Wenigstens ist der Meister so gnädig, mir kurz nach einem weiteren Treffer zuzuzwinkern und mich wissen zu lassen:

»Coole Freunde hast du, Doki. Keine Ahnung vom Kickern, aber gut zum Üben!«

Sein Volk lacht über diese losen Worte, Raffi streicht seinem neuen Schützling über die verschwitzen Haare: »Los, Ludi, ich hab' einen Zehner auf dich gesetzt, mach ihn fertig!«

»Und ich hab zwanzig auf ›zu Null‹ gesetzt. Hau rein, Goldjunge!«

Jetzt wird es langsam komisch. Diese letzte Anfeuerung stammte von Marie, die mit glasigem Blick auf das Spielfeld starrt. Ich sollte ein Machtwort sprechen. Aber ich bin zu fasziniert vom Geschehen, ich muss gebannt zusehen, wie Ludi den Champion, Harald »Zauberhand« Heitkamp, düpiert, indem er rotzfrech ein unmögliches Tor aus der hintersten Ecke schießt.

Sein sechstes, wie ich dem Spielstand entnehme. Eine Welle des Stolzes überkommt mich. Wer trainiert mit dem Jungen seit fast einem Jahr? Wer hat das Wunderkind entdeckt, na?

»Torwarttor zählt doppelt, sieben zu null, Harald!«, kreischt Raffi, und Harald erbittet einen Time-Out.

»Ich muss mir meine Handschuhe straffer ziehen, damit stimmt heute irgendetwas nicht.«

»Ne, ist klar, Harry, wenn der Bauer nicht schwimmen kann, liegt's an der Badehose!«

Man beglückwünscht mich grölend zu diesem ebenso alten wie wahren Spruch, plötzlich habe ich eine Flasche Bier in der Hand, Ludi prostet mir lächelnd mit seiner eigenen zu.

Moment mal.

»Ludolf Schwenke-Großmann, lass sofort die Flasche los«, brülle ich, und ausnahmsweise wird auf meine Befehle gehört. Nicht nur Ludi, sondern noch mindestens drei Schlachtenbummler lassen ihre Biere fallen, die auf dem Asphalt zerschellen. Für einen Moment ist es so still, dass man hören kann, wie die Rinnsale aus Schaum und Gerstensaft in den Gully fließen.

Plock.

»Haha, nicht zu null, Zauberhand holt auf«, kommentiert Harald den neuen Spielstand, aber keiner achtet mehr auf ihn. Der Mob konzentriert sich auf mich.

»Mensch, Doki, bist du übergeschnappt?«

»Du schuldest mir ein fast volles Bier!«

»Du hast das Match versaut! Ich kriege meinen Wetteinsatz von dir, du Kuh!«

»Was ist das denn für 'ne Trine?«

Raffi nimmt sogar seine Sonnenbrille ab und fragt: »Sag mal, geht's noch, Madame?«

Es reicht: »Ey, Leute, der Junge ist fünfzehn, okay? Ich will gar nicht wissen, wie viel Bier ihr ihm schon gegeben habt, ey, ich bin verantwortlich für den, und ihr wettet auf ihn? Mit Scheinen! Ich glaube das alles nicht!«

Der Pöbel lässt die imaginären Mistforken sinken, einige sehen mich betroffen an, andere blicken beschämt zu Boden. Irgendwer öffnet sich ein neues Bier. Nur Ludi steht mit verschränkten Armen da, murmelt: »Doki, ich bin sechzehn.«

»Unfug«, blaffe ich, »das wüsste ich ja wohl.«

Aber noch während ich das ausspreche, taucht vor meinem geistigen Auge ein Abreißkalender auf, mit dem heutigen Datum. Heute ist der 23. Mai. Da war doch irgendetwas. Abgesehen davon, dass ich noch sieben Monate Zeit habe, um Weihnachtsgeschenke einzukaufen.

Ludi sieht mich weiter an, unendliche Enttäuschung liegt in seinem Blick, Raffi begreift die Situation als Erster und schlägt vor: »Lokalrunde! Auf das Geburtstagskind!«

Das gefällt den Umstehenden, nur eine großgewachsene Spielverderberin muss die Freude noch einmal trüben: »Aber um zehn ist Schluss…«, mahnt sie noch leise, während sich der Tross zielsicher zur Kneipentür hinbewegt.

Alle folgen dem Big Spender Raffi, der sich kurzerhand Ludi auf die Schultern geladen hat und mit ihm durch die Eingangstür galoppiert. Aus dem Augenwinkel kann ich noch sehen, wie Marie sich an ihnen vorbeidrängt, um als Erste an ihre Theke zu gelangen. Ein paar Scheine, höchstwahrscheinlich die Wetteinnahmen, lugen neckisch aus ihrem Ausschnitt hervor.

Wie können erwachsene Menschen nur so verantwortungslos handeln?

Da muss doch irgendjemand eingreifen, jemand pädagogisch Geschultes sollte die Stimme erheben. Ich kann das nicht. Ich bin mit Schämen beschäftigt.

»Hey, für's Protokoll: Ich habe nicht zu null verloren!«, ruft Harald seinen abtrünnigen Anhängern hinterher, und ich bin froh, doch nicht die dämlichste Person zu sein, die auf der Straße zurückgeblieben ist.

»Glückwunsch, Harry, acht zu eins gegen einen Halbstarken verloren, damit kannst du richtig angeben.« Einen Halbstarken, dessen Geburtstag ich vergessen habe, füge ich in Gedanken hinzu.

Aber Harald lacht nur auf: »Ach, Doki, du musst hier nicht das Maul aufreißen. Tauchst hier mit einem deiner Kiddies auf. Würde ich nie machen, was von der Arbeit mit in die Kneipe nehmen.«

Das wäre auch nicht wünschenswert. Den Spitznamen Zauberhand hat der gute Harald nicht nur seinen Kickerkünsten zu verdanken, sondern auch seiner beruflichen Kompetenz. Er ist Minenräumer bei der Bundeswehr.

»Sollen wir den Kicker wieder reintragen?«, will ich einen Vorschlag zur Güte machen, aber in diesem Moment vernehmen wir eine Botschaft von der anderen Seite des geöffneten Kneipenfensters: »Eins, zwo, drei … yeah … check … check … ach, scheißegal, wir fangen jetzt an.«

Für einen Soldaten fällt Harald sowohl ziemlich eigenständige, als auch vernünftige Entscheidungen. »Ach, lassen wir den Kicker stehen, klaut schon keiner. Ich muss da rein, sonst verpass ich noch das Beste.«

Obwohl Harry manchmal unendlich nerven kann, muss ich ihm eines zugestehen. Er nagt nicht an Niederlagen aus der Vergangenheit, auch wenn diese erst drei Minuten zurückliegen. Und viel mehr noch als er muss ich da jetzt rein. Ich muss mit Ludi reden, mich kurz und sachlich dafür entschuldigen, dass ich seinen Geburtstag vergessen habe, ihm gestatten, noch ein oder zwei Biere zu trinken, und ihn dann in die Bahn nach Hause setzen.

Irgendwann in den nächsten Tagen werden wir uns dann mal gemeinsam hinsetzen und eine wichtige Fragen klären: Warum wollte Ludi seinen Geburtstag mit mir und nicht mit seinen Kumpels verbringen?

Sämtliche plausible Antworten, die mir spontan darauf einfallen, machen mich ungeheuer nervös. Ich rauche noch eine, still und allein neben dem Kicker. Es hilft nichts. Rein da.

Kaum stehe ich wieder auf der Tanzfläche, hat schon wieder jemand an der Uhr gedreht. Oder zumindest an der Optik.

Was ich auf der Bühne sehe, passt nicht zu dem, was ich höre. Die Mitglieder der Vorband haben das richtige Backstage ungestützt gefunden, und sich dort in volles Ornat geworfen: Sie tragen genau die Klamotten und Instrumente zur Schau, die man von einer Formation erwartet, die sich »Wake in Pain« nennt.

In gepflegten schwarzen Ledermänteln und mit ambitiös gestalteten Kopfbedeckungen präsentieren sie ihre schweineteuren Gitarren und Bässe, die genau wie das Schlagzeug mit dem Bandlogo verziert sind. Aber das mit Detailverliebtheit aufgepinselte Horror-Make-up hielt schon der ersten Schwitzattacke nicht stand. Und die erwischte die Gruppe schon kurz nach dem Anzählen.

»You want War? Then bleeeeeed!«, lautete der schmerzhafte Weckruf des Frontberserkers in das Mikrofon. Aber was wohl als Programmüberschrift rüberkommen sollte, endet in einer Rückkopplung, untermalt von einem zarten Plingen unangeschlossener E-Gitarren.

Der Sänger weiß, dass es keine zweite Chance für einen ersten Eindruck gibt, und fällt gekonnt aus der Rolle. Er kratzt sich ratlos unter seinem Wikingerhelm: »Ey, sorry Leute, ich muss mal eben was an den Effektgeräten überprüfen, wir sind gleich wieder für euch da«, keckert er nun hektisch und wirft sich in den Kabelwust zu seinen Füßen. Seine Mannen bleiben wie angewurzelt auf ihren Positionen stehen. Da gibt es bandintern wohl unterschiedliche Interpretationen zu dem Lehrsatz: »The Show must go on«.

Irgendein mitdenkender Mensch wirft das Saallicht wieder an, und ein anderer schmeißt zur musikalischen Überbrückung eine CD in den Player: »*Liebeskummer lohnt sich nicht, my Darling …*« Wieso liegt immer noch der »Letzte-Runde«-Sampler vom Montag im Laufwerk?

Das Publikum quittiert diese Auswahl mit vereinzeltem Klatschen und Pfeifen, der Frontmann hat sich in seinen Kabeln verfangen, seine Band verbleibt im Salzsäulenmodus. Wenn man davon absieht, dass dem Schlagzeuger der Lidstrich langsam abbröckelt.

Gute Gelegenheit, sich durch das Publikum zu quetschen, und Ludi zu suchen. Ich erkenne seinen mageren Rücken an der Theke, zu meiner Erleichterung hält er eine Cola in der Hand. Zu meinem Entsetzten hockt er auf meinem Stammplatz. Raffi hat seinen Arm um Ludis Schulter gelegt, Marie tätschelt die Wange des armen Jungen. Als sie mich bemerkt, schüttelt sie nur enttäuscht den Kopf. In mein schlechtes Gewissen mischt sich Wut.

Ja, ich habe den Geburtstag eines Jungen vergessen, der mir zweimal pro Woche den letzten Nerv raubt. Außerdem habe ich ihn aus niederen Motiven in meine Kneipe gelockt und seine Siegesserie im Kickern versaut. Aber was hatte Ludolf von mir erwartet? Dass ich ihm ein Pony schenke? Raffi schaut über seine Schulter, kopiert Maries Kopfschütteln perfekt. Immerhin verzichtet er darauf, Ludi darauf hinzuweisen, dass ich mich anpirsche, wahrscheinlich, um den kleinen Kerl nicht zu verschrecken.

Schon verstanden, Leute: Ich bin der alte Familienhund, der den süßen neuen Welpen verbissen hat, Mama und Papa sind böse auf mich. Bleiben zwei Möglichkeiten: Angekrochen kommen oder um meinen Rang im Rudel bellen. Ich entscheide mich für Kriechen, aber als ich gerade in Reichweite bin, um Ludis Füße zu küssen, wird die Schiebetür von der Küchenseite her aufgerissen. Es brennt. Lichterloh.

»Marie, Feuer«, kreische ich, aber als sie sich umdreht, greift sie nicht zum Feuerlöscher, sondern drückt nur auf den CD-Player. »*Happy Birthday Sweet Sixteen …*«, erschallt es, und die Flammen aus der Küche bewegen sich auf magische Weise hinter der Theke her. Es sind nur Kerzen. Auf einer Torte, die etwa so groß wie Ludi ist, und sie muss von zwei Personen getragen werden. Die eine von ihnen ist Katja: »Herzlichen Glückwunsch, junger Mann!«, sagt sie zu Ludi und haucht dem verdutzen Geburtstagskind ein Küsschen zu. Die Torte schwankt, Katja greift geistesgegenwärtig wieder unter den Boden und ruft: »Du dachtest doch nicht ernsthaft, dass deine Lieblingssozialarbeiterin deinen Geburtstag vergessen würde, oder? Doki, komm doch mal nach vorn!«

Ich trete an die Theke, Ludi dreht sich zu mir um, und wir

beide spielen eine gepflegte Runde: »Wer kann die Kinnlade weiter runterklappen?« Ich gewinne, weil Ludi aufgibt und mir zuflüstert: »Wow, danke! Danke! Wie hast du das gemacht?«

Ich versuche, nicht ganz so ratlos mit den Schultern zu zucken, was mir gelingt, weil Ludi mir um den Hals fällt und wimmert: »Du bist so cool! Du hast das alles hier veranstaltet, um mich zu überraschen, du bist echt die Beste, danke, Wahnsinn.«

Ich umarme zurück. Dabei hauche ich ein »Danke« über die Theke, zu der wirklichen Besten, Katja. Die ist allerdings damit beschäftigt, das Kalorienmonstrum auf die Theke zu wuchten. Auch Ludi wird bewusst, dass ich bei meiner genialen Überraschungsaktion diverse Helfer gehabt haben muss, und er springt zu Raffi hinüber. »Ey, danke, Alter, Mann, ihr seid klasse!«

Ja, selbst ich hatte nicht die geringste Ahnung davon, dass ich von Helden umringt bin, die über telepathische, logistische und konditionelle Superkräfte verfügen.

»So, jetzt Kerzen ausblasen«, befiehlt Katja, und das lässt Ludolf sich nicht zweimal sagen. Er stellt sich auf den Barhocker und schafft es mit einem Atemzug. Unter enthusiastischem Beifall verzieht sich die Rauchwolke, und ich kann sehen, wer meiner Superfreundin geholfen hat, die Riesentorte durch die Tür zu transportieren. Es war Gunnar. Er winkt mir zaghaft zu.

Doch ein Wurmloch.

XV

Ich drehe mich um, sehe Ludi, der die Runde durch die Gemeinde angetreten hat, Harald umarmt und dann wieder Marie, die mit dem Buttermesser die Torte zerteilt. Jemand greift nach meiner Schulter, ich höre Katjas Stimme: »Ich habe gar nichts gemacht, er hatte die Idee«, ruft sie, und sie deutet mit der anderen Hand hinter sich. Gunnar steht immer noch da. Er gibt mir Handzeichen zur Tür hin. Verstehe, er will, dass ich nach draußen komme. Wahrscheinlich hat der doch noch das obligatorische Pferd aufgetrieben und dort angebunden, bis wir mit ihm in den Sonnenuntergang reiten.

Obwohl ich ein bisschen Angst vor Pferden habe, bewege ich mich wie in Trance durch die Menge, an Ludi vorbei, der seinen überraschten Überraschungsgästen Tortenstücke auf Pommesschälchen reicht, sehe Raffi, der mich versöhnlich angrinst und erreiche die Tür.

In dem Moment hat auch der Sänger der Band die Technik durchschaut, dumpf grollt es durch das Mikrofon: »Jetzt aber: WAKE IN PAIN!«

Ich lasse es darauf ankommen und trete hinaus in die Dunkelheit.

Die Sonne ist längst untergegangen, kein Pferd, kein Gunnar.

Aber ich höre das Quietschen der Hintertür, schnelle Schritte, Gunnar kommt um die Ecke gebogen, ich atme aus, weil ich mich vage daran erinnere, dass das gut für den Kreislauf sein soll.

Auch Gunnar hat mich nun gesehen, seine Schritte werden langsamer, ich bin ihm dankbar dafür. Ich muss meine Gedanken ordnen, so viele Frage schwirren in meinem Kopf umher: Wie konnte er das mit Ludis Geburtstag wissen? War diese

Aktion von langer Hand geplant? Ist die Geburtstagtorte ein symbolisches Ersatzgebäck für die Pizza, die er mir schon damals überreichen wollte?

Wird das hier der Moment, von dem ich meinen, unseren Enkeln erzählen werde?

Als Gunnar vor mir steht, will ich nur eins wissen: »Hi. Wie war's in Pforzheim?«

Kein besonders gutes Material für Enkel-Geschichten, aber Gunnar geht darauf ein:

»Ja, ganz gut. Mal abgesehen davon, dass ich den Schlüssel zur Bandkasse nicht hatte. Ich musste hierher trampen, wie ...«

»Ja, tut mir leid, dass ich nicht zurückgerufen habe«, unterbreche ich ihn. Warum kann der Mann nicht zwei Sätze sagen, ohne mir Vorhaltungen zu machen, nach all den Jahren?

»Hey, das wollte ich damit gar nicht sagen, ich meine nur, ich habe mich am Bahnhof absetzen lassen und wollte dich gerade anrufen. Und da sehe ich Katja am Bahnsteig, völlig verheult, mit dieser wahnwitzigen Torte im Gepäck.«

»Ach so«, durchfährt es mich, »der weiße Ritter hat heute schon eine Jungfrau gerettet, ich bin nur noch die Bonusrunde!«

»... und da habe ich sie getröstet, gesagt, dass das schon wieder wird mit ihrem Kerl, und so. Aber kann es sein, dass dieser Andi tatsächlich ein kompletter Vollidiot ist?«

»Ja, unbedingt«, pflichte ich Gunnar bei, »aber wie hast du das so schnell rausgefunden?«

»Katja hat erzählt, dass er sie überraschen wollte, mit so einem Torten-Probe-Essen. Aber dabei hatte er schon die Torte bestellt, die er sich ausgesucht hat, für heute, weil er meinte, überliefertes Zitat: ›Die hält sich doch bestimmt bis zur Hochzeit‹«.

»Oh oh, Doppelfehler Andi.« Meine Stimmung wird besser. Noch so ein Fauxpas, und die Hochzeit platzt definitiv.

»Jedenfalls hat Katja sich wohl die Torte geschnappt und hat das Biest irgendwie bis zum Bahnhof gewuchtet. Ich glaube, sie wollte sie auf die Schienen schmeißen. Aber dann hatten wir eine bessere Idee.«

Natürlich.

»Euch ist eingefallen, das Ludolf Schwenke-Großmann heute sechzehn wird, ihr habt messerscharf geschlossen, dass ich ihn vom Mädchenprobetag ins ›Dead Horst‹ entführt habe, ihr seid blitzschnell in ein Taxi gesprungen, um mich gut dastehen zu lassen, bevor die Band ihre technischen Probleme in den Griff bekommt. Hut ab!«, fasse ich zusammen, und die Geschichte mutet doch ein wenig zu fantastisch an im Rückblick. Selbst Andi sollte doch wissen, dass sich eine Torte nicht zwei Wochen lang frischhält.

Und auch Gunnar berichtigt diese wenig glaubhafte Version: »Äh, nein, wir wollten die Torte der ›Tafel‹ spenden, und Katja meinte, du wüsstest, wo man die dann abgeben muss. Als wir dich nicht auf dem Handy erreicht haben, sind wir hierher gefahren. Und da kam plötzlich dieser Pole aus dem Hinterausgang und meinte nur: ›Kuchen für Geburtstag? Her damit!‹ Mann, ist ja vielleicht ein Vogel, aber Katja schien ihm zu vertrauen, also …«

»Er ist Russe, nicht Pole. Er heißt Vladimir«, informiere ich Gunnar, und langsam schwant mir, wer tatsächlich Ludis Geburtstag und meinen Arsch gerettet hat.

Ich werde später herausfinden, wann und vor allem wie er das genau gemacht hat.

Jetzt gibt es Wichtigeres zu tun. Gunnar und ich stehen hier. Allein, nüchtern. Und wie es in Pforzheim so war, weiß ich auch schon. Die Bands wurden bekocht, haben keine Pommesgabeln (oder Teile davon) verschluckt, sie haben sogar herausgefunden, wie man mit der Bühnentechnik umgeht, Katja heiratet Andi vielleicht doch nicht. Wir steuern hier ganz klar auf ein Happy End zu, nach meinen eigenen, bescheidenen Maßstäben. Da Gunnar nichts mehr sagt, könnte ich vielleicht mal ein bisschen aktiver werden.

Ich zünde mir eine Zigarette an und es klappt. Gunnar redet wieder: »Oh je, bist du immer noch nicht los von den Sargnägeln?«

Ich hasse es, wenn jemand Fragen stellt, deren Antworten allzu offensichtlich sind. »Nun ja, ich bin für eine Weile auf Crack umgestiegen, aber dann merkte ich, dass der gewisse Kick mir bei dem Zeug fehlt.«

Gunnar lacht nicht. Er seufzt aber auch nicht oder legt einen blöderen Spruch nach. Er ist eben nicht Katja oder Ludi, sondern Gunnar, für den irgendwann Schluss mit lustig ist. Und zwar genau jetzt: »Ich bin nicht wegen des blöden Schlüssels zurückgekommen, Doris.«

»Hmpf.«

»Hmpf?«

»Hmpf!«

Wenn wir unseren Enkeln eines Tages von dieser grandiosen Wiedervereinigung erzählen, werden wir diese drei »Hmpfs« vielleicht durch die entsprechenden Worte austauschen oder auch einfach überspringen und sagen: »Und da wussten wir beide, dieses Mal hält es ewig. Dein Opa hat sich einfach deine Oma geschnappt und sie nicht mehr losgelassen. Seht doch, er hält immer noch meine Hand.«

»Du riechst nach Essen«, sagt der zukünftige Großvater irgendwann und ich gestehe: »Ich habe gekocht. Für die Bands.«

»Echt? Und? Hat's Spaß gemacht?«

Ich überlege kurz: »Ja. Wie früher. Es war gut.«

Gunnar flüstert in mein Ohr: »Ja, weil du einfach gut bist.«

»Du auch.«

Und wir reden. Zwei gute Menschen unterhalten sich gut, sehr gut sogar. Über Leipzig und Köln, über unsere Träume und was daraus wurde. Wir reden über die Idioten aus unserer Jahrgangsstufe, aber urteilen erstaunlich milde über sie, wir reden über Filme, die wir gerne zusammen gesehen hätten und über die gröbsten Schnitzer von Katjas Andi. Heikle Themen wie Bodenbeläge umschiffen wir geschickt, bis Gunnar sagt: »Ey, die erste Wohnung, in der ich in Leipzig gehaust habe, das war die totale Bruchbude. Das Parkett war von unten völlig verschimmelt, ich musste das komplett erneuern, ganz allein, weil meine Mitbewohnerin echt zwei linke Hände hatte. Dabei kam die doch aus dem Osten!«

Ich muss lachen. Mitbewohnerin, nicht Freundin, ha!

Gunnar berichtet weiter über die Irrtümer seines Lebens, ich muss noch lauter lachen: »Ich meine ja nur, die mussten doch früher alles selber machen, Arbeiter und Bauern und so, da kann man doch erwarten, dass die sich handwerklich ein bisschen geschickter anstellen. Okay, beim Mauerfall war die vielleicht acht Jahre alt, aber trotzdem!«

Mein Gunnar. Er hegt so schöne Vorurteile und denkt manchmal auch nicht weiter als ich.

Wir lehnen an der Wand, halten Händchen und fragen uns, ob die ehemaligen DDR-Kinder damals in den Krippen denn nichts gelernt haben, außer ihre Halstücher korrekt zu binden. Späte Gäste passieren uns, nicken uns zu, einige lächeln, flüchtige Bekannte grüßen, Fremde stupsen sich gegenseitig an, denken unter Garantie: »Ach, muss Liebe schön sein! Da labern die beiden Turteltäubchen kompletten Unsinn vor sich hin, ohne auch nur ein Bier getrunken zu haben, wie rührend.«

Eine junge Frau bleibt direkt vor uns stehen. Sie kommt mir vage bekannt vor, aber was will sie von mir?

»Hallo Doki.«

Sie schaut Gunnar und mich an, ein wenig verwirrt, aber vor allem vorwurfsvoll.

»Hallo Kira«, rufe ich, und da ich wesentlich verwirrter bin als sie, gehe ich auf sie zu und umarme meine Praktikantin. Sie bleibt blockig, ich schrubble ein wenig an ihren Schultern herum, so, als wollte ich sie auftauen. Sie verharrt in ihrer Starre, aber noch gebe ich nicht auf: »Mensch, Kira, was treibt dich denn in diese Gegend?«

»Oh, ich musste mal raus. Margret will den Mädchentag wieder aus dem Programm nehmen. Das fand ich … beschissen.«

Jetzt hab ich es kapiert.

Kira findet mich beschissen, oder zumindest mein Verhalten. Und sie ist hierher gekommen, weil sie eben doch nicht so dumm ist, wie ich immer dachte. Sie weiß, wo sie mich findet, und jetzt will sie mir sagen, was für ein Kollegenschwein ich bin. Okay, ich habe es verdient.

»Kira, das tut mir leid, ich meine, es war heute einfach echt ungünstig, und ich habe mich auch etwas überfahren gefühlt, weil …«

Weil ich es nicht gewohnt bin, an meinem Arbeitsplatz tatsächlich zu arbeiten? Kira guckt nicht mehr vorwurfsvoll. Die reine Verachtung liegt in ihrem Blick. Wenn diese nicht mir gälte, fände ich diesen neuen Ausdruck an ihr ganz chic, er lässt sie reifer wirken, fast weltgewandt:

»Ach ja, weißt du, das ist jetzt auch gelaufen, Doki. Ich gehe jetzt mal da rein und trinke was. Einen Wein oder so.«

Kira lupft ihre Jacke zurecht und steuert auf die Tür zu. Ich hoffe, sie gerät nicht an Toddy, wenn sie sich jetzt einen Wein oder so bestellt.

»Wer war das denn?«, erkundigt sich Gunnar und krault meinen Nacken.

»Meine Praktikantin. Und sie hat ›beschissen‹ gesagt.«

»Solltest du da hinterher? Ich meine, sie sah aus, als hätte sie ein Hühnchen mit dir zu rupfen.«

Ich nicke. Und jetzt, erst jetzt fällt mir auf, wie sehr ich hinter Kira her sein sollte.

Ich lasse Gunnar auf der Straße stehen, renne ins »Horst« hinein, aber ich spüre, dass es zu spät ist, noch bevor ich auf der Tanzfläche stehe.

Es ist 22:23 Uhr, und ich werde das Hühnchen sein, das hier gleich gerupft wird.

XVI

Kira, du alte Krawallschachtel! Cool, dass Doki dich auch eingeladen hat. Willste ein Stück Torte, ist lecker, mit Nougatfüllung!«

Ludolf Schwenke-Großmann scheint seine Berufung gefunden zu haben. Wenn, oder falls er mal groß wird, kann er ohne Weiteres eine vielversprechende Karriere als Salonlöwe starten.

Mit weit ausgebreiteten Armen geht er Kira entgegen. Ich kann meine Praktikantin nur von hinten sehen, aber ich weiß, was in ihrem Gesicht geschieht. Erst werden ihre Augen größer und größer, dann aber springt ihr Denkhamster wieder aufs Rad, und dieses Mal ist er auf Zack, ich weiß es.

Ich bekomme Kiras Schulter zu fassen, bevor Ludi sie erreicht hat.

»Kira, bitte…«

Als sie sich zu mir dreht, sind ihre Augen gar nicht mehr groß, sondern nur noch Schlitze. Sie sagt nichts zu mir. Gar nichts. Stattdessen wendet sie sich wieder Ludi zu, der ihr ein Tortenstück vor die Nase hält: »Danke, Ludolf, aber ich leide unter einer Nussallergie.«

Ludi ist zu aufgepeitscht, um auch nur ansatzweise zu verstehen, in was für einer prekären Situation wir stecken. Lachend vollbringt er es, statt ein wenig Öl noch eine halbe Bohrinsel ins Feuer zu gießen. »Och, Mensch Kira, ich glaube, du hast eher eine *Spaß*allergie! Aber das sind voll coole Leute hier, nicht so wie beim Muschitag…«

Ich versinke vorsorglich im Boden, während Ludi unser Grab zubetoniert, indem er zur Theke hinüberschreit: »Ey, Mariechen, machste mal ein großes Bier für meine Lieblingspraktikantin klar? Geht auf meinen Deckel!«

Marie lächelt, greift nach Getränken. Mir wird sehr warm. Ein ebenfalls sehr gut geheizt wirkender Vladimir steuert auf unser Dreiergrüppchen zu, er scheint registriert zu haben, dass eine von uns eine unerwünschte, eine andere eine unerlaubte Person ist.

Mir wird noch wärmer. Es ist, als hätte Kira den Fluch ihrer guten Durchblutung an uns weitergegeben, denn sie bleibt cool. Sie durchschaut Vladimirs Rettungsmanöver, noch bevor er sagt: »Ah, Doki und das Geburtstagskind! Hattet ihr etwas vergessen, oder warum seid ihr zurückgekommen?«

Vladimir zwinkert mir so übertrieben zu, als wolle er mit seinem Lid ein entdeckungsfreudiges Glasauge in der Höhle festhalten wollen, damit auch ich verstehe, wie er uns mit dieser Geschichte raushauen will. Hätte er mal lieber Ludi zugezwinkert, der jetzt ruft: »Hey, Alter, wir waren doch gar nicht weg. Also, ich zumindest nicht, wozu auch, man darf ja hier drinnen rauchen, haha.«

Kapitän Ludolf Schwenke-Großmann ist kein Mann für halbe Sachen. Sobald er den Eisberg gesehen hat, ist er mit voller Geschwindigkeit drauf los. Jetzt, wo wir alle im eiskalten Wasser japsen, kapiert er endlich, dass die Titanic doch nicht unkaputtbar war.

»Kira, das wirst du doch nicht Margret sagen, oder? Ich meine, ich werde heute sechzehn, und ich habe auch nur ein halbes Bier getrunken, hey, du bist doch keine Petze, oder? Oder?«

Der Eisberg verhält sich arttypisch. Stocksteif und gewohnt blockig bleibt Kira stehen, betrachte kühl Ludi und Vladimir, die sie flehend anschauen, der eine von unten, der andere von oben.

»Nun sag endlich was, Mädchen«, bete ich innerlich, »komm, explodiere, flipp aus, schnapp dir das Jugendschutz-gesetz und hau es mir um die Ohren, schwärz mich bei Margret an, setz dich dafür ein, dass ich hochkant aus dem Anker fliege, aber bitte, bitte, lass Ludi davonkommen. Und die Kneipe. Ach, und es wäre übrigens super, wenn du jetzt nicht die Polizei rufen würdest. Echt.«

Und der Eisberg scheint meine Gebete gehört zu haben. Leicht angetaut sagt Kira zu Ludi: »Na, dann wünsche ich dir alles Gute zum Geburtstag. Vielleicht solltest du aber langsam mal nach Hause gehen, es ist schon spät.«

Ludi strahlt Kira an, kann es sich nicht verkneifen, ihr kum-pelhaft auf den Oberarm zu boxen und zu sagen: »Du bist echt 'ne Gute, danke!«

Und Vladimir lächelt meiner Praktikantin zu, so, als hätte sie für ihn für eine Weile einen Koffer beaufsichtigt. Oder un-sere Welt gerettet. Dann schnappt er sich Ludi, und die beiden verschwinden durch die Menge, die sich auf der Tanzfläche an-gesammelt hat.

Noch wenige Minuten, und der Haupt-Act des Abends wird die Bühne entern. Ray und seine Mannen werden die Show ab-liefern, für die die meisten hier angereist sind, diese ganzen er-wachsenen, abgehalfterten Gestalten, die sich an ihren Gläsern und Flaschen festhalten und ihre selbstgedrehten Kippen auf den Boden schnippen.

Alles wäre wieder gut, wenn der Eisberg nicht noch im Raum stehen würde.

»Du, ich muss das erst einmal einordnen, daher werde ich mich jetzt zurückziehen«, spricht meine Praktikantin schließlich in bester Margret-Manier.

»Es tut mir leid«, piepse ich.

Und Kira schaut mich an, als sei ich eine bescheuerte Kuh, die keine Ahnung hat, was in dieser Welt so vorgeht, als sei ich eine überforderte Trulla, kurz: als sei ich ihre Praktikantin.

»Wir sehen uns Montag, Doris.«

Das ist ihr Abgangssatz. Nervtötend langsam schiebt sie ihren kompakten Körper durch die johlende Menge, wirft noch einen letzten Blick auf die Bühne, auf der ein aufgekratzter Vierzigjähriger gerade den Inhalt einer Flasche Natternblut ins Publikum spuckt und verkündet: »Jetzt könnt ihr euch den Arsch abtanzen, ihr Pussys!«

Ich sehe noch, wie Kira angewidert den Kopf schüttelt, und dann ist sie raus aus meiner Welt.

Bis Montag.

»Alles klar, Süße?«

Gunnar küsst mich, deswegen kann ich nicht sofort antworten.

Samstag. Sonntag. Montag. Ich habe noch ein Wochenende zu leben.

»Bleibst du heute Abend hier? Ich meine, bei mir?«, kann ich schließlich hervorpressen, und Gunnar raunt: »Ich dachte, du fragst nie.«

Die perfekte Parole, um in ein Taxi zu springen, abzudüsen und eine Menge nachzuholen.

Wir tun es nicht. Ich würde gerne behaupten können, ich bleibe hier, in meiner Kneipe, um nach dem Auftritt der

Hauptband mit Marie und Raffi das Ludolf-Schwenke-Groß-mann-Geburtstags-Fiasko zu besprechen, zu analysieren, was im schlimmsten Fall passieren kann, wenn Kira den Mund aufmacht.

Oder dass ich auf Vladimir warten will, um zu erfahren, wie es Ludi geht. Wäre ich ein besserer Mensch, würde ich ganz klar bleiben, um in den frühen Morgenstunden die Sauerei in der Küche aufzuräumen, aber die Sache verhält sich so:

Ich bin wegen des Konzerts hier. Seit drei Monaten freue ich mich auf Ray & the Ban Band.

Und nach einer dreimonatigen Adventszeit kann ich Weihnachten nicht einfach sausen lassen, nur weil der Großvater meiner Enkel mich so ansieht.

Meine Prioritäten wurzeln nicht in hehren Gründen wie Verantwortungsbewusstsein, Loyalität oder auch in nur einem Hauch von Selbstrespekt oder Stolz.

Ich bin nur ein Junkie, der jetzt seinen Schuss braucht.

»Du weißt ja, wo ich wohne«, sage ich zu Gunnar und werfe ihm meinen Schlüsselbund zu.

Kann sein, dass er sich auf dem Absatz umdreht und geht. Zu mir oder unter eine Brücke oder nach Pforzheim. Keine Ahnung, denn ich schaue zur Bühne und bin weg, auf Rays Kommando: »Eins, zwei, drei, vier!«

XVII

Wir lieben Musik. Deswegen sind wir alle hier.

Wir lieben Musik so sehr, dass wir alles um uns herum vergessen können für zwei Stunden.

Wir vergessen den Schimmel im Mauerwerk und die Tatsache, dass wir die Sporen einatmen, zusammen mit Rauch,

Schweiß und Pheromonen, vielleicht sogar Resten von Sauerstoff.

Wir vergessen, dass es gar nicht gesund ist, uns eiskalten Alkohol in die Kehlen zu schütten oder uns von der Bühne aus in eine betrunkene Menge zu werfen. Wir lieben unsere Musik so sehr, dass wir vergessen, dass der Sänger ein eingebildetes Arschloch und ein Vollidiot ist. Wir reichen ihm Freigetränke auf die Bühne, weil er für zwei Stunden ein Gott mit Reibeisenstimme ist. Da wir alles andere aus unserem Kopf gelöscht haben, können wir auch die neuen Songs mitsingen, die wir noch nie gehört haben.

Wir vergessen, dass der Bassist seine Chips gerne samt Tüten isst und dass er auf dem freien Arbeitsmarkt nicht die geringste Chance hätte. Wir jubeln ihm zu, weil er seine Bestimmung gefunden hat.

Frauen vergessen, wie abstoßend sie den Kerl mit der Rhythmusgitarre ohne Rhythmusgitarre fänden, und zeigen ihm stattdessen, was sie haben und er haben könnte.

Den Lead-Gitarristen wollen oder könnten wir nie vergessen, denn er kann ewiglange Soli spielen, ohne dass sie ewig lang wirken. Das ist wahre Kunst, und wir alle wollen ein Kind von ihm, dem wir seinen Namen geben, auch, wenn es ein Mädchen wird.

Raffi vergisst in solchen Momenten, die Gäste anzuschreien, und dass er sein Studium geschmissen hat, um diesen Tempel zu eröffnen.

Marie vergisst, wie viel Gage die Band verlangt hat und ob sie die überhaupt auszahlen kann. Harald vergisst, dass er nächste Woche nach Afghanistan befohlen werden könnte, entert die Bühne und kreischt zusammen mit Ray den Refrain ins Mikro. In jedem Gesicht, in das ich blicke, herrscht ein seliges Lächeln. Würde man irgendeinen der Anwesenden fragen, wie viel zwei und zwei ist, bekäme man einen Zungenkuss zur Antwort.

Holger vergisst, dass er nicht tanzen kann, und Albert vergisst, ihn gehässig darauf hinzuweisen. Sie tanzen zusammen. Ein Paar auf der Toilette tanzt ebenfalls und vergisst dabei, dass das, was sie gerade tun, höchstwahrscheinlich in einem Wadenkrampf, vielleicht sogar in einem Leistenbruch enden wird.

Ein richtig gutes Konzert im »Dead Horst« ist Urlaub vom Leben. Sofortiges Abheben ist garantiert, genauso wie die Landung nach der letzten Zugabe.

Aber solange benehmen wir uns alle, als gäbe es kein Morgen.

Wenn die Ray Band spielt, kann ich sogar vergessen, dass es ein Übermorgen geben wird.

»Wir sind weg! Kauft unsere Platten, ihr Arschlöcher«, verabschiedet sich Ray, springt im selben Augenblick von der Bühne und drängelt sich an der Meute vorbei, um als Erster ins Backstage zu gelangen. Seine Jungs folgen ihm eilig, nach der Show ist dies der wichtigste Moment in einem mittelständischen Rockstardasein: Für eine halbe Stunde noch werden sie unnahbar sein, oben, auf ihrem Olymp, sie werden ihre Köpfe kurz unter Wasser halten, um für die Damenwelt noch verschwitzter auszusehen, als sie es jetzt schon sind.

Dann werden sie sich auf die abgewetzten Sofas werfen, rauchen, sich gegenseitig bestätigen, dass es heute echt geil war, nur der Lead-Gitarrist wird mosern, weil jemand sein Instrument falsch abgemischt hat. Das muss er tun, damit die anderen ihm widersprechen können, und dieser vom Zaun gebrochene Streit wird sich hinziehen, vier Zigaretten lang, und erst, wenn das letzte Bier aus dem Kühlschrank geleert ist, werden sie wieder herunterkommen, um sich ganz volksnah unter den Tisch zu saufen. Es entsteht das notwendige, halbstündige Vakuum, welches ein Drittel des Publikum dazu nutzt, um vor die Tür zu treten und zu atmen, ein weiteres Drittel versammelt sich am Merchandise-Tisch, um Devotionalien zu erwerben.

Nur die üblichen Verdächtigen bleiben gestählt an der Theke sitzen und lassen die letzten zwei Stunden auf ihre Art Revue passieren. Sie rauchen still, denn wenn es wahre Liebe ist, muss man seinen Nächsten nicht fragen: »Und, war es für dich auch so gut?«

Nur nicht heute Nacht.

Sie sind anders still.

Sie alle starren nur betreten auf ihre Gläser und Flaschen, als wäre die Theke gar kein Himmelbett, sondern der Aufwachraum, in den all jene Patienten gebracht werden, die nach einer kollektiven Rock'n'Roll-Narkose Folgeschäden davongetragen haben. Irgendetwas war dem Anästhetikum beigemischt, was ihnen nun Bauchschmerzen bereitet, sodass sie gar nicht so tief betäubt waren, wie ich dachte. Und auf einmal bemerke ich, dass die Musik nicht spielt. Zwar steht Toddy hinter dem DJ-Pult, aber er blickt mich nur böse an. Ich bin die Verunreinigung, die sie um ihren Konzerttraum gebracht hat, und alle hassen mich.

Raffi findet als Erster die Sprache wieder:

»Oh, da ist sie ja wieder! Du musst deinen Deckel nicht zahlen, Doki, geht aufs Haus. Noch'n Schnaps? Den haste dir echt verdient, ha! Hey, Schnaps für alle.«

Bevor ich etwas sagen kann, fährt Marie Raphael an: »Ey, Raffi, jetzt dreh nicht durch.«

Etwas lauter ruft sie den hellhörigen Rockern, die auf das Stichwort »Schnaps für alle« vom Merchandise-Tisch an die Theke getrabt sind zu: »KEINE Lokalrunde, haut ab.«

Und da sie dabei nicht lächelt, trollen sie sich. Marie knallt mein Bier so auf die Theke, dass es über den Rand schwappt: »Schön, dass du wieder da bist. Gut gevögelt?«

Ich will etwas sagen, halte aber doch den Mund Es wird nichts dadurch besser, wenn ich klarstelle, dass ich nicht Teil des Paares war, das die Toilette für unzüchtige Zwecke missbraucht hat.

»Boah, Marie, ist doch schön, dass hier wenigstens eine ein Liebesleben hat, solltest du mal probieren, macht lockerer«, wird die erzürnte Barkeepergöttin von Katja angefaucht. Liebe mag blind machen, aber wahre Freundschaft nur blöd. Katja riskiert ein lebenslanges Hausverbot, nur um hervorzuheben, dass ich durchaus das Potenzial zur Superschlampe hätte.

Zum Glück ist auf Albert Verlass. Aus der Zeit, als er kurzzeitig eine Nebenrolle in einer Soap-Opera bei einem Privatsender gespielt hat, hat er gelernt, wie man jedes Spannungsmoment mit einer Werbeunterbrechung versaut.

»Äh, könnte ich noch einen Schnaps haben, bevor sich die Ladies zerfleischen?«

Toddy wirft ihm die volle Flasche zu. »Hier trink, ist eh das letzte Mal. Ach ja, und danke Doki, dass du meinen Arbeitsplatz zerstört hast.«

Schön, dass wenigstens einer nicht das Hauptangriffsziel aus den Augen verliert.

»Ach Toddy, halt die Schnauze, du wolltest doch sowieso kündigen«, höhnt Raffi, und das bringt die Ritter der Thekenrunde dazu, synchron in ein kurzes, bitteres Lachen auszubrechen. Alle, bis auf einen.

»Jetzt ist aber genug«, dröhnt es, und Vladimir betritt den Raum, mit wehenden Mantelschößen walzt er auf das Tribunal zu. Wenn er noch eine Maske trüge wie Spider-Man: ich könnte ihn küssen. Vladimir zeigt das Gesicht, aber statt auf die Kraft dieser Geheimwaffe zu vertrauen, beginnt er mit seinem Verteidigungsplädoyer für mich:

»Alle haben jetzt Doris ausgeschimpft, bravo! Und nun, finde ich, kann jeder gucken, wo er hat den eigenen Bauer geschissen.«

Ein paar meiner ehemaligen Freunde kichern. Albert korrigiert Vladimir: »Du meinst: Jemand hat seinen eigenen Bauern *geschmissen.* Ist zwar nicht möglich nach den Schachregeln, aber ein durchaus interessantes Bild.«

Raffi schenkt Albert einen Schnaps nach und brummt: »Ne, er meinte was anderes. Vladimir wollte sagen, dass wir alle Scheiße gebaut haben. Und das stimmt.«

Vladimir nickt Raffi bestätigend zu, einmal, weil er die richtige Redensart aus seinem Wortebrei geborgen hat, und noch einmal, weil er recht hatte. Wie immer.

Raffi bietet mir versöhnlich, endlich, meinen Stammplatz an, gießt mir Natternblut ein. Marie greift nach meiner Hand: »Hey, ich meinte das grad nicht so. Ich meine, wir sind genauso blöd gewesen, und wir wussten ja auch, dass der Ludi keine achtzehn ist und gar nicht hier rein darf, wegen Raucherkneipe…«

»Deswegen haben wir den Kicker ja extra rausgestellt, wegen Jugendschutz und so!«, fällt Raffi ihr ins Wort und blickt seine Stammgäste an, als würde er für diese nicht zu Ende gedachte Aktion Applaus erwarten. Der bleibt aus.

»Ja schön, du hast ihn aber auch wieder reingetragen. Den Jungen, nicht den Kicker«, wirft Harald ein.

»Hätte ich meine bescheuerte Torte hier nicht hergebracht, wäre Ludi längst weg gewesen, bevor Dokis blöde Praktikantin aufgetaucht ist«, murmelt Katja.

»Aber ich habe ihm den Kuchen dann geschenkt, und der hat ihn erst so wild gemacht«, gibt Vladimir leise zu, und als wäre es nicht schon niederschmetternd genug, einen in sich zusammengesunkenen Riesenrussen anzuschauen, fügt er kläglich hinzu: »Ich dachte, er braucht eine schöne Überraschung. Mein sechzehnter Geburtstag war für den Eimer.«

»Im Eimer«, verbessert Albert automatisch.

»Er meinte: Für'n Arsch. Und das war doch wohl jeder sechzehnte Geburtstag«, stöhnt Raffi.

»Oh ja, meiner war ganz schrecklich, alle Jungs, die ich eingeladen hatte, waren total bekifft und haben den Garten vollgereihert«, ereifert sich Katja, und Marie fügt hinzu: »Ich habe zum sechzehnten eine Dauerwelle geschenkt bekommen. Und eine Blondierung, gleichzeitig. Ich wollte mich umbringen, ernsthaft. Aber ich wollte mit den Haaren nicht beerdigt werden, also hab ich's gelassen.«

Über die Vorstellung, wie Marie sich nach einem Friseurbesuch das Leben nehmen wollte, können wir endlich ausnahmslos alle lachen. Der Druck ist raus. Plötzlich gibt es ein ganz klein wenig Hoffnung für uns alle. Egal wie furchtbar etwas aussieht, es bedeutet nicht zwangsläufig das Ende. Wegen einer so dämlichen Sache wird das »Horst« nicht sterben, Punkt.

Wir müssen nur alle nachdenken, was zu tun ist. Die Fakten zusammentragen, einen Plan aushecken. Noch einen Schnaps trinken.

»Also, was ich sagen kann«, beginnt Vladimir, »ich habe mit Ludolf geredet, im Auto. Der wird nicht sagen, er war hier heute, er ist ein guter Junge. Und nicht blöd.«

Das kann ich nur bestätigen. Vladimir fährt fort:

»Nun, einzige Problem bleibt: Praktikantin von Doris, aber betrachtet von Standpunkt von Realität: Wie will sie beweisen? Hat Fotos gemacht von kleinem Jungen? Oder Kuchen? Ich glaube nicht.«

Ein Stimmengewirr bricht los, aber es klingt fröhlich, wie das Surren eines weit entfernten Bienenstocks. Sie sind alle wieder angekommen, auf »Standpunkt von Realität«.

»Ja, genau, wie will die Alte das beweisen?«

»Die macht sich doch lächerlich.«

»Könnte ja jeder kommen und so etwas behaupten.«

Dankbar blicke ich meinen Anwalt an, das Verfahren wird eingestellt werden, aus Mangel an Beweisen. Raffi tippt mir auf die Schulter: »Hey Doki, entschuldige, aber ich bin einfach ausgeflippt eben. Ist grad alles ein bisschen viel hier.«

Ich bin zu fertig, um Raffi daran zu erinnern, dass er grundsätzlich ausflippt und alles immer viel zu viel ist in seinem Leben. Und es bereitet mir Unwohlsein, ihn so ernsthaft gestimmt zu sehen, ihn so klar reden zu hören, nachdem er schon mindestens doppelt so viel intus hat wie jeder andere hier. Wenigstens zeigt er einige Anzeichen von Trunkenheit, er hält sich jetzt an meiner Schulter fest und fügt mit glasigem Blick hinzu: »Ich hätte mir das echt nicht leisten können, die Strafgebühr dafür zu zahlen, das kostet nämlich irre viel Geld, wenn die einen unter achtzehn in einer Raucherkneipe erwischen, weißt du?«

Ich nicke, obwohl ich es nicht ganz genau weiß. Sollte ich aber, das Jugendschutzgesetz müsste ich im Schlaf runterbeten können. Und ich müsste mich daran halten, bei der Arbeit und in der Freizeit, ich hätte sofort einschreiten sollen, als Raffi Ludi in die Kneipe getragen hat, nein, ich hätte niemals, niemals Ludi mit hierherbringen dürfen. Alles, was heute passiert ist und hätte passieren können, ist meine Schuld.

Ich verdiene keinen Freispruch und schon gar keine Entschuldigung des Opfers.

»Raffi, ist gut. Ich meine, es wird schon wieder …«, nuschele ich und versteife meine Schulter, damit der schwankende Wirt besseren Halt daran findet. Er haut mit der anderen Hand auf die Theke und grölt: »Ja, es wird alles wieder, Scheiße, natürlich! Verdammt, war das knapp, ich habe nämlich keine zweitausend Euro, die ich dem Ordnungsamt in den Arsch blasen kann!«

»Raphael!«, mahnt Marie, aber in diesem Augenblick schwingt die Küchentür auf und Ray ist da. Mit bloßem Oberkörper und so engen Hosen, dass ich sehen kann, wie sich ein verpacktes Kondom in der Tasche abzeichnet. Er will offenbar mit dem dritten Teil des Abends beginnen, Groupies aufreißen. Rays Gesichtsausdruck verrät, dass er einen anderen Empfang von der Thekengesellschaft erwartet hätte. Nicht unbedingt einen geschmückten Streitwagen, aber schon einen Lorbeerkranz, zumindest doch laute Jubelgesänge. Er wirkt nicht amüsiert darüber, dass statt seiner der Hausherr im Mittelpunkt des Interesses steht. Ray versucht, diesen Umstand zu ändern: »Ey Alter, das kostet doch keine zweitausend Scheine, wenn die hier ein Kind erwischen«, versorgt er uns mit Insiderwissen, und obwohl Vladimir ihn warnend ansieht, spricht er weiter: »Das kostet dich locker fünfzigtausend, da kannste aber einen drauf lassen.«

Ray blickt beifallheischend in die Runde.

Plock.

Kein Tischfußball, der ins Tor gepfeffert wurde.

Ein Kneipenwirt, der zu Boden ging.

Ein Klatschen. Marie ist ebenfalls hinter der Theke verschwunden, und es klatscht noch einmal, zweimal, ihre Hand schlägt auf Raffis Wange.

»Oh Gott, Scheiße, Raphael, alles gut?«

Keine Reaktion.

»Scheiße. Scheiße.«

»Hey Raffi, mach keinen Scheiß.«

»Raphael, hallo!«

Warum rufen alle nach Raffi, aber niemand einen …

»Okay, Krankenwagen ist unterwegs«, sagt Vladimir. Er springt hinter die Theke, beugt sich hinunter. »Keine Blut zu sehen. Herz schlägt. Alle ganz ruhig bleiben.«

Ich hätte nie gedacht, dass das funktioniert, wenn jemand sagt: »Ruhig bleiben«, nicht in so einer Situation. Nicht hier. Natürlich muss einer doch etwas sagen:

»Ups, sorry! Krieg ich mal 'nen Schnaps auf den Schreck?«

Manche Menschen sollten ihren Mund nur zum Singen öffnen. Bevor jemand zu Ray hingehen, um ihn, ganz ruhig, zusammenschlagen kann, krächzt eine Stimme aus dem Untergrund: »Ey, du Penner: Du hast Hausverbot. Ab jetzt.«

Im selben Moment, indem wir alle ausatmen, können wir schon die Sirene des Krankenwagens hören.

XVIII

Ich tippe auf Narkolepsie. Die Krankheit der Könige, das würde zu unserem Raffi passen«, lässt Albert seine Ferndiagnose verlauten und fegt ein paar Kuchenkrümel von der Theke.

»War das nicht die Bluterkrankheit?«, stellt Harald dem entgegen und wischt die Krümel vom Boden auf.

Die beiden wirken wie Figuren aus dem Märchenwald, die hinter einer Glasscheibe immer und immer wieder dieselben stupiden Handbewegungen vollführen. Sie taugen so gar nicht als Heinzelmännchen, aber auch wir anderen tun nur so, als ob wir putzen würden – oder könnten.

»Nein, Napoleon litt unter Narkolepsie, das ist historisch belegt«, doziert Albert, und Harald zuckt mit den Schultern: »Von der Größe her würde es passen.«

»Hey Leute, wie wäre es mit etwas ganz Profanem: Er säuft zuviel. Und deswegen ist er aus den Latschen gekippt. Endlich«, schnarrt Katja. Wütend knallt sie den Besen gegen die Wand.

»Ey Katja, nun mal locker, ich meine: so viel trinkt Raffi nun auch nicht, also im Vergleich zu, hier, wie heißt er, Dingens, hier, der mit dem Hut, der früher mal öfter hier war…«, versucht Holger, der erst mit den Sanitätern zusammen in die Kneipe gekommen ist, zu relativieren.

»Oh, du meinst Markus. Der ist vor einem halben Jahr gestorben. Leberversagen.«

Mann, ich hoffe, die Theatergruppe, die meinen Jugendlichen ihr Stück »Cool drauf?!« darbieten will, bringt ihre Message etwas subtiler rüber.

»Nun warten wir doch erst mal ab, was Marie sagt. Sie ruft bestimmt gleich an. Jeden Moment«, murmelt Holger und widmet sich der ihm zugeteilten Aufgabe. Er putzt seine Brille.

Seit einer Stunde warten wir auf den Anruf aus dem Krankenhaus, und damit wir uns nicht die Fingernägel abkauen, haben wir uns am Besenschrank bedient. Aber was unser Aktionsgrüppchen geschaffen hat, lässt sich als bestenfalls mit »Der Gedanke zählt, unvollendet« betiteln. Zu unserer Verteidigung muss ich sagen: Das Ziel unserer Aktion lag eher im akustischen als im visuellen Bereich. Wir wollten nicht hören, wie Vladimir Ray und die Ban Band unter Schreien und Fluchen aus dem Backstage schmeißt und anschließend in den Bandbus verfrachtet. Wir haben sofort die Rollläden heruntergelassen, um uns vor dem Unmut der Gäste vor der Tür abzuschirmen, und die, die noch im Laden waren, haben wir mit Postern und Buttons abgespeist und hinausgeleitet. Unser Vertuschungskommando hat ganz instinktiv gehandelt, wie bei jeder Umweltkatastrophe.

Allein Toddy hat dank solider Grundausbildung als Glaspolierer sein Soll erfüllt. Zum ersten Mal seit Jahren. Das Regal hinter ihm funkelt. Er selbst sieht umso verbrauchter davor aus: »Was ist, wenn Raffi nicht wiederkommt?«

»Dann musst du dir deinen Lohn selbst aus der Kasse nehmen, wie jedes Mal«, versucht Holger den Witz zu vervollständigen, aber dann fällt ihm auf, dass es keiner war.

»Dann werde ich nie wieder etwas trinken«, schwört Albert.

»Genau Albert, gut für den Umsatz, wird Raffi auch echt helfen«, stänkert Harald, aber bevor Albert ihm die restlichen Krümel in den Nacken werfen kann, rufe ich zur Ordnung: »Mann, Leute, streitet leiser, sonst hören wir das Telefon nicht.«

Alle halten den Mund und beäugen den Apparat an der Wand, aber der Trick hat noch nie funktioniert, auch nicht, wenn die Starrenden in der Überzahl sind.

Es will nicht klingeln und macht uns durch sein Schweigen immer aggressiver. Wenn Marie doch endlich anrufen und Entwarnung geben würde. Nur kurz Bescheid geben, sagen, dass alles ein fürchterliches Missverständnis war, Raffi ist gar nicht ohnmächtig geworden, sondern er hat nur so getan, aus… Übermut? Langeweile?

Telefone anstarren bringt alle auf blöde Gedanken, aber es gibt einen, der ihn aussprechen muss. »Also, im Grunde sehe ich zwei Hauptprobleme«, seufzt Harald, »ich bin hundemüde und viel schlimmer: ich werde langsam wieder nüchtern. Entweder trinke ich jetzt noch ein Bier, oder ich fahre nach Hause.«

»Kein Bier, ich habe gerade alle Gläser gespült«, bestimmt Toddy.

»Luxusgejammer«, attestiert Katja träge. Toddy lässt den Affront unbeantwortet, schläfrig wischt er am Zapfhahn herum.

Dabei ist es noch gar nicht so spät. Es fühlt sich nur so an, weil das Warten sich so unerträglich lange hinzieht. Das ist keine Beschäftigung für einen Freitagabend, schon gar nicht für einen frühen Samstagmorgen. Haupteinnahmetag.

Wenn Raffi auf die Abrechnung guckt, kriegt er einen Herzinfarkt.

Und Marie ebenfalls. Das darf nicht sein, und wenn die Bürger von »Dead Horst City« verzagen, ist die Zeit für Super-Doki gekommen:

»Toddy, Katja hat Recht. Gib Harald ein Bier, es ist erst kurz nach zwei, verdammt. Und dann machen wir die Tür wieder auf, sonst geht der Laden schneller pleite, als Raffi saufen kann.«

»Genau, mach mir gleich auch einen Gin Tonic mit, aber einen großen«, stimmt Albert mir völlig uneigennützig zu.

»Warte, Toddy macht fürchterliche Longdrinks, lass mich das übernehmen.«

Katja sieht noch besser hinter der Theke aus, wenn Marie nicht neben ihr steht. Bevor ich das zu Ende denken kann, teile ich allen Mitgliedern des ehemaligen Reinigungsteams lieber neue Jobs zu, die ihren Talenten eher entsprechen: »Los, Albert an die Plattenteller. Harald, du trinkst am besten einfach weiter, das wirkt motivierend. Holger, du könntest dich an die Kasse setzen und den Eintritt übernehmen.«

»Wofür Eintritt? Wir nehmen nie Eintritt, wenn ich Musik auflege«, grummelt Toddy, aber gleichzeitig reicht er Holger die Kassette mit dem Wechselgeld.

»Hey, wir haben eine Stunde verloren. Wir müssen die Kohle wieder reinholen, Leute«, schwöre ich die Truppe ein, »und wenn dich jemand fragt, Holger, es ist eine Benefiz-Veranstaltung für anonyme Narkoleptiker.«

Toddy schließt die Tür auf, Albert dreht die Anlage voll auf:

Who will save Rock'n'Roll? will der Sänger dringend wissen, und ich kann ihm nur antworten: Wir versuchen es, wenigstens für heute Nacht.

Zufrieden beobachte ich, wie bereits die ersten Nachteulen wieder durch die Tür lugen. Sie haben die letzte Stunde nur an der Pommesbude überbrückt und darauf gewartet, dass die Kneipe wieder aufgemacht wird, und zwar von Doris Kindermann, Visionärin, Strategin und neuerdings auch Jobvermittlerin für Aussteiger aus der Reinigungsszene. Ihren ersten Charity-Event meistert die Society-Lady erwartungsgemäß mit natürlicher Herzlichkeit. Für jeden neuen Besucher hat sie eine ganz persönliche Begrüßung parat:

«Ey, kein Fremdbier mit in die Kneipe nehmen, ich glaube es nicht, Alter!«

»Ja, wenn dir drei Euro Eintritt zuviel sind, dann geh doch ins ›Luftschloss‹ feiern, da kriegste auch einen Becher Sauerstoff für das gleiche Geld.«

»Hey Miriam, auch schon hier? Schäm dich, dass du die Band verpasst hast. Die waren zum letzten Mal heute hier, denke ich.«

»Wie der DJ heißt, willst du wissen? Warum, willst du das an deine Kollegen twittern, oder was? Der DJ heißt Onkel Albert und erfüllt keine Musikwünsche. Rein mit dir!«

Nie hätte ich gedacht, dass es soviel Freude bereiten kann, Gutes zu tun.

Und meine Bemühungen werden belohnt, die Gäste respektieren mich als Türsteher, zumindest lachen sie dreckig. Nicht so herzhaft und ausdauernd, als wenn Raffi hier stünde, aber wenn ich mich ein bisschen einpöbele, könnte es für die nächsten vier Stunden ausreichen.

Eine Hand, nein, eine Tatze, lässt sich auf meiner Schulter nieder, und eine tiefe Stimme flüstert mir das schönste Kompliment ins Ohr, dass ich je gehört habe: »Ah, doch eine, die Kopf nicht ausgeschaltet hat. Gut gemacht, Doris.«

»Danke, Vladimir.«

»Ja, hilft nie, nichts zu tun, wenn Freitagabend ist. Macht nur alle traurig. Und arm.«

Hauptsache irgendetwas tun, will ich zustimmen, aber da muss ich an Kira denken und an Montag. Das geht jetzt nicht.

»Wenn überhaupt, denk an etwas Gutes, Schönes, Doris Kindermann, zum Beispiel an...«

Ein eiskalter Dolch aus Glas bohrt sich in meinen Rücken.

»Wo ist eigentlich dein Gunnar abgeblieben?«

Katja lächelt mich zuckersüß an, ich nehme ihr das Bierglas ab und trinke es in einem Zug halbleer. »Wahrscheinlich bei mir zu Hause. Der war total müde, der kam ja gerade aus Pforzheim.«

Katja nickt verständnisvoll, Vladimir nickt auch. Etwas mitleidig oder eher verachtend. Wieder ist er der General, dem gerade über einen Deserteur Bericht erstattet worden ist, dem er von vornherein kein Durchhaltevermögen zugetraut hatte.

Ich nehme Gunnar in Schutz, weil es Gunnar ist, und so dankbar ich Vladimir auch bin, er ist nicht mein Chef: »Ey, Pforzheim liegt... irgendwo da unten.«

»Ja, ist eine weite Strecke. Glaube ich«, murmelt er, und bevor wir unsere kläglichen Geographiekenntnisse noch weiter ausbreiten können, fällt Katja ein: »Mist, dann muss ich wohl doch später die erste Bahn nehmen. Nach Hause. Zu Andi.«

»Quatsch, du schläfst bei mir. Ich habe ja noch die Couch.«

Katja umarmt mich: »Danke, ich dachte, du fragst nie.«

So bin ich. Lasse mich eher für meine Selbstlosigkeit bewundern, als den Moment zu zerstören und zuzugeben, dass ich ohne Katjas Ersatzschlüssel gar nicht in meine Wohnung hereinkomme.

Sie küsst mich auf die Nase, dann stolziert sie zurück an die Theke, denn als Interimskönigin hat sie noch eine Menge flüssiges Gold in ihrem Reich zu verteilen.

»Oh, gerade kam SMS von Marie«, fällt Vladimir ein. Er hält mir sein Handy vor die Nase.

»*Raffi war nur kaputt. Sind morgen wieder da. Schließt die Kasse ein. Gruß, M.*«

»Kaputt klingt nicht so gut, klingt wie zerbrochen«, wertet Vladimir die Botschaft pessimistisch aus, aber ich bin bester Dinge:

»Ach Vladi, sie schreibt ›nur kaputt‹, im Sinne von… müde.«

Vladimir zieht seine linke Braue hoch, es sieht aus, als würde eine besonders fette, haarige Raupe sich im Modern Dance versuchen: »Ah, nur müde. So wie dein Freund, genau. Ja genau, so sah er mir aus, der Chef… müde.«

Ich weiß gar nicht, was mich an Vladimirs Worten gerade am meisten stört. Es ist nicht die Brauenraupe, obwohl er diese Gesichtsgymnastik auch nicht unbedingt weiterverfolgen sollte:

»Vladimir, übst du dich in Sarkasmus?«

Er brummt »Natürlich. Du kennst mich. Ich bin ein großer Komiker.«

Ja, und Raffi war entsetzlich müde. So wie Gunnar. Wir sollten bei Albert, dem Experten, bei Gelegenheit mal nachfragen, ob es eine ansteckende Form von Narkolepsie gibt. Aber im Augenblick gibt es Wichtigeres zu tun für die Wächter der Nacht: Vladimir zeigt auf eine leicht bekleidete Nachtschwärmerin, die sich an Holger vorbeischleichen will.

»Die Dame«, röhrt er ihr zu, »wenn du schon sparst an Stoff für die Bedeckung deiner Brüste, dann hast du doch bestimmt übrig Geld für Eintritt, ja?«

Manche Menschen sind noch nicht bereit für den feinsinnigen Humor des ganz großen Komikers. Entrüstet schaut die Angesprochene zu Vladimir auf, ich verstehe nun, dass sie mit ihrer Garderobe nur von ihrem Frettchengesicht ablenken wollte: »Ey Typ, hast du nichts Besseres zu tun, als mir auf die Titten zu glotzen?«

Jeder andere Mann würde jetzt entweder ausfallend werden oder sich in Grund und Boden schämen. Aber unser Vladimir tickt eben anders. Nach einem weiteren, abschätzenden Blick auf die körperlichen Vorzüge des Mädchens urteilt er knapp: »Doch, bestimmt.«

»Chauvischwein«, kreischt Frettchengesicht, wirft aber einen Fünfer auf Holgers Tisch und rauscht ab auf die Tanzfläche.

»Hey, du bekommst noch was zurück!«, ruft Holger ihr hinterher, ich schnappe das Zwei-Euro-Stück aus seinen Fingern und stecke es Vladimir in die Manteltasche.

»Hier, das haste dir verdient, du Ladykiller.«

Vladimir kneift die Augen zusammen und sagt ganz ernst: »Ich habe niemals gekillt eine Lady.«

Dann folgt er der Frau, vielleicht, um ihr das Wechselgeld zu geben, aber viel wahrscheinlicher, um weg zu sein.

»Manchmal macht er mir Angst«, spricht Holger meine Gedanken aus, fügt aber eine persönliche Anmerkung hinzu: »Und ich arbeite beim Finanzamt.«

»Weitermachen«, befehle ich dem Schatzmeister.

Und wir steuern den Kahn durch die Nacht bis in den Morgennebel. Um fünf Uhr stolpern Katja und ich in ein Taxi. Zwölf Stunden nach der »Meuterei auf dem Mädchentag« kriechen wir die Treppe zu meiner Wohnung hinauf, und ich bin so glücklich, endlich ins Bett fallen zu können, dass ich im ersten Moment gar nicht bemerke, dass niemand dort drinliegt.

»Hat die Adresse wohl vergessen, der Gunnar«, informiere

ich Katja und gebe noch eine ziemlich jämmerliche Interpretation ihrer wegwerfenden Handbewegung zum Besten.

»Ah, vergiss die Kerle, alles Schweine«, grummelt Katja in mein Kissen, und wir hören ein Grunzen aus Richtung Wohnzimmer.

»Siehste, Schweine!«, sind die letzten Worte meiner besten Freundin, bevor sie alle Viere von sich streckt und ins Reich der Träume entschwindet. Mit Überschallgeschwindigkeit. Kaum die Augen zu, schon sabbert sie auf mein Bettlaken. Narkolepsie ist ansteckend, nur ich scheine immun dagegen. Aufgeregt hüpfe ich ins Wohnzimmer, um zu schauen, ob es wirklich Gunnar ist und nicht der Weihnachtsmann.

XIX

Die Frage, die mich wirklich beschäftigt, ist: Verwendet Andreas Jahn des Nachts Ohrstöpsel, und falls nicht, ist das dann wahre Liebe? Und warum kann die dann durch eine Hochzeitstorte zerstört werden? Hat Katja ihren Andi am Ende nie so geliebt wie er sie? Doch natürlich, bei all dem Zoff waren sie immer ein eingeschworenes Team. Sie hat nur kalte Füße gekriegt, bald sind sie wieder zusammen. Und was, wenn nicht?

Acht Jahre waren sie ein Paar, und in dieser Zeit habe ich mich sehr oft wie das dritte Rad am Wagen gefühlt. Oder heißt es »wie das fünfte Rad«? Bei dem Gedanken, acht Jahre lang ein Reservereifen gewesen zu sein, wird mir ganz anders.

Es ist fast neun Uhr, und ich kann immer noch nicht einschlafen.

Ich finde keine Ruhe.

Denn die Braut, die sich nicht traut, liegt neben mir im Bett und schnarcht inbrünstig. Wenn sie jemals Teil eines Gefährtes war, dann kein Rad, sondern der Motor. Kann man immer brauchen, macht aber auch bequem. Für meinen Teil fände ich es zum Beispiel ganz schön, wenn ich erst mal ein ganz altmodisches Tandem mit Gunnar zusammen bilden könnte. Das hat sich doch jeder Frischverliebte verdient.

Bin nur ich wieder frisch verliebt? Warum hat Gunnar sich auf die Couch gelegt statt in mein Bett? War er sauer, weil ich im »Horst« geblieben bin? Weil er sich meiner Gefühle unsicher war? Wegen der Snoopy-Bettwäsche? Was wäre geschehen, wenn ich nicht dort geblieben wäre? Wir hätten einen Freitagabend verloren, vielleicht sogar die ganze Kneipe.

Doris Johanna von Orleans hat sich ihrer einzigen Liebe versagt, um ihr Volk zu retten. Nur ist keiner mehr auf, um mich heilig zu sprechen.

Also gebe ich den Wachhund. Stehe wieder auf, gehe ins Wohnzimmer, und schaue Gunnar an, den schlafenden Prinzen. Er ist so schön, nicht nur, weil meine Couch so hässlich ist. Und schmal. Lege mich ein bisschen auf den Fußboden, neben die Couch, und von hier sieht es aus, als würde Gunnar im Schlaf lächeln, verzückt. Ich möchte weinen. Das ist mein Mann, und unsere Liebe wird alle Hindernisse überwinden, auch Hochzeitstorten, Krisen, Distanzen, lange Pausen. Nur nicht die Härte von Linoleum.

Also wieder rüber zu Katja.

Sie ist so vielseitig begabt, selbst, wenn sie bewusstlos ist. Sie kann nicht nur täuschend echt einen Laubbläser imitieren, sondern auch noch gleichzeitig Jesus am Kreuz mimen. Wie hat sie es geschafft, sich im Schlaf diagonal in mein Bett zu legen?

Ich kann mir jetzt eines der vier winzigen Dreiecke zum Einrollen aussuchen, mich unter die Fittiche des großen Schnarchadlers begeben. Am Fußende ist es zwar leiser, dafür gibt es hier nicht einen Zipfel Decke zu erhaschen. Vor Katjas Gesicht ist es zwar wärmer, aber eher so wie in einem Kuhstall.

Katja schnarcht nicht nur, sie stinkt auch aus dem Mund. Das kommt vor. Es ist menschlich. Nein, doch eher bestialisch, aber es ist schließlich Katja. Augen zu und durch.Ich will mir mental die Ehrenmedaille »Freundin des Jahres« verleihen, aber bei der Zeremonie kommt es zum Eklat. Ich lehne die Auszeichnung ab, weil ich gar nicht so tapfer bin, wie es noch vor wenigen Sekunden aussah.

Katjas Mundgeruch katapultiert mich ins Badezimmer, wo ich feststellen muss, das Fliesen noch böser sind als Linoleum. Vielleicht kann ich mich doch wieder neben Gunnar auf den Boden legen, wenn ich den Duschvorhang mehrfach falte, um ihn als Matratze zu nutzen. Ich verwerfe den Gedanken. Wenn die stets perfekte Katja Alpert schon so aus dem Maul riecht, kann ich höchstwahrscheinlich im Alleingang ein neues Ozonloch in die Atmosphäre hauchen. Und wenn ich mich jetzt auch noch für ein paar Stunden in einen Plastikduschvorhang einlege, wird das ein ziemlich böses Erwachen, da war die Nummer im Hotel gar nichts gegen.

Ich könnte mir die Zähne putzen bis zum Sonnenaufgang. Ein Blick aus dem Badezimmerfenster bescheinigt mir, dass ich auch diese Möglichkeit verpasst habe. Ich gehe ins Wohnzimmer. Schöner Mann schläft. Gehe ins Schlafzimmer: Stinkende Frau schnarcht. Wiederhole den Vorgang mehrfach, und mir fällt ein, dass es ein untrügliches Symptom für Wahnsinn ist, wenn man ständig dasselbe tut, aber ein anderes Ergebnis erwartet.

Ich bin definitiv wahnsinnig verliebt und wahnsinnig aufgekratzt. Und folglich bin ich gar kein überflüssiges Rad an irgendeinem Wagen, sondern eher eines von diesen winzigen Teilchen, ein freies Radikal, das angezogen von zwei Elektronen zwischen ihnen hin- und herspringt, ich bin …

Das Telefon rettet mich.

»Kindermann«, flüstere ich in den Hörer.

»Doki, ich bin's. Ludi.«

Ich verlasse mein Magnetfeld und nehme das Telefon mit ins Badezimmer.

»Hey, Ludi, geht's dir gut? Bist du zu Hause?«

»Ja, ja. Wo sonst? Vladimir hat mich doch hergefahren. Cooler Typ, von welcher Geisterbahn habt ihr den abgeworben?«

Seinen ätzenden Humor hat Ludolf Schwenke-Großmann ins neue Lebensjahr mitnehmen können, wie schön.

»Ludi, jetzt pass mal auf, du darfst niemandem sagen, dass du heute in der Kneipe warst. Gestern, meine ich.«

»Ist mir klar, Doki, schon klar.«

»Gut. Danke.«

Ludi sagt nichts. Also ist eine lässige Abschiedsgrußformel meinerseits angesagt:

»Dann sehen wir uns nächste Woche im Anker, oder Ludi?«

»Nein. Da komme ich nie wieder hin. Was soll ich da, bei den Hohlbirnen und der ollen Kira, der Spaßbremse?«

Diese Frage könnte ich mir ebenfalls stellen, aber ich weiß, jetzt ist mein ganzes pädagogisches Potenzial gefragt. Schwierig, wenn man vollkommen übernächtigt auf seinem Klo sitzt und nichts zu rauchen hat.

Also sage ich Ludi einfach die ungeschminkte Wahrheit: »Ludolf, du musst weiter in den Anker kommen. Wir brauchen dich da. Nicht nur wegen der Statistik, ich meine, wenn du nicht mehr kommst, schöpft Margret noch Verdacht, und Kira petzt am Ende doch noch, ich meine…«

»Nein.«

Ich versuche etwas anderes. »Ludi, was soll ich denn da machen ohne dich?«

»Du willst doch auch da weg. Kündige doch einfach, sofort.«

Die Idee ist so schön, so naheliegend, kommt quasi direkt auf mich zugetrabt, auf vier Pferdefüßen: »Ludi, es gibt so etwas wie eine Kündigungsfrist. Außerdem muss ich Kira im Auge behalten. Ich muss meine Miete zahlen. Und meine Kippen.«

Ich höre, wie Ludi am anderen Ende der Leitung Rauch ausatmet, der kleine Sadist.

»Okay«, sagt er schließlich, »ich komme wieder in den Anker, unter einer Bedingung.«

Ich bin gespannt. Was will er haben? Das halbe Königreich und die Hand meiner jüngsten Tochter?

»Ich will deine Freunde«, flüstert Ludi.

»Was?«

»Doki, wenn ich je wieder in den Anker kommen soll, dann möchte ich mit deinen Freunden kickern. Mit Raffi. Und Harald. Und Marie. Und die Frau, die den Kuchen gebracht hat, die darf auch mitmachen, die ist was fürs Auge. Euer Frankenstein, der Vladimir, der kann doch bestimmt auch kickern, oder?«

Ach so: er will das ganze Königreich und die Hände aller Untertanen.

Ich bin ganz kurz davor, den Plastikfarn vom Badezimmerregal in Klopapier zu wickeln und ihn mir anzuzünden. Der kleine Ludolf will mit meinen Freunden spielen. Wie stellt er sich das vor?

»Die sind alle zu alt, um in den Anker zu kommen.«

»Mensch Doki, bist du besoffen? Klar bist du das. Aber ich meinte, ich könnte mich ja mit denen in so einer normalen Kneipe treffen oder in einem Café, am Nachmittag, oder nicht? Du kannst natürlich auch kommen, ich meine, du sollst sogar, also bitte: sag ja.«

Ich stelle mir das vor: Marie, in einer Gaststätte in der Innenstadt, völlig verunsichert, weil sie vor und nicht hinter einer Theke steht. Harald, in seiner Minenräumer-Uniform, in der einen Hand einen Milchkaffee. Katja am Kicker, wie sie Ludi mit ihrem Vorbau ablenkt, und Raffi. Nein, Raffi wach am helllichten Nachmittag, das übersteigt meine Vorstellungskraft.

Wie es Raffi wohl geht? Sollte ich Ludi erzählen, was passiert ist mit seinem großen Helden? Auf gar keinen Fall.

»Ludi, ich weiß nicht.«

»Du kannst sie doch wenigstens mal fragen, oder Doki?«

Ludolf klingt, als wäre er gestern fünf geworden, nicht sechzehn. Ich will gar nicht mehr rauchen, sondern ihm einen heißen Kakao machen, ihn in eine Wolldecke wickeln und durchknuddeln.

»Ja«, sage ich zu ihm, »ich frage sie. Alle.«

»Danke.«

»Ludi, ich gehe jetzt mal schlafen, okay?«

»Okay, ich stehe jetzt auf. Meine Verwandten kommen heute. Kaffee, Kuchen, Geschenke eben.«

Der Junge wird seinen heißen Kakao bekommen und durchgeknuddelt werden, wenigstens etwas. »Also Doki, bis dann.«

»Mach's gut.«

Ich lege auf. Und frage mich, wie ich in all der Zeit das Offensichtliche übersehen konnte. Wahrscheinlich muss man einfach nur mal einen anderen Blickwinkel einnehmen, dann kann man endlich hinter die Dinge sehen. Zum Beispiel hinter meinen Duschvorhang. Da befindet sich eine Badewanne. Ich verwende sie nur selten als solche, weil sie zum Schwimmen zu klein ist. Aber zum Schlafen scheint sie mir perfekt.

XX

Die Enten schnattern und es riecht nach Kaffee.

Das schreit nach einer neuen Runde: »Augen geschlossen halten und raten, wo ich bin.«

Vielleicht liege ich an einem Teich, an den eine Außengastronomie angeschlossen ist.

Ich halte das für die Wahrscheinlichste aller Möglichkeiten, sogar eine plausible Vorgeschichte fällt mir ein. Ich bin im »Horst« vom Hocker gekippt, ganz unglücklich auf dem Boden aufgeschlagen, also bin ich gelähmt. Ich frage bei meinem Körper nach, damit er diese Version bestätigt. Nun, keine Antwort ist auch eine Antwort. Folglich wurde ich nach diesem fürchterlichen Unfall in ein künstliches Koma gelegt, in eine Kurklinik nach Davos gefahren, und nun wache ich langsam auf. Wie lange habe ich geschlafen?

Ein paar Tage, vielleicht aber auch Monate oder Jahre, wie in *Kill Bill*.

Es wäre auf der einen Seite natürlich furchtbar, wenn ich jetzt vierunddreißig Jahre alt wäre, auf der anderen Seite: Wenn ich aus einem Koma aufwache und aussähe wie Uma Thurman, gleich mit dem Zeh wackeln könnte und in zwanzig Minuten über tödliche Kampfkunsttechniken verfügen würde – das wäre ein Angebot des Schicksals, das ich nicht ablehnen könnte. Ich starte die Probe aufs Exempel. Mein Zeh wackelt. Was nun? Wird mir so eine hautenge Kombination aus gelbem Lackleder überhaupt stehen? Eher nicht, also vergesse ich den Rest auch lieber.

Ich reiße die Augen auf, steige aus meiner Badewanne, und nicht nur mein Zeh wackelt, sondern der gesamte Raum. Ein Blick in den Spiegel stellt klar: Ich muss viel länger geschlafen haben, denn ich sehe aus wie Oma Thurman.

Trotzdem bewege ich mich aus dem Badezimmer, weil ich wissen will, seit wann Enten Kaffee kochen können. Vor der Küchentür muss ich kurz pausieren, die Enten schnattern aufgeregter, es kostet mich einige Mühe, einen Sinn aus ihrem Gequake herauszuhören: »Katja, der braucht doch Hilfe!«

»Sag ich doch! Man muss das nur im Zusammenhang sehen, daher muss man erst auch der Kneipe helfen, sonst…«

»Ah verstehe, so wie ihr gestern? Das ist nicht dein Ernst, oder?«

»Ne«, höre ich Katja genervt schnauben, dann das Klicken eines Feuerzeuges.

Interessant. Während ich in der Badewanne schlief, sind meine Liebsten den Bund der Ehe eingegangen, haben den amourösen Teil pietätvoll übersprungen und befinden sich in einem verbitterten Streit darüber, wer Schuld daran trägt, dass ihrer beider Leben zur Hölle geworden ist.

Da werde ich doch mal gratulieren.

»Moin.«

Katja lässt fast die Zigarette fallen: »Scheiße, wie siehst du denn aus?«

»Und wo kommst du überhaupt her?«, erkundigt sich Gunnar in einem Ton, der mich schwer an Zeiten erinnert, in denen ich in einer ähnlichen körperlichen Verfassung an den Frühstückstisch gekrabbelt bin, also gebe ich dieselbe schnippische Antwort, die ich meiner Mutter gegeben habe, als ich fünfzehn war: »Vom Friedhof, ich hatte Hunger.«

Zum Glück übernimmt Katja spontan die Rolle meines Vaters: »Komm setz dich, Liebes, ich hol dir eine Kopfschmerztablette.«

Sie steht auf, und ich falle auf ihren Platz. Gunnar schaut mich an, zwar besorgt, aber dankenswerterweise streicht er das Familiendrama »Samstags bei den Kindermanns« spontan

vom Spielplan. Es gibt aktuelleren Stoff, der sich förmlich auf-
drängt: »Marie hat angerufen. Willst du zuerst die gute oder die
schlechte Nachricht hören?«

»Die Gute«, fordert die Meisterin der Verdrängung, und Gunnar berichtet: »Also, Raphael leidet nicht unter Narkolepsie.«

Gute Nachricht? Albert wird am Boden zerstört sein, wenn
er das erfährt.

Katja steckt mir ihre Zigarette in den Mund, vorsorglich, damit ich bei ihren folgenden Worten nicht vom Stuhl kippe:
»Die schlechte Nachricht: Raffi hat einen kompletten Burnout.
Sie machen noch ein paar Untersuchungen, aber klar ist: Er
soll in so eine Kurklinik für ein paar Wochen.«

Um ihre grausame Botschaft zu unterstreichen, entfernt sie
auch noch die Nikotinsonde aus meinem Mund. Was reden
die beiden für einen Schwachsinn? Um einen Burnout zu erleiden, braucht man doch einen Maßanzug. Oder ein Büro,
dessen Belegschaft sich auf Mobbing spezialisiert hat. Raffi war
nur – kaputt.

Mein erster Impuls ist, diese beiden Quacksalber zu feuern.
Sie aus meiner Wohnung zu schmeißen, mich in mein Bett zu
legen und vier Jahre zu schlafen. Aber sie lassen mich nicht.

»Doki, das hast du doch kommen sehen, oder? Ich meine,
wie lange hält jemand so einen Lebensstil durch? Das schafft
doch keiner«, sagt Katja leise und setzt sich auf meinen Schoß.
Vielleicht, weil ich nur zwei Stühle besitze, vielleicht, damit ich
nicht aufstehe, um meinen Schlafplan in die Tat umzusetzen.

Es hilft. Wenn man durch einen wohlgeformten Hintern
fixiert wird, kann aus unfassbarer Müdigkeit und extremer Über-
forderung tatsächlich so etwas wie Einsicht wachsen: »Doch.
Warum nicht?«

Katja streichelt mir über den Kopf, Gunnar weiter meine
Hand. Wir sind wieder im Kindermann-Familien-Theater ge-

landet, zweiter Akt, Rückblick: Ich bin jetzt acht Jahre alt, und meine Eltern haben mir gerade eröffnet, dass sie unseren Hund haben einschläfern lassen, nur weil er uralt, blind und inkontinent war. Einer der wenigen Momente, an dem meine Erziehungsberechtigten an einem Strang gezogen haben. Schonungslos schleuderten sie uns Kindern damals die harte Wahrheit entgegen, statt wie gute Eltern das Märchen vom Bauernhof zu erzählen, auf dem Flocki es nun viel besser haben würde und frei auf den Wiesen herumtollen darf. Okay, meine Eltern hatten nicht wirklich die Wahl, zu lügen – wir lebten schon auf einem Bauernhof.

»Jetzt müssen wir unserem Raffi nur noch verklickern, dass er das durchziehen muss. Wenn er sich nicht für ein paar Wochen schont, war's das für ihn«, erinnert mich Katja mit schneidender Stimme daran, dass ich jetzt erwachsen bin und die Dinge richtig einzuordnen weiß: »Wäre es dann nicht humaner, wenn wir ihn für immer schlafen lassen?« Katja beendet ihre Streicheleinheiten abrupt:

»Äh, Doki, wir hatten gerade versucht, dir zu erklären, dass diese Narkolepsie-Geschichte Mumpitz war.«

Ist es dieser schulmeisterliche Tonfall oder diese wiederholte Nutzung des Wortes »wir« in ihrer Rede, das mich so patzig werden lässt?

»Ja Katja, und ich versuche dir zu erklären, dass Raffi lieber stirbt, als seine Kneipe im Stich zu lassen! Wenn er bisher nicht umgefallen ist, dann doch nur, weil der Laden sein Leben ist, oder? Ich schwöre euch, Raffi steht heute Abend wieder an der Tür, jawohl!«

»Ja, da hast du vollkommen recht, genau das befürchte ich auch, dass er da steht ...«

»... bis er wieder umkippt. Für immer«, ergänzt Gunnar überflüssigerweise.

Katja legt ihren Kopf an meine Schulter und seufzt: »Und genau an dem Punkt waren wir angelangt, als du reingekommen bist, Hasi.«

Hasi dankt für das Update. Hasi kennt sogar den Fachbegriff für das, was für den heutigen Abend auf dem Plan steht: »Also, wir wollen heute Abend so eine Art Intervention veranstalten, für Raffi, ja? Im ›Horst‹? Wie soll das laufen?«

Eine interessante Vorstellung, etwa so, als würde eine Rotte Schweine sich in der Suhle wälzen und die größten Wildsäue dem kleinen Ferkel dabei eintrichtern, dass es sich nicht mehr dreckig machen soll. Mit der Begründung, dass es sich den kurzen Spaß sparen kann, weil es sowieso zu Hackfleisch verarbeitet wird.

Katja antwortet zögerlich: »Wir wissen es nicht so genau. Vladimir meinte, wir sollten sicherheitshalber alle um halb acht da sein, damit wir uns absprechen können, vorher. Auf jeden Fall ist er dafür, dass Raffi schnellstens eingeliefert werden muss.«

»Wann habt ihr das alles besprochen?« Katja krault ihr Hasi hinter den Löffeln: »Es ist vier Uhr, mein Herz. Also höchste Zeit, dass du zu den Lebenden zurückkehrst. Wenn du meine Meinung hören willst: Du stinkst.«

Katja glaubt also, sie müsste die Intervention schon mal an mir üben, bevor es heute Abend ernst wird. Dabei hat sie sofort den typischen Anfängerfehler begangen: Man darf keinerlei Vorwürfe oder Schuldzuweisungen erheben, damit erreicht man nur eine klare Abwehrreaktion: »Du stinkst auch.«

»Ich weiß, deswegen fahre ich jetzt auch nach Hause und dusche dort, wo mir nicht der Putz in die Wanne bröckelt«, lächelt Katja, erhebt sich und streift ihren Mantel über: »Außerdem muss ich noch meine Eltern anrufen, denen sagen, dass die Hochzeit abgesagt ist, und anschließend enterbt werden.

Ach ja, Andi rausschmeißen, das ja auch noch. Und danach dringend einen festen Strick finden.«

»Brauchst du Hilfe? Ich meine, soll ich mitkommen?«, frage ich besorgt, und Katja patscht mir auf die Wange:

»Das ist ganz süß von dir, aber ich glaube, du hast auch noch einiges zu tun, bevor wir Raffi ins Gewissen reden. So wie du momentan aussiehst, bist du kein besonders gutes Argument gegen Selbstmord auf Raten.«

Gunnar lacht, dieser Verräter. Aber ich muss zugeben, dass es effektiver ist, eine Wanne mit Wasser zu füllen, bevor man sich hineinlegt. Als ich Katja zur Wohnungstür geleite, ist die gedanklich natürlich wieder einen Schritt weiter:

»Was zieht man eigentlich an für so eine Intervention? Eher was Gestrenges, oder? Vielleicht der Fräulein-Rottenmeier-Chic, ich glaube, da habe ich noch ein ganz bezauberndes Ensemble…«, plappert sie, und da jeder Knochen mit einem Knacken gegen die unwürdigen Haftbedingung in meinem Körper protestiert, unterbreche ich sie harsch: »Zieh einfach gar nichts an, dann wird Raffi alles tun, was du von ihm willst!«

Meine Freundin umarmt mich: »Tschuldige Schatz, du weißt, wie gern ich Unfug rede, wenn ich nervös bin. Aber wenn ich wüsste, es hilft Raffi, würde ich tatsächlich nackt kommen.«

Ich drücke sie: »Ich weiß.«

»Bis später. Und wenn wir Raffi dann in eine Klinik verfrachtet haben, musst du dir auch mal Gedanken machen, was du mit dem Goldjungen in deiner Küche anstellst.«

»Was schon? Ich werde ihn als meinen Sklaven bei Wasser und Brot halten, während er darum bettelt, mir jederzeit zu Diensten sein zu dürfen.«

Katja klopft mir lobend auf den Rücken: »Das ist mein Mädchen. Bis später.«

Sie haucht mir einen Kuss auf die Wange, über das Treppen-

geländer gebeugt winke ich ihr hinterher, bis ich ihre Pfennig-
absätze nicht mehr auf den Stufen klackern hören kann. Ein
paar warme Hände umfassen meinen Bauch: »Bevor du duschen gehst, hast du da noch ein bisschen Zeit?«, zirpt mein
zukünftiger Sklave neckisch. Nicht unbedingt meine Idee von
Dirty-Talk, aber ich steige gewohnt kompromissbereit darauf
ein: »Zeit wofür?«

»Ich dachte, wir legen uns erst mal ein bisschen ins Bett. Die
Couch war echt unbequem.«

Was für ein Tempo! Von der ungepflegten Erwachsenenun-
terhaltung direkt zu Alterszipperlein. Ich bremse ab:

»Denkst du allen Ernstes, es wird in meinem Bett bequemer
werden?«, frage ich, während ich in Richtung Schlafzimmer gezogen werde.

»Bequem? Mit dir? Bestimmt nie.«

Gut, dass Katja das hier nicht mehr mitbekommt. Es widerspricht fast in sämtlichen Punkten allem, was sie mir je über
Personalführung beigebracht hat.

XXI

Ich wusste doch, dass ich die ganze Packung Spaghetti hätte
kochen sollen. Eine halbe ist einfach zu wenig für zwei ausge-
wachsene Menschen. Da hilft auch kein Knoblauchbaguette,
kein Beilagenkartoffelsalat und kein Pistazieneis zum Nachtisch. Ich habe immer noch Hunger. Zum Glück horte ich Not-
reserven. Als ich gerade von der Schokolade abbeißen will,
nimmt Gunnar mir die Dreihundert-Gramm-Tafel aus der
Hand: »Lass das. Du machst mir Angst.«

»Gut so. Lebe in Furcht«, rate ich ihm und entreiße ihm den
Schatz wieder.

Gunnar jault: »Ja, so seid ihr Frauen. Erst bringt ihr die Kerle um den Verstand, und wenn ihr sie am Haken habt, lasst ihr euch komplett gehen.«

»Dann geh doch zurück zu deinen schwulen Finnen«, schlage ich vor.

»Kann ich nicht. Zu vollgefressen.«

Er legt seinen Kopf zurück auf meinen Bauch, ich wuschele in seinem Haar herum. Bis ich die kleine kahle Stelle berühre. Die macht mir Angst.

»Nicht aufhören«, murmelt der Mann, und mein Magen knurrt. Gunnar schnellt hoch: »Das ist unglaublich! Wie geht das? Du hast zwei Becher Sahne in die Soße getan!«

»Mühsam antrainierter Kamelismus«, lüfte ich das Geheimnis, »ich kann tagelang ohne Essen auskommen, aber wenn ich an die Oase komme – trinke ich sie leer. Praktisch, oder?«

»Gestört«, meint der Herr, aber dann fällt ihm ein: »Auf der anderen Seite: Bei mir ist das so ähnlich.«

»Red keinen Quatsch, du bist doch der Gesundheitsapostel. Wer hat immer das gute Vollkornbrot mit in die Schule genommen, bei wem gab es immer Kleie-Müsli? Du kanntest doch schon das Wort Ballaststoffe, bevor die erfunden worden sind.«

Und dafür hast du jetzt Haarausfall, will ich noch hinzufügen, aber soweit sind wir noch nicht wieder in unserer Beziehung. Keine Schläge unter die Gürtellinie, solange man nackt im Bett liegt, auch nicht, wenn man sich eine halbe Ewigkeit kennt.

»Ich meinte das nicht aufs Essen bezogen«, erklärt Gunnar, »sondern auf Sex.«

»Oh. Hm. Lass mich erst die Schoki essen, dann habe ich vielleicht die Energie …«

Aber als Gunnar mich so ansieht, lasse ich die Tafel wieder sinken.

»Doris, ich meinte das anders. Bei mir ist es jetzt wirklich eine Weile hergewesen.«

Das ist Musik in meinen Ohren, sprich weiter, immer weiter, bitte.

»Ich wollte sagen, das letzte Mal, dass ich was mit einer Frau hatte, war – mit dir.«

»Ja, natürlich.« Was soll man auch sonst zu einem Mann sagen, der unbekleidet und rechtschaffen erschöpft neben einem liegt? Aber dann klingelt das Alarmglöckchen doch noch.

»Wie lange bist du schon mit deinen Finnen unterwegs?«, frage ich vorsichtig und fische mit den Füßen nach der Bettdecke.

Aber Gunnar kommt mir zuvor, er steht auf und reißt die Decke mit sich. In seine Snoopy-Toga gehüllt schreit er mich an: »Hey, Doris Kindermann, ich versuche gerade, dir zu sagen, dass du die Einzige warst, okay? Der einzige Mensch überhaupt, wenn du es genau wissen willst!«

Ich ziehe ihn ganz behutsam wieder zurück ins Bett, und fange an ihn zu küssen. Damit er still ist und ich nicht reden muss. Was sollte ich auch sagen? Dass mir das nach der fantastischen Vorabend-Vorstellung nie aufgefallen wäre? Dass es mir leid tut, dass er die beste Zeit seines Lebens an mich verschwendet hat? Oder in Gedanken über mich? Im Gedenken an mich? Habe ich Gunnar verhext, ihn verflucht, durch all die furchtbaren Szenen, die ich mir ausgemalt hatte, was unser Wiedersehen anging?

»Du bist gar kein Kamel«, will ich ihn beruhigen, »das einzige Tier, das solange ohne Nahrung durchhalten kann ist eine Zecke.«

»Dankeschön.«

Die Zecke saugt sich an ihrem Wirt fest. Ich denke nicht, dass ich sie jemals wieder entfernen möchte. Endlich ein guter Plan – im Bett liegen bleiben und von meinem Ruf als Herzensbrecherin des Jahrhunderts leben. Nie wieder in den Anker, keine dämlichen Kollegen. Keine nervenaufreibende Intervention, keine weinende Marie, kein Stress mehr.

Einfach ein Leben lang mit dem Menschen verbringen, für den ich die Einzige bin und der für mich immer der Einzige war. Abgesehen von ein paar Ausrutschern. Nicht viele.

»Doris, alles klar? Du guckst so bedrückt.«

»Ich rechne was nach.«

Die Zecke lässt von ihrem Wirt ab und fragt mit Grabesstimme: »Wie viele waren es, Doris?«

»Ungefähr … genau zwölf. Einhalb.«

Gunnar wendet sich stöhnend von mir ab: »Einhalb? War der Dreizehnte ein Zwerg?«

Ich drehe mich zur anderen Seite. Wieder ein Rekord: Von der Supersirene zum fleißigen Flittchen in dreißig Sekunden, ein Downgrading meines ganz privaten Rating-Agenten. Vielleicht sollte Gunnar einen Ratgeber schreiben: »Die besten Romantik-Killer. Top-Tipps einer Quasi-Jungfrau«.

»Nein, der war verheiratet und wollte deshalb, dass wir es im Auto … das geht dich überhaupt nichts an!«

»Richtig!«, ruft Gunnar erfreut. Erheitert geradezu. Ich ziehe mir die Decke über den Kopf, ein gutes Versteck. Gunnar hat mich erwischt, mit dem ältesten Trick der Welt.

Aber warum ihm dafür lange böse sein, wo ich ihn doch kurz und schmerzhaft erwürgen könnte: »Du Miststück! Wie konntest du? Das macht man nicht, niemals!«, lasse ich ihn noch wissen, bevor er seine letzten Atemzüge auskosten kann. Er wehrt sich heftig, ist leider stärker als ich und gewinnt die Oberhand.

»Ha, du hast das wirklich geglaubt, oder? Du hast es geglaubt, du eitles, kleines Ding, ha!«

Ich muss lachen. Weil er auf mir liegt, und mich kitzelt: »Boah, du bist echt unmöglich, du bist genau wie Katja!«, pruste ich, und Gunnar hält mitten im Foltern inne.

»War das ein Kompliment?«

»In dem Fall: nein.«

»Hattet ihr zwei mal was miteinander?

»Igitt, nein. Ferkel.«

»Also, ›igitt‹ würde ich nicht sagen...«

»Oberferkel!«

»Ihr Wunsch ist mein Befehl, Madame!«

Okay, was hatte ich erwartet? Wir sind keine neun mehr, und wir alle wissen, wie so eine alberne Rangelei gewöhnlich endet. Gerade, wenn man schon nackt dabei ist. Wir sind aber auch keine neunzehn mehr. Und mit knapp über neunundzwanzig kann sich Begierde schon mal als ein scheues Reh erweisen, das sich furchtsam in die Hecken schlägt, nur, weil man mal laut rülpst.

»Okay, wenn der Versuch zählt, wäre ich dann jetzt bei zwölfdreiviertel!«, tröste ich Gunnar, der erschöpft abwinkt.

»Galt nicht, weil ich schon die Nummer eins war.«

»Sicher?«

Er rollt sich zur Seite.

Kurznotizen aus dem Kuschelknigge: Davor ist nett, aber nicht so zwingend, wie die Männerwelt annimmt. Danach ist immer gut, wenn es denn gut war. Stattdessen Kuscheln ist bemitleidenswert. Da hilft es, sich auf seine anderen Hobbys zu besinnen, um den Druck aus der Sache zu nehmen. »Hey, las uns mal aufstehen, wir müssen noch intervenieren.«

»Geht klar«, spricht mein Casanova vergnügt und flitzt schneller zum Badezimmer, als ich »Erste beim Duschen« sagen kann.

»Du bist echt genau wie Katja!«, brülle ich ihm hinterher,

und Gunnar kreischt mit hoher Stimme: »Oh je, Hilfe, wo ist dann mein Make-up? Und was ziehe ich nur an?«

Ich liebe ihn dafür. Und für alles andere.

Vielleicht liebe ich ihn noch mehr, als ich Katja liebe. Wenn ich mich für einen von beiden entscheiden müsste, würde das schwierig werden. Katja hat doppelt soviele Haare auf dem Kopf, aber dafür braucht Gunnar nur halb so lange im Bad.

Allerdings hat er sich, genau mit derselben schlafwandlerischen Sicherheit wie seine Nebenbuhlerin, mein Lieblingshandtuch aus dem Regal gepickt. Gleichstand.

»Beeil dich, Doris, es ist schon nach sieben!«, belehrt mich Gunnar, lässt das Handtuch fallen, und schlüpft in seine Jeans. Der Hintern macht ihn zum Gewinner, so leid es mir für Katja tut.

»Okay, ich brauche nur drei Minuten. Kannst du schon mal ein Taxi rufen?«

»Für die kurze Strecke? Bist du irre?«

Ich umarme ihn tröstend, und nehme ihm den unsichtbaren Siegerkranz dabei wieder ab. Katja hätte immer ein Taxi gerufen. Sie hat auch immer Geld für eines übrig.

Korrumpiert flitze ich ins Bad und beeile mich dort sehr. Bestimmt ist es ebenso unschicklich, unpünktlich bei einer spontanen Intervention zu erscheinen wie zu einer Beerdigung. Ich schlüpfe in meine Klamotten von gestern und will nicht darüber nachdenken, was für Gemeinsamkeiten die beiden Veranstaltungen noch haben.

XXII

Wir klopfen an die Hintertür und Vladimir öffnet. Er lächelt mich an, zu Gunnar sagt er: »Oh, du auch hier. Na, warum nicht? Kommt rein bitte.«

Wir folgen ihm durch den dunklen Hausflur, durch die Küche, in der nichts mehr von meiner gestrigen Kochorgie zeugt, hinein in die Kneipe.

Der Raum ist hell erleuchtet, viel zu hell. Ich kann nicht nur die einzelnen Menschen sofort erkennen, sondern jede einzelne Unebenheit in ihren Gesichtern. Verstörend wirkt ebenfalls, dass sie alle nur Wasser trinken. Nun, dabei werden sich die Bühnenbildner schon etwa gedacht haben, soll wohl eine Anspielung darauf sein, dass das hier heute kein Spaß wird.

Aber neben dieser brutalen Inszenierung verwundert mich vor allem die Besetzung: Neben Marie, Toddy und Holger sitzen dort auch noch die unvermeidliche Linda und – Olaf? Der verpasst doch seine Lieblingssamstagabendshow im Fernsehen.

Aber offenbar hat er sich vorgenommen, heute wieder selbst in die Rolle des Moderators zu schlüpfen. Er streicht sich seine Thomas-Gottschalk-Gedächtnis-Frisur zurecht und erkundigt sich bei Vladimir: »Sind dann alle da?«

Vladimir nickt, Olaf verzichtet auf die Erkennungsmelodie, baut aber allen Ernstes eine Flipchart neben der Theke auf. Das Ding wirkt dort so natürlich wie ein Iglu in der Hölle, aber statt eines Dreizacks zückt Olaf nun einen Filzschreiber. Damit kritzelt er auf dem Papierbogen herum, beschaut sein Werk zufrieden, dreht sich zu seinem Publikum und ruft: »Ta-Da!«

Olaf hat eine Kakerlake neben einem Hubschrauberlandeplatz gezeichnet. Ta-Da! Brillant, hätte ich mal drauf kommen sollen.

Während wir alle noch rätseln, wie eine fliegende Schabe Raffi für einen Klinikaufenthalt begeistern könnte, zupft Olaf sein Seidenhalstuch zurecht, hüstelt und erklärt: »Das hier, meine Freunde, soll euch etwas zeigen. Es ist ein Schriftzeichen, nur eines, denn die Chinesen nutzen ein und dasselbe Zeichen für Krise und Chance.«

Mein Herz setzt aus, ich ahnte es immer: Der Teufel trägt Locken.

»Boah, Olaf, das ist nicht dein Ernst, oder?«

»Das ist doch Luxusgejammer... ne, doch nicht, oder Schatz?«

»Nein, das ist noch schlimmer!«

»Du kannst doch gar kein Chinesisch, Alter!«

Vladimir sorgt für Ruhe im Saal: »Nun lasst ihn reden aus!«

Zu Olaf gewandt knurrt er: »Nun Olaf, mach weiter für normale Leute, nicht Zirkus für Fuzzis von Weltbank, kannst du?«

Selbst die blöde Linda lacht. Olaf wendet sich gekränkt ab, und unser Holger übernimmt dankenswerterweise das Zepter.

»Also Leute, was Olaf sagen wollte, ist: Die Lage ist ernst, aber nicht hoffnungslos. Wir haben das durchgerechnet, und wenn alle mitmachen, können wir Raffi helfen. Und Marie natürlich.«

Er sucht den Blick der Angebeteten, die lächelt schwach. Gut, Holger wäre damit geholfen, er kann jetzt glücklich sterben. Aber er soll uns erst noch den Plan erklären: »Wir müssen also die Kneipe retten, wenn wir Raffi retten wollen.«

»Wahre Worte aus dem Munde eines Finanzbeamten, halleluja«, murmelt Katja, Vladimir blickt sie strafend an, Holger greift seinen Faden wieder auf und strickt ihn gar nicht mal so schlecht weiter: »Daher müssen wir den Laden unbedingt am Laufen halten, solange Raffi weg ist.«

»Und danach auch, ohne ein Konzept der Nachhaltigkeit kann man in diesen Zeiten nicht konkurrenzfähig bleiben«, wirft Olaf ein, Vladimir übersetzt: »Ja, schon klar, aber erst mal Notfallplan erklären, okay?«

Holger blüht auf, er vergisst sogar, seine Brille abzunehmen, als er von seinen Notizen abliest: »Also, ich habe den Arbeitsplan für die nächsten sechs Wochen hier liegen. Die üblichen Thekenschichten teilen sich Toddy und Marie. Zudem hat sich Linda bereit erklärt, auszuhelfen. Dankeschön dafür.«

Katja und ich werfen uns verstohlene Blicke zu. Linda? Bevor die hier anfängt, sollten wir vielleicht doch lieber gleich das »Dead Horst« schließen.

»Aber es wäre tatsächlich effektiver, wenn wir eine oder zwei zusätzliche Bedienungen einstellen würden. Dann könnten wir auch jeden Mittwoch öffnen. Allerdings müssten die bereit sein, erst mal für wenig Geld zu arbeiten«, führt Holger weiter aus, »sonst rechnet sich das nicht.«

»Ich übernehme den Mittwoch«, meldet sich Katja, »und einen Samstag.«

Wir sehen sie fassungslos an: »Hey, ich bin eine ungebundene Frau, ich habe Nachtfreizeit und kann mir einen korrekten Stundenlohn mit Trinkgeld zurechtflirten. Hat jemand was dagegen?«

Toddy sinkt still auf seinem Stuhl zusammen, aber die Zustimmung kommt von höchster Stelle: »Danke, Katja. Wären sechs Euro die Stunde okay?«, fragt Marie, und Katja erwidert kokett: »Ich mach's für fünf.«

Keiner der anwesenden Herren reagiert auf diese Steilvorlage mit einem süffisanten Kommentar. Krise als Chance für werdende Gentlemen.

»Gebongt«, sagt Marie, und Linda haut auf die Theke: »Okay, dann will ich auch nur fünf Euro. Aber ich mache den ersten Samstag im Monat. Und den letzten«, keift sie, Katja keift besser: »Oh, bitte, das ist heute, kannst gleich anfangen.«

»Mach ich auch, wirst schon sehen. Und heute will ich *nur* das Trinkgeld.«

Der feuchte Traum eines jeden Arbeitgebers hat sich an unserer Theke manifestiert, Vladimir weckt uns unsanft: »Ja, sehr gut, alle schönen Frauen machen schön Theke, prima, aber wir brauchen Leute für Dinge, die nur Raffi sonst kann.«

»Umfallen?«, fragt Gunnar, und mir scheint, dass Vladimir ihn noch viel großzügiger mit seinem bösen Blick beschenkt als das übliche Stammpublikum. Nicht der Beginn einer großartigen Männerfreundschaft.

»Nein, ich meinte an der Tür stehen. Wenn Konzert ist. Einmal in der Woche. Zum Beispiel.«

»Ich tu's!«, rufe ich, Vladimir brummt mir zu: »Danke, ich wusste.«

Gunnar guckt jetzt so böse, wie er kann, aber den Meister kann er damit nicht beeindrucken. Sie kämpfen um mich, juhu, und das noch, während die schönsten Frauen der Stadt sich darum streiten, für weniger Geld als die andere arbeiten zu dürfen.

»Also Vladimir, entschuldige, Raffi hat doch bestimmt nicht nur die Tür gemacht, ich meine, jemand muss doch die Bands buchen, die Bühne aufbauen, den ganzen Kram, oder?«, flötet Gunnar.

»Ja, richtig«, Vladimir sieht ihn herausfordernd an: »Und, willst du das vielleicht übernehmen für ein paar Wochen, Bürschchen?«

Es ist diese Stimme und die Betonung, der Akzent. Wenn Vladimir »Bürschchen« zu jemandem sagt, was er äußerst selten tut, klingt es nur etwas beleidigender als »Motherfucker«.

Zum Glück hat sich mein Gunnar nie durch so etwas herausfordern lassen. So ein Affront prallt einfach an ihm ab, da ist er wie ein Zen-Meister, er spricht weise und beruhigend auf den Aggressor ein: »Klar. Mach ich. Ich habe eh gerade nix zu tun, danke für das Angebot.«

Bevor Vladimir oder ich Einwände erheben können, erteilt Katja ihm den Zuschlag: »Cool, Gunnar, da bist du genau der Richtige für den Job. Ich meine, du kennst das ja, als Bandfahrer, ist ja nur ein Wechsel vom Tourbegleiter zum Bodenpersonal, quasi.«

»Quasi«, wiederholt Olaf, aber nur, weil Berater das Wort nicht oft genug hören können. Ich hasse quasi. Ich will, dass nicht Katja, sondern Marie das absegnet, klar, eindeutig und sofort. Sie schaut uns an, einen nach dem anderen, und gibt zu bedenken: »Jemand muss aber auch Raffis Putzschichten übernehmen.«

»Ach, sicher, klar«

»Machen wir, natürlich.«

»Das kriegen wir ja mit links hin.«

Vladimir öffnet den Mund, aber entschließt sich, nichts dazu zu sagen.

»Okay«, gibt Marie sich geschlagen, »versuchen wir's!«

Vladimir unterbricht das aufgeregte Schnattern rigoros: »Bitte, wir können nur überzeugen Raffi, wenn wir sind auch überzeugt selber.«

»So hätte ich es auch formuliert. Zumindest fast«, mosert Olaf, Vladimir hält den Schichtplan hoch.

»Ich will, dass hier ist keine freie Stelle mehr, wenn Raffi gleich kommt. Überall steht ein Name drin, sonst können wir alles vergessen.«

Und schon beginnt ein munteres neues Gesellschaftsspiel, eine Mischung aus Wochenmarktauktion, »Schiffe versenken« und »Spitz, pass auf«.

Wie erwartet sind die Thekenschichten am schnellsten vergriffen, Toddy kann also ans DJ-Pult ausweichen und trotzdem ganz nah bei seiner Liebsten sein. Allerdings hat er ja noch zwischendurch Bandprobe. Per Telefonkonferenz erhält Holger Alberts Zuschlag für drei weitere Abende mit ihm am Plattenteller. Für das Putzen haben sich Marie und Vladimir eingetragen, an einem Tag steht sogar »Holger«. Tief gerührt trage ich mich für die vier übrigen Putztage ein. Macht zusammen mit dem Kochen erst zehn Arbeitseinsätze in sechs Wochen.

»Baby, übernimm dich nicht«, rät mir Gunnar, der sich über meine Schulter beugt und die neue Magna Carta des »Dead Horst« studiert: »Guck doch mal, du kannst nicht gleichzeitig Kasse machen und kochen.«

Bevor ich diese These in Frage stellen kann, meldet sich Vladimir über meine andere Schulter: »Ah, er hat recht, der Mann.«

Der Mann. Nicht mehr Bürschchen. Wenn Gunnar jetzt einfach mal das Maul hält, könnten die beiden vielleicht doch noch Freunde werden. Er kann, und Vladimir schlägt vor: »Vielleicht kannst du an dem Abend die Kasse machen. Ich wollte dich sowieso eintragen für Bürodienst, davor. Geht in Ordnung?«

Gunnar überlegt. Was überlegt der noch? Vladimir hat nach seiner Meinung gefragt. Ihn sogar um etwas gebeten. Wartet er darauf, dass Vladimir auf die Knie fällt und seinen Ring küsst?

Es gäbe viel weniger Elend auf der Welt, wenn Männer nicht solche Zicken wären: »Ja, ist in Ordnung. Und wenn du mich eintragen willst, mein Name ist übrigens Gunnar«, bricht er endlich den Bann, und Vladimir lässt sich zu einem Grinsen hinreißen: »Ja, ich weiß: Gunnar, Fahrer von Saunaboys aus Finnland.«

Klingt wie ein sehr günstig zu habender Adelstitel, aber Gunnar lacht: »Genau der, und du bist Vladimir, richtig?«

Die beiden geben sich nun friedfertig die Hand, klopfen sich auf die Schulter, mit ganz leichtem Körperkontakt im Brustbereich, wie Fußballnationaltrainer und Mannschaftsarzt nach dem lang erwarteten Tor in letzter Minute.

Verstehe einer die Kerle. Immerhin bin ich nicht die Einzige, denen das Verhalten einiger Anwesender rätselhaft erscheint. Olaf steht kopfschüttelnd neben seinem Flipchart und versucht, sich Gehör zu verschaffen:

»Ja, toll, jetzt haben wir den Schichtplan fertig, prima, Raphael wird begeistert sein. Aber ich denke, wir sollten jetzt schon weiterdenken. Für die Zukunft noch ein paar zusätzliche Events einplanen, etwas Innovatives, was uns von der Konkurrenz abhebt ...«

Endlich doch Bier. Das erste landet direkt in Olafs Lockenpracht.

»Toddy!«, herrscht Vladimir ihn an, und Olaf quiekt: »Du homophobes Schotten-Arschloch!«

»Hey, Alter, das war nicht korrekt!«

»Ne, gar nicht, du hast ›Event‹ gesagt, und ›innovativ‹, das macht man nicht, Olaf.«

»Genau, das möchte ich hier drin nicht hören.«

»Allerdings verschwendet man auch kein Bier, Toddy.«

»Hast du homophobes Schotten-Arschloch gesagt? Du kommst ja richtig aus dir raus, Alter.«

Die Generalprobe verläuft erschreckend gut bis hierhin. Bei dieser gehobenen Stimmung fällt gar nicht weiter auf, das Raffi nicht dabei ist. Hoffentlich kriegen wir das noch einmal so fantastisch hin, wenn er gleich zur Tür reinkommt.

Marie drückt Olaf ein Küchenhandtuch in die Hand, aber der lässt den löchrigen Lappen angeekelt wieder fallen: »Leute, ihr werdet noch über meine Worte nachdenken, das schwöre ich euch. Das hat man davon, wenn man helfen will. Ach ja, und ich hätte gerne einen Weißwein, trocken. Mit Glas.«

»Kommt sofort, macht drei zwanzig«, zwitschert Linda und präsentiert uns ihr erstes Trinkgeldlächeln. Es sieht aus, als hätte sie mindestens drei Zahnreihen, und Olaf weicht erschrocken von der Bar zurück. Dentophob, schätze ich.

Toddy presst den Korken nonchalant in die Weinflasche und erkundigt sich bei Holger: »Sag mal, wo steckt überhaupt Albert?«

»Oh, ist genervt von den schlechten Drehbüchern, die ihm angeboten werden. Jetzt will er selbst schreiben. Ein Buch über einen Narkoleptiker im Todestrakt, der seine ganze Strafe verschläft. Soll was Politisches werden glaube ich, aber gleichzeitig tauglich zum Musical – könnte der Durchbruch werden.«

So sind sie, die Finanzbeamten, im Herzen wahre Träumer. Toddy misst die Temperatur des Weines mit zwei Fingern im Glas und dekoriert sein Werk zusätzlich mit Korkbröseln.

»Geht hier eigentlich irgendwer hin, der auch nur halbwegs normal ist?«, erkundigt sich Gunnar leise. Ich muss ihm gestehen: »Nein, die wurden bei der Einweihungsfeier aussortiert.«

»Sehr gut, genau mein Laden. Toll, dass ich jetzt hier arbeite. Ein Super-Ferienjob. Ich hatte dir gesagt, dass ich jetzt Sommerpause bei den Finnen habe, oder?«

Hatte er nicht. Muss ich ihm aber auch nicht direkt aufs Brot schmieren.

»Weißt du schon, wo du wohnen wirst?«

»Kein Problem, ich schlafe mit der Köchin.«

»Da reden wir später drüber, Bürschchen«, drohe ich.

Aber in meinem Kopf ist Heiligabend. Kurz vor der Bescherung, und dieses eine Mal weiß ich genau, dass ich das bekommen werde, was ich mir wünsche. Noch viel besser: In diesem Jahr habe ich nicht in letzter Minute einen Stapel nutzloser

Gutscheine gebastelt, sondern kann endlich all das geben, was meine Freunde sich immer von mir wünschten.

Liebe.

In Form von Putzschichten und Obdach. Bleiben wir bei Liebe. Ich sehe mich um und schaue in vor Aufregung glänzende Gesichter, auf scharrende Füße, Vladimir fächert sich mit unserem Masterplan Luft zu, Katja und Linda stehen beide hinter der Theke bereit, und Olaf hat sich bei Toddy revanchiert, indem er den Weinkorken in dessen Whisky-Glas geworfen hat. Die nervöse Marie wird von Holger gestützt, seine Brille liegt auf der Theke.

Allein, das Christkind will nicht kommen.

Nach über zweitausend Jahren hat es sich endlich von den Vorteilen der modernen Telekommunikation überzeugen können. Das Glöckchen klingelt, und Marie greift nach ihrem Handy.

Sagt lange nichts. Dann endlich: »Okay. Machen wir. Sicher. Ich frage sie, klar.«

Wieder lange nichts: »Mache ich. Natürlich. Tschüss.«

Sie legt das Handy auf die Theke. Schnauft. Schnauft noch einmal. Zersaust ihr Haar. Spricht: »Toddy, ein Bier bitte. Flasche.«

Jetzt dreht sie durch. Marie hasst Bier. Als Toddy das gewünschte Getränk neben ihr auf die Theke stellt, winkt sie genervt ab: »Nicht für mich. Felix kommt gleich rein.«

Sie steht auf, blickt in die Runde: »Ja, das war Raphael. Er fährt ganz früh morgen, nach Bad Pyrmont, nein, Bad Oeynhausen, ach, Bad Schlag-mich-tot. Ich hab's vergessen. Er lässt schön grüßen. Ach ja, Katja, könntest du Black-Out füttern?«

Katja könnte: »Sicher.«

»Was hat er noch gesagt?«, fragt Toddy. »Was sollen wir machen?«

Marie deutet auf unseren Wunschzettel: »Steht doch auf dem Plan. Ich gehe dann mal.«

Sie schlurft mit hängenden Schultern hinter die Theke. Als sie schon in der Küche verschwunden ist, steckt sie noch einmal den Kopf durch die Tür: »Ich meinte es ernst, haut rein, Kinder. Ich muss nur noch Raffi seine Bärchenslipper bringen. Es geht ihm echt dreckig, aber er dankt euch allen, okay? Seht zu, dass ihr Umsatz macht. Tut's für Raffi.«

Sie winkt und ist weg. Welch überraschende Wendung im Weihnachtsmärchen: Frau Grinch bringt ihrem Exmann seine Hausschuhe ans Bett, weil er selbst zu fertig ist, um Weihnachten ganz allein zu zerstören.

Felix latscht mit den Händen in den Hosentaschen durch die Vordertür, Olaf pfeift durch die Zähne: »Das Weib hat es einfach drauf. Wahnsinn!«

»Habe ich was verpasst?«, erkundigt sich der Neuankömmling und zeigt auf die Flipchart.

»Ja«, zischt Toddy, »du kannst ab heute nicht mehr anschreiben.«

Linda reicht ihrem zweiten Kunden sein Getränk und fordert: »Zwei fünfzig, bitte.«

Eines muss man ihr lassen, die Preisliste hat sie verdammt schnell auswendig gelernt.

Mit großer Geste kramt Felix seinen Geldbeutel hervor, reicht Linda einen Fünfer: »Gib' auf drei raus«, sagt er lässig, Linda zeigt Zähne, nicht so viel wie zuvor, aber immer noch Millionen Lichtjahre von Maries Zauberlächeln entfernt.

Punkt acht Uhr, und unsere Einnahmen belaufen sich auf satte fünf Euro siebzig. Ein guter Anfang. So unauffällig wie möglich schaue ich auf die Schuldenliste an der Wand, aber Vladimir errät meine Gedanken und flüstert: »Keine Sorge. Er hat bezahlt.«

Ein Schauer läuft mir über den Rücken. Wenn Felix nicht breitbeinig und putzmunter vor mir stehen würde, hätte ich nach dieser Botschaft angenommen, er würde mit einem Betonklotz an den Füßen im Rhein stehen. Da wir alle noch etwas betäubt von Maries Abgang sind, nimmt unser Gast an, er wäre für den Unterhaltungspart zuständig: »Wo ist denn überhaupt die Chefetage, hm? Habe gehört, Raffi ist gestern aus den Latschen gekippt. Man sagt, das Bier war schlecht, haha.«

Es ist nicht nur erstaunlich, wie schnell sich Neuigkeiten verbreiten, sondern auch, welche Essenz davon übrig bleibt. Auf der anderen Seite ist es gut zu hören, was am hintersten Ende von »Stille Post« herauskommt. Wenn nur ein alter Witz über mieses Bier hängenbleibt, umso besser.

»Hast du falsch verstanden. Raffi macht Urlaub. Der musste ja auch mal ausspannen«, erklärt Gunnar, und wir alle nicken wie die Wackeldackel. Eine gute Geschichte hat er sich da ausgedacht für das gemeine Volk, mein Gunnar, aber vielleicht könnten ein paar Details dafür sorgen, dass die ganze Sache glaubhafter wirkt: »Ja, Marie bringt ihn gerade zum Bahnhof. Er will nach Spanien. Für ein paar Wochen werden wir ohne ihn auskommen müssen.«

Ein bisschen zu dick aufgetragen, sogar Felix fällt der zusätzliche Zuckerguss nach einem weiteren Schluck ins Auge: »Ein paar Wochen, ja? Na, der muss es ja haben, die Kneipe läuft ja, ne?«

Na bravo, die kollektive Erleuchtung setzt endlich ein. Unser Weihnachtsengel, er ist uns doch noch erschienen, ohne Himmelschor und Fanfaren, sondern in Gestalt eines leicht minderbemittelten Schwerenöters. Felix steht da, grinsend, symbolisch für alle Gäste, die eine ganz klare Vorstellung von einem Samstagabend haben: Er hat das Recht, zu saufen, dummes Zeug zu labern und auszuspannen. Die Sorgen und Nöte hinter den Kulissen haben ihn nicht zu interessieren, solange er nur seine Drinks bezahlt.

Olaf baut die Flipchart ab. Holger putzt seine Brille. Linda und Katja ziehen ihre T-Shirts zurecht. Toddy legt eine CD ein, Vladimir setzt sich und wirft vielsagende Blicke.

Wir sind die Feriencrew. Die Super-Stellvertreter. Wir ziehen das durch, auf Gedeih und Verderb. Blödsinn, auf Gedeih.

Gunnar zupft an meiner Jacke: »Süße, warum soll ausgerechnet Katja Raffis Katze füttern? Die wohnt doch außerhalb, oder?«

Ich kläre das Missverständnis gerne auf: »Black-Out ist ein Tigerpython. Und Katja mag als Einzige die Ratten lebendig verfüttern.«

Gunnar wird bleich. Da ist er doch nicht wie Katja: »Kann ich noch aussteigen?«, fragt er leise.

»Klar«, erkläre ich ihm, »aber dann musst du einen Ersatzmann finden, der die Köchin beglückt.«

»Emotionale Erpressung.«

»Ja, so lautet das Geschäftsmotto. Seit 1999.«

XXIII

Katja, geh doch noch Hause. Linda kriegt das schon alleine hin.«

»Geh du doch nach Hause. Ich war heute schon da, es war beschissen.«

In diesem Fall haben wir beide recht. Linda macht sich tatsächlich ekelhaft gut als Bardame. Sie greift so zielsicher nach den richtigen Getränken, als hätte sie eine Exklusiv-Ausbildung bei Marie genossen. Sie ist freundlich zu den Gästen und wirklich gut im Kopfrechnen. Alleine ihre Angewohnheit, in jeder freien Sekunde Toddy ein Bussi auf die Wange zu drücken, macht alle Anwesenden fertig. Besonders Toddy. Nach jeder ihrer Liebesbekundungen legt er musikalisch eine härtere Gangart ein, und wir befinden uns schon auf dem fast unerträglichen Level von norwegischem Noise-Core. Nicht nur, dass der Text des laufenden Songs in meinen Ohren ausschließlich aus dem diabolisch ausgekeuchtem Wort »Agagack« besteht, auch das immer wiederkehrende Motiv der elektronisch verstärkten Triangel erscheint dem Publikum nicht gerade als tanzbar.

Selbst die ausgekochtesten Headbanger kratzen nur ratlos mit den Füßen auf dem Tanzboden herum, und dabei trinken sie auch noch zu wenig.

Katja wirkt in sich gekehrt, und soweit ich sie durch den Lärm verstehen konnte, war ihr Ausflug ins traute Heim äußerst frustrierend. Andi war gar nicht zu Hause. Ihre Eltern fanden es gut, dass sie nicht heiraten wollte, da sie an dem Wochenende sowieso an einem Tennisturnier teilnehmen wollten. Und als sie ihre Wut darüber an Andis Anzügen auslassen wollte, musste sie feststellen, das die gar nicht mehr im Schrank hingen.

»Es war demütigend. Als hätte er mich verlassen«, schreit sie, dann hält sie Linda am Arm fest, um ihr ein paar Tricks zu verklickern: »Hör mal, entweder du bringst deinen Macker dazu, irgendetwas Verdaulicheres aufzulegen, oder es gibt ein Massaker hier.«

Linda nickt, als hätte Katja sie aufgefordert, mehr Bier kaltzustellen, geht rüber zu ihrem Freund, und knallt ihm eine. Toddy reibt sich die Wange, dann legt er *I Can't Explain* von The Who auf.

Katja zuckt mit den Schultern: »Kunststück. Wir haben ihn eingeritten, Süße, Linda heimst dafür nur die Preise ein, so läuft's doch.«

Die Metal-Freunde verlassen in Panik die Tanzfläche, aber sie flüchten Richtung Tränke. So machen sie den Hippiemädels Platz, die ein wenig die Hüften kreisen lassen. Ausladend drehen sie sich hin und her, und da die Tanzfläche von Toddys eingeschränktem Blickwinkel her gut gefüllt aussieht, jagt er noch *Light my Fire* hinterher. Etwas überdosiert.

Die rothaarige Hippiebraut meint, sie könnte es sich in ihrer Zeitmaschinenkapsel gemütlich machen und zieht ihre Schuhe aus. Sie wiegt sich weiter und schließt die Augen, damit sie den Kronkorken nicht sieht, in den sie unweigerlich reinlatschen wird.

»Gut, dass Raffi das nicht mit ansehen muss«, bemerke ich, aber Katja verdreht nur die Augen. Raffi hätte das nicht mit angesehen, sondern sich die Schuhe der Rothaarigen geschnappt und sie mit Natternblut gefüllt. Oder er hätte sie in einem wilden Kasatschok umgenietet und ihr dann einen Schnaps ausgegeben. Vielleicht hätte er die Dame einfach gepackt und vor die Tür gesetzt. Es ist tatsächlich ein Wunder, dass er erst gestern einen Erschöpfungsanfall erlitt. Und dass die Kneipe noch existiert.

Dem vierzigjährigen Blumenkind dabei zuzusehen, wie es immer und immer wieder haarscharf an dem Kronkorken vorbeikreiselt, macht mich sehr müde.

»Süße, ich glaube, ich haue tatsächlich gleich ab. Ich warte nur noch auf Gunnar.«

Katja kichert: »Tja, hättest du auch nicht gedacht, dass ausgerechnet Vladimir ihn dir ausspannt, was? Aber er hat nun einmal dieses Gesicht, dem keiner wiederstehen kann, unser Vladi.«

Tatsächlich sind die beiden vor über zwei Stunden ins Büro verschwunden, wo Vladimir Gunnar die Abläufe erklären wollte. Die Abläufe! Da steht ein Telefon, das klingeln kann, ein Computer, der brummt, und eine Kaffeemaschine, die Batteriesäure ausspuckt.

»Gib mir halt doch ein Bier«, murmle ich, immer noch auf die Kreiselfrau fixiert. Obwohl Toddy auf Punkrock umgeschaltet hat, dreht sie sich weiter um den Kronkorken.

»Macht eins dreißig«, sagt Linda, und ich lächle zurück: »Mitarbeitertarif?«

»Mitarbeitertarif.«

Sie ist gar nicht so übel, wenn sie nicht gerade Toddy abschlabbert.

Ich vernehme ein Poltern aus dem Treppenhaus, ein Krach, den zwei große Männer erzeugen, absichtlich, wenn sie große Dinge planen. Sekunden später öffnet sich die Küchentür, Gunnar und Vladimir haben ihren Kumpelgruß verfeinert, mit den Fäusten tippen sie sich auf die Brust: »Du hast sehr gute Ideen, Gunnar, so ist es viel praktischer.«

»Hey Alter, du hast gute Vorarbeit geleistet.«

»Montag, vier Uhr. Dann wir packen an das Projekt.«

Wie ein Werbespot für einen Baumarkt, Drehbuch und Regie: Rosa von Praunheim.

Jetzt geht es los, ich bin eifersüchtig auf Vladimir. Das passiert, wenn man rothaarigen Frauen dabei zusieht, wie sie sich um die eigene Achse drehen. Alles steht Kopf, denn tatsächlich bin ich eifersüchtig auf Gunnar. Wie kann er es wagen, unseren großen Denker einfach »Alter« zu nennen und ihm auf die Brust zu klopfen? Hält er sich für einen Bärenflüsterer? Was wird er als Nächstes tun, ein Bällchen werfen, damit Vladimir es auf der Nase jongliert? Es hat ewig gedauert, bis Vladimir ein Wort an mich gerichtet hat, die ersten Jahre hat er nur gebrummt.

Ich springe auf und stiefle schnurstracks zu den beiden Superfreunden herüber.

»Hey, was geht, Süße? Vladi und ich wollen den Herd anders

anschließen, da oben ist nämlich ein Starkstromanschluss, und dann kannst du da kochen, super, oder?«

Vladimir zeigt grinsend mit dem Daumen auf Gunnar: »Ich dachte erst, er sei ein Idiot, aber ist ganz brauchbar. Denkt praktisch, der Günni.«

»Nicht *Günni*, Gunni, wenn schon!«

Kumpelfaust haut auf Bärenpelz. Es hat drei Tage gedauert, bis Gunnar wieder mit mir sprach, nachdem ich ihn einmal »Gunni« genannt hatte.

Die beiden haben keine Abläufe geklärt, sondern Crack geraucht.

»Schatz, du siehst müde aus, willst du nach Hause?«

Gunnar kann mit einer Hand auf Vladimirs Rücken klopfen und mit der anderen meinen streicheln. Er war mal ein ganz passabler Schlagzeuger, aber augenblicklich nervt mich seine Fähigkeit zum Multitasking nur.

»Ja, kommst du?«

Gunnar lässt die Arme sinken. Immerhin beide. »Ach, geh doch schon mal vor, ich bleibe noch ein bisschen. Muss mich ja einarbeiten, oder?«

Samstagabend, elf nach zehn. Kapitän Doki überlässt das Kommando dem unerfahrenen ersten Offizier. Mit seiner zupackenden Art und seinem freundlichen Naturell wird er die Mannschaft für sich gewinnen, der Steuermann grüßt seemännisch: »Ja, Doris, du siehst echt elend aus. Geh schlafen.«

Danke Vladimir, bin schon weg. Gunnar gibt mir einen Kuss, der vielleicht länger gedauert hätte, wenn der kleine Feuerfuchs nicht endlich in die Falle getappt wäre:

»Aua, Mist, mein Fuß!«

»Oh, wo ist denn der Verbandskasten?«, fragt Gunni Hood, Retter der Witwen und Waisen, Vladimir deutet unter die Theke.

Gunni rennt zur Gestürzten. Lässt den Eckzahn für sie aufblitzen. Sie lächelt wie Sharon Tate in *Tanz der Vampire*.

Das reicht für heute.

Ich gehe zu Fuß nach Hause, kein Taxi heute, meine Sponsorin
für solcherlei Extravaganzen hält an der Theke die Stellung. Ein
visueller Ohrwurm verfolgt mich, das letzte Bild, dass ich sah,
bevor die Kneipentür hinter mir zuknallte. Gunnars Eckzahn.

Zu Hause lege ich mich auf die Couch, schalte den Fernseher
an. Samstagabend. Es sollte doch irgendwo ein guter Film laufen. Aber es gibt nur Spielshows, Talkshows, und eine Dokumentation über große Show-Moderatoren. Schließlich finde ich
doch einen Horror-Klassiker, den *Musikantenstadl*. Am gruseligs-
ten sind die Zuschauer. Alte Leute, kleine Kinder, alle klatschen
im Takt, obwohl gerade gar keine Musik gespielt wird. Der Mo-
derator ist garantiert kein echter Mensch. Maskenbildner mögen Meister des Verkleidens und Überschminkens sein, aber
mich täuschen sie nicht. Der Kerl ist ein Alien, der unsere Sprache wahrscheinlich gelernt hat, indem er sich am vorherigen
Samstagabend eine Spielshow angesehen hat. Jetzt redet er darüber, wie großartig der Abend war, was für fantastische Künst-
ler aufgetreten sind und wir uns ganz bestimmt im nächsten
Monat wiedersehen. Es klingt drohend. Schlussendlich dankt
er den Zuschauern, die die ganze Sendung verfolgt und von Anfang bis zum Schluss zu einem Fest gemacht haben.

Er dankt mir nicht. Keiner dankt mir.

Doch, Raffi schon. Er hat sich per Marie-Express bei uns bedankt. Kurz und knapp, dafür, dass wir ihm sein Leben retten
werden. Bitte, da nicht für.

Es muss Raffi wirklich schlecht gehen, sonst würde er nicht
schon morgen nach Bad Schlag-mich-tot fahren. Sonst wäre er
ins »Horst« gekommen, notfalls im Krankenhausnachthemd,
einen Infusionsständer schwingend. Er hätte sich gesträubt

gegen unseren Dienstplan, gezetert, dass wir gar nicht wüssten, wie viel Arbeit so ein Laden macht. Und dann hätten wir mit Engelszungen auf ihn eingeredet, ihm unsere ewige Treue geschworen, jeder einzeln, Schnaps wäre geflossen und Tränen. Aber am Ende hätte Raffi eingesehen, dass wir es schaffen.

Ich schäme mich, weil ich eine schwere Geburt wollte statt eines notwendigen Kaiserschnitts.

Schwester Maria Walburgis bedankt sich in *Das Wort zum Sonntag* für jedes Leben, das auf Erden herrscht, und sei es auch noch so klein und hilfsbedürftig. Jesus liebt auch die, die zweifeln, und sogar jene, die nicht an ihn glauben.

Emotionale Erpressung, überall.

Ich schalte ab.

XXIV

Es tut mir leid. Wegen gestern.« Er klingt extrem zerknirscht.

»Ist schon gut«, grummle ich. Aber es ist noch nicht so gut, dass ich ihn anschauen könnte. Gunnar könnte es besser machen, mit einem Kaffee. Und Brötchen. Wenn er sich auf den Weg zum Bäcker macht, könnte er auch direkt einen Strauß Blumen mitbringen. Nein, zu abgeschmackt. Lieber einen Korb Welpen.

»Könntest du die Augen aufmachen wenn ich mit dir rede, Doris?«

Vorsicht, Bürschchen, du bist nicht in der Position, um Forderungen zu stellen, noch nicht. Der Mann hat es verstanden.

»Es tut mir auch leid wegen Katja. Ich meine wegen Andi.«

Jetzt hat er mich: »Wieso, was ist passiert?«

Gunnar lächelt, aber ohne Eckzahn. Der fehlt nämlich. Jetzt hat er mich völlig.

»Oh Gott, nein, Gunnar, wer war das?«

Gunnar will aufseufzen, aber die Luft entweicht pfeifend durch die Zahnlücke: »Wenn du es genau wissen willst – Linda. Aber es war keine Absicht, alles ging so schnell...« Er lispelt ein wenig wie Kira. Ich muss das stoppen: »Linda hat dir deinen Zahn ausgehauen?«

»Nein, nicht wirklich. Ich meine, das ist schon vor Jahren passiert, der Zahn war gar nicht echt. Nicht mehr. Viel wichtiger ist aber doch...«

Er hat einen Hirnschaden erlitten. »Moment. Dein schiefer Zahn ist dir vor Jahren ausgeschlagen worden, und du lässt dir einen künstlichen Zahn genauso schief einsetzten. Warum?«

Gunnar grinst: »Die Puppen stehen drauf.«

Der Spruch wäre ziemlich lässig gewesen, wenn Gunnar mich beim Sprechen nicht mit Speichel besprüht hätte. Da ich zu fasziniert von dieser Lücke bin, redet Gunnar weiter:

»Also, mach dir keine Gedanken um mich, sondern um Andi. Wie gesagt, es tut mir leid. Wir wussten nicht, was wir mit ihm anstellen sollten. Er musste weg.«

Anders als ich war Gunnar nie ein Fan von Tarantino-Filmen. Entweder ist er auf den Geschmack gekommen oder er hängt zuviel mit seinem neuen Kumpel herum. Letzteres ist der Fall: »Vladimir und ich haben ihn gemeinsam tragen müssen, kein Taxi wollte uns mitnehmen. Weil du auf der Couch geschlafen hast, haben wir ihn in dein Bett gelegt. Ich habe eben nach ihm geschaut, er schläft noch, aber ich glaube, ihm ist schlecht geworden. Tut mir leid.«

Will ich die ganze Geschichte wirklich hören? Der Trailer ist schon gruselig genug. Wie konnte ich seelenruhig weiterschlafen, während drei Männer in meine Wohnung einbrechen? Was zur nächstliegenden Frage führt. »Moment. Wenn Andi in meinem Bett liegt – wo hast du dann geschlafen?«

»In der Badewanne.«

Wir kichern, Spucke spritzt. Ich setzte mich hin, um meinem geschundenen Mann Platz auf der Couch anzubieten, und um dem Sprühregen auszuweichen. Nun will ich doch hören, wie der schönste künstliche Zahn der Welt verschwunden ist: »Es war so – Andi war unglaublich dicht, als er in die Kneipe kam. Nein, er kam da reingestürmt ins ›Dead Horst‹ …«

»…Schatz, vermeide allzu viele S-Laute, bitte, ich meine es gut«, muss ich unterbrechen. Gunnar sieht mich gekränkt an, dann berichtet er weiter. »… er sieht Katja an der Theke, stürmt auf Toddy los und erwischt ihn fast. Ich wollte dazwischengehen, aber Linda war schneller. Ich bin in ihre Faust gerannt.«

Natürlich höre ich diese Lügen nicht zum ersten Mal. Ich bin Sozialarbeiterin. Häusliche Gewalt läuft immer nach dem gleichen Muster ab, das Opfer schämt sich und nimmt den Partner auch noch in Schutz. Immerhin hat Gunnar mir nicht erzählt, er sei die Treppe heruntergefallen. Ich tätschle seine Wange: »Du bleibst bei der Version?«

»Nein, es ging noch weiter. Als ich wieder zu mir kam, lag Andi am Boden, weil er ausgerutscht ist. Vladimir musste Katja in Raffis Wohnung verfrachten, weil die auf Linda losgehen wollte oder so. Ich weiß es nicht mehr. Jedenfalls hielt Vladimir es für das Beste, alle soweit wie möglich voneinander zu trennen, räumlich. Es waren ja auch noch andere Gäste da. Schien mir vernünftig.«

Das Wort »vernünftig« ist das letzte, das mir in diesem Kontext eingefallen wäre. »Was haben die anderen Gäste gemacht?«

Gunnar gibt erneut ein Pfeifen von sich. »Was schon, sie haben Katja angefeuert. Schließlich wollte die mich rächen und meine Peinigerin verdreschen.«

»Ja, sicher.«

Gunnar nimmt meine Hand, verknotet unsere Finger. »Nein

im Ernst, es war ziemlich übel. Zwei von den kleinen Punks wollten allen Ernstes auf Andi draufpinkeln, weil der ein fieses Bankerschwein sei. Was sind das für Leute, Doris?«

Da bin ich überfragt: Gelegenheitsperverse? Politische Aktivisten? Enttäuschte Kapitalanleger? Besoffene Stammgäste?

Leute, die Raffi, bei all seiner Begeisterung für jugendlichen Leichtsinn und körperlicher Ausdruckskunst, schon vor der Tür aussortiert hätte?

Gunnar spielt weiter mit meinen Fingern. »Wenigstens hat Toddy gut reagiert. Er hat sich die beiden Idioten geschnappt, ihnen ein Bier ausgegeben und durch den Hinterausgang rausgelassen. Vladimir und ich haben dann Andi aus der Kneipe gezogen, das war's auch schon. Ende vom Lied.«

Ende vom Lied, tatsächlich. Wir schaffen es nicht ohne den Chef, nicht mal ein Wochenende haben wir durchgehalten. Wir können einpacken. Das ist so traurig, und es wird nicht besser dadurch, dass Gunnar meine Hand durchknetet und mir das Ergebnis der Abstimmung mitteilt, die ich leider verschlafen habe: »Wir können so nicht weitermachen. Vladimir ist da ganz meiner Meinung. Er sagt, wenn Raffi da gewesen wäre …«

»… wäre das alles nicht passiert«, beende ich als gute Paarhälfte seinen Satz. Gunnar lässt meine Hand los: »Nein, doch, anders: Vladimir sagt, wenn Raffi dagewesen wäre, hätte es ein grenzenloses Chaos gegeben. Der hätte eine richtige Schlägerei mit den Assi-Punks angefangen, und der ganze Laden läge jetzt in Schutt und Asche da. Und Andi wäre totgetrampelt worden.«

Ich überlege »Das hat Vladimir gesagt?«

Gunnar stöhnt: »Nicht wortwörtlich, du kennst ihn doch: ›Mit Raphael wäre geworden Chaos, kann sich nicht beherrschen. Wir müssen ändern System.‹ So was in der Art.«

Abgesehen von Gunnars erneutem jämmerlichen Versuch, Vladimirs Stimme nachzuahmen, bin ich mir ziemlich sicher, dass er den Wortlaut ziemlich originalgetreu wiedergegeben hat.

Im Geiste versuche ich, Raffi nachträglich in die Szenerie von gestern Nacht hineinzuschneiden. Es entsteht ein Bild in meinem Kopf: Ein schwarzhaariger Pumuckl brennt ohne Rücksicht auf Verluste Meister Eders Schreinerei nieder.

War klar, dass Vladimir wieder mal recht hatte. Trotzdem.

»Wir müssen ändern System? Klingt nach Kommunismus für Dummies.«

Gunnar haut mir liebevoll auf den Schenkel: »Stimmt. Aber hast du irgendeine andere Idee? Außer dichtzumachen, meine ich?«

Darauf muss ich nicht antworten, weil Gunnars Handy klingelt. Er springt auf, um das Telefon aus der Hosentasche zu angeln. Nach einem kurzen Blick auf das Display ruft er erfreut in das Gerät: »Wenn man vom Teufel spricht! Hallo Vladi, was gibt es?«

Ich bin raus, brave Mädchen bleiben schön auf der Couch sitzen, während die Männer die Revolution planen, dieses Mal aber richtig, nicht so romantisch verklärt wie vorgestern.

»Ja, klar. Muss auch gemacht werden, sicher. Ich sage ihr Bescheid, klar Basisarbeit, du sagst es, Alter, haha.«

Typisch. Da bin ich mal bei einem wahrhaft historischen Moment zugegen und bekomme nur die Hälfte mit, das Damenprogramm. Kein Wunder, dass gerade linksangesiedelte Spitzenpolitiker eine Ehefrau pro Wahlperiode aufbrauchen. Das hält ja kein weibliches Wesen aus: Kerle, die beim Telefonieren mit ihren Genossen Süßholz raspeln. Als Gunnar meinen Blick auffängt, drückt er die Lautsprechertaste. Danke.

»Ja, kommst du am besten mit zum Putzen, mit Doris, erste

Mal ist sehr schwer. Du bist doch Gentleman, oder Gunni?«, schallt es uns auffordernd entgegen.

Mein Gatte, der mächtigste Mann meiner Welt, steht vor einer schweren Entscheidung. Die kann ich ihm abnehmen: »Oh, natürlich kommt er mit. Wir putzen zusammen, wir sind ein Team, schon vergessen?«, rufe ich, und Gunnar bestätigt: »Klar. Gib uns eine halbe Stunde, okay?«

»Gut. Bis gleich, Gunni. Bis gleich Doris.«

Vladimir legt auf, Gunnar fällt zurück auf die Couch. Ich boxe ihm aufmunternd in die Rippen: »Hey, Basisarbeit, Alter, haha.«

Gunnar findet den Witz komischer, wenn er ihn erzählt: »Och bitte Doris, ich bin fertig. Ich habe in der Wanne gepennt, und zum Zahnarzt sollte ich auch dringend, ich bin verletzt.«

Bevor ich vor Mitleid zerfließe, schaltet sich jemand Neues in unser Gespräch ein:

»Oh Scheiße. War ich das?«

Der Andi. Steht da, mit zerfetztem Hemd, fleckiger Hose, und sein Mundgeruch wabert von der Tür bis zur Couch herüber, aber er hat immer noch genug Selbstbewusstsein, um zu denken, er hätte den schönsten Eckzahn der Welt rausgehauen.

»So ein Quatsch«, lispelt Gunnar, »das war ein kleines Mädchen. Du hattest dich vorher aus dem Kampf ausgeklinkt.«

Andi wankt zu uns herüber, bricht ungefragt vor der Couch zusammen.

»Ich weiß gar nichts mehr«, gesteht er uns, fängt aber vorsorglich an zu heulen.

Ich klopfe beruhigend auf Andis blanke, sommersprossige Schulter. Gunnar blickt mich etwas angeekelt an, so, als würde ich ein Schwein streicheln, dass sich seiner Meinung nach wesentlich besser in einer Jagdwurst machen würde. Aber bei mir sind alle Lebewesen willkommen, also biete ich meinem Gast an: »Willst du einen Kaffee haben?« Andi würgt, kann sich aber zusammenreißen und ringt sich zu einem Lächeln durch. Ohne Brille sieht er tatsächlich wie ein kolossaler Eber aus, er lässt die farblosen Wimpern klimpern: »Hast du Zaubertrank da?«

»Klar.«

Ich laufe in die Küche und greife nach der Waffe, mit der Kinder vom Land von jeher siegreich gegen Kater kämpften. Koffeinhaltige Limonade, mit einem Schuss Orangenaroma und besten Genesungswünschen aus der Chemiefabrik.

»Danke, Doki.«

Andi nimmt die Flasche und trinkt gierig. Der Mann kämpft gegen Tiger, aber er wird es schaffen. »Ich bin so ein Idiot«, stellt er fest, aber weder Gunnar noch ich bringen es übers Herz, ihm zu seiner Selbsterkenntnis zu gratulieren. Wir brauchen Details, bevor wir ihn in eine neue Schwachmaten-Klasse einordnen können.

Andi liefert uns immerhin Bruchstücke: »Ich habe diese Torte gekauft. Eine sehr schöne, große Torte. Und Madame ist deswegen ausgeflippt. Abgehauen ist sie. Und dann ist sie nicht mehr ans Telefon gegangen, den ganzen Abend nicht. Hat sich nicht gemeldet, die blöde Kuh, die Schlampe. Oh Gott, ich liebe sie!«

»Trink, Andi!«, befehle ich ungeduldig, denn diese Strophe des Klagelieds kannten wir schon.

Andi schluckt: »Und gestern Morgen dachte ich mir dann: ›Die Frau kann dich mal!‹ Also habe ich meine Klamotten gepackt und bin weg aus der Wohnung. Damit die mal sieht, wie das ist. Und ich sehe, wie die sieht, wie das ist. Ich habe mich in das Café gesetzt, gegenüber vom Haus, und Kaffee getrunken.«

»Wahnsinnsidee, wirklich«, stöhnt Gunnar, aber ich will das genauer wissen:

»Oh, das ›Grotekamps‹, wo es den leckeren Käsekuchen gibt?« Andi nickt, grinst versonnen. Er liebt diesen Käsekuchen.

»Komm zum Punkt, Typ«, treibt Gunnar ihn an. Andi konzentriert sich sehr, aber erfolglos: »Ich hatte keinen Kuchen. Ich habe nach 'ner Zeit auf Irish Coffee gewechselt. Dann nur noch Irish. Bis die alte Grotekamp mich vor die Tür gesetzt hat.«

Und ich dachte, mein Samstag sei aufregend gewesen. »Andi, sag bitte nicht, du bist noch mit dem Auto in die Stadt gefahren.«

»Nein. Nein. Der Hennes hat mich gebracht. Hennes Grotekamp. Ein feiner Kerl, spielt in der Altherrenmannschaft. Egal. Ich wollte Katja zur Rede stellen. Und dann ist mir eingefallen, beim Wacholder, dass sie im ›Dead Horst‹ sein muss. Aber das war gestern schwer zu finden. Guter Torwart, der Hennes, aber sein Orientierungssinn, uiuiui. Mussten an drei Tanken anhalten, um nach dem Weg zu fragen. Und Bier kaufen. Gott sei Dank haben wir es dann doch noch gefunden.«

»Leider …«, bemerkt Gunnar, aber Andi hat einen guten Lauf und quasselt weiter:

»Hennes wollte da nicht rein, also hat er mich da allein gelassen, das Kameradenschwein. Und Katja war natürlich da! Stand da hinter der Theke, mit ihrem blöden Ex-Macker, dem Scheiß-Schotten, und hat mit den Brüsten gewackelt … ich liebe sie, Doki!«

Gunnar windet sich auf der Couch umher, will Einspruch erheben, aber als Vorsitzende Richterin lasse ich an diesem Punkt keine Zeugen der Gegenseite zu: »Was hast du dann getan, Andreas?«

Andis Miene verdüstert sich: »Es war eine Falle. Zuerst bin ich natürlich auf den Schotten los, aber als ich den gerade am Hals gepackt hatte, trifft mich ein Schlag. Aus dem Hinterhalt, aufs Auge. Dann bin ich geflogen. Hierher. Zauberei«, schließt der Herr im heute ausnahmsweise unvollständigen Nadelstreifenanzug seinen Bericht.

Und da sagt man immer, Betrunkene haben einen Schutzengel. Fakt ist, dass man ab zwei Promille extrem gefährdet ist, einem sadistischen Wanderzirkus in die Hände zu geraten. Der Schlangenmensch schlägt einem von hinten ins Gesicht, die Pferde zerren das Opfer noch einmal durch die Manege, und zum großen Finale wird man als menschliche Kanonenkugel missbraucht, immer das gleiche Muster. Zeit, ein paar Clowns zu verhaften, sonst lache ich mich noch tot. Gunnar versaut mir den perfekten Abgang: »Andi, bist einfach nur auf die Schnauze gefallen. Mit dem Auge auf einem Schnapspinnchen gelandet. Sei froh, dass es umgedreht war. Wir haben dich hierhin hochgetragen. Katja ist stinksauer auf dich.«

Den letzten Satz hätte er sich sparen können. Andi heult wieder. »Aber ich liebe sie!«, schreit er mit erstickter Stimme, »sie muss mir verzeihen. Sie wird mir verzeihen, oder Doki?«

Gunnar gibt mir ein Time-Out-Zeichen, steht auf und verschwindet ins Bad. Vielen Dank.

Ich tätschle Andis Kopf, vertrocknete Pomade segelt in riesigen Schuppen auf den Fußboden.

»Andi, ich glaube, Katja braucht erst einmal Zeit für sich, lass sie am besten in Ruhe.«

»Wie lange denn?«, wimmert der zusammengesunkene Klops zu meinen Füßen.

»Eine Weile.«

Andi schnieft laut, dann wischt er sich den Rotz mit dem Ärmel ab. Er ist nicht mehr er selbst, der Ärmste. Was hat er jetzt vor?

»Hast du mal einen Eimer? Und einen Lappen?«, fragt Andi und erhebt sich tapfer.

»Unter der Spüle.«

Noch vor ein paar Tagen hätte ich mich schiefgelacht, wenn mir jemand erzählt hätte, dass ein halbnackter Banker mein

Schlafzimmer putzen würde. Und ich hätte noch mehr gelacht, wenn ich gewusst hätte, dass es sich bei dem Mann um Katjas Andi handeln würde. Aber jetzt, wo ich ihn beobachte, wie er prüfend an sich herunterblickt, seine versiffte Hose hochkrempelt und den Wischmopp schultert, stimmt mich der Anblick sehr traurig.

Er wird auch in den Ecken wischen. Und unter dem Bett. Kommentarlos die Spinnenweben entfernen. Und mir noch einen Zwanziger hinlegen, für die Umstände, die er gemacht hat. Katja weiß gar nicht, was sie an dem Mann hat. Hatte.

Ich möchte an dieser Stelle Schwester Maria Walburgis ganz eindeutig widersprechen. Jesus mag alle verlorenen und suchenden Menschen lieben, aber sobald sie ihren Partner finden, ist er raus aus der Nummer. Ja, Jesus preist die Pärchen nicht, er hasst sie. Sonst würde er es nicht zulassen, dass sie sich ständig streiten, immer wieder zusammenraufen, und sich schließlich trennen, sobald sie Aussicht auf gemeinsame Batzen haben. Oder trennt Jesus die Paare? Und zwar genau in dem Moment, in dem ich endlich verstehe, dass sie zusammengehören. Und ich muss mir dann das Trauerspiel ansehen, von der Couch aus.

Oder auch nicht.

»Doris komm, lass uns in die Kneipe gehen, ja?«

Gunnar geht jetzt doch lieber selber putzen, als einem anderen Mann dabei zuzuschauen. Vielleicht sollte ich ein Foto von Andi in meiner Wohnung aufhängen, das Beste wird sein, ich hole gleich die Kamera. »Geh schon mal nach unten, ich schaue nur noch kurz nach ihm, okay?«

Als ich das Schlafzimmer betrete, steht Andi da, auf den Mopp gestützt schaut er aus dem Fenster. Er dreht sich zu mir, sein eines Auge schwarz, das andere pink geheult.

»Ich kann nicht zurück nach Hause. Nicht in unsere Wohnung«, schnieft er.

Natürlich kann er das nicht. Und selbstverständlich kann er nicht hierbleiben.

»Doki, du bist echt eine gute Freundin.«

Auf gar keinen Fall, Andreas Jahn.

»Darf ich ein bisschen bleiben? Nur heute. Ich würde auch die Küche wischen, das lenkt mich ab, bestimmt.«

»Gut. Aber schlafen kannst du hier nicht noch mal. Echt nicht.«

Margret wäre stolz auf mich. Da habe ich mich mal ganz klar abgegrenzt, Beruf und Privatleben aber ganz eindeutig getrennt. Und nebenbei noch eine Beschäftigungstherapie organisiert.

»Wenn du dich austoben willst, meine Nachbarin hat einen Staubsauger.«

»Super.«

Katja ist viel perfider, als ich es je vermutet hätte. Sie streitet sich nur mit Andi, damit der sich schlecht fühlt, und ihre Wohnung immer wie geleckt aussieht.

»Okay Andi, ich bin dann weg. Bis… irgendwann.«

Herrliches Wetter draußen, ein perfekter Sonntag im Frühsommer. Ich bin sehr stolz auf mich, dass ich Andis Putzzwang nicht vollkommen ausgereizt habe. Ich hätte ihm erzählen können, dass Katja schon einen neuen Lover hat. Einen Schwarzen, mindestens zwei Meter fünfzig groß. Nach dieser Information hätte er mir bestimmt noch meine Socken gebügelt.

XXV

Gunnar nimmt mich in den Arm und drückt mich. Sehr fest.

»Ich weiß nicht, ob ich das schaffe«, gesteht er mir flüsternd. Weint er?

Paartherapeut Vladimir meldet sich mit einem konstruktiven Vorschlag zu Wort. »Ach Gunni, Anfang ist das Schlimmste. Komm Doris, ich zeige dir Trick.«

Gunnar bleibt stocksteif vor der Hintertür stehen, wie ein bockiger Esel stemmt er seine Füße auf das Pflaster. Sollten wir ihm die Augen verbinden oder ihn auslachen? Nein, hinter jeder Angst steckt auch ein Funken Neugierde, der entzündet werden will: »Ach komm, du Weichei! Willst du gar nicht wissen, wie der Trick geht?«

Gunnar schüttelt den Kopf, sehr nachdrücklich. Vladimir verrät sein Geheimnis trotzdem.

»Luft anhalten und mir folgen.«

Ich probiere es aus.

Durch den Flur, die Küche – in der Kneipe will ich atmen. Großer Fehler.

»Noch nicht«, warnt Vladimir, aber zu spät. Ich werde fast erschlagen von dem Gestank. Zwei Bier reichen aus, um das nächtliche Grundaroma im »Horst« ignorieren zu können. Aber der Dunst, der mir jetzt entgegenschlägt, konnte acht Stunden reifen. Es ist eine beißende, atemwegezerfressende Mischung aus nasser Asche, Bier, fiesestem Schweiß und Moder.

Als würde man eine ägyptische Grabkammer öffnen, in der vor zweitausend Jahren Oktoberfest gefeiert wurde. Hatte Gunnar nicht gesagt, die Punks hätten nur versucht, Andi anzupissen? Ich halte mich an der Theke fest, muss ich aber gar nicht, denn meine Hände bleiben einfach an der Oberfläche kleben. Vladimir reicht mir keine Sauerstoffflasche, sondern einen Schraubenzieher.

»Damit öffnest du die Fenster«, erklärt er. Ich ziehe mir mein T-Shirt über den Mund und renne zur gegenüberliegenden Seite des Raumes.

»Gute Idee«, lobt der Profi, »schöne Unterwäsche.«

Wir drehen die Schrauben an den Rollläden locker, öffnen die Fenster, Luft, endlich Luft. Und Tageslicht. Das sollten wir wieder ausblenden. Die Kneipe sieht fürchterlich aus.

»Was ist hier gestern passiert?«, presse ich hervor. Vladimir zuckt mit den Achseln.

»Also, der Dreck ist normal für einen Samstag.«

Nein. Dieser Dreck ist selbst für den Tag nach der Apokalypse nicht normal. Es sieht aus, als wäre ein Flugzeug in eine Schwarzbrennerei mit angeschlossenem Maststall gestürzt.

Der Boden ist von Müll bedeckt, zumindest nehme ich an, dass sich unter der Kleisterschicht noch der Boden befindet. Zwei Barhocker sind zerbrochen; es würde mich nicht wundern, wenn wir zwischen dem Holz Leichenteile fänden. Vladimir klopft mir aufmunternd auf die Schulter: »Keine Sorge, wir machen Musik an, dann geht es leichter. Die Luft ist jetzt besser, Gunni kann helfen kommen, nicht?«

Oh ja, Gunni kann so was von helfen kommen. Er sollte einen Benzinkanister mitbringen, damit wir den Laden einfach abfackeln können. Und da steht er auch schon an der Theke, leider ohne Kanister. »Mein Gott, Vladimir, wie hältst du das aus?«

Eine sehr gute Frage, Vladimir wippt mit den Füßen: »Ach, wir teilen das auf. Mal putze ich, mal Marie, das meiste macht Raffi. Er ist der Beste«, sagt er bewundernd. Die Frage, wie der Chef zusammenklappen konnte, hat sich erledigt. Eine ganz andere drängt sich auf: »Vladimir, wo fängt man hier an?«

»Zuerst das Grobe, dann den Schnickschnack«, erläutert er gewohnt detailverliebt und drückt mir den Besen in die Hand, den wir bei unserer gestrigen Putzaktion für Weicheier geflissentlich ignoriert haben. Ein Besen von beachtlicher Größe. Profi-Equipment, ganz klar. Das Teil hat Stahlborsten.

»Gunni, vielleicht kannst du die Theke klarmachen. Unter der Spüle steht Seifenlauge, mischt du eins zu zehn. Ich kümmere mich um Waschraum.«

Gunnar und ich nicken den Plan ab, ahnend, dass wir das große Los gezogen haben, denn die unerträgliche Kopfnote des Gestanks rührt von den Toiletten her.

Ich fege. Ich räume. Ich lege Erdschichten frei. Ich unterdrücke den Würgereiz. Zum Glück stellt Vladimir endlich den CD-Player an, und es tönt hämisch aus den Boxen: *Will You Still Love Me Tomorrow?*, allerdings in der Version eines alten Punkreptils, der Beat gibt mir die Besenführung vor. Eins, zwei, drei, und nicht auf die Vier übergeben.

»Ich bevorzuge sonst moderne Klassiker«, gesteht uns Vladimir seine Vorlieben, »ich hoffe, die Auswahl kommt euch entgegen.«

Pfeifend trollt er sich zu den Toiletten, der nächste Song ist von der Rollins Band. Es fegt sich noch besser dazu. Motörhead, der Dreckberg wird höher, an einer Stelle kann ich den Boden sehen. Als das Intro von *Run to the Hills* von Iron Maiden erklingt, muss ich grinsen. Ich habe Vladimirs Putzmuster nicht nur erkannt, sondern intuitiv übernommen.

»Ich liebe dich!«, übertönt Gunnar den Krach. Jetzt bin ich aus dem Takt gekommen.

»Ich dich auch«, brülle ich zurück. Wo der Eckzahn in der Nachmittagssonne funkeln könnte, nur für mich, sehe ich schwarz.

»Lass uns die Einzelheiten später klären«, schlage ich kreischend vor. Gunnar schrubbt wie besessen an der Theke herum, Seifenblasen steigen um ihn herum auf, der alte Kitschhansel.

Wir haben unseren ganz eigenen Trick gefunden, um das Monster zu besiegen. Es braucht harte Musik, kaltes Blut und heiße Herzen, um die Spuren eines Samstagabends im »Dead Horst« zu eliminieren. Ich will dem Schmutzhaufen mit einem gewöhnlichen Kehrblech zu Leibe rücken, Gunnar reicht mir eine Gartenschaufel: »Hier Baby, ich hol dir noch die Mülltonne.«

Er spreizt die Arme ab, beugt sich vor und gibt mir einen winzigen Kuss mit zusammengepressten Lippen. Und ganz ehrlich: Ich möchte ihn gerade auch nicht anfassen. Wir schwitzen wie – Raffi. Ich bin mir sicher, dass Gestank und Staub sich in unsere geöffneten Poren drängen, und wir werden uns später selbst mit Drahtbürsten bearbeiten müssen. Wann später?

»Vladimir, wie lange braucht man, um den Laden sauberzumachen?«, frage ich ihn, als er die Brühe in seinem Wischeimer in den Ausguss kippt.

»Ach, allein braucht man so drei Stunden, manchmal vier. Zu dritt – auch.«

Wir schrubben schneller. Und ganz nebenbei finde ich den letzten Schlüssel zur effektiven Arbeit. Nicht denken. An gar nichts. Nicht daran, dass Prinzessin Katja noch in den Gemächern über uns ruht, nicht daran, was ich ihr von ihrem Andi erzähle oder umgekehrt.

»Doris, du hast vergessen, unter dem Kicker zu wischen. Machst du noch einmal, ja?«

Wie gesagt, nicht denken, machen. Andi wird schon nicht mehr da sein, wenn wir zurückkommen, der muss ja auch morgen arbeiten. Und ich auch. Ich hatte völlig vergessen, dass da draußen noch eine andere Welt existiert, in die ich wieder eintreten muss in wenigen Stunden.

»So ist gut, Doris, mit Kraft an die bösen Stellen.«

Mir war gar nicht bewusst, dass es gute Stellen gibt, aber irgendwann tauchen sie tatsächlich auf. Nach dem dritten Durchgang im Bodenwischen haben wir Gewissheit: Der Boden ist hellgrau. Ein mattes Hellgrau, also spiegeln sich unsere stolzen Gesichter leider nicht in seinem Glanz wider.

»Sehr gut, jetzt Zeit für Schnickschnack«, kommandiert Vladimir. Ich bin gespannt. Werden wir die Bar nun mit Girlanden dekorieren und Appetithäppchen für die Sonntagsgäste bereitstellen?

»Gunni, wir wollten doch den Herd nach oben stellen, erinnerst du dich?«

Der mich Liebende stöhnt, und Vladimirs allerletzter Zaubertrick offenbart sich mir: Die dämliche »Gunni-Nummer« ist ein ziemlich lächerlicher Bluff, denn Verniedlichungen unter Kerlen sind nichts anderes als Aufstachelung auf Pausenhofniveau, eine Kurzform für: »Haha, Klein-Gunni traut sich nicht.«

»Sicher, Vladi, schleppen wir das Teil hoch. Kannst du den anschließen?«

»Klar. Bin gelernter Elektriker. Auch.«

Die Dame verzichtet darauf, dem Kräftemessen beizuwohnen, sondern beschließt, den Ausgang des Duells mondän rauchend im Salon abzuwarten. Sie ist guter Dinge, denn sie weiß, wer als Sieger aus diesem lächerlichen Kampf hervorgehen wird: der Herd.

Während die beiden Schlauköpfe also herausfinden werden, dass sie das Gerät niemals über die Stiegen werden wuchten können, überkommt mich der Weltschmerz. Die Sinnlosigkeit jeglichen Daseins ziehe ich in Zweifel, wenn ich mich in der Kneipe umsehe. Es herrscht leidliche Ordnung. Ein Hauch

Desinfektionsmittel liegt in der Luft, er wird abgeklungen sein in einer Stunde, wenn Toddy die Kneipe öffnet. Es werden Gäste kommen. Sie werden neuen Dreck machen. Wir werden putzen müssen. Es wird wieder dreckig werden. Donnerstag steht ein Konzert auf dem Programm. Noch mehr Schmutz. Jemand wie ich, der schon Bettenmachen für eine Sisyphosarbeit hält, kann bei diesem Gedanken leicht wahnsinnig werden.

Auch aus der Küche dringen schlechte Nachrichten zu mir durch:

»Oh oh. Ich glaube, wir haben den Herd kaputtgemacht.«

»Hast recht. Komm wir stellen ihn in den Keller, Gunni.«

Was kann mir helfen in dieser schweren Stunde? Ich will einfach nur raus hier. Zum ersten Mal seit zehn Jahren will ich die Kneipe verlassen, ohne auch nur ein Bier getrunken zu haben. Vielleicht sollte ich Vladimir die Leitung meines Anti-Drogen-Projektes überlassen. Seine Boot-Camp-Methode ist sehr effektiv, mein Geist ist gebrochen, mein Körper schwer. Ich könnte morgen in einen beliebigen bewaffneten Konflikt schreiten, wenn ich nur die Gewissheit hätte, dass jemand anderes hinter mir aufräumt. Den Heeren folgen die Huren, und nach den Trümmerfrauen kommt das Wirtschaftswunder. Oder Waschbären.

»Katja, was ist mit deinem Gesicht passiert? Es sieht… anders aus.«

Das war schon die ganze große Levitenlesung, die ich für sie vorbereitet hatte. Sie hat sich selbst mehr als ausreichend bestraft. Während wir im Erdegeschoss Pompeji ausgegraben haben, war sie selbst mit Abstauben beschäftigt. Unzählige Make-up-Schichten muss sie abgetragen haben, aber sie ermüdete, bevor sie ihr Werk vollenden konnte. Die Wattepads sind ihr ausgegangen, Wimperntusche und Lidschatten konnten nicht mehr entfernt, sondern nur verschmiert werden. Katja Alpert, immer muss sie einen draufsetzen: Andi hat ein Veilchen, sie lässt sich zwei stehen.

»Tut mir leid, Doki«, krächzt sie und setzt sich auf den Hocker neben mich. Wie schön, dass sich heute alle bei mir entschuldigen, dass sie beschissen aussehen, aber da lobe ich mir doch Andis Konstruktivität.

»Solange das nicht dein neuer Look ist, Liebes, sei dir alles verziehen«, will ich trösten, aber sie zieht nur einen Flunsch. Das Gesicht passt zur Garderobe. Frau Alpert stellt ihre Idee des Retro-Grunge vor, kombiniert ohne jegliche Lässigkeit eine ausgebeulte Jogginghose und ein verwaschenes Band-T-Shirt, beides aus der Kollektion »Raphael«, exklusiv für Gammeltage.

»Dein Andi ist bei mir«, versuche ich sie aufzuregen, aber sie zischt mich nicht wie erwartet an: »Ist nicht mehr mein Andi!«, sondern nuschelt nur: »Der will bestimmt nicht nach Hause, was? Kann er aber machen, ich wohne ein paar Tage hier. Der arme Black-Out ist schon ganz verstört, weil sich niemand um ihn kümmert.«

Warum will ich ihr auf einmal zwei echte Veilchen verpassen? Weil sie denkt, dass eine Schlange depressiv wird, wenn man sie nicht stundenlang anstarrt? Weil sie glaubt, ich bin blöd genug, um das zu denken? Nein, so blöde sind wir beide nicht, es ist diese Kraftlosigkeit, die mich irre macht.

»Was ist los, Frau Alpert?«, der strenge Ton gelingt mir nicht.

»Ich habe Linda angerufen und mich entschuldigt«, murmelt sie, immerhin mit dem gewohnten Trotz in der Stimme. Oh, das muss hart gewesen sein, aber noch nicht alles: »… und … und … sie hat die Entschuldigung angenommen, sie wird sogar wieder mit mir zusammen arbeiten. Toddy auch. Also«, schnieft sie, »kannst du Vladimir ausrichten, dass wir den Schichtplan so lassen können. Und ich kann noch mehr Schichten machen, wenn ich soll.«

»Wann willst du das machen? Du musst morgen arbeiten.«

Sie findet eine Papierserviette, wischt sich durch das Gesicht, und das aschgraue Endergebnis dieser Aktion teilt mir mit: »Richtig. Danke, dass du mich daran erinnerst. Ich muss morgen ein paar Aushilfsmodels in Hähnchenkostüme stecken, übernächste Woche ist Landwirtschaftsmesse.« Sie lächelt.

Ich bin halbwegs beruhigt. Da ist sie wieder, meine kleine schwarze Peitsche. Wenn ihr Andi nicht mehr ihr Andi ist, findet sie alternativ ein paar Zwanzigjährige, die sie demütigen kann. Diese Aussicht hat sie bestimmt über den notwendigen Anruf bei Linda hinweggetröstet.

»Bei der Messe selbst muss ich aber nicht anwesend sein, die Mädels werden mit einem Bus nach Paderborn gekarrt, oder mit einem Schlachttransporter, was weiß ich. Also kann ich nächsten Samstag Theke machen mit Marie.«

»Das nenne ich Einsatz«, lobe ich sie, »aber warum erzählst du das Vladimir und Gunnar nicht selbst, die werden sich freuen – falls der Herd nicht auf sie draufgefallen ist.«

Ich lache, Katja nicht. Sie erhebt sich langsam wieder, streckt ihren Arm nach mir aus, ihr Zeigefinger piekst meine Schulter: »Doki, ich weiß nicht, was da gestern in mich gefahren ist. Aber ich gehe jetzt wieder nach oben, okay? Ich muss einfach mal … den *Tatort* ansehen, ohne dass mir Andi dazwischenquatscht. Das wird ein Fest.«

Ja, das könnte helfen. Hoffentlich kommt heute kein *Polizeiruf 110*, der würde sie nur weiter runterziehen.

»Willst du den nicht bei uns gucken?«, schlage ich vor, aber Katja schüttelt den Kopf und schleicht sich. Wie ein Kätzchen, ich höre ihre Schritte kaum, als sie sich nach oben zu Black-Out begibt. Sie wird keinen Blödsinn anstellen. Hoffe ich.

»Scheiße«, röhrt es aus dem Untergrund, dann: »Nicht schlimm, war eh kaputt.«

Alles geht kaputt. Raffi, der Herd, Katja.

Ich springe vom Stuhl. Wie konnte ich hier sitzen bleiben, eine schöne Frau, ihr Königreich zerschlagen, dazu eine Schlange, beide depressiv, was habe ich mir dabei gedacht, sie allein zu lassen?

Gunnar stoppt mich in der Küche: »Wohin des Weges, Geliebte?«

»Katja, ihr geht's nicht gut.«

Gunnar schlingt die Arme um mich: »Lass sie einfach, okay?«

Sehr verführerisch, ich würde gerne alles für heute bleiben lassen. Es war bestimmt gut, das Raffi gestern nicht hier war, aber es wäre besser gewesen, wenn ich hier geblieben wäre. Ich hätte Katja rechtzeitig im Zaum halten können, vielleicht wäre es mir sogar möglich gewesen, Andi rechtzeitig zu sehen. Ich war aber nicht mehr da. Ich habe *Musikantenstadl* geschaut.

»Ja, er hat recht«, bestätigt Vladimir, »lass Katja. Sie muss einmal sein ohne … Verstand von anderen.«

»Verständnis«, korrigiert Lehrerkind Gunnar geduldig.

»Das auch«, schlägt Vladimir vor. Sie haben mich überzeugt. Wenn man es genau betrachtet, ist Black-Out eine Würgeschlange, Katja kann sich also gar nicht durch ihren Biss vergiften, und sich zu Tode quetschen zu lassen widerspräche dem obersten Prinzip von Stilikone Alpert: »Jung sterben will ich nicht, aber eine schöne Leiche abzugeben, das schuldet man den Gästen schon!« Da ist sie wie Marie, die nicht mit Dauerwelle abtreten wollte.

Ich werde dreckig sterben, und zwar bald. Nur eine Kombinationsmedizin aus *Tatort*, Pizza und frischer Bettwäsche kann mich retten. Mit ein bisschen Glück hat Andi letzteres arrangiert.

»Also, ab nach Hause?«, fragt mich Gunnar. Nach Hause, wie wundervoll. Unser trautes Heim. Ich falle ihm um den Hals: »Trag mich, ja?«

Gunnar will mich ernsthaft auf den Rücken heben, aber Vladimir kramt etwas aus seiner Manteltasche:

»Ach, schaut, was ich gefunden habe: deinen Zahn, Gunnar! Kann man wieder kleben, ist nicht kaputt.«

»Dankeschön.« Er spuckt immer noch beim »sch«. Er sollte wirklich schnellstens zum Zahnarzt.

Wir leisten uns ein Taxi nach Hause. Bilanz des Tages: Nicht alles ist kaputt, manches kann man kleben, der Kneipenboden klebt erst morgen wieder und der Umsturz des Systems ist ebenfalls auf morgen verschoben worden. Solange müssen wir auf das Verständnis aller Beteiligten hoffen, oder auf ihren Verstand.

Ich schlafe ein, bevor die Titelmelodie vom *Tatort* verklungen ist.

XXVI

Ich öffne das Terrarium und Black-Out bricht aus. Und er wächst. Er wird riesengroß und frisst Raffi auf. Marie springt natürlich direkt hinterher, um ihn zu retten, aber auch sie verschwindet im Schlund. Zum Glück ist Vladimir da, um die Bestie mit dem Gartenschlauch zu bekämpfen. Katja und Gunnar schauen dabei zu, essen Popcorn und tauschen immer wieder ihre Köpfe, bis Katjas Mund sagt: »Also, der erste Teil hat mir besser gefallen!«

Andi füllt eine Hochzeitstorte mit Batzen und Ludi kann fliegen, wenigstens etwas. Aber immer nur um den Anker herum, und Kira versucht, ihn mit einem Besen zu verscheuchen. Was tue ich? Ich versuche natürlich, die Feuerwehr anzurufen, damit die etwas tut, aber egal, welche Telefonnummer ich wähle, ich erreiche immer nur die Sprechstundenhilfe meines Zahnarztes, die mich wissen lässt: »Liebchen, es kann aber eine Weile dauern, bis der Doktor Zeit für Ihre Wehwehchen hat. Gibt ja noch Leute mit richtigen Problemen, nicht wahr? Tschüssi.«

Dann ertrinke ich in einem weiten Ozean, und eine ungeheure Ruhe überkommt mich. In jedem meiner Alpträume ertrinke ich, aber immer erst am Ende, kurz vor dem Abspann. Gleich wache ich auf. Wusste gar nicht, dass ich im Schlaf rede …

»Doris, du träumst nicht allen Ernstes mit Abspann, oder?« fragt Gunnar mich.

»Doch, habe ich mal irgendwann eingebaut, weil ich's cool fand.«

»Man kann sich doch nicht aussuchen, wovon man träumt.«

Kann der Mann nicht einmal nachgeben?

»Doch, doch. Man muss nur aufpassen. Da kann man schnell in einer Abo-Falle landen.«

Gunnar stöhnt: »Wie kann man um neun Uhr morgens schon so einen Unfug reden?«

Neun Uhr. Ich kann es schaffen. Wenn ich einfach nur meine Schuhe anziehe, direkt aufs Fahrrad springe und Rückenwind habe, kann ich heute rechtzeitig im Anker sein.

Ich setzte mich auf die Bettkante, sehe meine Turnschuhe auf dem Boden, schlüpfe hinein, aber ich bin unfähig eine Schleife zu binden. Körperlich, nicht mental. Der Muskelkater in meinen Armen verbietet mir derart filigrane Arbeiten.

»Kannst du mir eine Zigarette drehen?«, frage ich hilflos, Gunnar haut zur Antwort seinen Kopf ins Kissen.

Ich schaffe es, die Schuhbänder im Schuh zu verstauen, und sprühe mir Deo neben die Achsel. Vorsichtig beuge ich mich zum Geliebten hinunter, küsse seinen Nacken. »Ich muss zur Arbeit, bis später.«

Der Geliebte dreht sich zu mir, schaut zweifelnd. »So willst du losgehen? Ohne zu duschen? Sie werden dir kündigen. Fristlos.«

Leider wird das nicht funktionieren. Wenn man bei uns aufgrund seines Körpergeruchs entlassen werden könnte, wäre das ein astreiner Fall von Diskriminierung. Das würde viel zu hohe Wellen schlagen, eine Klage nach sich ziehen, bis zur höchsten Instanz gehen und letztendlich zur Schließung unseres herrlichen Etablissements führen. Wenn bei uns jemand komisch riecht, lösen wir das Problem auf unsere ganz eigene, total soziale Weise. So haben wir Arne wieder und wieder bescheinigt, wie unglaublich toll wir es finden, dass er in seiner Freizeit die Zwergenmannschaft des Fußballvereins für umme trainiert. Samstags, vor der Arbeit. Und natürlich sei es da für alle verständlich, wenn er eine halbe Stunde später käme, sicher, kein Thema. Arne, der nie zur spät an einem Samstag erschien, hatte es nach drei Monaten geschnallt. Er duschte nach dem Training und erschien fortan eine ganze Stunde später bei der Schicht.

Allerdings rieche ich nicht nach Schweiß, sondern nach totem »Horst«.

Vielleicht kann ich meinen Kollegen weismachen, dass ich am Wochenende ehrenamtlich Obdachlosen das Schwimmen beibringe. In Bierpfützen.

»Sprüh mich ein«, befehle ich Gunnar, reiche ihm die Deoflasche und drehe mich schwankend um die eigene Achse.

Er seufzt, macht aber aus reiner Liebe einen Finger für mich krumm.

Mein Traum kommt mir wieder in den Sinn: »Gunnar, wenn du deinen Zahn wieder einsetzen lassen willst, die Nummer von meinem Zahnarzt hängt an der Kühlschranktür.«

Er schüttelt den Kopf: »Ne, ich geh zu Doktor Sulz.«

Eine gute Wahl. Bei Doktor Sulz gibt es immer eine hausge-
machte Mettwurst nach der Sitzung, wenn man keine Löcher
hat. Zumindest war das noch die kreative Belohnung vor sechzehn Jahren, als ich das letzte Mal bei ihm war.

Ich setze mich wieder auf die Bettkante, Gunnar kratzt sich
am Kopf: »Ja, ich hatte meiner Mutter gesagt, dass ich bei ihr
vorbeischaue, wenn die Finnen-Tour zu Ende ist. Ist ja ein Auf-
wasch, da kann ich auch gleich zum Sülzwurst gehen, wenn
ich schon mal in der alten Heimat bin.«

Ich starre auf meine Füße. Das wird so nichts. Die Schuhbänder haben sich schon wieder listig aus dem Schaft gewun-
den, sie werden sich in den Pedalen verwickeln, und ich werde
mit dem Fahrrad stürzen. Hoffentlich auf einer viel befahre-
nen Kreuzung.

»Hallo Doris, jetzt guck nicht so, ich komme ja morgen
wieder. Spätestens übermorgen, keine Sorge. Oder, noch besser: Du hast doch morgen frei, oder? Komm doch einfach mit,
wir teilen uns das Ticket, und deine Mutter freut sich bestimmt
auch, wenn du dich mal blicken lässt, oder?«

Da kann ich mich auch gleich an meinen Schuhbändern
erhängen. Meine Mutter wird sich freuen, natürlich, das wird
ein Fest, man wird ein Schwein schlachten, mir zu Ehren, oder
sogar eine Dose Ravioli öffnen. Meine Schwester wird eingeladen werden, und ihre Brut wird sich darum balgen, Tante
Doris vorzuführen, wie kräftig, gesund und verhaltensgestört
die Kinder auf dem Lande heute noch sind. Und wenn sie mir
die letzte Haarsträhne vom Kopf gerissen haben, wird meine
Mutter endlich lobende Worte für mich finden, nämlich diese:

»Tja, Doris, wo ich dich so mit den Kindern sehe, finde ich
es auch gut, dass du keine bekommen hast. Sag, wo arbeitest
du noch gleich?«

»Natürlich komme ich mit zu deiner Mutter«, will mich

Gunnar ködern und bringt mich zum Nachdenken. Meine Mutter behauptet, sie sei Atheistin, aber sie vergöttert Gunnar. Sie fand ihn schon umwerfend, als er noch in die Hose gemacht hat, aber als er mich zum Abiball ausführte, hatte sie Tränen in den Augen. Was sagte sie noch gleich? Ach ja: »Wäre der nicht eher was für Lovis?«

Ich schüttle mich, aber Gunnar hat es auch so kapiert. »Okay, noch die alten Wunden, ja. Vielleicht solltest du da noch mal ran, Süße. Therapeutisch, meine ich.«

»Ich muss los, wir telefonieren«, beende ich die Diskussion und bin schon aus der Tür.

Vor der Haustür steht kein Fahrrad. Richtig, meine Gebete wurden ja erhört, es wurde geklaut. Vielleicht sollte ich Benno anrufen und ihn fragen, ob ich mir das Rad seiner neuen Freundin ausborgen könnte, denn das hat er ihr bestimmt schon gekauft. Er weiß ja seit drei Wochen, dass das Rad, das er mir vermacht hat, gestohlen wurde. Benno. Gunnar. Klingt durch das Doppel-N in der Mitte alarmierend ähnlich. Vielleicht sollte ich darüber noch mal mit meiner alten Therapeutin sprechen, die hatte ja ein Faible für Namen.

Ruhig, Doris Kindermann, es gibt jetzt zwei Möglichkeiten: Du rufst bei der Arbeit an und sagst, dass du zu spät kommst. Weil dein Fahrrad geklaut wurde. Vor einer Weile. Oder du rennst zur Bahn und schaffst es, fast pünktlich dort zu sein.

Ich renne. Der Bahn hinterher. Als ich bei meiner Arbeitsstelle ankomme, sehe ich aus, als wäre ich von einer Rugby-Mannschaft trainiert worden.

Aber ich komme nicht zu spät zur Teamsitzung. Die findet heute gar nicht statt. Stattdessen haben sich Margret, Jochen und Kira in der Kommbüse zusammengefunden. Sie unterhalten sich angeregt mit einem mir vollkommen fremden Mann.

Er trägt eine blaue Latzhose und einen grauen Schnurbart. Ist das der Typ, der die Holunderbrause liefert?

»Ah, hallo Doris, dann sind wir ja komplett«, grüßt mich die Chefin und klopft lockend auf den freien Stuhl neben ihrem. »Den Fernando kennst du ja, nicht?«

Nein, aber das muss Margret nicht direkt bemerken, ich reiche Fernando die schweißnasse Pfote, er grinst trotzdem, zumindest heben sich seine Schnurrbartenden: »Genau, ich bin der Ferdi, wir hatten telefoniert letzte Woche. Du hast uns ja quasi zusammengebracht, du leitest das Projekt, oder?«

Quasi, denke ich, aber Margret nickt bestätigend, Jochen krault seinen Bart, und Kira – schmilzt.

Das ist also ihr Typ. Kleiner Vaterkomplex, was, Fräulein Praktikantin? Fernando ist Peter Lustig ohne Brille, und lustiger. Ich hab's – er ist *Gut drauf!*

»Ach, richtig, du bist der Theatermensch. Gegen Drogen. Super«, löse ich das Quiz, aber keiner wirft Geld in mein Sparschwein. Meine Kollegen blicken mich verstört an, zum Glück ist Ferdi genauso eine überschäumende Frohnatur wie ich. Er beantwortet meinen ausgestreckten Daumen, mit dem ich das Wort »Super!« zusätzlich unterstrichen habe, mit demselben Gruß, nur beidhändig. Ich verstehe nun, wieso Kira ihn anschmachtet. Er ist doppelt so cool drauf wie ich.

»Also«, beginnt Jochen souverän, denn er sitzt am Kopfende des Tisches, »magst du uns dann vielleicht erst mal erzählen, seit wann du Theater machst, Fernando? Und was du sonst noch so treibst natürlich, und vielleicht auch, wie du dir die Zusammenarbeit mit uns so vorstellst, kreativ, meine ich, zum Organisatorischen kommen wir dann im Anschluss, das Finanzielle regeln wir dann schon mit der Stadt.«

Ferdi Fernando schenkt uns eine Kostprobe seiner Schauspielkunst. Er gibt das überwältigte Kind, dem der Schlüssel

244

zum Süßwarenladen überreicht wurde, mit den Worten. »Hier hast du, mein Kleiner! Friss dich schön voll, damit du nicht nur dick und rund, sondern auch recht schnell hyperaktiv wirst.«

Und er überzeugt uns vollkommen in dieser Rolle: »Na, also, das ist ja mal eine Ansage, ja prima, prima. Also, ich mache jetzt seit zwanzig Jahren Kinder- und Jugendtheater, wir touren durch das gesamte Bundesland und bringen alle paar Jahre eine neue Produktion heraus. Wir scheuen uns da nicht vor heißen Eisen, auch wenn wir da anecken an gewissen höheren Stellen. Nächstes Jahr steht Mobbing auf dem Programm, aber unser Anti-Drogen-Stück ist ein Klassiker, den wir immer wieder neu aufbereiten, da gucken wir immer nach den aktuellen Entwicklungen auf dem Markt, damit wir die Kids da abholen, wo sie wirklich stehen, ja. Bewährtes und Neues kombinieren, nur so geht man aufeinander zu, sage ich immer…«

Ferdi Fernando hat uns entflammt. Alle. Margrets Augen wurden schon ganz glasig, als er die heißen Eisen ansprach. Das alte Feuer in meiner Chefin wurde richtig entfacht, als der große Fernando dann auch noch Kids abholen wollte. Jochen, der seine Kids zwar lieber selber macht, bevor er sie abholt, verneigt sich auf seine Art vor dem Laberfürsten, er schrubbt so tüchtig an seinem Bart herum, dass bald Rauch aufsteigen wird. Habemus Papam!

Mich persönlich fasziniert der Gedanke, wie man aktuelle Drogen künstlerisch auf die Bühne bringt. Wird eine Ballerina im rosa Tutu erscheinen, sich endlos im Kreis drehen und behaupten: »Ich bin Crystal Meth, wer mich einmal kostete, wird nie wieder eine andere wollen!«? Und dann wird mir ganz warm und wohlig, weil ich zum ersten Mal seit Jahren froh darüber war, mich für die Sozialarbeit entschieden zu haben. Oder zumindest gegen Theaterwissenschaften. Aber ich bewahre Haltung, im Gegensatz zu Kira.

Der droht eine Kernschmelze. Kühlwasser quillt aus ihrem Mundwinkel, aber wird es ausreichen, um sie vor einer Gefühlsexplosion zu bewahren? Meine Praktikantin wird gleich verglühen, und ich habe eine Sorge weniger. Herrlich.

»Mal eine kleine Frage an euch«, weckt uns der Magier aus seinem Bann, »wie schätzt ihr denn eure Jugendlichen ein? Also, was pfeifen die sich rein, regelmäßig, und was haben sie schon mal probiert? Die ganz harten Sachen oder eher die Partydrogen?«

Räuspern. Stille. Bartkratzen.

»Will jemand was zu trinken?«, fällt mir da ein, und ich ernte ausschließlich dankbare Blicke. Der Satz funktioniert eben nicht nur in meiner Kneipe, sondern überall dort, wo Menschen sich vor Antworten drücken wollen. Global denken, lokal handeln, Doris Kindermann macht's vor, und öffnet fünf Flaschen unserer flüssigen Designerdroge, der rote Tod in der praktischen 0,25 Liter Portion. Ein Schluck genügt, schon kann Jochen wieder munter heucheln: »Also Fernando, wie du dir vielleicht denken kannst, ist unsere Klientel sehr bunt gemischt und doch speziell. Die sind zwar nicht bildungsfern, aber eben sehr sensitiv.«

Fernando zuckt mit den Achseln: »Schon klar. Das sind hier die Bonzenkinder.«

Kira und Jochen sind still.

Margret gackert kurz und schrill, ich hatte keine Ahnung, dass sie auch auf dem Zeug drauf ist. Aber schon reißt sich meine Chefin wieder zusammen, überspielt diesen Ausrutscher und streicht sich professionell die Locken aus der Stirn: »Ja, Fernando, wenn du es so bezeichnen möchtest, sicher. Aber die haben ja auch Probleme, der Leistungsdruck…«

Fernando nickt empathisch mit dem gesamten Oberkörper: »Natürlich, das stelle ich überhaupt nicht in Frage. Und wenn die Eltern Ärzte sind, kommt man ja auch leicht mal an Medikamente dran, ist eine ganz drastische Entwicklung, wenn man sich die Zahlen anguckt. Und natürlich gibt es auch in diesen Kreisen Eltern, die ihren Nachwuchs mit kleinen Helfern ruhigstellen, statt sich mit ihnen auseinanderzusetzen.«

Meine Kollegen und ich atmen erleichtert auf. Wenn der Theatermann die Wahrheit spricht, haben wir endlich echte Probleme. Mit ein bisschen Glück sind all unsere Jugendlichen tablettenabhängig. Na klar: Die sind gar nicht lethargisch und desinteressiert, sondern mit Ritalin vollgepumpt. Die, die wegen der angeblich so netten Atmosphäre kommen, werden zum Frühstück mit Anti-Depressiva gefüttert, und alle sind so gerne im Medienraum, damit sie diskret aus der Online-Apotheke Nachschub bestellen können. Wir sind kein Jugendtreff, sondern ein ganz schniekes Crack-House, gesponsert von der Pharmaindustrie.

Nein, das sind wir nicht. Wenn ich mir genau überlege, wie es hier läuft an einem normalen Tag, muss ich zugeben: Unsere Kids leiden unter einer ganz anderen kollektiven Störung. Sie sind nett. Angepasst. Pubertieren selbstverständlich, aber rücksichtsvoll. Sie kommen hierher, um ihre Hausaufgaben zu erledigen, aber selbst dabei fragen sie selten nach unserer Hilfe. Sie gründen selbstständig kleine Lerngruppen, ach was, Seilschaften. Außer Ludi nutzt keiner den Medienraum, weil ihre Laptops einfach leistungsstärker sind als die alten Möhren. Sie konsumieren unsere subventionierten Erfrischungsgetränke und fair-gehandelten Schokoriegel, obwohl sie es sich leisten könnten, in ein ganz normales Café zu gehen. Aber ihre Eltern wollen sie betreut wissen. Sie von der bösen Welt da draußen abschirmen, wenigstens bis zum Abitur.

Der Anker ist nichts anderes als eine exklusive Flughafen-

Wartehalle, eine Lounge für den Nachwuchs der Premiumkunden. Von hier aus starten sie dann in ihr Leben, das so völlig anders aussehen wird als meines oder Margrets, denn wir sind hier nur das Personal für die neue Elite; sie werden die Partei wählen, die Steuervorteile für Besserverdiener propagiert, wenn sie nicht Mitglieder oder führende Köpfe eben jener Partei werden.

Und in zehn, fünfzehn Jahren werden sie als BundesarbeitsministerInnen in Talkshows sitzen, gegenüber von aufgebrachten Hartz-IV-Empfängern, die ihnen vorwerfen werden, dass sie ja keine Ahnung vom wahren Leben hätten. Dann werden sie lächelnd die Köpfe schütteln und das Publikum im Saal wissen lassen:

»Nein, da liegen Sie ganz falsch. Ich musste auch lernen, mit meinem Geld zu wirtschaften, und in meiner Jugend sind meine Freunde und ich auch nicht ständig ausgegangen, wir haben so einen Jugendtreff besucht, und da haben wir uns gegenseitig geholfen, ja. Also, um es mal überspitzt zu sagen, ich habe diese Solidarität gelernt, sogar von der Seite der Opposition, wenn ich mich mal an die Angestellten dort erinnere, ja, haha!«

Gelächter, Applaus, Wiederwahl.

Wir haben echte Probleme.

Das sieht auch Margret: »Doris, hast du heute Morgen schon Alkohol konsumiert?«

Ich will mich rechtfertigen, aber Fernando vereitelt diese mittelgute Idee mit einem glucksenden Lachen: »Entschuldigung, Margret, aber kann es sein, dass das, was du riechst, nur der Gestank der allgemeinen Verzweiflung ist?«

Kira weicht erschrocken vor Fernando zurück, ihr Verkünder nur ein Ketzer, Jochen klopft seinen Körper instinktiv nach Zigaretten ab, ich darf nicht lachen.

Margret läuft zur alten, zur legendären Form auf. Sie lehnt sich im Stuhl zurück, fixiert Fernando und redet endlich Tacheles: »Fernando, ich finde es immer gut, wenn jemand von außen mal einen Blick auf den Laden wirft. Denn wir alle sind zugegebenermaßen betriebsblind geworden…«, bei diesen Worten schaut sie Kira, Jochen und mich gleichermaßen strafend an, »aber nur hier reinkommen und demontieren bringt ja gar nichts. Da möchte ich doch ehrlich gern wissen, was du uns hier von eurer Seite aus anbieten könntest. Wenn du eine Theatervorführung zum Thema ›Drogen‹ ineffektiv für unser Kleintel findest, kann ich dir nur zustimmen.«

Fernando lehnt sich ebenfalls in seinem Stuhl zurück, die Arme vor der Brust verschränkt, aber sehr wachen Blickes. Ihm gefällt sehr, was er da aus Margret herausgekitzelt hat, und mir erst.

Meine Chefin hat für den zweiten Teil ihrer historischen Ansprache Luft geholt: »Also, eure Theatergruppe lebt ja auch nicht von Luft und Liebe. Wenn ihr nicht auf öffentliche Gelder angewiesen wäret, so wie wir, wärest du ja gar nicht hier aufgelaufen, oder?«

»Margret, also das ist ja sehr zynisch. Wenn es hier um Geld gehen würde, dann…«

Jochen bemerkt von alleine, dass er den Satz nicht ansatzweise zu seinen Gunsten zu Ende bringen kann.

Fernando schaut sanft lächelnd von einem zum anderen, ein verrückter Professor, dem ein umstrittener Menschenversuch endlich gelungen ist: »Du hast vollkommen recht, Margret. Wir würden gerne mit euch zusammenarbeiten und sehr gerne dafür städtische Gelder verwenden, aber vom moralischen Standpunkt aus muss ich sagen: Ich stelle hier nicht meine Leute auf die Bühne, die euren Kiddies ohne Not und auf Bestellung wahllos über Drogen, Mobbing, gesunde Ernährung oder Umweltschutz etwas vorspielen. Das machen wir nicht.«

Margret implodiert gerade, aber sie kann sich zu einem tückischen Grinsen zwingen: »Och, wie schön, dass es den freien Künstlern doch so gut geht, dass sie sich einen moralischen Standpunkt leisten können.«

»Also bitte, die Diskussion hier ist ja nicht mehr sachlich und außerdem völlig am Kern der Sache vorbei«, echauffiert sich Jochen erneut, und zum ersten Mal seit Jahren kann ich ihm da voll und ganz zustimmen. Aber ich komme gar nicht dazu. Kira hebt schüchtern einen Finger, so, als würde sie sich in der Schule melden oder die Windrichtung prüfen, und macht einen Vorschlag: »Wie wäre es denn, wenn wir die Kids selbst auf die Bühne stellen? Ich meine, die können dann endlich mal selbst sagen, was sie so bewegt. Und, na ja – uns auch.«

Mir bleibt nichts anderes zu tun, als still und ehrfürchtig dazusitzen und nach Eckkneipe zu riechen. Fernando klatscht in die Hände, dreimal, langsam. Er nickt Kira anerkennend zu, hebt seinen Hintern, um einen Diener in ihre Richtung anzudeuten: »Danke, Kira! Wow, das ist doch endlich mal eine gute Idee. Von wegen alle betriebsblind. Wenn ihr das wollt, mit unserer Hilfe, dann sind wir dabei. Eigene, ehrliche Texte von den Jugendlichen, und wir machen ein Bühnentraining mit ihnen. Das wäre doch toll, oder? Oder?«

Das finde ich auch, denn damit bin ich aus der Drogensache raus, und wir lernen endlich mal die Menschen kennen, die wir täglich bedienen. Ganz ohne Statistikbögen. Kira rutscht auf ihrem Stuhl hin und her, sie wartet auf Margrets Antwort, und die ist positiv: »Ja, finde ich gut. Wirklich. Dann machen wir das jetzt klar, meinetwegen. Doris, es ist dein Projekt, also lassen wir euch jetzt in Ruhe daran arbeiten, dich und Fernando.

Kira, du kannst mir oben helfen, die Statistik auszuwerten, Jochen, du…«

Jochen telefoniert: »Ja, ja, sicher, ich komme sofort. Ins Krankenhaus, nicht nach Hause, ja klar. Bis gleich.«

Jochen klappt sein Handy wieder zu, stolz verkündet er: »Ein Junge! Er wurde tatsächlich im Taxi geboren, aber Corinna und er sind wohlauf. Ich bin dann weg, okay?«

Natürlich okay. Margret beglückwünscht den erfahrenen Vater, geleitet ihn zur Tür und macht noch einen Witz über die Kompromissbereitschaft des Neugeborenen, weil der auf halber Strecke von Jochens Wohnung und der Klinik das Licht der Welt erblickte. Jochen versteht den Witz nicht, läuft aber trotzdem gegen die Tür.

Fernando beobachtet die Szene halb bestürzt, halb belustigt, als würde er in einer Schultheateraufführung von »Väter der Klamotte« beiwohnen. Er sollte mal die gesamte Truppe beim Montags-Meeting sehen.

Kiras Gesichtsausdruck kenne ich sehr genau, aber nicht von ihr. Ihre Augen flehen mich an, sie bettelt um Hilfe, die fahlen, trockenen Lippen deuten an, dass sie jede Sekunde sterben könnte, wenn ich sie nicht erlöse.

Krise als Chance.

»Fernando, Ferdi, nimm dir doch noch was zu trinken, Kira und ich gehen eben eine rauchen, okay?«

Der Theatermann ist einer von den brauchbaren Künstlern. Dem muss man nicht sagen, dass »eine rauchen gehen«, nur eine putzige Umschreibung für: »Wir müssen einige lebenswichtige Entscheidungen treffen, aber wir beeilen uns«, ist.

Und weil Kira nicht raucht, ist ihr das auch klar. Im Hinterhof stehen wir uns gegenüber, ich mit dem Rücken zur Wand, sie in der Bittstellerposition. So werden fruchtbare Verhandlungen geführt, es ist ungeheuer reizvoll, Kira zappeln zu lassen, aber die Zeit ist knapp: »Willst du meinen Job?«, frage ich sie also.

»Was?«

Gut, für ein paar Details reicht die Zeit doch noch, also stelle ich der möglichen Interessentin das Doris-Kindermann-Gesamtpaket vor: »Kira, ich sehe doch, dass du das Projekt gerne machen willst, mit dem Fernando. Und ich fände das auch nur gerecht. Und wirklich gut.«

»Danke, Doki«, sagt Kira höflich, ohne rot zu werden. Ein ernstgemeinstes Lob, angemessener Dank, endlich finde ich eine Möglichkeit, mit meiner Praktikantin zu kommunizieren. Noch nicht zu spät, wie mir jetzt einfällt: »Kira, dein Praktikum ist in zwei Wochen vorbei. Du kriegst ein Superzeugnis von mir. Und wenn wir beide Margret davon überzeugen, dass du die Richtige für das Theaterprojekt bist, dann stellt sie dich fest an. Du kriegst meine Stelle, ich kündige.«

Kira fällt nicht in Ohnmacht oder auch nur mir um den Hals. Sie denkt nach, und schlussfolgert sogar: »Du musst nicht kündigen, Doki, ich sage es Margret schon nicht, mit Ludolf.«

»Darum geht es gar nicht«, muss ich nicht mal lügen, »ich will mich verändern. Beruflich.«

»Oh, klingt spannend.«

Finde ich auch, deswegen reden wir jetzt über ihre Zukunft: »Kira, du wirst das Kind hier schon schaukeln, okay? Oder auch die Kinder, haha, jedenfalls, wenn du das durchziehen willst, sag jetzt ja. Oder nein.«

An meiner Motivationstechnik muss ich noch arbeiten, aber zum Glück ist es nur Kira. »Ja. Ich will.«

Dann erkläre ich dich hiermit zu meiner Nachfolgerin, Kraft meines Amtes. Wir geben uns die Hand drauf.

»Äh, Doki, kann ich dich was Privates fragen?« Warum? Warum jetzt?

»Natürlich«, erwidere ich huldvoll.

»Findest du nicht auch, dass der Fernando ohne den ekligen Schnurrbart echt mehr hermachen würde? Ich meine: noch mehr?« Nach fast einem Jahr kann die Ankersoftware endlich ihr neuestes Betriebssystem vorstellen: Kira Vista! Wird immer noch rot, das Statistiksystem läuft zuverlässig weiter, aber als neues Feature haben wir ihr einen Empfänger für außerordentliche emotionale Schwingungen einsetzen können. Was wie Science Fiction klingt ist wahrscheinlich nur Frühling.

»Unbedingt«, muss ich Kira zustimmen, »aber vielleicht sagst du ihm das nicht direkt am Anfang eurer Zusammenarbeit, oder?«

Kira nickt heftig und stellt mir eine berufliche Frage: »Wie überzeugen wir denn jetzt Margret von der Sache?«

»Lass mich zuerst mit ihr reden, allein. Der Rest ergibt sich.«

Kira vertraut mir immer noch, trotz meiner Aktion vom Freitag. Ich glaube, sie verzeiht mir sogar. Wir gehen wieder hinein in die Kommbüse, und ich lasse Worten Taten folgen.

»Äh, Margret, mir geht's nicht so gut. Frauensachen. Kann ich nach Hause? Ich rufe dich dann morgen an.«

Margret wirkt erheitert. Sie hat sich noch einen sehr starken Kaffee auf die Holunderbrause genehmigt, mit der Tasse prostet sie mir zu:

»Sicher, geht doch alle weg, wegen Frauensachen, ist ja die Krankheit des Tages«, flötet meine Chefin. Dann lächelt sie Kira zu: »Aber du bleibst noch ein bisschen, oder? Ich meine, als die kapitalistischen Ausbeuter, die wir sind, sollten wir doch nur die Praktikanten arbeiten lassen, nicht wahr, Fernando?«

Und damit hat sie ihn sprachlos gemacht. Sie hat es noch drauf und freut sich diebisch darüber. Ich winke den dreien zu, testweise. Sie winken zurück.

»Gute Besserung, Doki. Soll ich dir den Tee mitgeben, der

hilft bei mir immer und ist rein pflanzlich«, sagt Kira, ganz wie die alte Kira.

Fernandos Schnurrbart zuckt, wahrscheinlich will er meine Praktikantin aufgrund dieser überragenden Leistung als Schauspielerin abwerben.

Margret schielt sehnsüchtig auf die Zigaretten in meiner Brusttasche.

Wenn ich eins kann, dann ein perfektes Team zusammenstellen.

XXVII

Als ich zu Hause ankomme ist Gunnar schon weg.

Natürlich hatte ich nicht vor, mit ihm zu meiner Mutter zu fahren, aber ich hätte ihn gerne über die neueste Entwicklung meiner Karriere informiert. Selbstverständlich kann ich ihn auch anrufen, um ihm zu sagen, dass ich meine Ferien mit seinen habe abstimmen können.

Und wenn alles gut läuft, werde ich Margret in den nächsten Tagen von Kiras Qualitäten überzeugen, eine einvernehmliche Kündigung unterschreiben, und ich werde frei von Ballast in eine glorreiche Zukunft blicken können. Mein Bankberater wird mir gratulieren: »Frau Kindermann, angesichts ihres Dispokredits war eine berufliche Neuorientierung zu dieser Zeit eine sehr mutige Entscheidung von Ihnen. Ich hätte mir gewünscht, dass Sie uns im Vorfeld von diesem Schritt unterrichtet hätten. Wenn Sie jetzt einfach Ihre EC-Karte in den Schredder einführen würden…«

Ist okay.

Ich stehe zu meiner Entscheidung. Es ist das Richtige, dem Anker den Rücken zu kehren. Ohne mich haben sie dort eine reale Chance, und wenn ich mir jetzt noch ein kleines finanzielles Polster schaffen kann, werde ich schon etwas Neues finden.

Man kann sich eine Weile mit Nebenjobs über Wasser halten.

Mit dem Kochen im »Dead Horst« habe ich ja schon ein Standbein.

Bisher habe ich da dreißig Euro in Lebensmittel investiert, die werde ich ja wohl erstattet bekommen.

Nicht zu vergessen meine kommenden Schichten als Türsteher und Putzfee.

Ich rufe Marie an, um sie zu fragen, wie viel Schmerzensgeld sie sich auszahlt, wenn sie einen Sonntagnachmittag damit verbringt, die Hölle zu polieren.

Obwohl sie nicht erreichbar ist, kenne ich ihre Antwort bereits: »Nicht viel, Doki.«

Das könnte reichen. Wenn man dreimal den Laden alleine gewischt hat, will man bestimmt nie wieder etwas essen. Oder gar trinken.

Kamelismus ist ausbaufähig.

Ich könnte Katja fragen, ob sie mir ein paar Jobs auf den Messen zuschustern würde. Da verdient man gut. Man muss nur drei Tage am Stück in entwürdigenden Kostümchen herumlaufen und mit perfekten Zähnen lächeln. Mit einem hübschen Seidenschal die Tätowierung abdecken. Höflich Schnittchen reichen, gepflegte Konversation betreiben mit Menschen, die sich für Yachten, Marmorbadezimmer oder mit Diamanten besetzte Nasenhaarschneider interessieren.

Schon gut. Es hilft niemandem, wenn Katja auch noch ihren Job verliert, nur weil sie die Verrückte eingeschleust hat, die dem Vorstandsvorsitzenden nicht die dort befindlichen Haare, sondern die ganze Nase ausgerupft hat.

Vielleicht sollte ich meine Mutter doch wenigstens anrufen. Ihr die frohe Kunde berichten, dass ich wieder mit Gunnar zusammen bin. Wenn sie gerade in Glückseligkeit darüber schwelgt, doch noch den Schwiegersohn ihrer Träume erhalten zu haben, kann ich ganz diskret nachhorchen, ob es da nicht noch einen Bausparvertrag gibt, der auf meinen Namen ausgestellt ist. Ach nein, mit dem Geld wurden ja damals die Schulden bezahlt, richtig.

Ich werde meine Mutter nächste Woche anrufen, um ihr zu sagen, dass sie nie ein gutes Vorbild in finanziellen Dingen war.

Denk an was Positives, Doris Kindermann. Dein Schlafzimmer sieht super aus. Andi hat sogar die Möbel verrückt, um den gesamten Boden wischen zu können.

Den großen schwarzen Gitarrenkoffer hat er auf meinen Korbsessel gestellt, dessen Sitzfläche darunter eingebrochen ist. Deswegen hat Andi mir einen Fünfziger auf das Nachttischchen gelegt statt eines Zwanzigers.

Ein teuflischer Plan reift in mir: Ich könnte den schweren Koffer auf jedes einzelne meiner Möbelstücke wuchten und sie somit garantiert zerstören. Andi war ja so neben der Spur, der nimmt mir glatt ab, dass er die Dampfwalze war, die sich in meiner Wohnung ausgetobt hat, da kann ich ihm ganz locker dreihundert Euro für die gesamte Einrichtung in Rechnung stellen.

Als ich den Koffer anhebe, öffnet sich das obere Schloss. Ich lege den Koffer vorsichtig auf den Boden, will ihn wieder verschließen, öffne aber das untere Schloss. Durch den Schlitz kann ich sehen, dass sich in dem Koffer eine Gitarre befindet. Wie heißt es so schön, wenn man Hufgetrappel hört, sollte man Pferde vermuten, keine Zebras. Ob diese Redensart in der afrikanischen Steppe bekannt ist, und falls ja, dann umgekehrt?

Die Gitarre jedenfalls schimmert schön bläulich und riecht

alt. Wobei der Geruch vom Koffer stammen könnte. Musikalienexpertin Doris Kindermann prahlt selbst dann gerne mit ihrem Fachwissen, wenn ihr keiner zuhört, und ich bleibe dabei: schön und vielleicht alt.

Um zu genaueren Schätzungen des Instrumentes zu gelangen, müsste ich den Koffer ganz öffnen. Voilà – die Gitarre ist alt. Älter als ich. Und tatsächlich ist sie braun, nicht blau. Der Schimmer kam vom Innenfutter des Koffers. Wie gut, dass ich nachgesehen habe.

Das Telefon klingelt, aber ich gehe nicht dran. Den Festnetzanschluss könnte ich auch mal abschaffen, da ruft mich sowieso niemand an, außer vielleicht Loreen von der Two-be-Two-Media AG. Soll sie doch auf meinen Anrufbeantworter sprechen, ich habe gerade die Jugendarbeit drangegeben.

Aber es ist nicht Loreen.

Es ist Vladimir: »Hallo Doris, ich hoffe, dies ist dein Apparat.«

Er klingt verunsichert, als würde er zum allerersten Mal mit einer so raffinierten Maschine konfrontiert werden. Fast will ich aufspringen und mit ihm reden, aber mir ist mulmig zumute. Wie konnte er wissen, dass ich gerade in seinen Koffer gespinxt habe?

Er weiß es gar nicht: »Du bist wohl bei der Arbeit, aber es wäre gut, wenn wir uns sprechen würden. Vielleicht kann ich zu dir kommen später.«

Ich stürme ans Telefon. »Hallo, Vladimir, ich bin da, also, klar können wir uns treffen, aber warum?«

Er antwortet nicht. Habe ich ihn verschreckt?

»Ach, besprechen wir dann. Soll ich zu dir kommen?«

»Nein. Meine Wohnung ist etwas …«

Vladimir seufzt: »Doris, ich habe deine Wohnung kennengelernt.«

Ja natürlich. Sie haben sich ja bekannt gemacht, die beiden, leider konnte ich sie einander nicht persönlich vorstellen. Aber da war es dunkel, und in der Küche war Vladimir bestimmt nicht.

»Das Schlafzimmer sieht ziemlich gut aus«, erörtere ich laut, ich höre Vladimir schlucken.

»So meinte ich das nicht. Aber Vladimir, können wir uns einfach im ›Dead Horst‹ treffen?«

»Nein. Ich habe heute frei, du stehst auch nicht auf dem Plan. Muss nicht sein, echt nicht.«

Vladimir klingt besonders verzweifelt, wenn er versucht, lässig daherzureden. Der sagt wahrscheinlich auch »Ballerspiel« statt »Ego-Shooter«.

Ich schlage eine Alternative vor.« Soll ich vielleicht einfach zu dir kommen? Was hältst du davon?« Schluss mit lässig. Ist er noch dran?

»Zu mir? Weißt du, wo ich wohne?«, flüstert er furchtsam.

Ich weiß gar nichts über Vladimir, außer, dass es bei ihm auch nicht viel bedenklicher aussehen kann als bei mir. Wenn er nicht gerade Hobby-Serienkiller ist, aber für den Fall wird mich ja eine riesige Kühltruhe im Eingangsbereich warnen, und ich kann rechtzeitig wegrennen. Und die Polizei alarmieren. Wenn es schon fünfhundert Euro dafür gibt, wenn man Graffiti-Sprayer anschwärzt, wird ihnen ein Mehrfachmörder wohl ein hübsches Sümmchen wert sein.

»Ach Doris, mir fällt ein, ich kann dich auch am Telefon fragen, was ich wollte. Nämlich: Hast du genaue Adresse von Raphael. In Bad Schlag-mich-tot?«

So wie Vladimir das Wort betont, auf der zweiten Silbe, klingt es fast wie ein real existierender Kurort. Ich kläre ihn nicht über sein Missverständnis auf, aber da ich rein technisch noch im Dienst bin, rate ich ihm: »Vladimir, ich glaube, wenn es was Wichtiges ist, solltest du dich an Marie wenden. Aber Raffi sollten wir echt in Ruhe lassen, nicht mit irgendwelchem Blödsinn belasten. Wahrscheinlich haben die in dieser Klinik sowieso eine Kontaktsperre zur Außenwelt eingerichtet für die erste Zeit.«

Klingt sehr plausibel, zumindest für meine Ohren.

»Ja, das ist wahrscheinlich richtig«, stimmt mir Vladimir zu, »sind ganz sicher gute Ärzte in Bad Schlag-mich-tot. Haben sofort erkannt, dass Raphael Notfall ist.«

»Ja genau«, antworte ich zögerlich. Ich bin versucht, im Internet nachzusehen, ob es nicht doch vielleicht ein Bad Schlag-mich-tot gibt. Wo sonst sollten die Koryphäen auf dem Gebiet des Zusammenbruchs praktizieren, wenn nicht in einem Ort mit derartigem Namen? Es existiert ja eine Entzugsklinik in Süchteln und ein Hospiz in Tötensen.

»Genau«, wiederholt Vladimir, mit ruhiger, enervierender Stimme. Ich wechsle geschickt zu erfreulicheren Themen über: »Ich glaube, ich habe gekündigt.«

»Oh, fantastisch Doris«, Vladimir lacht, »Wenn du sicher bist, sage mir doch sofort Bescheid, ja? Das war es schon. Bis dann.« Er legt auf. Große Abschiedsszenen waren nie sein Ding.

Auch wenn ich tatsächlich gekündigt haben sollte oder mir gekündigt wird, ich bleibe Sozialarbeiterin, was ich unschwer daran erkenne, dass meine Freunde durchdrehen. Ruhig bleiben, einen nach dem anderen abarbeiten. Katja steht ganz oben auf meiner Liste.

Als ob sie wüsste, dass ich sie in einer ernsten Angelegenheit sprechen will, geht sie nicht ans Telefon. Vielleicht schaue ich später bei ihr vorbei. Wahrscheinlich ruft sie mich an, um mich zu fragen, ob ich ihre Klamotten aus Bonn abhole.

Ich ziehe den Telefonstecker. Und schalte das Handy aus.

Leiste mir den Luxus der Unerreichbarkeit, um wichtige Dinge zu tun, die ich nicht mehr lange aufschieben darf. Ich setze mich an den Rechner und schreibe.

Einen Brief an die Versicherung. Betreff: Fahrraddiebstahl. Rahmennummer: Hatte ich mir natürlich vorsorglich notiert. Besitzer des gestohlenen Zweirades: Benno Werning.

Privat bin ich gar nicht so sozial, nur dämlich. Ich lösche das Anschreiben.

Widme mich dem Praktikumszeugnis für Kira. Sollte dem Papst eine Kopie senden, es gleicht einem Antrag zur Seligsprechung.

Danach fühle ich mich besser, gehe duschen, frühstücke, esse zu Mittag, dann zu Abend.

Kamelismus ist ein Spiel mit dem Feuer.

Als ich das Handy wieder anschalte, sehe ich, dass ich vier Anrufe in Abwesenheit erhalten habe. Alle von Ludi. Keiner von Gunnar.

Ludolf Schwenke-Großmann geht auch nicht an sein Telefon. Offenbar haben sich heute alle entschlossen, nicht erreichbar zu sein, und ich habe den Trend als Letzte erkannt.

Obwohl ich mir geschworen habe, es nicht zu tun, rufe ich Gunnar an.

Nur um zu hören, ob er die neueste Mode verpasst hat. Er hat.

»Hey, was gibt's?«

Eine Menge, aber nichts, womit ich ihn belasten möchte. Er klingt fürchterlich, so, als säße er bei seiner Mutter auf der Couch und hätte eine große Portion ihres berüchtigten Gemüseauflaufs genossen.

»Och, nicht viel«, schwindele ich, um Gunnars vegetarisch ausbalancierte Verdauung nicht ins Wanken zu bringen, »und bei dir? Wie geht es Rose-Marie?«

»Wem?«, fragt er unwirsch.

»Deiner Mutter. Wie geht's ihr?«

Das macht ein halber Tag auf dem platten Land mit dir. Kaum bist du da, kennst du die Vornamen deiner Eltern nicht mehr, weil sich die meisten gegenseitig »Mutti« und »Vadda« nennen. Nur hat Gunnars Vadda sich vor Jahren eine neue Mutti gesucht.

»Gut. Sehr gut, doch. Hüpft durch den Garten und sammelt Kräuter nehme ich an.«

Er nimmt an, okay. Ich kann niemals wieder nach Hause fahren. Wenn es Gunnar da schon so runterzieht, werde ich noch am Ortseingangsschild verrecken.

»Und dein Zahn?«, will ich dennoch wissen.

»Liegt auf deinem Nachttisch. Da muss ein neuer rein. Morgen.«

»Du warst noch gar nicht beim Sülzwurst? Hast du wenigstens angerufen, um einen Termin zu machen?«

Das kommt davon, wenn man nicht wie die eigene Mutter werden will. Man klingt irgendwann wie seine zukünftige Schwiegermutter.

Gunnar reagiert entsprechend: »Doch, ich habe angerufen, sonst wüsste ich ja gar nicht, dass man den Zahn nicht kleben kann. Denk doch mal nach, Doris.«

Ich sollte dem Gespräch eine positive Wendung geben, bevor ich es beende.

»Ich habe mit Vladimir telefoniert. Er klang merkwürdig.«

»Tut er das nicht immer?«

Guter Punkt. Neues Thema:

»Du bist müde, oder?«

Gunnar gähnt bestätigend. »Ja, du weißt doch ›Nichts macht dich so fertig wie deine Heimatstadt‹. Steht sogar auf der Postkarte, die du mir mal geschenkt hast.«

Jetzt ergibt alles einen Sinn: »Gunnar, kannst du mir die Karte mitbringen, falls du sie findest?«

»Wozu?«, fragt der Mann irritiert.

Damit ich endlich die solide Quellenangabe an der Hand habe, meine Hausarbeit beenden und mein Studium wieder aufnehmen kann natürlich.

»Ist egal«, spricht nun die Stimme der Vernunft aus mir, »wir sehen uns morgen?«

»Oder übermorgen. Weiß nicht, wie lange es beim Zahnarzt dauert. Schlaf gut, Süße.«

»Du auch. Süßer.«

Ich werde ins Bett geschickt, mit Süßkram, aber ohne Gute-Nacht-Kuss. Das wird die Super-Nanny nicht gerne hören. Oder ist Kai Pflaume für solche Fälle zuständig? Wo kann man eigentlich neue Sendeformate vorschlagen, ich hätte da was in Petto: »Rein in die Schulden, pleite in acht Wochen.«

Statt meines Telefons sollte ich ganz eindeutig meinen Fernseher abschaffen.

XXVIII

Wenn ich frei habe, wache ich automatisch um sieben Uhr auf. Und der frühe Vogel hat einen ziemlich kapitalen Wurm aus dem Erdreich gefördert.

Ich darf die Katze der Nachbarin jeden Tag füttern, zwei Wochen lang. Dafür gibt es zwanzig Euro sowie unbegrenzte Trocknernutzung.

Ich nutze das schamlos aus. Wasche alles, was ich besitze, sogar den Duschvorhang. Vielleicht sollte ich meine Freunde anrufen und sie bitten, ihre nasse Wäsche vorbeizubringen, welche ich dann gegen einen geringen Obolus trocknen würde?

Um zehn hole ich zwei Wollpullover aus der Trommel, die ich Kira stiften könnte. Sie passen jetzt bestimmt den Kickerfiguren.

Auf der gefalteten Wäsche wälzt sich die Katze. *Dokis kleine Reinigung* macht dicht, für heute, für immer. Auch als Tierbändigerin versage ich kläglich, erst um halb elf kann ich ein Shirt aus dem Stapel erbeuten, das die Kratzer auf meinen Armen leidlich bedeckt.

Wenn ich jeden Tag zwei Zukunftsberufe für mich ausschließen kann, bin ich in drei Wochen durch mit der Auswahl und mache einfach das, was übrigbleibt. Frührentnerin klingt verlockend.

Ein Blick in den Spiegel beruhigt mich: »So kannst du losgehen, Frau Kindermann, du hast das perfekte Outfit gewählt, um deine Kneipe zu putzen.«

Ich springe für Holger ein. Die SMS von ihm werde ich in jedem Fall speichern.

»*Huhu Doki. Kannst du das DH für mich putzen? Hatte vergessen, dass ich arbeiten muss. Danke dir, Holle.*« Die werde ich als den Beamten-Witz des Tages bei einer entsprechenden Zeitung einreichen.

Die Nachbarin hat mir sogar ihr Fahrrad geliehen, also radle ich pfeifend die Straße hinunter durch den sprühenden Mairegen. Die Nachbarin ist reich, ich sage nur: Hochleistungstrockner, Rassekatze. Ihr Gefährt ein schicker Beach-Cruiser. Ich fühle mich wie ein sehr cooler Biker, der gleich einen sehr schmutzigen Job zu erledigen hat. Hoffentlich nicht ganz so schmutzig wie am Sonntag.

Als ich den Schlüsselbund aus der Aussparung in der Restmülltonne angeln will, finde ich ihn nicht. Ich taste in der anderen Tonne. Nichts. Mir wird leicht blümerant. Sollte ein Einbrecher unser grenzgeniales Versteck ausspioniert haben? Ist er jetzt in der Kneipe? Und klaut Schnaps? Ich drücke die Türklinke vorsichtig. Die Tür öffnet sich laut quietschend. Sollte ich die Polizei alarmieren? Zu spät, ich muss bluffen: »Ich gehe jetzt rein«, rufe ich, und füge routiniert hinzu, »Gib mir Feuerschutz, Kollege.«

Der Geruch von scharfem Desinfektionsmittel sticht mir in die Nase, bevor ich Katjas Stimme höre: »Komm rein, du Kasper!«

Beschämt folge ich dem Aufruf meiner besten Freundin. Angetan mit einem Piratenkopftuch und passendem Streifen-Shirt winkt sie mir zu: »Gutes Timing, ich bin gerade fertig.«

Das »Dead Horst« ist nicht nur sauber, sondern rein. Und irgendetwas anderes ist neu. Wenn ich der frühe Vogel bin, ist Katja ein gedopter Uhu. Sie hat die Barhocker mit Zebrafell bezogen.

»Sieht gut aus«, beglückwünsche ich sie.

»Vorsicht, nicht auf die Theke lehnen«, warnt sie in letzter Sekunde, »ist frisch lackiert.«

Unauffällig sehe ich mich nach dem Kickertisch um. Zu meiner Erleichterung kann ich feststellen: Die Jungs wurden nicht verkleidet oder angestrichen. Aber Katja ist auf einem ganz ähnlichen Laberflash gelandet wie Kira: »Tja, wir fanden, das musste mal gemacht werden. Ein bisschen frischer Wind, mal die Schnäpse aussortieren, die eh niemand trinkt. Wusstest du, dass wir ›Bärenfänger‹ hatten? War eher ein Fruchtfliegenfänger, ha! Ein neuer Herd ist auch schon bestellt, und für die Toilette kommt morgen jemand vorbei. Ich hoffe, der Typ ist fertig bis acht, denn wir haben jetzt ja auch jeden Mittwoch geöffnet, also morgen auch, quasi …«

Quasi. Rückwärts von zehn bis null runterzählen: »Habt ihr das mit Raffi abgesprochen?«, erkundige ich mich, gar nicht um einen freundlichen Ton bemüht.

Katja schaut mich verwundert an, lässt die Liste sinken, die sie in der Hand hält.

Eine Liste auf einem Clipboard.

»Doki, das konnten wir nicht. Ich meine, die Ärzte haben da eine strikte Kontaktsperre verordnet für die ersten zwei Wochen. Das müsstest du doch wissen, ich meine, du hast doch mal dieses Praktikum gemacht, da habt ihr doch auch Leute einweisen lassen. In so Kliniken. Nicht wahr?«

»Wahr«, schmolle ich. Katja reagiert wie erwartet.

Sie sagt noch mehr Wahres: »Mein Gott, Doris Kindermann, bist du jetzt sauer, dass ich dir Holgers Putzschicht weggenommen habe, oder was? Ich habe mich krankschreiben lassen wegen Andi, und dann habe ich gestern mit Marie und Olaf hier gesessen, und wir hatten ein paar Ideen zur Verbesserung. Damit der Laden brummt.«

Olaf. Ich stütze die Arme auf, Katja flippt aus: »Oh toll, jetzt kann ich alles noch mal machen, danke. Weißt du, wie teuer der Lack ist?«

Zeit, dass ich ausflippe, aber richtig: »Ne, keine Ahnung, wahrscheinlich kostet er einen... Batzen? Wird wahrscheinlich aus bedrohten Tierarten gewonnen oder Jungfrauen-Blut, was weiß ich. Und du hast ihn aus eigener Tasche bezahlt, weil du ja die große Gönnerin bist und du den Kacklack von der Steuer absetzen kannst, oder wie?«

Wenn schon Verschwörungstheorie, dann eine fundierte.

Stille.

»Sagtest du ›Kacklack‹, Süße?«

Ich halte die Hände vors Gesicht, Katja bemerkt trotzdem, dass ich dahinter lachen muss.

»Wow. Das wäre was für Raffi. Kacklack. Wollen wir eine rauchen, Liebes?«

»Ja, aber ich habe keine Kippen mehr«, nuschle ich.

»Lass uns vor die Tür gehen. Der Kacklack dünstet noch aus.«

Wir nehmen den Hinterausgang, im Hof ragt ein Sperrmüllberg fast bis über die Mauer zum Nachbargrundstück. Daneben kistenweise Altglas. Nach dem ersten Zug bin ich milde genug gestimmt, um ein paar anerkennende Worte zu sprechen: »Ihr habt ja ganz schön geackert.«

Katja nickt: »Seit gestern Morgen. Kannst du dir Olaf in Gummistiefeln vorstellen? Er hatte sich sogar eine Anglerhose mitgebracht.«

Ich grinse: »Nach dem großen Erfolg von *Broke Back Mountain* sehen Sie jetzt *Lay Down Lake*.«

Katja hustet. »Mann, Doki, vielleicht hättest du doch dein komisches Filmstudium verfolgen sollen.«

Ich sage ihr jetzt nicht, dass ich vielleicht gekündigt habe. Oder gekündigt werden werde, weil ich mich wie eine Vierzehnjährige mit erfundenen Regelschmerzen weggeschlichen habe, statt wie eine Erwachsene einen Arzt zu kennen, der bei spontaner Berufsunfähigkeit keine Frage stellt, sondern einen gelben Schein rausrückt.

Ich mag nicht ganz allein unter einem schlechten Gewissen leiden, also besorge ich Katja auch eines: »Warum habt ihr mir nicht Bescheid gesagt? Ich hätte euch geholfen.«

Auch darauf hat sie sofort eine Antwort parat: »Ach, du musstest doch in den Anker. Und hast schon am Sonntag geputzt. Außerdem…« sie zündet sich die neue Zigarette direkt an der alten an, sieht man auch nicht alle Tage, »… außerdem weiß ich doch, wie sehr du Veränderungen verabscheust.«

Bitte was?

Katja nutzt meine Verblüffung, um nachzutreten: »Jetzt guck nicht so. Im Grunde deines Herzens bist du eine sehr konservative Persönlichkeit. Du hast nicht mal einen Facebook-Account.«

Sie lacht über dieses gelungene Beispiel für meine Rückständigkeit. Anders als sie bin ich nicht der Meinung, dass ich sechzig Millionen Menschen darüber informieren muss, dass wir heute Wetter haben und ich das mag. Oder like. Liken tue?

»Ich bin immer offen für Neues, wenn ich einen Sinn darin erkenne«, krächze ich.

Wie kann sie so etwas behaupten? Ich habe alle drei Monate eine neue Haarfarbe. Erst letzten Oktober habe ich mal eine andere Biermarke versucht. Obwohl ich wusste, dass es sinnlos sein würde. Vorurteilsfrei, neugierig und experimentierfreudig, so kennt man mich landauf, landab.

Katja sieht mich herausfordernd an: »Ja, ganz sicher? Dann kommt jetzt ein Test für dich, mein Hasi: Was hältst du davon, wenn wir einen Durchbruch machen. Zu den Toiletten?«

Was für ein Quatsch: »Ich hab's gern privat, wenn ich pinkle.«

Sie haut auf meinen Arm: »Dummerle, ich meine das anders. Wir machen den Durchbruch zum Waschraum, mauern die andere Seite dafür zu. Dann kann man die Bühne versetzen, in die andere Ecke, wo jetzt der Kicker steht. Dann ist nicht nur die Bühne größer, sondern es passen auch mehr Leute in die Kneipe. Muss natürlich vom Ordnungsamt abgesegnet werden.«

Mir wird schwindelig. Katja hat zuviel Kacklack geschnüffelt. Die Sozialarbeiterin muss eingreifen: »Liebste Frau Alpert, soweit ich das verstanden habe, benötigt der Pächter dieses Ladens, der im übrigen Raphael Kersting ist, dringend weniger Stress, nicht mehr. Eine Monsterbaustelle ist kein besonderes gutes Willkommensgeschenk für ihn, findest du nicht? Oder willst du ihn umbringen?«

Da hat sie nichts mehr zu sagen. Vielleicht ist ihr Hirn doch noch nicht ganz weggefressen, es sieht mir ganz so aus, als würde sie scharf nachdenken: »Bis der wiederkommt sind wir längst fertig. Raffi wird sich freuen. Mehr Kundschaft, weniger Stress mit dem Ordnungsamt. Marie ist dafür.«

Marie ist dafür. Das soll mich milde stimmen?

»Es ist aber nicht Maries Kneipe, also auch nicht ihre Entscheidung«, zerstöre ich Katjas Architekturvisionen. Sie reicht mir ihre letzte Zigarette, zündet sie mir an.

»Doch, Doki. Raphael hat ihr gestern die Vollmacht unterschrieben.«

Ich werfe die Zigarette weg: »Ach ja, und was ist mit der Kontaktsperre? Ist Marie gestern noch nach Bad Schlag-mich-tot gefahren, Olaf im Gepäck wahrscheinlich, und sie haben Raffi die Pistole auf die Brust gedrückt, ja?«

Katja blickt meiner Zigarette nach. Sie hasst Verschwendung, wenn sie nicht von ihr selbst begangen wird: »Boah Doris, jetzt red doch nicht so einen Scheiß. Marie hat mit den Ärzten telefoniert, und die haben Raphael dazu geraten. Die Vollmacht kommt per Einschreiben. Das ist gut für Raffi. Für uns alle. Geht das endlich in deinen Kopf?«

Ich gehe. Meiner Kippe hinterher, hebe sie auf und rauche zu Ende. Gut für Raffi geht auch in meinen Kopf. Größere Bühne auch. Mehr Gäste bedeuten mehr Umsatz. Mehr Umsatz bedeutet, dass wir den Leuten, die hier arbeiten, einen fairen Lohn auszahlen können. Ich arbeite hier, wenigstens, bis Raffi zurückkommt. Und wenn es gut läuft, kann ich sogar weiter hier arbeiten. Das wäre schön. Und vielleicht sogar das, was Vladimir mit »Änderung von System« meinte.

»Okay.«

Katja faltet die Hände, blickt gen Himmel: »Danke, Allmächtiger.«

Eine wahre Freundschaft beinhaltet einen reibungslosen Schichtwechsel. Wenn Katja ins Religiöse abdriftet, muss ich die weltlichen Dinge übernehmen: »Aber so Umbauten, die dauern doch nicht nur, die kosten doch auch, oder? Das kriegen wir doch niemals alleine hin. Du wirst dir die Fingernägel abbrechen, Liebes.«

Auch diese trüben Aussichten scheinen Katja Alpert nicht zu erschrecken: »Harald hat Maurer gelernt. Albert kennt noch ein paar Typen vom Fernsehen, die sogar Geld dafür bezahlen, wenn sie mit einem Vorschlaghammer eine Wand niederkloppen dürfen. Das ist in zwei Tagen fertig.«

Sie hat an alles gedacht. Fast alles.

»Wer baut denn die neue Bühne auf? Kann Vladimir so was machen?«

Katja malt mit der Fußspitze unsichtbare Kreise auf das Pflaster: »Weiß nicht. Müsste man ihn mal fragen.«

»Ihr habt noch nicht mit Vladimir gesprochen?«

Das ist gar nicht okay, und Katja weiß das. Sie windet sich. »Ach ja, der Vladi. Weißt du eigentlich, was der so macht? Ich meine, von den paar Putzschichten kann doch niemand überleben. Woher kriegt der seine Kohle? Verkauft der, was so vom Laster fällt, oder was?«

Ich bin angeekelt: »Katja, das war jetzt absolut geschmacklos. Das mit den Lastern. Das machen die Polen.«

Zwei schlechte Witze ergeben beileibe keinen guten, Katja kommt wieder auf den Kern der Sache zurück: »Also, wir haben uns gedacht, wenn wir Vladimir erklären, was wir vorhaben, wird er es gut finden. Genau wie du.«

War das eine doppelte Beleidigung? Sicherheitshalber schlage ich zurück: »Dafür bist du genau wie Gunnar.«

Katja erbleicht: »Wenn das wirklich so sein sollte, macht dich das zu einem ziemlich gestörten Wesen, Doris Kindermann.«

Finde ich nicht: »Nein, das heißt nur, dass ich einem bestimmten Typ treu bin. Konservativ, wie du sagtest.«

Wenn sie keine sachlichen Argumente mehr vorzutragen hat, schwenkt meine beste Freundin übergangslos auf die persönliche Ebene rüber. »Doki, deine Ellenbogen sind voll mit Kacklack. Mach den ab.«

»Gerne, kannst du mir deine Autoschlüssel geben?«

In ihrem Handschuhfach liegt immer die Erstausstattung für ein Maniküre-Studio parat. Es dauert zwei Sekunden, bis Katja mich informiert:

»Das Auto habe ich Gunnar geliehen, sorry.«

Kein Grund, um sorry zu sein oder auch nur zu sagen. Mit dem Auto ist Gunnar viel schneller wieder hier als mit dem Bummelzug. Und der kann ja auch bestimmt eine neue Bühne bauen, schon morgen. Er hat ja Architektur studiert, ein wenig. Alles fügt sich, warum bin ich dann so wütend? Es ist die Eifersucht, die in mir emporkriecht. Katja leiht mir nur im äußersten Notfall ihr Auto. Und so dringend war Gunnars Zahnarztbesuch nun auch nicht, der Eckzahn ist eine rein kosmetische Angelegenheit. Das merkwürdige Gefühl im Magen wird nicht besser, sondern schlimmer. Ich frage mich nicht nur, warum Katja Gunnar ihr Auto geliehen hat, sondern auch noch: Wann? Einerseits will ich sie fragen, andererseits möchte ich nicht schon wieder von ihr darüber belehrt werden, wie erwachsene Menschen ihren Alltag zu regeln wissen. Ich will gar nicht mehr darüber nachdenken und bekomme die Chance dazu.

»Mädels, ich muss euch was zeigen. Jetzt.«

Nichts kann eine bevorstehende Grundsatzdiskussion über Notfälle besser im Keim ersticken als ein ebensolcher. Marie lächelt nicht. Sie blickt hochkonzentriert auf ihre Hand, in der sie eine Flasche hält. Der antike ›Bärenfänger‹. Sie schaut von Katja zu mir, um sicherzugehen, dass sie unsere volle Aufmerksamkeit genießt. Dann streckt Marie ganz langsam den

Arm aus und lässt die Flasche los. Sie fällt nicht, sondern bleibt an ihrer Hand kleben. Sekundenlang, bis Marie die Hand wieder schließt und verkündet: »Männer sind… solche… solche…«

Gut, dass wir Marie nie bei einer großen Samstagabend-Fernsehshow angemeldet haben. Den perfekten Bühnenmoment hat sie versaut, Katja souffliert nachträglich: »Drecksäue«.

Marie schüttelt den Kopf und rettet mit einer unerwarteten Wendung den Auftritt. Sie nimmt einen Schluck aus der Flasche. Schmatzend lässt sie uns wissen: »Nein, ich wollte sagen: Männer sind solche Pussys.«

Marie beendet den Gig mit einem Feuerwerk. Im hohen Bogen schleudert sie die Flasche auf den Altglashaufen. »Treffer.« Aber ihre sportlichen Erfolge vermögen sie nicht heiterer zu stimmen.

Wir sind erwachsene Frauen. Wir haben keine Mädchenprobetage nötig, wir wissen längst, was zu tun ist, wenn eine von uns männermüde ist. Katja und ich bilden den Chor der Klageweiber: »Wem erzählst du das, Schwester? Mein Andi ist… war… ach, du kennst ihn ja.« Um Katja aus der Bredouille zu holen, warte ich mit einem aktuelleren Fall auf: »Gunnar hat fast geweint, bevor er sich am Sonntag endlich einen Besen geschnappt hat.«

Wir verstummen. Keine guten Beispiele, die wir da gewählt haben, nicht für das Pussytum von Männern. Schließlich hat Gunnar sich doch mächtig ins Zeug gelegt, und Andi wollte sich zumindest volltrunken mit Toddy prügeln. Immerhin, wir haben Marie zum Lächeln gebracht: »Ihr Süßen, ich spreche nicht von romantischen Verwirrungen. Ich rede von Albert. Er hat seine ganzen DJ-Schichten wieder abgesagt, weil er arbeiten muss. Schreiben, nachts, dass ich nicht lache.« Tut sie auch nicht, sie flucht weiter: »Tja, und über unseren Holger muss ich euch wohl nichts erzählen. Ach übrigens Katja, die Barhocker sehen super aus, danke.«

Obwohl Katja gerne gelobt wird, ist ein freundliches Wort von Marie ungewohnt für sie, sie will lieber wieder über Scheißkerle reden: »Ach, wo du es ansprichst: Toddy kann heute nicht. Aber Linda kommt.«

Marie schnauft: »Hat er wenigstens angerufen oder nur eine SMS geschickt?«

»Er hat's bei Facebook gepostet«, gibt Katja zu.

Was tut die moderne Frau in so einer Situation? Einen kleinen Prosecco auf den Schrecken trinken, dann shoppen gehen? Vielleicht gönnt sie sich eine Farbberatung oder eine Thai-Massage? Im Anschluss zum Lieblings-Portugiesen, wo einstimmig beschlossen wird, jetzt erst recht öfter ins Fitnessstudio zu gehen? Nein, bloß nicht, das endet doch nur damit, dass man am Ende des Abends barfüßig und rothaarig um eine Tanzfläche kreist.

»Lass uns zum Baumarkt fahren«, schlägt Marie vor, »da kann man sich doch bestimmt einen Vorschlaghammer leihen, oder?«

»Das Auto ist nicht da«, erklärt Katja diesen Plan für gestorben.

»Dann nehmen wir uns halt ein Taxi«, bestimme ich, »Großraum.«

Meine Freundinnen nicken entschlossen. Trotzdem fällt mir die Aufgabe zu, die frisch aufgemotzten Barhocker mit Plastikfolie einzuwickeln, während Marie und Katja das schwere Gerät besorgen. Jean und Harlow, im Team mit der Superzahnlücke, sind einfach überzeugender, wenn es darum geht, Männern ihr Werkzeug abzuschwatzen.

XXIX

Können wir da jetzt einfach so draufhauen?« Ich sollte mal einen Chromosomentest machen lassen. Vielleicht bin ich ja doch ein halber Mann, eine genotypische Pussy.

»Ja Doki, die Wand ist nachträglich gezogen worden, ist kein tragendes Element«, versichert Katja. Woher weiß sie das, frag ich mich, aber Marie hat schon ausgeholt. Kein riesiges Loch folgt ihrem Schlag, aber der Putz bröckelt sehr malerisch herab.

»So doch nicht«, belehrt Frau Alpert, »du musst Wut im Bauch haben. So: Scheiß-Andi!«, kreischt sie und legt das Mauerwerk frei. Ich bin beeindruckt.

»Doofer Albert«, versuche ich mich. Es staubt ein bisschen.

»Hass, Doki, echter Hass«, empfehlen meine Freundinnen. Katja klebt schon der Schaum im Mundwinkel.

»Benno!« Der Kampfschrei wirkt besser. Die untere Ecke, in die ich geschlagen habe, bricht ab. »Nicht so, von oben arbeiten. Sonst fällt uns das ganze Zeug auf den Kopf.«

»Klugscheißer!«, brülle ich und ziele nach oben. Die Erde bebt.

»Lasst mir was übrig, Mädels, ich hole Helme vom Speicher.«

Marie flitzt über die Tanzfläche, wir blicken ihr irritiert nach. Es gibt keine Vorschlaghammer im Laden, aber Raffi bunkert Bauhelme? Katja zuckt die Achseln.

»Oberpussy, schätze ich.«

Minuten später kehrt Marie mit ein paar lustig gepunkteten Hütchen zurück. »Raffis Vater war früher Jockey«, erklärt sie. Nur bei einem waschechten Frauentag erfährt man noch die intimsten Geheimnisse derer, die nicht zugegen sind. Wir klopfen und hämmern, schimpfen und schreien die Namen der Verräter heraus, die uns Leid zugefügt haben. Als wir bei denen angelangt sind, die sich in der neunten Klasse auf unsere Schuhe übergeben haben, ist immerhin ein Viertel der Wand verschwunden. Marie strotzt vor guten Ideen: »Ich mache Musik an. Und hole die Schuldenliste.«

Alphabetisch wird das nichts, also gehen wir nach Höhe der nicht bezahlten Deckel. Katja verliest, Marie und ich schwingen die Hämmer: »Hugh, Freund von Toddy, hat im März 2008 vierzig Euro versoffen, ward nie wieder gesehen! Schlagt zu.«

Wir vermöbeln Hugh tüchtig und Toddy gleich mit. Ebenso einen unbekannten Klaus, zwei Michaels, diverse Andis, die nicht Katjas waren, und schließlich gehen wir auch auf Geschlechtsgenossinnen los. »Babsi Kichermonster, immerhin achtundzwanzig Tacken«, stachelt Katja Marie auf, die sich in einen wahren Blutrausch hineinsteigert: »Böse Babsi, böser Felix, Arschloch, Vollidiot… Scheiß-Raffi!«

Die Mauer fällt. Wir blicken nicht auf unsere Brüder und Schwestern, die mit Billigsekt und Begrüßungsgeld wedeln, sondern nur auf die Urinale der Männertoiletten.

»Scheiß-Raffi«, röchelt Marie noch einmal. Katja ist genauso verunsichert wie ich.

Scheiß-Raffi kann etwas Gutes bedeuten, für Marie. Dass sie endlich über ihn hinweg ist, auf der amourösen Ebene. Aber es könnte genauso gut etwas Fürchterliches bedeuten, und es ist Frau Alpert, die sich zu fragen traut: »Hat er dir die Vollmacht doch nicht gegeben, Marie?«

Marie nimmt ihren Jockey-Helm ab und wischt sich den Schweiß aus der Stirn. Wägt ab – bei einer ›Nein‹- oder ›Ja‹-Frage nichts Gutes.

»Doch«, sagt sie schließlich, »ich habe nur darüber nachgedacht, dass wir das viel früher hätten tun können, Raffi und ich. Mit den Umbauten, meine ich.«

Nachdenklich sah Marie gerade nicht aus, als sie auf die Wand eingedroschen hat. Und Umbauten kann man das auch noch nicht nennen, was wir an diesem Vormittag veranstaltet haben. Für Katja zählt Maries Wort.

»Also, wenn du die Vollmacht hast, ist doch alles gut. Wäre ja schon blöd, wenn wir jetzt den halben Laden abgerissen hätten, ohne, dass wir es durften. Das kann man einer Versicherung nur ganz schlecht als Unfall verkaufen.«

Mir wird ganz anders. Auf das Wort »Versicherung« reagiere ich zwar meist mit körperlichem Unwohlsein, aber nie so stark. Mit ist eingefallen, dass wir die Rechnung zwar mit dem Wirt gemacht haben, aber ohne den Hausbesitzer. Um die anderen nicht in Panik zu versetzen, versuche ich es so milde wie möglich zu formulieren: »Scheiße, was wird denn der Vermieter dazu sagen, dass wir sein Haus kaputt gemacht haben?«

Marie gibt Entwarnung: »Ach, das geht in Ordnung, die Frau, der das Haus gehört, ist in Raffi verliebt. Er ist sogar der Einzige, den sie noch erkennt, wenn er sie ab und an im Pflegeheim besucht. Demenz im Endstadium.«

Erleichterung: Raphael Kersting, der Mann für gewisse Stunden, empfohlen für die Altersgruppe von 18 bis 98. Katja kann meine Freude nicht uneingeschränkt teilen. »Dement im Heim, ja? Hoffentlich hält sie durch bis Raffi zurückkommt.«

Stimmt. Wenn einer schwerkranken, verwirrten Frau auch noch die letzte Bezugsperson fehlt, kann sie schneller eingehen als eine Primel. Aber vielleicht ist sie ja schon so weit, dass man ihr einen in Bier getränkten Labrador als Ersatz unterjubeln könnte, bis der Scheiß-Raffi damit fertig ist, kaputt zu sein. Apropos dämliche Ablenkungsmanöver.

»Wollt ihr was trinken? Es ist fast sechs Uhr.«

Marie hat sich unauffällig hinter ihre sichere Theke geflüchtet, Katja und ich sind so erschöpft, dass uns auch nichts Besseres einfällt als die Hocker aus den Folien zu zerren und uns darauf fallen zu lassen. Ich stütze die Ellenbogen an der von mir markierten Position auf die Theke. Fantastisch. Wenn ich hier für immer hocken bleibe, muss man gar nicht nochmal neu lackieren und die Flecken auf meinen Armen fallen auch gar nicht auf. Ich verzichte darauf, Katja diesen Vorschlag zu unterbreiten; sie wird es nur als Beweis für meine angebliche Festgefahrenheit sehen.

»Danke, kein Bier für mich«, lehnt Katja die dargebotene Flasche ab, »das würden Männer jetzt trinken.« Marie schaut sich im Regal nach einem passenden Getränk für Schwerarbeiterinnen um. Da kein Eierlikör vorrätig ist, entscheiden wir uns für Leitungswasser aus Weizengläsern.

Wir trinken schweigend. Dabei starren wir auf die altertümlichen Urinale. Das Wasser schmeckt auf einmal leicht nach Klostein, Marie schenkt eine Runde Rum-Cola aus. Besser.

»Ich kann mich nicht mehr bewegen«, maunzt Katja.

Marie horcht, kneift die Augen zusammen, und schaut uns dann ratlos an: »Ich habe keine Ahnung, was Linda trinkt«, gesteht sie, Sekunden bevor Toddys bessere Hälfte durch die Tür tritt.

»Entschuldigt, ich bin zu früh da«, grüßt sie, bevor ihr Blick auf die Trümmer fällt: »Oh, das wäre auch was für mich gewesen. Ich hätte bezahlt dafür.«

Sie schnappt sich einen Hocker, rollt ihn hinter die Theke und setzt Marie darauf. Ein kräftiges Mädchen, sie hätte gebührenfrei den Hammer schwingen dürfen.

»Soll ich die Theke jetzt übernehmen oder erst den Schutt wegräumen, Chefin?«

»Nix da«, befiehlt die, »das ist keine Frauenarbeit. Heute nicht. Trink einen mit uns, wir feiern das Ende des Patriarchats!«

»Bisschen spät. Ich meine, früh«, wirft Katja nach einem Blick auf die Uhr ein. Rum-Cola geht ihr immer sofort aufs Zeitgefühl. Bei mir trifft es das Sprachzentrum. Bestimmte Artikel verschwinden schneller als im Sommerschlussverkauf: »Wo drückt Schuh, Linda? Auch Ärger mit Kerle?«

»Oh Doki, das war mit Abstand die schlechteste Vladimirkopie aller Zeiten«, stöhnt Marie, und Linda leert ihr Glas in einem Zug. Auch eine Antwort, aber sie verbalisiert sie zusätzlich: »Toddy, der Traumtänzer«, knurrt sie, »meint, er hat jetzt den Drummer gefunden, mit dem die Band den Durchbruch erreichen wird. Natürlich noch heute Abend, weil der Typ noch in vier anderen Bands trommelt. Juhu.«

Selbst Marie lacht trocken auf. Durchbrüche sind Frauensache, und Schlagzeugern sollte man sowieso nicht trauen. Aber Linda kann noch mehr erzählen: »Ich fahre ihn also zum Proberaum, und da ruft mich mein Chef an, um zu sagen, dass er mich in eine andere Filiale versetzen will. Und dann habe ich noch einen Strafzettel bekommen, weil ich am Steuer telefoniert habe, und wisst ihr, was mein Freund dazu gesagt hat, als ich ins Lenkrad gebissen habe, wisst ihr es?«

Wir wissen es: »Luxusgejammer!«

Linda knirscht mit den Zähnen: »Ja, genau. Trinken wir noch einen, Ladies?«

Natürlich.

Als um zehn nach acht der erste Gast hereinschneit, hat er doppelt Pech. Er ist ein Kerl und dazu noch ein fremder: »Ich weiß nicht, was du trinkst, also hau ab, du!« zischt Marie durch die Zahnlücke, der Jungspund erbleicht: »Ich bin's. Luis. Du kennst mich, Marie. Ihr kennt mich alle. Ich trinke …«

»Ja, Typen wir dich kennen wir«, grölt Linda.

»Kennnsssse einen, kennnsssse alle!«, füge ich wortgewandt hinzu.

»Du trinkst gar nichts«, bestimmt Katja.

Luis widerspricht nicht. »Kann ich wenigstens kurz aufs Klo?«, fragt er, aber ich glaube, das will er gar nicht. Nicht, nachdem er die fehlende Wand gesehen hat.

»Oh, bitte, genier dich nicht, auf geht's Cowboy!«, feuert Katja ihn an. Wir klatschen in die Hände, und irgendeine von uns hebt zu einem Liedchen an: »Komm hol das Lasso raus.«

Macht er nicht, der Feigling. Er sieht zu, dass er Land gewinnt. Wir schämen uns ein wenig.

»Doki, das war peinlich.«

»Ihr habt mitgesungen!«

»Du hast so eine mitreißende Art, Schatz.«

»Du bist so besoffen, Liebes.«

»Ne, ich trinke seit zwei Stunden nur noch Cola«, gibt Katja freimütig zu.

»Du Pussy«, kommentiert Linda dieses Geständnis, kurz darauf schmatzt sie und ihr fällt auf: »Ich glaube, ich auch.«

Marie kichert: »Ja, nach der ersten Runde habe ich vergessen, den Rum mit ins Glas zu tun. Entschuldigung.«

Die Chromosomenuntersuchung kann ich mir sparen. Eine echte Frau kann nicht nach einem Longdrink einen Malle-Hit anstimmen, ohne sich danach in Staub aufzulösen. Vor allem nicht, wenn der Alkoholkonsum über zwei Stunden zurücklag. Ich hatte Spaß ohne Alkohol und will sterben.

Meine sogenannten Freundinnen mutieren zu einem unterbesetzten Hyänenrudel, fordern mich zwischen Geifern und Kreischen auf, doch noch was von DJ Ötzi zum Besten zu geben.

Wie komme ich aus der Nummer wieder raus?

»Sollen wir den Laden für heute dicht machen? Ich meine, wenn jemand vom Ordnungsamt vorbeikommt und den Schutthaufen da sieht ist es ganz vorbei«, orakle ich. Dieser

Ausspruch erweist sich als perfekter Stimmungsdämpfer. Katja ist dafür: »Stimmt. Ich schließ' lieber ab. Räumen wir morgen den Dreck auf.«

Die Chefin ist dagegen: »Nein. Wenn das jemand wegräumt, dann die Jungs. Und solange sie es nicht weggeräumt und eine neue Wand gezogen haben, machen wir auch nicht wieder auf. Punkt.«

Vielleicht hätte ich doch besser von einem Stern gesungen, der deinen Namen trägt, als einen Vorschlag zur Abendgestaltung vorzubringen.

»Marie, das ist eine Schnapsidee. Ich komme morgen und helfe, klar, aber…«

Marie hat entschieden: »Hey, ich bin die Chefin. Und habe die Vollmacht. Keine von uns packt hier irgendetwas an. Die Jungs haben noch eine Chance. Ich gebe Holger Bescheid und Albert. Linda, du lässt deinen Kerl wissen, was die Stunde geschlagen hat. Doki, wenn Gunnar von seiner Landpartie zurückgekehrt ist, sag ihm Bescheid. Vladimir macht den Bauleiter. Schluss. Aus. Ende.«

Für Katja ist erst Ende, wenn sie das letzte Wort gesprochen hat: »Aber die sind dann doch nur zu viert, das schaffen die doch nie, bis… irgendwann.«

»Sie können ja bei Facebook ihre Kumpel fragen, ob die ihnen helfen«, schlage ich vor.

Linda unterstützt mich: »Hey, Mädels, Marie hat absolut recht. Wir haben alle noch Vollzeitjobs. Und wenn wir die Typen an die Arbeit kriegen wollen, dann so. Ich hab's einmal mit Sexentzug versucht, und… egal, es ging in die Hose.«

Die Königin von Mallorca gibt ihre Krone ab, an die plötzliche Prinzessin von Kalau zu Flachwitz.

Schließlich haben wir genug gelacht und können sogar ein vierhändiges High-Five koordinieren. Statt eines größeren Festaktes und einer Eilmitteilung an Alice Schwarzer entscheiden wir uns für Schönheitsschlaf.

Marie schließt die Tür von innen, Katja will nach oben gehen: »Süße, willst du nicht bei mir schlafen? Gunnar kommt erst morgen wieder«, versuche ich sie zu einer Taxifahrt zu überreden. Sie schüttelt den Kopf: »Ne, ich werde noch ein bisschen lesen und vielleicht noch eine kleine Extramaus verfüttern. Die Weißen mag Black-Out am liebsten.«

Gegen so ein Abendprogramm kann ich nicht anstinken.

XXX

Gunnar ist offenbar bei Facebook.

»Was kommt als Nächstes, Doris, tanzt ihr bei Vollmond auf dem Blocksberg? Wessen Schwachsinnsidee war das? Kam die von Katja?«, raunzt er mich durch den Hörer an.

»Ebenfalls einen wunderschönen guten Morgen«, sollte ich wünschen, aber das hat die Wogen noch nie geglättet. »Wenn du es genau wissen willst, es war Maries Idee.«

Schweigen.

»Der Befehl kam also von ganz oben, wenn du so willst«, nehme ich erneut Anlauf.

»Oh, verschone mich, Doris. Ich kann nicht mehr.«

Aufgelegt.

Er hat aufgelegt. Und jetzt ist besetzt. Mit wem telefoniert er denn, wie kann er es wagen?

Wie kann jemand … wie Gunnar sein? Eine fiese, feige Ratte, die sogar Black-Out wieder ausspucken würde. Was waren das für herrliche Jahre, in denen ich ihn nicht gesehen habe. Ich hatte wilde Affären, tolle Freunde und eine intakte Kneipe. Mir fehlte es an nichts, rein gar nichts. Erst, als der Idiot wieder in mein Leben spaziert ist, ging alles den Bach runter. Ich bin meinen Job los, Raffi ist kaputt, die Kneipe so gut wie. Ich hasse ihn.

Das werde ich ihm jetzt sagen, gut, dass er anruft: »Ich, ich, ich…« – heule.

»Was ist los mit dir, dir, dir?« Originell war der Kerl auch nie. Aber das kann ich ihm nicht sagen, weil meine Kehle wie zugeschnürt ist. Gunnar sieht das natürlich als Aufforderung an, weiterzureden: »Ich bin jedenfalls auf dem Weg zu euch. Musste nur auflegen eben, weil die Bullen mir entgegenkamen. Mit wem hast du gerade telefoniert?«

Wieso ich? Egal, findet Gunnar: »Also Schnuckiputz, ich fahre direkt vom Baumarkt aus ins ›Dead Horst‹.«

»Danke«, haucht eine Stimme aus mir heraus, die leicht schwindsüchtig und völlig verblödet klingt.

»Oh bitte, wir Männer tanzen doch, wenn ihr pfeift. Aber was ich dich fragen wollte, ist: Kann ich noch bei dir pennen, oder wirst du so zur Streikbrecherin?«

Die Bullen. Streikbrecherin. Bei mir pennen. Hoffentlich ist Gunnar auf der richtigen Autobahn und im richtigen Jahrzehnt unterwegs, sonst landet er noch in Wackersdorf.

»Klar kannst du bei mir… übernachten nach der Arbeit, selbstverständlich«, säusele ich in die Sprechmuschel. Es soll verführerisch anmuten oder zumindest versöhnlich.

»Super, dann bis später. Koch mir was Schönes, ein Steak mit Steak würde mir schmecken. Tschüss.«

»Mach ich. Tschüss.«

Jetzt aber schnell in die Schürze gesprungen und ran ans Werk. Ob ich es noch schaffe, ein paar niedliche Racker auszuleihen, bevor ich mich frischmache für den Fototermin für die CSU-Wahlplakate?

Unfug. Gunnar erwartet kein Steak, er ist immer noch Vegetarier. Und Nichtraucher. Wirft sein Handy auf den Beifahrersitz, wenn er in der Ferne ein Blaulicht funkeln sieht. Am Ende ist er gar nicht qualifiziert für das Projekt »Männer zurück in Männerberufe«.

Ich bin wirklich gespannt, wer da auftaucht. Falls es über Nacht keine Verfassungsänderung gab, ist Holger immer noch Beamter, aber wenn Marie persönlich mit ihm spricht, wird er das ein weiteres Mal ignorieren. Albert halte ich für den Wackelkandidaten. Es sind immer die, die sich ihre Arbeit so frei einteilen können, dass sie bei aller Einteilung die Arbeit vergessen. Olaf kann bestimmt nicht widerstehen. Männertage im »Dead Horst«, nackte Oberkörper und Schweißperlen unter Jockey-Helmen, welch einmalige Gelegenheit.

Das hört sich nach Spaß an, ich will mitmachen.

Es ist nicht einfach, mit der Gleichberechtigung, nicht mal, wenn man es ganz allein für sich übt. Da hilft nur sinnvolle, geschlechtsunspezifische Beschäftigung. Die Ellenbogen in Aceton tauchen ist ein Anfang. Zur Nachbarwohnung gehen und feststellen, wie gerne man einen Hund hätte. Der könnte die Katze fressen. Sich zu überlegen, dass man seine Chefin jetzt anrufen könnte, um mal zu klären, was jetzt überhaupt los ist. Nein, da lasse ich der guten Margret doch lieber noch ein bisschen Zeit.

Als ich bemerke, dass ich zum Radio bei Thin Lizzys *The Boys are Back in Town* mitschmettere, sehe ich das als untrügliches kosmisches Zeichen an: Das sollte ich besser kontrollieren, bevor ich es durch die Nachbarschaft gröle.

Nach einer kurzen Fahrt auf Frau Nachbars Öko-Chopper muss ich feststellen: Ich bin von Verräterinnen umgeben. Der harte Kern unserer gestern gegründeten Ortsgruppe der Ya-Ya-Schwestern ist komplett angetreten und er hat sich mit Fruchtfleisch umgeben: Neben Katja, Marie und Linda sehe ich

Miriam, Britta, die kleinen Punk-Mädels vom Stromkasten und sogar Kichermonster vor der Tür des »Dead Horst« versammelt.

»Wir gucken nur«, rechtfertigt meine beste Freundin ihre Anwesenheit, als ich den Beach-Cruiser an der Straßenlaterne anleine.

»Etwas Gebäck, Doki?«, bietet Miriam mir von einem Papiertablett Schwarzwälder Kirschtorte an. Ich lehne dankend ab.

»Kaffee läuft durch«, versichert Marie, »und wenn sich das Wetter hält, können wir die Gartenmöbel aufbauen.« Noch nie habe ich jemanden gehört, der so grimmig die Sommersaison ankündigt. Das kann nur eines bedeuten:

»Lasst mich raten: Es gibt noch nichts zu gucken.«

Die Mädels starten eine recht eindrucksvolle La-Ola-Variation für Bewegungsmuffel: Eine nach der anderen rollt mit den Augen, das kleinere der Punkerienchen beißt auf ihr Lippen-Piercing: »Kennst doch Vladimir, die alte Primadonna: Hat einen Mordszauber veranstaltet, von wegen, wie man so blöd sein kann, eine Mauer abzureißen, ohne vorher Steine für eine neue organisiert zu haben.«

Ihre Freundin kratzt über den Totenschädel, der auf ihrem Kopf eintätowiert ist: »Nun ja, Agnes, da hat er leider schon ein Stück weit recht mit, fürchte ich.«

Ich muss nicht fürchten, ich muss meinen Lachreflex unterdrücken: Das Mädchen mit dem Vierfarb-Irokesen heißt Agnes? Wie mag Totenkopf-Kopf heißen? Elfriede? Es gibt einen einfachen Weg, um das rauszufinden: »Hi, ich bin Doki«, strecke ich ihr die Hand entgegen.

»Weiß ich, wir haben zusammen studiert.«

Warum überrascht mich das nicht wirklich? Wer sonst außer einer Kollegin würde behaupten, dass Vladimir »ein Stück weit« recht gehabt haben könnte? Ihren Namen kann ich trotzdem nicht abrufen.

Sie hilft mir: »Ich habe nach drei Semestern abgebrochen, und noch mal umgesattelt. Klingelt's? Ich bin's, Sarah.«

Hey, Mensch, die Sarah. Sarah Dingenskirchen. Ich habe immer noch keinen Schimmer: »Mensch, Sarah, alte Hütte, was machst du denn jetzt so?«

Außer auf Stromkästen rumhängen, Leergut einsammeln und Raffi anhimmeln, denke ich mir im Stillen. Sarah grinst verschämt. »Na ja, ich habe gerade ein bisschen Leerlauf. Im August fange ich dann mein Referendariat an, bei der Staatsanwaltschaft.«

»Ich kenne dich auch – von hier halt«, erklärt Agnes, dankenswerterweise ohne dabei zu erläutern, dass sie für die NASA tätig ist: »Du bist die Freundin von dem neuen Typen, dem Architekten, oder?«

Der neue Typ, soso. Der Herr Architekt nebst Gattin, die auch ein wenig dazuverdient, wenn ihr danach ist. Bevor ich von meinem geplanten Jodel-Diplom berichten kann, stellen sich die anderen gegenseitig vor. Kichermonster ist angehende Ärztin. Ist bestimmt hilfreich, wenn sich jemand bei den folgenden Bauarbeiten verletzen sollte. Könnte ja sein, dass irgendeine Totalversagerin mit dem Kopf gegen die neue Mauer schlägt. Immer und immer wieder.

Es hupt. Vielstimmig. Ein Konvoi, angeführt von dem Stararchitekten in Katjas altem Benz, hält auf der anderen Straßenseite. Ihm folgen ein Kastenwagen, ein Bulli und eine Rikscha.

»Vorsicht mir den Felgen, Spasti«, brüllt Agnes dem VW-Fahrer zu, der ganz offensichtlich ihr Freund ist. Sie tragen korrespondierende Zungenpiercings, wie der Angemahnte uns sehr eindrucksvoll demonstriert. Agnes grummelt: »Der kann sich warm anziehen, wenn der nach Hause kommt.«

Katjas Augen blitzen. Sie will Agnes adoptieren, ihre Mentorin werden, und wenn alles nach Plan läuft, werden sie nach ihrem Ableben in einer Doppel-Pyramide bestattet. Komm runter Doris, wieder kein Grund, eifersüchtig zu werden. Noch bist du die Frau des Häuptlings.

Die Männer entsteigen ihren Gefährten, stellen sich breitbeinig davor, diskutieren gestenreich und parken schließlich um.

»Linda, trägt Toddy einen Kilt?«, will ich wissen, aber Linda ist beschäftigt. Zusammen mit Marie stellt sie einen Sonnenschirm an der Straßenecke auf.

Gartenstühle gibt es gar nicht, aber Bierkisten. Wir nehmen unsere Plätze ein. Lasst die Spiele beginnen.

Erstaunlich schnell haben sich unsere Männer mit ihrer Gladiatorenrolle abgefunden. Erhobenen Hauptes schieben sie eine Schubkarre nach der anderen an uns vorbei, unser Klatschen und Pfeifen ignorieren sie zunächst. Nur Toddy lässt sich zu einer Reaktion hinreißen – am helllichten Nachmittag zeigt er uns den Vollmond, wir buhen ihn aus. Ich vermag nicht zu sagen, wer das Sprechverbot angeordnet hat, aber sie ziehen es durch. Selbst Holger erliegt nicht einem Lächeln von Marie. Stoisch steht er vor dem Betonmischer, in fabrikneuen Camouflage-Shorts, Pelzmütze und alten Reitstiefeln von Raffis Vater.

»Agnes, darüber macht man keine Scherze«, rügt Sarah ihre Freundin, wiederholt aber den geflüsterten Kommentar, und wir sind uns einig: Politisch korrekt hin oder her, Holger sieht ohne Brille aus wie der junge Mussolini beim Schulfest. Auf unser Kreischen hin knickt ausgerechnet Gunnar ein: »Ja, lacht ihr nur, ihr Hühner. Wenn wir hier fertig sind, gehen wir alle in den Puff, jawoll!«

Die Jungs stimmen ein Wolfsgeheul an, wir können nur lachen: »Wenn ihr fertig seid, könnt ihr nicht mal den kleinen Finger heben, geschweige denn irgend etwas anderes!«

»Ihr findet doch noch nicht mal den Weg dorthin!«

»Ach, in drei Stunden haben die sich doch selber auf dem Scheißhaus eingemauert.«

Genau Schwester, und ich kann noch einen draufsetzen: »Glaub mal nicht, dass irgendeine Nutte dir heute Abend noch ein veganes Steak mit jungen Möhrchen brät, Gunnar!«

Doris Kindermann, immer bereit, die Vermittlerin zu geben, wenn die Fronten verhärtet scheinen. Meine Mädels fallen fast von ihren Bierkisten, der Herr Architekt versaut mein frischgewaschenes T-Shirt mit seinen Schmierfingern: »Danke, mein Frauchen, so bringt man einen Mann auf den Pfad der Tugend zurück.«

Die Teilnehmerinnen des Kaffeekränzchens werden von ihren jeweiligen Gefährten wieder auf die Kisten gehoben, Speichel und Staub ausgetauscht. Fehlt nur noch der Sparfuchs von dem schwäbischen Kreditinstitut, der in die Kamera zwinkert und sagt: »Bausparen bringt's! Heiße Zinsangebote für coole Leute!«

Babsi kichert sich scheckig, als Felix sie umarmt: »Ich will Pommes«, gesteht er ihr verliebten Blickes, und sie zeigt Kehle. Wiedervereinigung läuft immer ganz anders als man denkt. Nur Katja blickt sich suchend nach der anderen Singlefrau um, die ihr beim Grimassenschneiden helfen soll. Doch Marie ist rechtzeitig in die Kneipe verschwunden, wahrscheinlich, um eventuellen Annäherungsversuchen Holgers auszuweichen.

»Wo steckt eigentlich der Bauleiter Vladimir?«, frage ich Gunnar, der sofort damit aufhört, mir Dreck ins Gesicht zu wischen: »Noch im Baumarkt. Konnte sich noch nicht für die Fliesen entscheiden. Ich glaube, er schwankt zwischen Taubenblau und Salbei.«

Selbst in Abwesenheit kann der große Komiker für allgemeine Erheiterung sorgen. Die Vorstellung, wie Vladimir in der Abteilung für sanitäre Dekorationen hockt und sich mit dem

Farbmuster-Katalog den Schweiß von den Brauen wischt, ist einfach zu köstlich.

»Kann überhaupt jemand Fliesen legen? So richtig, meine ich?«

Eine unerwartet gute Frage von Felix, die allerdings nicht davon ablenken kann, dass er schon wieder ein Bier in der Hand hält.

»Ich kann das«, meldet sich Agnes. Was man nicht alles bei der NASA lernt.

»Prima, dann können Spasti und ich ja solange die Bühne bauen. Läuft doch«, freut sich Gunnar über die Einhaltung des Bauplans.

Mein Handy klingelt, ich gehe dran, ohne zuvor auf das Display zu schauen.

»Doki, wo bist denn du? Ich stehe vorm Anker, und drinnen hüpfen nur Kira und so ein alter Clown herum, die mich zu einem Poetry Slam zwingen wollen. Hilf mir!«

Ludolf Schwenke-Großmann übertreibt wieder maßlos. Um ihn muss ich mir also keine Sorgen machen. Ich wandere mit dem Telefon zur Straßenecke, damit ich den kleinen Schlawiner besser verstehen kann. Und vor allem: er mich: »Aber das klingt doch lustig, Ludi. Da steht man auf der Bühne und muss seinen Text noch nicht mal auswendig kennen. Trotzdem lachen die Leute.«

So war es zumindest bei dem Poetry Slam, den ich besucht habe. In zwei Fällen habe ich sogar über den Text gelacht, nicht über den Vortragenden. Fremdschämen kann man bei solcherlei Veranstaltungen auch gut trainieren, aber es gab echte Highlights. Der letzte Text war besonders komisch, obwohl ich keine Ahnung mehr habe, worum es darin ging. Ich musste meine Körpertemperatur während des Schämens mit Bier runterkühlen. Ein Poetry Slam im Anker könnte also peinlich werden, vielleicht sollte ich Ludi einen Tipp geben: »Probier's doch mal, Ludi. Etwas Neues zu wagen ist immer gut. Musst ja nicht so einen Seelenstriptease bringen, mach am Besten etwas über ein Thema, das dich beschäftigt. Aber trotzdem lustig ist. Vielleicht was mit Tieren?«

Ludi klingt genau wie Gunnar, wenn er ins Telefon schweigt.

Er ist offenbar kein großer Tierfreund, nun denn, muss ich ihm wohl etwas anderes anbieten, während ich mit halbem Auge dabei zusehe, wie der gemischte Bautrupp riesige Bretter durch die Kneipentür trägt. Zum Glück bin ich Multitaskerin: »Oder schreib was Politisches. Satire. Ich habe gehört, ein paar von diesen Poetry-Slam-Leuten kommen später ganz groß raus, die werden sogar richtige Kabarettisten.«

Ich sehe Ludi direkt vor mir wie er den Bundeswirtschaftsminister parodiert. Das wird bestimmt noch unterhaltsamer als Toddys neuer Running Gag, den er gerade eifrig probt: »Mann stolpert über Werkzeugkiste.« Schade, dass Ludi das nicht mit ansehen kann.

»Oh, leck mich, Doki. Ich mache da nicht mit. Hast du Raffi mal wegen Kickern gefragt? Bestimmt nicht, oder?«

»Nein«, grunze ich, und Ludi gerät richtig in Fahrt:« »Weißte was, Doki, du bist die mieseste Sozialarbeiterin der Welt, du kümmerst dich nur um dich, und ...«

Jetzt sag ihm bloß nicht, dass Raffi im Krankenhaus ist. Sag ihm auf gar keinen Fall, dass du dich sehr wohl um andere kümmerst, um ihn, den kleinen Drachenkaiser, ganz besonders. Immer, überall, auch außerhalb deiner Arbeitszeit. Welche Arbeitszeit überhaupt?

»Weißt du was, Ludolf? Wenn ich wirklich so mies bin, ist es ja gut, dass ich kündige. Musst mich nie wiedersehen.«

Jetzt weiß er Bescheid. Und teilt mir auf seine unnachahmliche Art sein Bedauern mit: »Du mich auch nicht. Ciao.«

Scheiße, wie biege ich das jetzt wieder hin?

Kombinieren, Inspektor Kindermann, kombinieren. Auf der Baustelle wir jede Hand gebraucht. Wenn ich meine alten und neuen Freunde anflehe, bei der Arbeit nicht zu rauchen, könnte ich Ludi zu einem Subbotnik herbestellen. So kann er mit meinen Freunden rumhängen und nebenbei lernen, wie seine Zukunft aussehen wird, wenn er in der Schule weiterhin nicht aufpasst. Darf sich ein Sechzehnjähriger tagsüber in einer temporären Nichtraucherkneipe aufhalten? Ich weiß es nicht, da ich die mieseste Sozialarbeiterin der Welt bin. Zum Glück verlangt es hier gerade nach anderen Qualitäten, als sich ein Stück weit abzugrenzen.

Hier heißt es: Schaufel packen und sich in die Arbeit stürzen. Beziehungsweise: Durch die Massen einen Tunnel zur eigentlichen Arbeit hinschaufeln. Denn mittlerweile haben sich fast sämtliche Stammgäste eingefunden sowie flüchtige Bekannte und deren Anhang. Und deren Freunde. Ich erkenne Leute wieder, die ich nie näher kennenlernen wollte. Zwei One-Night-Stands, die ich so erfolgreich verdrängt hatte, dass ich sie bis eben für Produkte meiner armseligen Fantasie gehalten habe. Den einen der beiden identifiziere ich nur anhand seines Geruchs. Ich stecke unter seiner Achsel fest. »Hey Doris, lang nicht gesehen…«, erkennt mich jetzt auch Old Spice. Wahrscheinlich erinnert ihn mein Ächzen an unsere gemeinsame Nacht. Ich muss da durch. Aber es sind zu viele. Sie blockieren die Eingangstür, den Vorraum, und trampeln auf den Brettern herum, die zum Bühnenbau benötigt werden. Schon höre ich das Splittern von Holz und die Rufe der Geier: »Ey, wenn hiervon was übrigbleibt, kann ich das haben? Ich wollte schon immer eine Skateboard-Rampe bauen.«

Den Geräuschen im Inneren des Ladens nach zu urteilen sind einige mit Kickern beschäftigt, andere mit Vandalismus.

Einen Flashmob zu organisieren scheint ein Kinderspiel zu sein, ihn umzuleiten, das ist eine Aufgabe für Profis. Warum ballert niemand mit der Schrotflinte in die Luft, und ruft: »Goldfund am Bärenfluss!«?

Das ist immer ein todsicheres Mittel, um den Saloon binnen Sekunden zu leeren. Gut, dass noch einer so denkt wie ich.

»Freibier im Hinterhof!«, schallt es aus der Küche. Sheriff Vladimir ist aus den OBI-Steinbrüchen zurückgekehrt und hat die Lage sofort richtig eingeschätzt. Ich flutsche aus der Armbeuge meines Lebensabschnittchensgefährten, der mit den anderen Glücksrittern zum Hinterausgang prescht.

Nur die Alten, Frauen und Schwachsinnigen bleiben zurück. Wobei es da durchaus Schnittmengen gibt.

»Vladimir, es wäre echt cool, wenn du solche Aktionen in Zukunft mit uns absprechen könntest.«

Das habe ich nicht gesagt. Und Sarah war es auch nicht. Wer hat hier noch eine Sozialarbeiterin versteckt? Es war definitiv eine weibliche Stimme, es war – Katja: »Ich meine, das ganze Bier, das wir jetzt raushauen, damit die *nicht* arbeiten. Das ist doch Verschwendung.«

Immerhin hat sie den Mumm, Vladimir das direkt ins Gesicht zu sagen. Hätte ich nie. Nicht in *das* Gesicht. Es ist nicht böse, aber so angespannt, dass es mir in den Wangen wehtut, wenn ich nur hingucke. Vladimirs Hände zittern. Ich glaube, er ist ganz kurz davor, auszubrechen. Mehr als drei Sätze am Stück zu sagen und sehr recht zu haben. Sieht Katja das nicht, oder warum weicht sie nicht aus?

»Ach, komm runter, Katja. Es war nur das eklige Bier, das der Brauerei-Vertreter dagelassen hat.«

Danke, Chefin. Danke. Es brauchte diesen völlig unparteiischen Gleichmut, hervorgebracht mit dieser beruhigenden, geradezu einschläfernden Stimme, um das System zu retten.

Natürlich hilft es, wenn man noch minderwertige Ware auf Halde hat, die sonst verklappt worden wäre.

»Tja, dann ans Werk«, beschließt Linda. Toddy stimmt ihr nicht zu. Er ist mit den Trappern geflüchtet. Miriam und Kichermonster fehlen ebenfalls, aber die hatten sowieso unzweckmäßige Schuhe an.

Genug Platz, um richtig loszulegen.

Wir kommen sehr gut voran. Linda ist sehr emsig dabei, die alten Pissoirs zu pulverisieren, sie wird eins mit dem Hammer. Agnes kann wirklich Fliesen legen, Holz ist das Element von Sebastian, wie sich Spasti gern von neuen Freunden nennen lässt. Wir bauen eine schöne neue Bühne. Muss nur noch eine Art Boden drauf verlegt werden. Vladimir notiert es auf der Einkaufsliste, direkt unter: Kabeltrommel, Leuchtmittel, neue Toiletten und Pissoirs.

Wir müssen dringend Geld verdienen.

Als Gunnar vorschlägt, eine verstärkte Rigipswand zu ziehen, statt eine Mauer zu bauen, fällt uns endlich auf, dass wir Holger ausgesperrt haben. Ein verwaister Betonmischer vor der Tür spricht für Gunnars Plan, schweigend schnappt Vladimir sich die Autoschlüssel, um noch einmal zum Baumarkt zu fahren.

Er kehrt nicht zurück.

Aber er hat sein Gesicht zurückgelassen, das Katja nun anprobiert. Sie hält es für zehn Sekunden durch, dann beginnt sie, aus dem restlichen Zebrastoff einen Vorhang zu fertigen, den sie als Provisorium vor den Pissoirs aufhängen lässt. Es sieht furchtbar aus: Karneval in der Safari-Lounge.

Um Punkt acht Uhr steht Albert auf der Matte. »Hey, ich komme grad aus dem Hinterhof und wollte nur sagen: Das Freibier ist alle.«

Katja fletscht die Zähne: »Genau. Alle reinkommen.«

Der Rückruf funktioniert nicht ganz so gut. Nur vereinzelt kehren die überflüssigen Arbeitskräfte in die Kneipe zurück. Linda entschuldigt sich kurz, um Toddy zu verlassen. Marie hat sich unauffällig verdrückt, Katja ist zu sehr mit Rauchen beschäftigt, um auf die Wünsche der Gäste einzugehen.

Gunnar liest meine Gedanken: »Dann machen wir wohl heute Theke, was, Süße?«

Die Süße übernimmt. Und der Süße stellt Albert hinter das DJ-Pult. Der freut sich etwas zu sehr. Er deutet auf die gestreifte Ersatzwand: »Was ist das, Frau Designerin, der letzte Vorhang? Gestrichene Segel?«

Zuviel für Little Miss Perfect. Katja wirft ihre Kippe in Alberts Gin und rauscht ab.

Albert schaut perplex in sein Glas, erst, als wir den Mercedes schon vom Hof fahren hören, schreit er ihr hinterher: »Haben wir es heute wieder stärker als gewöhnlich, ja?«

Ich greife nach dem verunreinigten Getränk und will es Albert ins Gesicht schütten. Aber ich gieße es in den Ausguss. Irgendwer muss hier mal einen kühlen Kopf bewahren. Die Gewalt muss ein Ende haben und die Getränkeverschwendung erst recht.

Gunnar lächelt mir zu. Sein neuer Zahn ist zu weiß. Gunnar sollte anfangen zu rauchen. Und ich sollte mir mal einen Tag frei von diesem Irrsinn nehmen, um meinen Kram geregelt zu kriegen. Den anderen Kram. Mein Leben eben.

Zur Arbeit gehen, um zu kündigen. Mit Ludi reden. Direkt morgen, bevor ich für die Bands koche. Verdammt, wir haben zwar eine Bühne aufgebaut, aber die ganzen Kabel gar nicht zum Mischpult verlegt. Aber Vladimir kommt bestimmt morgen zurück. Und Katja auch.

Die werden sich schon alle wieder berappeln. Solange halte ich eben die Stellung:

»Willst du einen neuen Gin Tonic, Albert?«

Welch vollkommen überflüssige Frage.

»Nur, wenn ihr einen mittrinkt.«

Wer arbeitet, soll auch feiern.

Das sieht auch Gunnar so. Es wäre gut gewesen, wenn ich ihm noch sein veganes Schnitzel gebraten hätte. Um halb zwei ist der Mann so hinüber, dass ich all meinen Liebreiz und all mein Bestechungsgeld aufwenden muss, damit der Taxifahrer uns mitnimmt.

XXXI

Ich will nicht zur Arbeit. Muss ich auch nicht, meine Frauenprobleme sind jetzt tatsächlich da, wie mich der Spiegel informiert. Yup, das ist ein Kamelhöcker, im modernen Frontladerlook.

Schwanger. Ein neues Leben, das ziemlich hurtig gewachsen ist.

Der werdende Vater erscheint im Spiegelbild und nimmt mir mit einem Wort all meine Sorgen: »Saufplauze.«

Dann geht er wieder ins Schlafzimmer, um nach diesem Anblick den Tag noch einmal neu zu beginnen.

Ich atme aus, Plauze wird größer. Zum Glück verschwindet so etwas sofort wieder, wenn man drei Monate nichts trinkt. Noch besser ist es, wenn man die Giftstoffe einfach aus dem Körper ausschwemmt.

»Kommst du mit in die Sauna, Gunnar?«

»Ach nö. Musst du nicht zur Arbeit? Hast du überhaupt noch mal da angerufen?«

Muss er immer ablenken?

»Kannst du mir Geld für die Sauna leihen?«

Keine Antwort. Nur ein Klacken. Noch eins. Probiert er meine Pumps an?

»Seit wann spielst du, Doris?«

Die Frage, seit wann ich was spiele, ergibt sich, weil ich jetzt etwas vernehme, was in meinen Kreisen als Trennungsgrund ausreicht. Gunnar zupft *Smoke On the Water.* Plauze und ich schieben uns zurück ins Schlafzimmer. Halbnackt sitzt der Typ da, mit Vladimirs Gitarre im Arm, dreht sie herum, hin und her, und fragt schließlich: »Das ist ein Nachbau, oder?«

Mit welcher Antwort habe ich eine Chance?

»Ja klar«, sage ich schließlich, in der Hoffnung, dass Gunnars Interesse an dem Instrument nach dieser Information nachlässt. Er soll die Gitarre weglegen. Er hätte gar nicht den Koffer öffnen sollen. So etwas tut man nicht ohne zu fragen. Endlich lässt Gunnar von Vladimirs Schatz ab, schüttelt den Kopf und lacht: »Ja klar, sicher, was habe ich mir gedacht? Wenn das ein Original wäre, hättest du ja ausgesorgt. Und würdest nicht in diesem Siff hausen, nicht wahr?«

Jetzt haben wir aber tüchtig Frauenprobleme. Da hockt der Kerl, der seit drei Tagen in derselben Jeans herumläuft, auf meinem Bett, in meiner Wohnung, und trinkt gleich meinen Kaffee. Aber natürlich beschwert er sich schon wieder über meine Haushaltsführung, piesackt mich wegen meiner Arbeit, während er sich ein paar Wochen Pause vom Rumhängen mit Rockbands gönnt. Jetzt hält er mir auch noch auffordernd die Gitarre entgegen: »Hier, spiel mal was! Ich finde es ja super, dass deine Liebe zur Musik endlich erwidert wird, haha.«

Hahaha.

Jetzt die Situation nicht eskalieren lassen, Doris Kindermann. Du liebst diesen Mann, grundsätzlich, auch wenn er gerade deine wunden Punkte als Tanzteppich nutzt, um darauf herumzutrampeln. Es ist gar nicht seine Schuld. Du bist ein einziger wunder Punkt und brauchst deswegen Abstand.

»Magst du vielleicht mal eine Runde um den Block gehen?«

Ich bin so erwachsen. Gunnar leider nicht: »Oh, spielst du *so* schlecht, Doris?«

Wo er schon aufsteht, um mir meinen Gesichtsausdruck wegzuknutschen, kann er auch gleich… »Kannst du dich mal verpissen, bitte? Im Ernst.«

Er wird ernst: »Schmeißt du mich raus?«

»Nein. Ja. Ach, ich weiß es nicht.«

Hätte ich mir aber vorher überlegen sollen. Jetzt kommt nämlich Gunnar mit Frauenproblemen: »Ey Doris, du bist echt unglaublich. Du heulst mich am Telefon zu, wenn ich mal einen Tag verschwinde, aber wenn ich da bin, flippst du aus. Du kannst keine Kritik vertragen und Spaß auch nicht.«

Er ist aufgestanden, in sein T-Shirt geschlüpft und bindet sich nun die Schuhe zu. Jetzt will er abhauen, wo ich doch gerne mit ihm diskutieren möchte: »Deine Späße sind nun mal nicht lustig, Gunnar…«

Ups, er war noch gar nicht fertig mit seinem Monolog: »Nein, was lustig ist, bestimmt ja Frau Kindermann. Die findet es ja nur spaßig, wenn ich mich in ihrer Scheißkneipe abrackere, ohne Sinn und Verstand, Hauptsache, am Ende des Tages sind alle besoffen, und du kannst dir wieder einbilden, die Gute zu sein – genau wie früher…«

»Raus!«

»Gern.«

Okay, wir kennen die Szene. Mann packt wütend seine Habseligkeiten zusammen, Frau raucht, Mann steht an der Tür, will noch etwas sagen. Aber die Frau schnaubt vorsorglich, um ihn mundtot zu machen, Mann schnaubt ebenfalls, Tür knallt. Bis in elf Jahren.

Frau wirft sich aufs Bett, weint bitterlich.

Nein, so blöd ist sie dann auch nicht. Sie reißt die Tür wieder auf und brüllt dem Mann hinterher: »Gunnar, weißt du was? Du…du…«

Gut, ich kann aufhören mit Brüllen. Gunnar steht ja noch direkt vor meiner Nase. Und muss sich ein Grinsen verkneifen: »Was ist mit mir? Mir? Mir?«

Spring über deinen Schatten, Doris. Du kannst es. Sonst bleibst du für immer in dieser Schleife hängen. Tu es. »Du könntest die Katze meiner Nachbarin füttern. Weil ich jetzt auch los muss. Zur Arbeit.«

Er küsst mich: »Das kann ich machen.«

Er küsst mich, als könnte er noch ganz andere Dinge tun. Ich sollte jetzt völlig andere Dinge tun: »Lass uns später reden, okay?«

»Sehr okay. Und es tut mir leid, was ich eben gesagt habe. Ich mag deine Scheißkneipe.«

»Ist ja gar nicht meine.«

»Gott sei Dank.«

Ich muss wirklich los. Dieses Treppenhaus wirkt zunehmend erotisierend auf mich. Mag an dem Kontrast zu meiner Wohnung liegen. Ich sollte da was unternehmen. Später.

»Ich bin dann weg. Der Schlüssel von der Nachbarin liegt irgendwo in der Küche. Und nimm den Baseballhandschuh mit. Die Katze ist etwas unberechenbar.«

Jetzt aber los, bevor er es sich anders überlegt. Ich erwische die Bahn. Es ist sogar die richtige. Lächle meine Mitfahrer triumphierend an, sie lächeln zurück. Als ob sie alle wüssten, dass ich ab heute auf der Gewinnerseite stehe. Schon im privaten Bereich bin ich heute früh ganz bewusst an die kritische Grenze gegangen, habe sie sogar überschritten, nur, um nicht nur den akuten Konflikt, sondern das ganze Muster aufzulösen, das meine Beziehungen zu Männern immer wieder belastet hat. Zusätzlich kann ich mir noch ein goldenes Sternchen ins Heft kleben, weil ich nach dieser emotional aufgeladenen Situation auf Versöhnungssex verzichtet habe. Eine junge Mutter blinzelt mir solidarisch zu. Sehr solidarisch.

Gut, es gibt Rückschläge, an denen man nie verzweifeln darf. Ich erteile mir ein Alkoholverbot auf unbestimmte Zeit, ziehe den Bauch ein und gehe meiner Arbeitsstätte entgegen, entschlossen, zum nächstmöglichen Termin, also kurz nach Erhalt meines Lottogewinnes, zu kündigen, um in einer Scheißkneipe zu ackern, die noch nicht einmal mir gehört.

Das Leben ist so unberechenbar wie die Katze von nebenan. Im Anker ist heute weder der Handschuh noch der Baseballschläger angesagt, es wird Schmusekurs gefahren.

»Hallo Margret, die Krankmeldung reiche ich nach«, lautet mein Gruß, der mit einem Lächeln quittiert wird. Meine Chefin sieht gut aus. Ihre Locken sind frisch aufgeplustert und sie hat sich in einen funkelnagelneuen Poncho geworfen. Ihre Wimpern sehen zum ersten Mal nicht so aus, als hätte sie ein Plattencover von Hildegard Knef als Styling-Vorlage genutzt.

»Ah Doris, komm doch mal zu mir. Nimm dir einen Kaffee mit.«

Es müssen aufregende Neuigkeiten sein. Vielleicht hat sich Margret morgendlichen Beischlaf in ihrem Hausflur gegönnt. Etwas in der Kategorie scheint sie mir zumindest mitteilen zu wollen. Sie rollt mit dem Bürosessel von einem Schreibtischende zum anderen, lächelt mich verklärt an: »Die Krankmeldung kannst du nachreichen. Eilt nicht.«

Wer immer der Mann war, der meine Chefin in diese Hochstimmung versetzt hat, ich werde ihm Blumen schicken.

»Doris, ich habe mit Kira schon geredet. Danke für das Praktikumszeugnis, dass du für sie erstellt hast. Also, ich denke, wir werden sie übernehmen. Ja. Werden wir. Ist eine gute Lösung.«

Jetzt muss ich wohl etwas sagen. Vielleicht, dass ich das auch für eine gute Lösung halte. Oder Margret will es aus meinem eigenen Mund hören: Ja, ich will. Kündigen.

»Das mit deiner Kündigung, hm, ja, das kriegen wir schon hin. Also, du musst sie mir schriftlich einreichen. Zum 30.09. eigentlich, klar. Aber du hast ja noch Resturlaub.«

Habe ich? Wie schön. Wie viel denn?

»Also, das können wir ein bisschen schummeln … schieben. Lass dich doch einfach noch zwei, drei Wochen krankschreiben und den Rest feierst du als Überstunden ab. Oder so.«

Oder so? Wer immer Margret das Hirn rausgevögelt hat, ich will die Adresse von dem Mann.

Warum guckt sie mich so an?

Wenn ich es nicht besser wüsste, würde ich meinen, sie will mich loswerden. So schnell wie möglich. Könnte mich fast ein bisschen kränken, wenn ich den Laden nicht so satt hätte.

Okay, machen wir das eben so. »Dann … bin ich wohl raus hier.«

»Ja. Ja. Hier bist du dann raus. Genau. Aber du bleibst dabei? Ich meine im sozialen Bereich?« So sozial wie hier? Wenn es irgendwo noch eine Stelle gibt, bei der man fünfzig Urlaubstage zum Abschied geschenkt bekommt, dann bleibe ich ganz klar am Ball.

Andererseits: »Ich weiß noch nicht. Ich wollte mich mal neu orientieren, also, versteh das nicht falsch …«

»Ne, super. Find ich gut, mach was ganz Neues, Doris.«

Wenn Margret es sagt, ist es wohl offiziell.

Sollte ich noch Interesse für laufende Projekte heucheln? Schaden kann es nicht: »Also – dieses Poetry-Slam-Zeugs mit dem Fernando, das zieht ihr aber durch. Mit Kira, oder?«

Margret nickt, die Locken hüpfen auf und ab »Klar. Jetzt erst recht. Das ist genau das, was wir brauchen. Und die Kids auch.«

»Besser als Drogen«, stimme ich ihr zu.

Margret versteht den Gag: »Tja Doris, wir werden dich hier vermissen. Deinen Humor, nicht zuletzt. Aber so ist es für alle das Beste. Muss man ja mal so sehen. Auf breiterer Ebene. Realistisch. Klarer Schnitt, irgendwie.«

So läuft das mit dem goldenen Handschlag im sozialen Bereich. Zum Abschied bekommst du noch mal das große Potpourri der schlimmsten Floskeln, damit du dem Job auch keine Träne nachweinst. Oder den Leuten. Außerdem darf ich meine Kündigung direkt im Büro schreiben. Ich brauche sehr lange für die paar Zeilen.

Irgendwann drucke ich meine Kündigung aus und unterschreibe sie.

Und sitze einfach da. Schaue mir alles an, was auf Margrets Schreibtisch herumliegt, aber nicht zu gründlich. Natürlich fällt mein Blick auf die Adressliste der Kliniken. Ich sehe den Kalendereintrag, die Ausrufezeichen, meinen Namen, rot unterstrichen. Und der Aktenordner an der Seite ist auch nicht zu übersehen. Aber der ist verschlossen. Würde Margret wollen, dass ich mir den Inhalt dieses Ordners durchlese, hätte sie ihn offen liegen lassen, oder? Bestimmt.

»Dann ist das ein klarer Schnitt, sauber raus«, so ähnlich hat sie das doch gerade gesagt, nicht? Und um eine gewisse Telefonnummer herauszubekommen muss ich gar nicht diesen Ordner öffnen, die kriege ich auch aus dem Telefonbuch heraus, so viele Menschen mit dem Doppelnamen gibt es nicht in dieser Stadt. Ich werde jetzt auf keinen Fall dort anrufen. Später vielleicht, doch. Wenn ich mich neu orientiert habe.

Als Margret nicht wieder auftaucht, gehe ich zur Hintertür hinaus.

Das war das. Einfacher als ein Sechser im Lotto, aber auch überraschender.

Gunnar wird mir das nicht glauben, also erzähle ich es ihm gar nicht direkt.

Das endet nur wieder in Ärger, Diskussionen und der Feststellung, dass ich vollkommen verantwortungslos bin. Katja kann ich auch nicht anrufen, die würde mir dasselbe erzählen.

Ich gehe in die Innenstadt, kaufe mir einen entsetzlichen Bikini und ein Handtuch.

Um das Gefühl zu haben, dass ich noch ein wenig für mein Geld arbeite, gehe ich schwimmen, statt faul in der Sauna herumzuhängen.

XXXII

Erst an der Supermarktkasse stelle ich fest, dass ich seit heute Morgen mit niemandem mehr gesprochen habe.

»Nein, leider habe ich es nicht kleiner«, sind meine ersten Worte in Freiheit, als ich mit Andis Fünfziger wedele. Dieses Mal habe ich vernünftiger eingekauft. Es gibt gesundes, frisches Gemüse. Zwiebelkuchen mal anders, nämlich ohne Federweißer.

Der Schlüssel zur Kneipe steckt wieder in der Mülltonne, und es steht sogar ein neuer Herd dort, wo der alte stand. Wer hat den bezahlt?

Marie hat geputzt. Und die von Gunnar empfohlene Gipswand gezogen. Einen PVC-Boden auf der Bühne verlegt. Die Technik angeschlossen. Das wohl eher nicht.

»Vladimir?«, rate ich mal, und Marie seufzt: »Der muss kurz nach Ladenschluss hier reingekommen sein. Hat bestimmt alles alleine gemacht, wie ich ihn kenne.«

Unser Heinzelmann, er muss sich halb tot geackert haben.

Und hat sich sogar noch Zeit für Schnickschnack genommen. Am oberen Ende der Wand hat er ein Zebrastreifenmuster aufgepinselt, um das Design der Hocker aufzunehmen. Auf dem Rest der Wand hat er die Streifen schon mit Bleistift vorgezeichnet. Die kann Katja dann ausmalen. Oder wegradieren, wie es ihr gefällt.

Die Band steht im Stau, also kann ich Marie zeigen, wie man einen Hefewürfel in Milch auflöst. Sie ist fasziniert von der Tatsache, dass ein Teig wächst, wenn man ihn nur ruhen lässt. Im nächsten Jahr wird sie vierzig. Falls sie sich nicht vorher zu Tode erschreckt, wenn sie erfährt, dass Milch aus Kühen herausgepresst wird.

Im Gegensatz zum Teig will ich jetzt aber auf gar keinen Fall Ruhe, also erzähle ich Marie von meinem Streit mit Gunnar. Sie hört ausdauernd zu, selbst, als ich ihr vom damaligen Linoleumkonflikt erzähle und von sämtlichen Scharmützeln, die sich vor dem Ausbruch des ersten Gunnarkrieges von 2001 zugetragen haben. Sie unterbricht mich immer nur mit derselben Gegenfrage: »Aber du liebst ihn?«

Und ich bejahe, immer wieder. Wie bei einem fremdartigen Hochzeitsritual, bei dem der Bräutigam nicht anwesend ist. Schließlich hat die Hohepriesterin genug gehört und gibt mir folgenden Ratschlag für eine lange und glückliche Ehe: »Entweder trennt ihr euch oder ihr arbeitet nicht mehr zusammen hier. Glaub mir, Doki, ich weiß, wovon ich spreche.«

Ja, das tut sie wohl.

»Wie es Raffi wohl geht?«, frage ich, geschäftig mit den Blechen hantierend, um einen Plauderton bemüht, den Marie aufgreift: »Och, ich denke gut. Wetter ist ja prima da.«

Das Wetter in Bad Schlag-mich-tot ist schön, na sieh einer an. Da fällt mir etwas ein, aber Marie ist schneller: »Weißt du was, Doki? Katja ist wieder zu ihrem Andi zurück. Krass, oder?«

Ja krass. Krasser Unfug, aber Marie ist sicher – so gut wie: »Doch, ich war eben oben, und da war nichts mehr von ihrem Zeug. Also, vielleicht will sie sich auch nur mit ihm ausquatschen oder die Möbel aufteilen. Zumindest ist sie in Bonn gesehen worden, von Harald, heute. Ich glaube ja, die kommen wieder zusammen. Das Fräulein Alpert wird es doch schnell leid, wenn ihr nicht dauernd jemand die Füße küsst...«

Da denkt man, es herrsche endlich Frieden zwischen den beiden, und nun muss ich feststellen, die Ladies können nur miteinander, wenn sie irgendetwas niederreißen können. Fehlt ihnen eine Mauer, gehen sie sich wieder gegenseitig an.

»Hey, jetzt hör aber mal auf«, weise ich meine Chefin zurecht. »Katja hat hier ganz schön geschuftet. Und dass sie mal in ihre Wohnung will, statt sich jede Nacht neben das Terrarium zu legen, ist ja wohl auch legitim. Aber mit Andi – das wird nichts mehr, denke ich.«

»Na, sag das nicht, Doki. Man hat schon Pferde vor der Apotheke kotzen sehen. Guck dich um. Du bist wieder mit deinem Gunnar zusammen. Linda und Toddy haben sich natürlich wieder versöhnt.«

»Und Felix wieder mit Kichermonster«, ergänze ich.

Marie greift zum Kochwein und stöhnt: »Oh ja, richtig. Wir sind ein solcher Spießerclub.«

Da kann ich sie beruhigen, indem ich ihr von dem Freitagspaar auf der Toilette berichte. Ekelhaft, findet auch Marie und erzählt, dass sie mal eindeutige Spuren eines Rendezvous im Hinterhof entdeckt hat. Und auf dem Kicker! Autsch.

Jetzt ist der Wein leer, Maries Zunge löst sich: »Ich bin ein anständiges Mädchen. Wir sind immer ins Backstage gegangen...«

Mariechen, Mariechen, ich muss schon sagen: »Warum seid ihr nicht in die Wohnung gegangen, zu Raffi?«

Musste ich das sagen? Marie grinst breit: »Ach komm, du

warst doch auch schon da oben. Vor zwei Jahren, mit dem Typen, der nach diesem Altherrenrasierwasser müffelt.«

Oh, wie peinlich. Zum Glück weiß nur Marie davon. Und Old Spice. Und die halbe Kneipe, wenn ich Maries Lachen richtig deute. Hier haben die Wände Ohren. Und Augen. Sogar Nasen in diesem bewussten Fall. Jeder findet hier irgendwann alles über jeden anderen heraus, ohne allzu investigativ nachzuforschen. Wenn man sich nach dem achten Drink genug Mut angetrunken hat, um dem Barkeeper ein Geheimnis anzuvertrauen, muss man schon über die Musik hinwegbrüllen. Manchmal reicht es aber auch, nach dem dritten Bier eine Pause einzulegen und die Augen offenzuhalten. Wer wirft wem einen Blick zu, und wer verschwindet plötzlich, wer kurz danach? Manchmal prahlt einer mit seiner Errungenschaft, und manchmal müssen sich die Ladies gegenseitig beweisen, dass die eine noch verkommener ist als die andere. Von Miriam wissen wir, dass Harald zwar Zauberhand ist, aber in anderen Bereichen Defizite aufweist. Vielleicht ist es dieses Übermaß an unappetitlichen Informationen und Einblicken, die Marie zu ihrer Enthaltsamkeit bewogen hat.

Vielleicht hat gar nicht Raffi ihr Herz gebrochen, sondern die Kneipe. Und deren Gäste. Wenn ich sie jetzt dazu bekäme, noch einen über den Durst zu trinken, würde ich bestimmt auch ein paar Dinge über Marie erfahren, die mich unter anderen Umständen brennend interessieren würden.

»Doki, nicht grübeln, trinken«, empfiehlt sie nun und öffnet eine zweite Flasche Wein. Marie schenkt sich einen winzigen Schluck ein, mein Glas füllt sie bis zum Rand. Auch gut. Fast noch besser. Es wird richtig gemütlich in der Küche; während ich meiner Chefin die Grundkenntnisse über feste Nahrung vermittle, verteilt sie die flüssige, jede von uns bleibt auf ihrem Spezialgebiet, sicheres Terrain.

Ich veranstalte die zum Getränk passende Kochshow für sie, werfe die Hefefladen in die Luft, lasse sie auf dem Finger kreiseln und wirble sie herum, bis sie hauchdünn sind.

»Ich wünschte, meine Mutter hätte mir so etwas beigebracht«, flüstert Marie ehrfürchtig. Das wünschte ich mir auch.

Der Ofen kündigt piepsend die erreichte Betriebstemperatur an, an der Hintertür klingelt die Band. So langsam spielt sich alles ein, endlich läuft mal etwas rund an diesem Tag.

Marie zeigt der Band das Backstage, ich zupfe Salat. Das Essen steht um Punkt acht auf der Theke. Haben wir irgendetwas vergessen?

»Wann sollen wir denn Soundcheck machen?«, erkundigt sich einer der Musikanten kauend.

Tja, wann? Und wie? Meine Liebe zur Musik ist nicht nur einseitiger, sondern auch rein romantischer Natur. Der technische Teil hat mich nie interessiert.

Marie ist am Mischpult ebenso versiert wie am Herd. Den Soundcheck macht immer Raffi. Oder Vladimir.

»Ich erreich' den Russen nicht«, flüstert mir Marie zu, leicht panisch. Die Band ist mit einem Keyboard angereist. Wird schwierig werden, sie von einem Unplugged-Set zu überzeugen.

Also muss ich jetzt irgendetwas tun. Schnell.

Ich zücke mein Handy: »Gunnar, hi, kannst du die Band abmischen?«

»Klar, kann ich machen. Ich komm gleich rüber.« Klang er zögernd oder hat mich der Wein langsam im Kopf gemacht? Ich hake nach: »Ist noch was?«

Es ist noch was, natürlich.

»Doris, ich habe die blöde Katze nicht gefunden. Kann das sein, dass die durchs Fenster abgehauen ist?«

Tief durchatmen. Vor acht Stunden habe ich dem Mann gesagt, er soll die Katze füttern. Jetzt fällt ihm auf, dass sie nicht da war? Warum ruft er mich nicht sofort an?

»…ich hab versucht, dich anzurufen, aber dein Handy war aus. Da dacht ich, ist ja bestimmt nicht so wild mit dem Katzenviech, die kommen ja immer wieder zurück nach Hause, oder?«

Das tolle an Wein ist, dass er im Gegensatz zu Bier ganz ruhig macht. Nicht nur während des Trinkens, seine Wirkung hält auch danach noch eine Weile an. Ich möchte schreien, kann aber nicht. Ich will Gunnar anbrüllen: »Nein, du Vollidiot, das ist eine reine Wohnungskatze, die kommt nicht immer wieder zurück so wie… du! Das ist eine völlig überzüchtete, schrecklich teure Rassemieze, und du hattest die Verantwortung, weil ich sie übertragen hatte, und das ist nicht der Moment, um cool zu sein, und außerdem geht es mir sowieso schon völlig beschissen, weil…«

»Hallo? Soll ich jetzt rüberkommen, oder was?«, fragt Gunnar, von dem ich noch eben ein Dutzendmal geschworen habe, dass ich ihn liebe.

»Ja,« krächze ich also, und kann sogar noch eine halbwegs vernünftige Idee hinzufügen: »dann geh ich jetzt nach Hause, um die Katze zu suchen.«

Gunnar seufzt: »Okay, vielleicht treffen wir uns ja auf halbem Weg.«

Tun wir nicht.

Offenbar kennt Gunnar eine Abkürzung, die ich in all den Jahren nicht entdeckt habe.

XXXIII

Schiwago! Schiwago! Ja, wo ist denn das Kätzchen? Miez, miez, miez!«

Natürlich weiß ich, dass es ebenso sinnlos wie erniedrigend ist, eine Katze zu fragen, wo sie sich versteckt hat. Selbst wenn die Viecher sprechen könnten, sie würden nicht antworten. Sie halten sich ganz klar an die Spielregeln, und laut denen bin ich dran mit Suchen. Und auf dem einzigen Baum auf meiner Straße befindet sie sich schon mal nicht.

Schiwago ist verfressen, fällt mir jetzt ein. Ich sollte wieder in die Wohnung meiner Nachbarin gehen, um die Schachtel mit Trockenfutter zu holen. Diesem Rappeln können sie nicht widerstehen, von wegen stolze, unabhängige Wesen. Katzen sind würdelose Aasgeier. Außerdem sollte ich den Baseball-handschuh gleich mit einstecken, falls der Kater mir im Treppenhaus auflauert.

Oben in der Wohnung ist es stickig. Vielleicht hätte ich das Fenster öffnen sollen, als ich den Trockenmarathon gestartet habe.

Moment.

Wenn das Fenster geschlossen war, wie ist dann Schiwago entwischt? Ich rassle mit dem Futter. Ersticktes Maunzen ertönt.

Das arme Ding. Saß den ganzen Tag im Wäschetrockner. Ich habe ihn dort eingeschlossen. Er sieht furchtbar aus, sein Fell ist ganz verklumpt. Als ich nach ihn greife, schlägt er um sich und faucht. Er erwischt mich ein paarmal, aber ich ihn schließlich auch. Bin ja auch größer, stärker und viel älter als er.

Ich halte ihn im Arm, er windet sich erst, aber irgendwann gibt er Ruhe, oder er ist einfach erschöpft. Nicht mal fressen will er. Hoffentlich stirbt er nicht. Ich lege das zerzauste Bündel aufs Sofa. Im selben Moment zischt er davon, ab ins Schlafzimmer. Wenn er könnte, würde er auch noch die Tür hinter sich zuschlagen. Was hatte ich erwartet? Dass das kleine Biest jetzt auf der Couch hocken bleibt und nach einer zerknirschten Entschuldigung meinerseits anfängt, über seine verletzten Gefühle zu reden? »Es ist okay, dass du mich jetzt hasst«, rufe ich in Richtung Schlafzimmer. Keine Reaktion, wie erstaunlich. Ich suche im Kühlschrank meiner Nachbarin nach einem Bier, um diesen fiesen Weinrausch endgültig loszuwerden. Ich finde nur eine exotisch anmutende Flasche auf der Anrichte, wahrscheinlich ein Andenken an eine ihrer vielen, ausgedehnten Reisen. Ich öffne die Flasche und setze mich auf die Couch. Warum schafft sich jemand eine Katze an und gondelt dann ständig in der Weltgeschichte herum? Gibt es meiner Nachbarin ein Gefühl der Überlegenheit, dass sie mir ihr Haustier aufhalsen kann, wann immer sie will?

Das Bier schmeckt widerwärtig. Es passt vom Geschmack zu der blöden weißen Couch, dem angeberischen Kaffee-Vollautomaten und den bescheuerten Pflanzenfotos an der Wand. Ein gerahmtes Bild von einem Grashalm in Nahaufnahme, das wahrscheinlich einen ganzen Monatslohn von mir gekostet hat. Die Frau gehört doch unter ärztliche Aufsicht, oder? Aber hey, da liegt ja ein echtes Telefonbuch auf dem Couchtisch. Wie herrlich old-school. Das Bier taugt wirklich gar nicht. Sonst hätte ich jetzt bei Schwenke-Großmanns angerufen, um ein paar Takte mit ihnen zu reden. Ich muss mich beruhigen, dringend. Vielleicht sollte ich jetzt doch mal Gunnar erzählen, was los ist. Immerhin ist er mein Freund, und er wird mir beistehen, ganz gleich, was ich getan oder gelassen habe.

Als ob er meine Gedanken aufgefangen hätte, schickt er mir jetzt eine SMS:

»*Konzert ist supi. Bleibe noch was. Katze gefunden?*«

Supi. Supi ist quasi quasi. Bleib' doch noch was, klar. Bleib eine Weile.

Ich schließe das Fenster wieder, damit Schiwago nicht doch noch abhaut. Würde der sowieso nicht, der traut sich gar nicht raus aus seinem kuscheligen Luxusheim.

Ich schon. Ich traue mich sogar, das Fahrrad der Nachbarin zu nehmen, obwohl ich gerade fast ihren Liebling getötet hätte. Und mir ihr Bier nicht geschmeckt hat, ätsch! Ich nehme mir jetzt, was mir zusteht. Zum Beispiel noch ein Bierchen vom Kiosk für den Weg, und dann werden Nägel mit Köpfen gemacht.

Ich muss Gunnar jetzt wirklich was erzählen, nämlich, dass ich die Situation gerade gar nicht so supi finde. Er muss bei mir ausziehen, und das nicht nur quasi, sondern möglichst schnell. Sonst kriege ich mein Leben gar nicht mehr auf die Reihe.

Dieses Fahrrad musst du abschließen, Doris. Es gehört nicht dir oder deinem Exfreund. Es darf nicht geklaut werden. Steh. Still. Oder leg dich halt hin, du blöde Mühle, ist mir doch egal.

Es ist viel zu heiß im »Dead Horst«, irgendein Vollidiot hat vergessen, die Klimaanlage nach dem Konzert wieder aufzudrehen. Aber außer mir scheint das niemanden zu stören. Alle sitzen an der Theke und schwätzen Unsinn. Alle. Linda und Toddy turteln in der DJ-Ecke. Sogar Olaf scharwenzelt herum. Und Holger, der schon wieder Marie anschmachtet, aber die ist ja mit jemand ganz anderem beschäftigt. Sie schäkert mit Gunnar. Flüstert ihm irgendetwas ins Ohr, und er antwortet mit diesem freudig erstaunten Gesichtsausdruck, den ich so gut kenne, lächelt, mit seinem falschen Zahn. Und Marie wirft den Kopf in den Nacken und lacht.

Wie reizend. Wie überaus reizend. Jetzt nicht ausrasten, Doris, einfach hingehen und mitlachen: »Na, amüsierst du dich gut?« Okay, das klang jetzt etwas säuerlich. Und ganz so fest hätte ich Gunnar auch nicht auf den Rücken schlagen sollen dabei. Aber er beschwert sich gar nicht, sondern tut so, als würde er sich freuen mich zu sehen: »Hey, alles klar? Hast du meine SMS nicht bekommen?«

»Doch habe ich, aber da stand ja nur ›Bleibe noch was‹, nicht ›Bleib du weg, damit ich mich an deine Freundinnen ranmachen kann‹.«

Ich bin gut in Form. Ich könnte jetzt sogar mit George Clooney Schluss machen. Und ihn mindestens halb so dämlich aussehen lassen wie Gunnar jetzt:

»Doris, was ist mit dir los? Haste deine Katze immer noch nicht gefunden, oder was?« Diese verdammten Architekten: Müssen nie eigenhändig die unterste Schublade aufreißen, sondern nur ihre Skizzen vorzeigen, und dann übernehmen ein paar besoffene Handlanger die Drecksarbeit:

»Haha, Doki, wenn ich dir helfen soll, deine Muschi zu finden musst das sagen, tehehe«.

Mein Gott, Albert, ich glaube, du bist jetzt bereit für deine erste eigene Comedyshow. Die Marktforschungs-Testgruppe an der Theke reagiert jedenfalls so, als wäre großflächig Lachgas gesprüht worden. War aber nur Natternblut, wie ich an der Batterie Flaschen hinter der Theke erkennen kann. Gunnar will mir seinen Arm über die Schulter legen, aber er verfehlt mich. Auch besoffen – bringt gar nichts, ihm jetzt eine Szene zu machen. Er wird sich gar nicht mehr daran erinnern können, wenn er wieder nüchtern ist.

»Doki, auch noch eins?«, will Marie wissen, und obwohl ich den Kopf schüttle, macht sie Anstalten, ein Pinnchen zu füllen. Sie schafft es nicht, weil ich mich zu etwas hinreißen lassen, was ich verabscheue. Ich mache die andere Frau dafür verantwortlich, wenn mein Kerl ihr schöne Augen macht: »Marie, du kannst ihn gerne umsonst haben, musst mich nicht noch mit Schnaps abfüllen.«

Das hat gesessen. Marie versteckt die Zahnlücke, kommt auf mich zu und zischt mir ins Ohr: »Denkst du allen Ernstes, ich wollte was von deinem Macker, oder was?«

Ich setze mich und weiß gar nicht mehr, was ich denken soll. Und wahrscheinlich spiegelt sich diese Kopfleere in meiner Mimik wider. Ich erwecke Maries Mitleid; sie patscht mir auf den Kopf und murmelt: »Genau deswegen stellen wir dich nicht hinter die Theke, Doki: Du kannst einfach keine Show abziehen, so wie...«

Ein Parfum, dass ich allzu gut kenne, weht an mir vorüber, und die Stimme, die ich mit diesem Duft seit jeher verbinde, spricht: »So wie du, Marie?«

Auf der einen Seite bin ich unglaublich froh, dass Katja wieder da ist. Aber warum muss sie sich auch noch dann auf meine Seite schlagen, wenn das kleine Missverständnis schon geklärt wurde? Weil es Marie ist? Ja, genau deswegen, denn die steigt genau auf der Ebene ein:

»Oh Katja, schön, dich wiederzusehen. Wie läuft's denn zu Hause, alles wieder im Lack mit deinem Andi?«

Bevor Katja zurückschlagen kann, verlangen die Jungs wieder nach Getränken, und Gunnar zupft an meiner Jacke: »Bist du jetzt böse auf mich oder auf Marie, oder was?« Er lallt.

Das brauche ich jetzt wirklich nicht: »Halt's Maul und trink«, befehlen meine beste Freundin und ich ihm, er schaut uns an, als seien wir ein zweiköpfiges Monster, und verkrümelt sich ans andere Ende der Theke. Da kann er sich von Linda und Toddy abschauen, was wahre Liebe ist.

»Schön, dich zu sehen, Süße, wo warst du denn?«, will ich

nun von der wissen, die für mich auch durchs Feuer geht, wenn ich es schon gelöscht habe.

»Ich war bei Andi. In der Bank.«

Ja Katja, schön, dass du gerne zur Bank gehst, aber musst du das so laut sagen? Geradezu schreien? Marie scheint das auch unpassend zu finden. Um dem gemütlichen Saufgelage an der Bar weitere schrille Töne zu ersparen empfiehlt sie Katja: »Trink ein Natternblut, Frau Alpert.«

»Aber zu gern, Marie«, antwortet Katja überraschend besänftigt, »das macht dann eins fünfzig.«

Obwohl das der korrekte Verkaufspreis für das Teufelszeug ist, bin ich ebenso verwirrt über diese Feststellung wie Marie. »Ne Katja, du hast doch Mitarbeitertarif«, kräht Linda aus der Ecke. Mitarbeitertarif ist das neue Luxusgejammer. Aber Katja legt mit großer Geste das abgezählte Geld auf die Theke, zögert kurz und legt noch ein Zehn-Cent-Stück dazu: »Für deine Bemühungen, Marie.«

Jetzt hätte ich doch gerne wieder Gunnar an meiner Seite. Die Damen werden mir zu gruselig. Marie wirft das Geld in die Kasse, ihr Trinkgeld schiebt sie wieder Richtung Katja: »Kauf dir ein Stück Seife davon, Katja. Du solltest dir mal den Mund waschen, zwischen zwei Schwä…«

Katja hat schon ihr Glas im Anschlag, aber eine viel größere Hand umschlingt nun die ihre und drückt sie mit aller Kraft zurück auf die Theke: »Hört auf damit, ich kann es echt nicht mehr ertragen.« Jawohl, es reicht mir. Von Katjas Getue, aber erst recht von Marie habe ich für heute genug. »Und du hast ja wohl auch eine Schraube locker«, fauche ich über die Theke herüber, »wieso machst du Katja immer so an, sie arbeitet hier für nichts, und du…«

Ich habe den Faden verloren, Marie findet ihn schnell: »Doki, du bist echt… noch schlimmer als ich.«

311

Mit diesen Worten verlässt Marie ihre Theke und verschwindet.

Die meisten Gäste sind zu besoffen, um das merkwürdig zu finden oder überhaupt zu bemerken. Ich bin schlimmer als Marie? Wobei? Und warum steht jetzt Gunnar wieder neben mir? Und lallt gar nicht mehr, sondern spricht ganz klar und deutlich, wenn auch leise: »War das jetzt nötig?«

Aber bevor ich ihm darauf antworten kann, übernimmt Katja: »Ja, schon.«

Hier läuft doch irgendetwas völlig schief. Jeder weiß hier alles über jeden, nur ich weiß wieder mal gar nichts. Nichts über Marie. Etwas Wichtiges, was Katja mir verschweigt. Und Gunnar benimmt sich ebenfalls sehr sonderbar. Ist gar nicht mehr betrunken, aber weicht meinem Blick aus. Er schwankt ein bisschen, oder bin ich das?

Vielleicht kann mich der Mann aufklären, der jetzt zur Tür hereinkommt. Ich setze große Hoffnungen in ihn. Denn er weiß immer alles und klärt die Lage, ob mit weisen Worten oder mit einem Gartenschlauch. Mal sehen, welche Methode er heute wählt. Er entscheidet sich für eine ganz neue Strategie. Grüßt nicht, wie sonst höflich und korrekt, sondern packt mich an der Schulter und will wissen: »Doris, hast du noch meinen Koffer? Wir können ihn jetzt brauchen gut.«

Ich schaue Vladimir an. Er ist noch hässlicher als sonst. Wirkt gehetzt, denkt vielleicht, er hätte mir wirklich eine AK 47 überlassen für eine Weile.

»Ach, das ist *deine* Gitarre«, kombiniert Gunnar, »das erklärt einiges.«

Vladimir ignoriert ihn völlig. Stattdessen gibt er mir das Gesicht: »Du hast reingeschaut, ja?«

Ich korrigiere. Es ist nicht *das* Gesicht, es ein neues, noch viel schrecklicheres, voller Enttäuschung und Augenbrauen und Falten, die vor einem Nasenbeben flüchten wollen, in Richtung Ohren. Es ist erbärmlich und macht mich wütend. Warum gibt er mir auch diese dämliche Gitarre? Weil er keinen anderen Idioten findet, der das für ihn tun würde. Weil ich immer für jeden Mist zu haben bin, der ganze Dreck, er bleibt an mir hängen, ich darf nicht an die Theke, aber den Laden putzen, das schon! Wahrscheinlich ist die Gitarre geklaut oder vom Laster gefallen, ich habe mich strafbar gemacht. Vladimir und seine Gaunereien, seine Lügen, ohne die alles nicht passiert wäre. Ohne diese blöde Gitarre hätte ich mich heute gar nicht mit Gunnar gestritten, ich hätte mich auf meinen Job konzentrieren können, und überhaupt…

»Vladimir, wegen dir ist mein Leben nur noch ein einziger Haufen Scheiße.«

Das Gesicht verändert sich wieder. Es wird ganz bleich und der Mund zuckt ganz wild, bevor er sagt: »Doris, du bist betrunken. So rettet man nicht ›Dead Horst‹. Du nicht.«

Da hat er mal wieder recht. Und darf deswegen bleiben. Ich muss gehen.

Das war's. Ich kann immer nur alles kaputt machen, ohne nachzudenken. Ich bin zu gar nichts zu gebrauchen, das Fahrradschloss treffe ich auch nur mit Mühe. Leichen pflastern meinen Weg. Warum verschmilzt jetzt der Bürgersteig mit der Straße? Weil er mich auch hasst. Selbstmitleid, das ist jetzt gar nicht angebracht, du musst irgendetwas tun, nein besser nicht, das geht sowieso wieder in die Hose. Haha. War gestern schon nicht witzig. Doofe Linda. Alle doof. Passt ja, die finden mich auch doof. Außer, wenn sie was von mir wollen. Putzen, Kochen, mich zum Affen machen, auf ihre Scheißgitarren aufpassen, das kann ich, aber wenn ich einmal einen Fehler mache, dann… Dann mache ich einen echt schweren Fehler. Genau an der falschen Stelle, im falschen Augenblick, scheiße, warum hat Ludi mich angerufen, statt mich zu treffen, warum habe ich ihn nicht zurückgerufen? Und warum steht das Arschloch denn da vor der Ampel rum bei Grün? Na, der wird sich schon bewegen, der riskiert ja nicht, dass ich auf ihn auffahre, bei dem Speed, den ich draufhabe. Tut er doch.

XXXIV

Das hier ist nicht das »Hyatt«.

Hätte ich auch bemerkt, wenn mich meine Bettnachnachbarin nicht geweckt hätte, um zu fragen: »Darf ich Ihren Nachtisch haben? Sie haben ja noch den Tropf drin.«

Gutes Argument, war aber gar nicht nötig: »Nehmen Sie das ganze Essen, aber schreien Sie nicht so, bitte.«

»Ich schrei doch gar nicht«, kreischt sie, aber dann erkenne ich so was wie Mitleid in ihren wässrigen Augen. Vielleicht auch nur Appetit, denn sie greift mein Tablett und wuchtet es auf ihren Nachttisch. Stürzt sich auf den Pudding, schlabbert dabei, aber ich kann meinen Blick nicht von ihr abwenden. Oder will es nicht. Die Alternative besteht darin, mich selbst anzuschauen, und das wäre bestimmt noch ekliger. Der Verband am Arm ist nicht so schlimm. Die Kopfschmerzen schon. Nicht den Kopf anfassen, nicht den Kopf anfassen. Da ist ein Pflaster. Wo Haare sein sollten.

»Nein, warten Sie, da ist so eine Schale neben Ihnen. Ach Mädchen, dabei kann doch keiner essen. Ich hole mal die Schwester.« Danke.

Es kommt keine Schwester, sondern eine Ärztin. Sie stellt sich zumindest als Doktor Wilms vor, und weil sie keine Anstalten macht, die Brechschale von meinen Knien zu entfernen, glaube ich ihr das.

»Na, da haben Sie aber noch mal Glück gehabt, Frau Kindermann, was?«

Eine ganz moderne Medizinfrau. Sagt nicht: »Da haben *wir* aber Glück gehabt.«

Ich kann mein Glück gar nicht fassen. Meine Haare sind weg.

»Ja, das ist der Schock, aber jetzt reißen Sie sich mal zusammen. Bitte.«

Sie tastet nach irgendeinem medizinischen Instrument in ihrer Kitteltasche. Nein. Ein Lippgloss. Sie benutzt ihn. Gegenschock-Therapie. Funktioniert, ich werde ruhiger.

»Ist das Fahrrad noch ganz?«

Doktor Wilms ist von meinen Fortschritten begeistert. »Super, Sie können sich daran erinnern, dass Sie einen Fahrradunfall hatten, gut. Die Platzwunde hab ich selbst genäht, das wird eine *sehr* schöne Narbe. Und wenn nicht – Haare wachsen, der Ellenbogen ist wahrscheinlich nur geprellt, muss nicht mal operiert werden.«

»Kein Bruch. Kein Gips, nicht operieren, toll«, nuschle ich lahm.

Die Ärztin lacht. »Oh, eine Kollegin, ja. Da wundert es mich nur, dass sie keinen ICE angegeben haben.«

Einen ICE. Sagte die Frau, dass sie einen Hirnschaden hätte? Die Glückliche. Ich habe keine Haare mehr!

»IN CASE OF EMERGENCY, eine Notrufnummer auf Ihrem Handy. Die Person, die wir anrufen sollen, wenn so etwas passiert. Macht man heute so.«

»Ich bin noch nicht mal bei Facebook«, gestehe ich ihr.

»Nicht?«, mischt sich meine Bettnachbarin ein. Sie ist mindestens fünfzig.

Die Ärztin mahnt sie ab: »Frau Tönnes, halten Sie sich bitte kurz raus, ja? Moment mal, ist das Frau Kindermanns Pudding…«

Mein Kopf platzt. Wenigstens ist die Doktor Wilms Hobby-jongleuse. Mit der einen Hand hält sie die Puddingschüssel, mit der anderen reicht sie mir die Brechschale:

»Erstaunlich«, kommentiert sie mein Würgen, »es dürfte gar nichts mehr in Ihnen drin sein.« Sie hat Recht. Ich spucke nur noch Galle.

»Also, Frau Kindermann, Sie hatten ja wirklich Glück, dass Ihre Freunde gerade in der Nähe waren, als Sie verunfallt sind. Die haben uns dann verständigt, sonst hätten Sie ja ewig da liegen können, in der Gegend.«

Meine behandelnde Ärztin hat wohl eine sehr harte Schicht hinter sich, wenn ich ihr mehrfach erklärter Glückspilz des Tages bin. Ich erinnere sie daran, dass ich immer noch das Opfer bin: »Und der Fahrer, was hat der gemacht?«

Frau Dr. Wilms seufzt: »Ach, wissen Sie, das ist eine ganz ulkige Geschichte, aber die lassen sie sich besser von Ihren Freunden erzählen. Die warten draußen.«

Warum sagt sie das nicht gleich? Ich bin so aufgeregt wie die Ehrengäste der Show *Das war Ihr Leben*. Die gab es wirklich, in der *Sesamstraße* früher, natürlich waren die Kandidaten Handpuppen, der eine ein Zahn, der andere ein Baum, wenn ich mich recht erinnere. Innen hohl, außen plüschig und fremdgesteuert. Genauso fühle ich mich tatsächlich auch, als Katja und Gunnar an mein Bett treten. Beide sehen furchtbar aus, ich werde sie aufmuntern müssen: »Ihr solltet erst mal den anderen sehen.«

Katja lächelt schwach: »Haben wir schon, Doki. Dem fehlt nichts. War ein Geländewagen.«

Gunnar starrt mich nur an. Männer kommen nicht klar mit unangekündigten Kurzhaarfrisuren ihrer Partnerin, keine Diskussion darüber. Willst du ihn loswerden, greif zur Schermaschine. Ich will Gunnar aber behalten, taste nach seiner Hand, und er gibt Pfötchen. Brav.

»Danke, dass ihr den Krankenwagen gerufen habt. Was ist mit dem Fahrer, ist der einfach abgehauen oder was?«

Gunnar starrt weiter auf meine freigelegte Kopfhaut:»Da war kein Fahrer. Du bist gegen ein parkendes Auto gebrettert. Mit voller Wucht.«

Katja nickt bestätigend, Tränen in den Augen. So dramatisch ist das nun auch nicht. Eher peinlich… oder ulkig, wie Frau Doktor sagte. Einige sehen es sogar ganz praktisch:»Ach, so was habe ich gestern noch im Fernsehen gesehen bei dieser Pannenshow. Haben Sie es zufällig gefilmt, da können Sie richtig Geld abstauben, wenn Sie es einsenden.«

Danke, Frau Tönnes, es ist immer von Vorteil, wenn die private Medienberaterin mithört. Tatsächlich hätte ich gerne das Filmmaterial gesichtet, denn es ist mir schleierhaft, wie das passieren konnte. Ich war unkonzentriert, klar, angespannt, aufgeregt, vielleicht nicht unbedingt fahrtüchtig. Völlig hinüber eben, wie Gunnar jetzt:»Ich dachte, du wärest tot.«

Och bitte, geht's noch eine Nummer härter? Er flüstert:»Ich dachte, du wolltest dich umbringen.«

Katja lacht:»Jetzt komm runter, Doki hat schon ganz andere Kracher gebracht. Weißt du noch, wie du über den Staubsauger gestolpert bist? Oder die Sache mit dem Tacker? Du hast dir die Daumen zusammengetackert, ich habe so gelacht…«

Sie lacht, fast, wie sie damals gelacht hat, nur wirkte es damals echter. Gunnar starrt weiter, ich starre zurück. Macht Kopfschmerzen. Gunnar sagt immer noch nichts, dafür meldet sich Frau Tönnes mit einer Zwischenfrage:»Die Daumen zusammentackern? Wie schafft man das denn?«

Gunnar ist sonst immer freundlich zu älteren Damen:»Können Sie sich vielleicht aus unseren Privatgesprächen raushalten, ginge das? Es wäre sogar ganz toll von Ihnen, wenn Sie mal kurz rausgehen würden.«

Frau Tönnes sieht das anders: »Na, gehen Sie doch raus. Ich war als Erste hier. Das ist mein Zimmer«, argumentiert sie, wirft sich in die Kissen zurück und verschränkt die Arme vor der Brust.

Ich kläre das: »Katja, könntest du vielleicht mal kurz rausgehen? Danke.«

Meine beste Freundin versteht den Wink, streicht mir an der schön werdenden Narbe vorbei und verspricht: »Morgen bring ich dir ein Kopftuch mit. Oder eine Perücke, was du willst.«

Als sie die Tür hinter sich schließt, ziehe ich mich an Gunnar hoch. Das muss ich ihm flüstern: »Ich wollte mir nichts antun. Ich doch nicht.«

Gunnar spricht wieder mit mir, sogar laut: »Wenn du es sagst.«

Ja, wenn ich es sage, dann glaubt er mir nicht. Dafür hat er sich eine Menge gedacht: »Sie weiß es nicht, oder?«

Nein, Katja weiß es nicht. Gunnar wird wütend, noch wütender als ich vor ein paar Minuten. Oder Stunden. »Du hast ihr den ganzen Mist nie erzählt? Sie ist deine beste Freundin. Oh, warte, du hast es *niemandem* erzählt, oder? Das ist Scheiße, Doris, ganz große Scheiße.«

Sag ich doch. Ich baue nur Mist. Tagein, tagaus. Und habe eine Stirnglatze.

»Was ist mit Vladimir?«

Gunnar schnauft: »Weiß ich nicht. Untergetaucht. In die Kanalisation verschwunden. Wie der Pinguin-Mann.«

Das ist unfair. Vladimir sieht beileibe nicht aus wie Danny DeVito als Oswald Koppelpott. Er ist ja viel größer. Und außerdem hatte er vollkommen recht damit, dass ich betrunken war. Alle waren betrunken. Außer Marie: »Was ist mit Marie? Ist die wieder aufgetaucht?«

Gunnar sieht weg: »Doris, wir erzählen dir das alles, wenn

du wieder fit bist, okay? Glaub mir, es ist besser, wenn du das jetzt nicht erfährst.«

Da muss ich ihm widersprechen: »Ich bin schon sehr fit, warte.«

Ich setze mich aufrecht hin und lasse den Oberkörper geschickt auf die Seite fallen. Gunnar fängt mich auf, bevor ich auf dem Boden lande.

»Bleib liegen, ja? Schaffst du das wenigstens?«

Gunnar ist mir nicht mehr böse. Er schlägt mir einen Deal vor: »Pass auf, Doris. Du redest mit Katja. Erzähl ihr alles. Und sie sagt dir, was mit der Kneipe ist, okay? So machen das doch Freundinnen, oder?«

Ich nicke. Autsch.

»Moment, Katja ist die bezaubernde junge Dame, die den Anstand hat, ein Krankenzimmer zu verlassen, wenn die Besuchszeit vorüber ist, richtig?«

Satz und Sieg, Tönnes. Gunnar will sie am liebsten mit ihren Kissen ersticken, aber ich muss sagen: Meine Bettnachbarin hat ein gutes Gespür dafür, wann eine Unterhaltung beendet ist.

»Ich kann morgen schon raus. Holt ihr mich ab?«

»Wir schicken einen Wagen, Madame.« Er küsst mich und ist weg.

Mist, ich hätte ihn fragen sollen, in welchem Krankenhaus ich mich befinde. Die sehen ja alles so gleich aus von innen. In jedem Zimmer liegt eine Frau Tönnes, die jetzt wahrscheinlich eine Arztserie schauen will, um am Morgen die Schwestern darüber zu belehren, wie man Patienten in der *Sachsenklinik* behandelt. Frau Tönnes überrascht mich erneut – sie entscheidet sich für *Desperate Housewives*.

Da ich die Augen schließe, sieht Frau Tönnes sich gezwungen, den Kommentar für Sehbehinderte selbst zu übernehmen.

»Schöne Häuser haben die da ja, aber so amerikanisch, nicht?«

Ja. Ruhe. Bitte Ruhe jetzt.

Frau Tönnes bietet auch Bonusmaterial und Hintergrundwissen: Sie mag ja die Eva Longoria am liebsten. »Die hat sich ja jetzt auch wieder scheiden lassen, das arme Ding, der hat sie wohl betrogen, schlimm. Macht man doch nicht, tststst.«

Tststst, besser hätte ich es nicht sagen können. Warum fahre ich auf ein parkendes Auto auf? Frau Tönnes, irgendwelche Vorschläge?

»Wenn Sie mich fragen: Das war garantiert kein Unfall, das war doch ein Anschlag!«

Nun halten Sie mal die Luft an, Tönnes, alles Spekulationen. Denken Sie nach:

»…Ach ne, warten Sie, ich habe da neulich gelesen, dass die die Schauspielerin aus der Serie raushaben wollten, weil die mehr Geld gefordert hat. Für was, frage ich mich da immer, die macht das nicht gut. Der gönne ich es ja schon, dass die jetzt vor den Strommast gedengelt ist, das hat se verdient. Das war ja auch ein Biest. Oh, jetzt kommt der Klempner, den mag ich. Den würde ich auch nicht von der Bettkante, also…«

Sie hat sich in den Schlaf gequasselt. Ich mag ja die Lynette am liebsten. Die hatte immer die schönsten Perücken in der Staffel, in der sie ihr Krebs ins Drehbuch geschrieben haben. War das die dritte? Nein. Die vierte. Fünfte…?

Ich muss hier raus. Rein ins Internet. Recherchieren. Morgen.

XXXV

Beim Röntgen bestätigt sich Doktor Wilms' Ahnung. Nur eine Prellung. Und dafür, dass ich so eine böse Wunde am Kopf habe, bin ich so sortiert oder durcheinander wie eh und je.

Trotzdem darf ich nicht gehen.

»Frau Kindermann, abgesehen von dem Versicherungstechnischen, das noch zu regeln ist, meinen Sie nicht, Sie wollen noch ein wenig hierbleiben?«

Was hat sie nur mit ihrem Lippgloss, die Farbe steht ihr überhaupt nicht.

»Nein. Warum?«

Doktor Wilms beendet die Einbalsamierung ihrer schmalen Lippen. Sie schnalzt mit der Zunge: »Sie sollten sich mal Ruhe gönnen und über Ihr Untergewicht nachdenken.«

Oh nein. Nicht schon wieder: »Ich bin nicht magersüchtig, ich habe…«

»Bulimie?« Sie schlägt wissend die Lider nieder.

»Kamelismus«, murmle ich. Vor einer studierten Medizinerin hört sich mein patentiertes Symptom plötzlich lächerlich an. Zu meiner Überraschung ist Doktor Wilms interessiert: »Sie wollen sagen: Sie vergessen zu essen?«

Trifft es das? Eine Sekunde zu lange nachdenklich geschaut, die Ärztin grätscht hinein: »Weil sie nichts essen *können* oder nichts essen *wollen*?«

Ich bin immer noch Sozialarbeiterin, Frau Doktor. Erweiterte Küchenpsychologie, die auch nur auf dem alten Spruch meiner Oma gründet: »Nicht-Können wohnt in der Nicht-Wollen-Straße.« Mit dieser Methode habe ich mindestens vierzig Kinder dazu gebracht, mich noch mehr zu hassen als ihre Mathehausaufgaben. Ich will dieses Gespräch beenden: »Mir geht es gut. Sie können mir ja Blut abnehmen oder mich an einen Lügendetektor anschließen, was weiß ich.«

Frau Doktor Wilms spielt mit dem Kugelschreiber in ihrer Hand. Dauernd muss sie mit irgendwelchen stabförmigen Gegenständen rumfummeln. Verdächtig zwanghaft. Sollte mal eine Therapie machen. Jetzt lenkt sie schon wieder von ihren Problemen ab: »Sie arbeiten mit Jugendlichen, nicht?«

Ich bejahe, aber was soll die Frage? Dr. Wilms guckt mitleidig:

»Merkt man. Na, dann hauen Sie ab. Schonen Sie sich. Aber bitte vergessen Sie nicht, Ihre Arbeitsstelle zu informieren. Und machen sie einen Termin bei ihrem Hausarzt. Verzichten Sie eine Weile auf Nikotin und Alkohol.«

Was denn jetzt? Schonen oder sterben? Da ist die Fachfrau überfragt, sie wünscht mir nur noch: »Viel Glück«, bevor sie durch die Tür verschwindet.

Es geht mir hervorragend. Frau Tönnes ist unterwegs, wahrscheinlich auf Puddingjagd. Es kostet etwas Anstrengung und Zeit, um einarmig in die Jeans zu steigen, aber ich schaffe es. Ich schaffe auch die Schuhe. Das T-Shirt ist weg. Jacke lässig über die Schulter geworfen, raus aus diesem Gefängnis. Meine alte Gang von damals wird mich vor dem Hauptportal erwarten, in der Nobelkarosse, Champagnerkorken werden knallen. In wenigen Sekunden.

Sie sind nicht da. Wollen mir also die Zeit geben, um eine zu rauchen und dabei entschlossen in die Morgensonne zu stieren. Ist auch eine gern genommene Variante. Oder sie finden keinen Parkplatz. Oder sie haben mich vergessen.

»Darüber lacht man nicht, Paul«, weist eine Mutter ihren Sohnemann zurecht, der kichernd auf meine Teilglatze zeigt. Ich kann nicht den Bus nach Hause nehmen. Der ist voller unbeaufsichtigter Kinder zu dieser Zeit. Außerdem habe ich kein Kleingeld.

Endlich fährt der Wagen vor: »Tut mir leid, Doki. War viel Verkehr«, winkt Katja mich zu sich, und ich steige ein. Fahr los, Baby! Muss ich das erst laut aussprechen? Offenbar: »Warum fährst du nicht?«

Katja räuspert sich: »Wir könnten einen Kaffee trinken gehen. Oder so.«

Könnten wir. Aber das ganze Bestellen, trinken, Kekse mümmeln und Milchschaum beurteilen würde uns doch zu sehr ablenken, deswegen entscheide ich mich für »oder so«. Ich muss nur die richtigen Fragen stellen: »Warum warst du gestern so ätzend zu Marie?«

Katja schaut ihre Hände an, zählt die Ringe oder die Finger, was weiß ich. Ich warte und es lohnt sich: »Marie ist wieder mit Raffi zusammen.«

Wie schön! Also schön. Aber wie?

»Doki, Raffi ist gar nicht in irgendeiner Klinik. Der ist in Portugal bei seinem Vater. Und Marie will da auch hin. Ist wahrscheinlich schon unterwegs. Also, ich habe zufällig herausgefunden, dass Raffi echte Probleme hat, so psychisch. Und seine Therapeutin hat ihm geraten, sich mit seinem Vater auszusöhnen, solange es noch geht.«

Wie findet man solche Dinge zufällig heraus?

»Du hast seine Sachen durchwühlt, ja?«

Ich finde das ungeheuerlich. Wie kann man so etwas tun? Was Raffi und Marie getan haben, ist noch viel unglaublicher, aber die sind jetzt nicht hier, um sich zu rechtfertigen.

»Was heißt ›durchwühlt‹, es lag da alles offen herum, und ich habe erst einen genaueren Blick darauf geworfen, als der Brief für Raffi kam. Von der Bank.«

Katja Alpert öffnet fremde Post.

»Der Brief war von Andis Bank.« Ach, na dann ist ja gut.

»Bist du bescheuert, Katja?«

Falls sie es ist, kann sie es gut verstecken: »Doki, das war gut, dass ich da reingeguckt habe. Sonst hätte ich nie erfahren, dass die Vermieterin vom ›Dead Horst‹ gestorben ist. Vor Wochen schon. Das Haus gehört jetzt der Bank, und die will es verkaufen. Und bestimmt nicht an irgendwelche Vollchaoten wie Raffi. Deswegen war ich ja gestern bei Andi, um mal nach-

323

zufragen, wie man das finanzieren könnte. Also, wie wir das finanzieren könnten.«

Zuviel Information – selbst wenn ich keine leichte Gehirnerschütterung hätte, wäre ich kaum in der Lage, das alles am Stück zu verarbeiten. Ich muss mich selbst mit der Salamitaktik überlisten und nehme mir das schönste Endstück vor: »Raffi und Marie wieder zusammen, ja? Wie romantisch. Und spießig. Aber auch romantisch.« Portugal. War ich ja ganz nah dran mit meiner Spanienlüge für die Gäste.

Katja wedelt mit der Hand vor meinem Gesicht herum: »Ja, toll, ganz super für die Zwei, aber darum geht es nicht. Wir müssen versuchen, das Haus zu kaufen.«

Müssen wir nicht. Und können wir auch gar nicht. Ich ignoriere das saftige Mittelstück und weise Katja auf das bittere Ende hin: »Ich habe kein Geld. Und du hast auch nicht genug.«

Katja streicht ihre perfekt sitzende Frisur zurecht. »Nicht so viel. Aber etwas. Und Gunnar meinte, die Gitarre ist viel wert, wenn sie doch ein Original ist. Sehr viel. Er will das mal checken, was ein Sammler dafür zahlen würde.«

Die Gitarre verkaufen. Vladimirs Gitarre. Wenn sie ihm überhaupt gehört, was ich nicht glaube. Etwas Geklautes verkaufen, um das Beste zu retten. Unser »Dead Horst«. Sobald wir alles in trockenen Tüchern haben, können Raffi und Marie zurückkommen, und alles wird wie früher. Wie vor zwei Wochen. Eine Frage hätte ich aber doch noch: »Also hatte Raffi gar keinen Burnout?«

Katja schüttelt den Kopf: »Na, so was Ähnliches. Der ist letztendlich zusammengebrochen, weil er erfahren hat, dass Marie eine Affäre mit irgendeinem Typen hatte. Soviel zur Romantik. Würde ja gerne mal wissen, wer das Eismariechen betört hat.«

Ich weiß es. Wahrscheinlich liegt es an meiner Kopfverletzung, aber ich weiß es.

Und will es Katja sagen, aber die will etwas ganz anderes wissen.

»So, jetzt spuck's aus, Frau Kindermann: Welche Leichen hast du im Keller und warum versteckst du sie seit zehn Jahren vor mir?«

Darum.

»Also, Raffis Vater lebt in Portugal, ja? Wusste ich gar nicht. Verrückt.«

Katja meint, dass es noch verrücktere Dinge gibt: »Doki, wenn du mir jetzt nicht erzählst, warum du dich so aufführst und weswegen Gunnar sich solche Sorgen macht um dich, dann... dann sind wir keine Freunde mehr. Echt nicht.«

Sie meint das ernst. Und ich kann sie verstehen. Ich wäre auch sauer auf mich. Und würde versuchen, mich zu erpressen, wenn ich sie wäre. Und wenn ich es könnte. Kann ich ja, fällt mir auf: »Katja, wenn wir keine Freundinnen mehr sind, wie willst du dann das Haus kaufen? Ohne meine Gitarre?« Es ist meine Gitarre, wenn Vladimir verschwunden ist, ganz klar.

Katja überlegt nicht lang: »Ich könnte immer noch Andi heiraten. Dann hätte ich den Batzen, und bestimmt auch das Vorkaufsrecht. Bäh!«

»Das würdest du tun, oder? Verdammtes Miststück.«

»Selber.«

Glück gehabt. Noch sind wir also beste Freundinnen. Und so soll es bleiben. Ich will ihr auch alles erzählen, aber zuerst muss ich etwas klären. Etwas Wichtiges, bevor es zu spät ist.

»Fährst du mich nach Hause? Und dann zum Bahnhof?«

Meine beste Freundin und zukünftige Geschäftspartnerin ist auch immer noch meine Chauffeuse. Sie wartet sogar im Wagen, während ich versuche Schiwago einzufangen, und ihn in seine Transportbox zu verfrachten. Aber er wehrt sich, mehr als sonst. Verständlich, bei einem Trocknertrauma. Schließlich fülle ich seinen Napf mit Futter. Dann einen weiteren Napf, dann noch drei Müslischalen. Irgendwer hat mal behauptet, dass Katzen im Gegensatz zu Hunden wüssten, wann sie genug gefressen hätten. Das mag einer der Gründe sein, weshalb wir nicht miteinander klarkommen. Ich packe noch ein T-Shirt und eine Unterhose ein. Ich werde nicht lange unterwegs sein. Trotzdem bin ich schwer beladen, als ich wieder auf der Straße stehe.

Katja kurbelt das Seitenfenster herunter. »Ich habe ein Monster erschaffen«, murmelt sie, als ich den Gitarrenkoffer auf die Rückbank wuchte.

Auf dem Weg zum Bahnhof schweigen wir.

Vielversprechend.

XXXVI

Ich kaufe ein Ticket. Und ein paar Rasierklingen. Falls mich unterwegs der Mut verlässt.

Und das geschieht schon kurz vor Dortmund.

Die Menschen, die in der 1. Klasse sitzen, sind immer dankbar, wenn sie jemand daran erinnert, wie privilegiert sie sind. Als ich schüchtern nachfrage, ob einer der Herren mir vielleicht mit ein wenig Rasierschaum aushelfen könnte, wird mir aus aufgeklappten Rollkoffern eine ganze Palette unterschiedlicher Produkte präsentiert. Gerade will ich zum hautschonenden Markenprodukt greifen, als einem Mitfahrer eine viel bessere Idee kommt: »Mädchen, ich hätte auch die Schermaschine dabei. Brauchst du Hilfe?«

Ich habe mich verliebt. In einen Erstklässler, der sich als Hobbyfriseur outet. Der Mann stöpselt sein Laptop aus und scheucht seine pöbelnden Kollegen lässig aus der Gefahrenzone ins Bordbistro.

»Alles ab«, fordere ich. Bin aber gar nicht stimmberechtigt.

»Pass auf, ich mach erst einmal nur die eine Seite. Steht dir bestimmt. Dann siehst du aus wie die Freundin von dem Rammstein-Sänger. Die magst du doch bestimmt auch, oder?«

Wen? Rammstein? Die kleine Thomalla? Kompromissfrisuren?

Wrrrrrrmmm. Wrrmmmmm. Wrmmmm.

»Also, ich find's super.«

Ich ihn auch. Ob er mit zu mir nach Hause kommt? Ich will ihn fragen, aber der Fahrkartenkontrolleur unterbricht unsere Romanze. Nur ein ganz kurzes »Danke« kann ich noch sagen, bevor ich auf die billigen Plätze verwiesen werde.

Ob ich ihn jemals wiedersehen werde?

Ach, wozu? Unsere Liebe hätte niemals eine Chance. Er mag Rammstein.

Der Abstieg vom Hochgeschwindigkeitsexpress zum Bummelzug ist noch härter. Die Landbevölkerung ist noch nicht bereit für meinen neuen Stil. Wahrscheinlich verstärkt das Krankenhausnachthemd den Eindruck, dass ich aus einer medizinischen Institution entwischt bin. Wie kam ich auf die Schnapsidee, zu meiner Mutter zu fahren?

Und wieso steht sie da am Bahnsteig? Instinkt, oder steht sie jeden Tag dort und wartet auf ihre verlorene Tochter?

Meine Mama. Nimmt mich in ihre Mama-Arme. Lässt mich Unfug zwitschern, bis ich nur noch schluchze. Mama tröstet mich: »Ich habe noch schlimmere Frisuren an dir gesehen, Große.«

Aber natürlich hat sie eine Mütze mitgebracht.

Ich muss noch mehr heulen, weil die Mütze auf der Wunde drückt. Und sie auch aus Leder ist.

»So – schon besser«, kommentiert meine Mutter ihr Werk, »wie Martin Gore von Depeche Mode.«

Stimmt, die Mütze hat sie von einem der ersten Konzerte. Wir waren zusammen dort. Meine Mutter durfte in der ersten Reihe stehen, weil sie im neunten Monat mit mir schwanger war.

»Wieso bist du hier?«, schniefe ich, und meine Mama guckt, als wäre ihr selbst nicht ganz klar, warum sie ihre dreißigjährige, angeblich untergewichtige, halbgeschorene, dürftig bekleidete, arbeitslose Tochter vom Bahnhof abholen wollte.

»Eine Katja hat mich angerufen. Klang sehr überzeugt davon, dass du hier aufkreuzen würdest, also bin ich mal losgefahren.«

»Katja?« Woher hat Katja die Telefonnummer meiner Mutter? Weil sie ein raffiniertes Stück ist, deswegen.

Meine Mutter hat genug vom Umarmen. So lange hat sie es noch nie durchgehalten. Ich muss wirklich elend aussehen. Mama will mich am liebsten verstecken. »Lass uns mal abhauen, Große. Die Leute hier machen mich wahnsinnig.«

Mir ist gar nicht aufgefallen, dass hier noch andere Leute sind. Aber sie beobachten uns ganz eindeutig. Alle. Keine Fans von Depeche Mode, nehme ich an. Meine arme Mutter. Ich bereite ihr nur Kummer.

»Beherrsch dich doch mal, Doris«, bittet sie mich leise.

Nur um dann umso lauter die glotzenden Tanten, die Frau vom Bäckereistand, die halbwüchsigen Schulschwänzer und den Rentner mit dem Jagdhund anzuschnauzen: »Die Vorstellung ist vorbei, wir gehen zurück in den Wald – Kinder in den Ofen schieben!«

Mama greift nach meiner Hand, und mir scheint, dass ihre Haare noch greller leuchten als bei meinem letzten Besuch. Sie zieht mich entschlossen hinter sich her, auf ihren hohen Schuhen ist sie fast so groß wie ich, ihr Hintern ist immer noch ein Hingucker. Und zum ersten Mal finde ich die enge Leder-

hose nicht peinlich an ihr, auch nicht den schweren Silber-
schmuck, den sie sich angelegt hat und der bei jedem ihrer großen Schritte klimpert.

Sie hat sich den Ausgehpanzer angelegt. Nur für mich. Oder
gegen mich.

Es könnte nur noch besser sein, wenn wir uns auf ihren tän-
zelnden Rappen werfen würden, um in den dunklen Forst zu
galoppieren. Aber den Friesenhengst gibt es nicht mehr. Wir
nehmen den Überlandbus.

XXXVII

Natürlich sitzen wir in der letzten Reihe, wie alle coolen Kids.
Und schweigen. Meine Mutter kann das noch ausdauernder
als Vladimir.

Der Busfahrer verzichtet darauf, *Sound of Silence* zu spielen,
sondern schnauft in sein Mikrofon: »Nächster Halt: Am Graben.«

Oh, vorbei die goldenen Zeiten, in denen der Chor der
Schulkinder darauf gejohlt hat: »Nächster Halt: Im Graben.«

Das durften wir irgendwann nicht mehr, weil der alte Gies-
kötter in eben jenen Graben gefahren und ertrunken ist. Wer
es nach diesem tragischen Vorkommnis trotzdem wagte, »Im
Gra-ha-ben« auch nur zu murmeln, durfte nach Hause laufen.
Wegen der Pietät.

Natürlich haben die Erwachsenen immer an dieser Halte-
stelle die Gelegenheit genutzt, um sich über den jungen Gies-
kötter auszulassen. Haus und Hof hat er verspielt, und vom
anderen Ufer soll der auch sein. Über die Lebenden darf man
immer herziehen hier.

Aber das ist ja normal. Wir sind es nicht.

Eine normale Mutter würde jetzt auf eines der hässlichen neuen Häuser zeigen und mir berichten: »Da sind jetzt die Soundsos eingezogen. Sie macht wohl irgendwelchen Tinnef mit behinderten Kindern oder Tieren. Aber er grüßt immer freundlich und schippt den Schnee weg im Winter.«

Das ist auch normal hier, dass man es dabei sagt, mit dem Winter. Im Sommer bringt es ja gar nichts, den Schnee wegzuschaufeln, da ist er ja geschmolzen.

Eine normale Mutter hätte ihrem Küken einen selbstgebackenen Kuchen mitgebracht zum Bahnhof, und wäre im Tränen ausgebrochen bei meinem Anblick. Eine normale Mutter würde nicht heimlich an ihrer Elektrozigarette ziehen, wenn der Bus die Fahrt verlangsamt, weil ein Trecker sich vor ihn gesetzt hat. Und eine normale Tochter würde jetzt nicht sagen:

»Mama? Ich muss dir was sagen, dringend …«

Meine Mama hustet: »Och bitte, nicht du auch noch!«

Ich war schon immer langsam in Gefühlsdingen, aber dank dieses Fahrradunfalls kann ich endlich so verständnislos gucken, dass sich meine Mutter zu einer Erläuterung gezwungen sieht:

»Lovis ist auch wieder schwanger. Fünfter Monat schon. Letzte Woche hat sie's mir erst erzählt.«

»Ich bin nicht schwanger, Mama.«

Sie drückt meine Hand: »Bist meine erklärte Lieblingstochter des Tages, Doris.«

Meine Mutter hat es immer verstanden, Geschwisterrivalitäten anzufeuern. Und wo Lovis nicht anwesend ist, habe ich echte Chancen auf den Wochensieg, wenn ich mich ein bisschen reinlästere: »Echt, fünfter Monat. Habe die Kleine ewig nicht gesprochen. Und, weißt du, wer der Vater ist?«

»Ach Doris, so lange sie es weiß … Manfred, jetzt überhol den doch, sonst kommen wir nie nach Hause!«

Genug über die Familie geplaudert. Zeit, sich mit dem Busfahrer anzulegen. Der steigt auch voll drauf ein: »Wenn es dir nicht schnell genug geht, Astrid, dann kannst du auch laufen.«

»Machen wir. Halt an!«, brüllt meine Mutter.

Draußen schweigen wir wieder. Meine Mutter schnorrt sich eine echte Zigarette von mir. Falls mein Bruder jetzt noch im Knast gelandet ist, kann ich es sogar zum Lieblingskind des Monats schaffen. Aber das Thema werde ich erst im Haus ansprechen.

Wir laufen im Stechschritt darauf zu.

Ein normales Haus würde jetzt kleiner wirken, nach so langer Zeit. Mamas wirkt größer, vor allem von innen. Und noch kälter.

»Was treibt Mattis?«, frage ich fröstelnd, und greife nach dem Rum, der in den Tee gehört.

»Na, immerhin säuft der nicht am frühen Morgen.«

Und schon wird es gewohnt heimelig. Mutter ist die Beste, vergisst keinen bei ihrem Rundumschlag: »Dein Bruder will jetzt eine Surfschule aufmachen. In Griechenland. Warum nicht gleich auf dem Mond?«

Ich nehme meiner Mutter die Flasche weg. Sie verträgt gar keinen Schnaps. Jedenfalls vertrage ich es nicht, sie welchen trinken zu sehen. Zum Glück weiß sie das: »Ach Doris, jetzt mach' nicht auf Drogenberaterin. Das ist eine Ausnahme.«

Sie kann nicht verstehen, weshalb ich lachen muss. Deshalb unterbindet sie es: »Ist immer noch ein Spießrutenlauf im Dorf. Wenn ich nicht muss, fahre ich nicht dahin.«

Endlich, jetzt werden die alten Evergreens aus der Vorwurfschublade geholt. Sie musste nur ins Dorf, um mich abzuholen. Sonst würde sie niemals dahin gehen, klar. Alles, was meine Mutter für ihr karges Auskommen benötigt, stellt sie

331

selber her: zieht Gemüse und Obst, backt Brot aus Wurzeln, knüpft sich Leinwände aus alten Säcken und pflanzt im Vorgarten Glühbirnen. Ihr grüner Daumen hat sogar ein Laptop hervorgebracht, wie ich nun bemerke.

»Tja, das meiste bestelle ich online. Ulf kümmert sich um die Verkäufe, die treue Seele.«

Ulf, den gibt's auch noch. Über den will ich gar nicht reden. Über mich auch nicht. Ich rette mich in einen Plausch über die schönen Künste: »Hast du was Neues gemalt, Mama?«

Jetzt verstehe ich nicht, weshalb sie lacht: »Ich male ständig was Neues. Aber ich kriege selten ein Bild fertig. Keine Inspiration. Vielleicht fälle ich mal den Baum, um was Neues zu sehen.«

Ich will wieder weg hier. Bevor sie meinen Baum fällt.

»Warum ziehst du nicht einfach um, Mama?«

Gut gemacht, Doris. Jetzt dauert es noch dreißig Sekunden, bevor sie dich vor die Tür setzt. Ohne ihre Mütze. Hoffentlich fährt noch ein Bus zum Bahnhof zurück. Schon holt sie Luft, um mich mit ihrem Feuer zu versengen. Dann sagt sie ganz leise:« Kann ich nicht, Große. Ich kann das Häuschen nicht verkaufen. Es war mein Traum.«

Ja eben, war. Jetzt ist es ein Albtraum. Es sieht hier aus wie bei mir zu Hause. Mit weißen Flecken an den Wänden, die noch viel gruseliger anmuten als die furchtbaren Bilder, die vorher dort hingen. Und das will was heißen. Neben den Kreationen meiner Mutter waren die Werke von Hieronymus Bosch naive Malerei. Andere Mädchen hatten Pferdeposter, bei uns hing »Unicorn Abortion I-X« zum Trocknen aus. Aber wozu auch ein Jugendzimmer, wenn man gar keine Jugend hatte?

Wogegen rebellieren, wenn die Mutter einem schon jede erdenkliche Variation des Egotrips vorgeführt hat? Und einem Vater, der sich … auf seine Art ausklinkt?

Aber wozu über die beschissene Vergangenheit reden, wenn es frische Wunden gibt, die es nachzusalzen gilt: »Wer ist denn diese Katja, Doris? Deine Freundin? Du weißt, dass ich kein Problem damit hätte, wenn du lesbisch wärst. Aber muss man sich dazu noch heutzutage so unvorteilhafte Frisuren schneiden?«

Sie lacht schrill, ihr Zeichen dafür, dass sie einen Witz gemacht hat. Ich bekomme Halsschmerzen, mein Zeichen dafür, dass ich noch einen Grog haben will.

»Mama, ich bin wieder mit Gunnar zusammen.«

»Ach was? Der Gunnar? Na, ob der der Richtige für dich ist…«

Ja, schüttle du ruhig deine rote Mähne, ich renne nicht darauf zu und lasse mich von dir aufspießen. Ich kann auch aus einer anderen Ecke der Arena antäuschen. Und enttäuschen: »Ich habe gekündigt, Mama. Also, im Moment bin ich krank geschrieben. Und dann habe ich Resturlaub. Ich will da nicht mehr arbeiten, wegen… es gefällt mir nicht mehr dort.«

So, das sollte reichen für den Anfang.

»Ach«, sagt meine Mutter. Nach einem weiteren Schluck Tee fragt sie nach: »Und weil es da nicht mehr so toll ist, deswegen haust du da ab, ja? Glückwunsch Doris, so wird's gemacht.«

Nicht provozieren lassen, einfach weiter draufballern: »Ja, ich höre mit der einen Sache auf, weil ich was Neues vorhabe. Ich arbeite jetzt in einer Kneipe. Mit Gunnar. Und Katja. Wir kaufen die Kneipe.«

Ja, und die führe ich dann, mit all meinen anderen guten Freunden, die ich gar nicht aufzählen kann, weil meine Mutter aufspringt, weg vom Tisch, weg von mir, der Rabentochter: »Ach, deswegen bist du hier, um mir das aufs Brot zu schmieren, ja? Lass mich raten, jetzt willst du auch noch Geld von mir, damit ich mein schlechtes Gewissen abbezahlen kann, ja? Für eine Kneipe, ausgerechnet? Tickst du noch richtig?«

»Nein, Mama, nein, ich bin hier, weil ...«

Weil ich am richtigen Ende anfangen wollte. Und das falsche erwischt habe. Es war fünfzig-zu-fünfzig-Chance, dachte ich heute Morgen.

Meine Mama seufzt, steht auf und schüttet den Tee in den Ausguss. Guckt mich an, und ich weiß nicht, ob da wirklich eine mütterliche Regung durch ihr Gesicht huscht, oder ob sie nur überlegt, wie sie mich malen könnte. Endlich fragt sie:

»Bleibst du ein paar Tage? Dann können wir vielleicht in den Wald gehen zusammen.«

Eine normale Mutter hätte jetzt frischen Tee gemacht. Und alles andere auf den Tisch gebracht, was seit Jahren unser Verhältnis vergiftet.

Meine Mutter muss erst einen Bock schießen, bevor sie mit mir reden kann.

Und die Schonzeit für Großwild endet erst im Juni.

Eine normale Tochter würde jetzt nicht nachgeben. Oder wieder fahren. Oder ihren blöden Freund anrufen, damit er sie abholt. Ich gehe schlafen, zu den Einhörnern. Die sind unverkäuflich. In jeglicher Beziehung.

XXXVIII

Wir tasten uns langsam heran an die Jagdsaison.

Proben für das ganz große Schlachtfest und gönnen uns lange Pausen zwischen den Trainingseinheiten. Meine Mutter behauptet, ich könnte mir beim Friseur im Dorf Extensions machen lassen. Ich glaube das nicht. Und will das schon gar nicht. Der Friseurladen heißt »Hairlich Anders«, meine Mutter widerspricht sich selbst, behauptet nun, schlimmer könne es nicht werden auf meinem Kopf. Wir üben Versöhnen. Sie schenkt mir die Mütze. Und noch einen Schal, damit sie nicht auf meinen blanken Hals gucken muss. Ich trage den Schal, obwohl es Mai ist und kein Schnee liegt. Aber im Haus ist es ja schön kühl.

Mama geht malen. Ich gehe schlafen.

Am zweiten Abend wagen wir uns an größere Tiere heran. Mein Liebesleben. Mama behauptet, sie hätte nie gedacht, dass Gunnar besser zu Lovis passen würde.

Sie behauptet etwas völlig Abstruses: »Doris, du hörst einfach nie richtig zu: Ich habe damals gesagt, dass Gunnar sich ein bisschen zu oft nach Lovis umschaut. Wie jeder andere eben auch. Ist ja auch nur ein Kerl, der schöne Gunnar.«

Ich gehe wieder zu Bett daraufhin.

Mama bestellt mir eine Elektrozigarette im Internet.

Am nächsten Morgen sind wir bereit dazu, gemeinsam auf einen Hochsitz zu klettern.

Mama schießt nichts. Wir reden ein wenig. Ich erzähle ihr von Ludi. Am Ende meines Berichtes zuckt Mama mit den Schultern: »Steckt niemand drin, Doris, in dem Kopf von so einem Sechzehnjährigen.«

»Aber das ist mein Job«, winsele ich. Füge nicht »gewesen« hinzu. Soll meine Mutter mir sagen, wie der Stand der Dinge ist. Deswegen bin ich hier.

»Tja, Job verfehlt. Du bist noch jung. Mach was anderes. Aber vielleicht keine Kneipe. Jetzt sei still.«

Sie bedeckt ihre Augen mit dem Feldstecher und schaut auf die Lichtung vor uns. Da ist gar nichts zu sehen, nicht mal ein Häschen.

»Es wäre dir also lieber, wenn ich eine Surfschule auf dem Mond aufmachen würde, ja?«

Mama lässt das Fernglas sinken:« Ja, dann kämst du mich wahrscheinlich öfter besuchen als jetzt.«

Falls irgendwelches Wildgetier aufkreuzen wollte, um sich abmurksen zu lassen, haben wir es jetzt durch unser Kichern verscheucht.

Nachdem sich meine Mutter ausgelacht hat, fällt ihr auf: »Mist, ich hab' die Kamera vergessen.«

Wir bleiben trotzdem noch eine Weile, Sonnenaufgang gucken, Jäger erschrecken.

Danach geht Mama malen, sie hat noch ein paar alte Fotos von frisch erschossenen, halb ausgeweideten Tieren vom letzten Jahr.

Ich recherchiere Dinge im Internet. Lese alle meine E-Mails, aber beantworte nur eine. Nein, ich will kein Auto gewinnen, liebe Two-be-Two-Media AG. Ich kann mir eins kaufen, wenn ich will.

Als mich meine Mutter abends zur Bushaltestelle bringt, fragt sie: »Willst du vielleicht die Einhörner haben? Kannst sie auch verkaufen, wenn du sie nicht aufhängen magst.«

»Nein.«

»Dann mach's gut. Melde dich, wenn du zu Hause angekommen bist, ja?«

Ich verspreche es. Natürlich werde ich das vergessen, und meine Mutter wird deswegen mit mir schimpfen beim nächsten Anruf. Ganz normal, wie in jeder Familie.

Meine Mutter hat mir auch noch eines ihrer Kleider vermacht. Es stammt aus derselben Epoche wie die Mütze. Der Taxifahrer fragt, ob ich mal in einem Musikvideo mitgespielt hätte, in den Achtzigern. Als ich ihm berichte, dass ich 1981 geboren wurde, schaut er mich skeptisch an. Man altert schneller auf dem Lande.

Ich lasse mich an der Kreuzung absetzen, weil ich gar nicht weiß, wo ich hinwill. Nach Hause oder ins »Dead Horst«.

Wenn das eine echte Überwachungskamera sein sollte an der Dönerbude, spiele ich jetzt doch in einem Achtzigerjahre-Videoclip mit. Schlechtes Remake, mit mir als Cindy Lauper in *Time After Time*. Sogar den Gitarrenkoffer habe ich dabei, ein Requisit, das dabei hilft, gekonnt unschlüssig vor der U-Bahn-Station zu stehen.

An dieser Stelle müsste mein Freund hier auftauchen. Ich fand immer, dass der Typ im Video eine gewisse Ähnlichkeit mit Gunnar hatte. Dieselben Augen. Aber Gunnar taucht nicht auf, um mich davor zurückzuhalten, abzuhauen. Ich haue ja auch gar nicht ab, ich kehre zurück. *Time after Time*.

Also ins »Dead Horst«. Zu Katja. Ihr den Schatz zu Füßen legen und gemeinsam überlegen, ob wir damit wirklich unsere Kneipe kaufen wollen.

Die Wand haben sie ganz schwarz gestrichen. Praktisch, da sieht man nicht sofort irgendwelche Flecken drauf. Alles wirkt aufgeräumter als sonst. Ziemlich tote Hose für die Uhrzeit.

Kein Toddy hinter dem DJ-Pult. Die Musik läuft einfach so, aus dem Computer. Spart bestimmt eine Menge Geld. Das einzig bekannte Gesicht an der Theke gehört Olaf. Den Rest der Leute kenne ich nicht. Sie sind sehr jung oder haben sich gut gehalten.

»Hier können wir öfter mal hingehen, ist ja total knuffig hier«, quietscht eine Frau, die keinen Totenkopf auf den Kopf tätowiert hat, aber bestimmt doch eines Tages Staatsanwältin wird. Eine ganz knuffige Staatsanwältin, mit ihrem Künstlerfreund, der sich etwas expliziter über die Renovierungsarbeiten äußert: »Ja, finde ich auch cool, dass sie so das Ursprüngliche erhalten haben, aber es jetzt so in die heutige Zeit versetzt haben. Also, genau zwischen retro und modern. Steh ich ja voll drauf, wenn's gut gemacht ist. Wenn sie jetzt noch besseren Kaffee brühen würden ...«

Wäre Raffi doch nur hier. Und Marie, in trauter Zweisamkeit. Ich stehe ja voll auf retro und modern, wenn es gut gemacht ist. Aber wenn es schlecht gemacht ist, mag ich es nicht. Ich schippe den Schnee ja auch im Winter, nicht im Sommer. Nennt mich konservativ. Jetzt hätte ich gerne mal die zukünftige Mitinhaberin gesprochen. Um ihr vorzuschlagen, einen neuen Architekten zu beschäftigen. Der uns alles wieder so einrichtet, wie es vorher war. Ich werde bei der Barkeeperin vorstellig.

»Oh shit, Doki ... ich meine: Cool, dass du wieder da bist. Möchtest du was trinken?«

Linda schaut mich an, als trüge ich eine blöde Mütze und ein Kleid, das ich aus der Altkleidersammlung von Fleetwood Mac gefischt hätte.

»Ich habe meine Mutter besucht«, erkläre ich, und Linda wurschtelt an der Zapfanlage herum: »Ja, das hat Katja erzählt ... Also, was trinkst du?«

Bei Unsicherheiten stets auf die Kernkompetenzen besinnen, recht so Linda.

»Ich nehme ein Leitungswasser.«

Das scheint ein Problem zu sein. Kein Wasseranschluss mehr?

»Willst du einen Kaffee dazu? Oder was anderes?« Linda sieht wirklich verängstigt aus. Wie die Leute, die in der Burgerschmiede arbeiten. So eine hübsche Uniform stünde ihr gut zu Gesicht, eine ohne Taschen für eventuelles Trinkgeld, aber sonst herrlich old school, mit Häubchen und Schürze.

Ich versuche ein gütiges Lächeln: »Dann nehme ich eine Cola. Ohne Wasser.«

Linda ist erfreut über diese korrigierte Bestellung und taucht zum Kühlschrank hinab.

»Mein Gott, Doki, bist du das?«

Jetzt hat auch Olaf mich erkannt. Er grinst etwas schief und redet Unsinn: »Ja, dann willkommen zurück. An Bord, haha. Also, schätze ich doch mal. Finde ich gut, also, da habt ihr euch wohl ausgequatscht, Katja und du. Nein? Oh.«

Es braucht gar nicht Vladimirs krumme Nase, seine wilden Furchen und Falten oder die Killeraugenbrauen. Auch mit einer einfachen Halbglatze und genug Hintergrundwissen kann man das Gesicht ziehen, dass die Deppen zum Schweigen bringt. Quasi.

»Oh, also, Katja ist oben. Die kommt bestimmt gleich wieder runter.« Es klingt irgendwie warnend. Olaf will mir offenbar die Krisensituation genau schildern, damit ich die Chance ergreifen kann, abzuhauen. Aber ich warte auf mein Getränk. Und auf Katja.

»Zwei Euro«, piepst Linda mit gesenktem Kopf.

»Kein Mitarbeitertarif?« Na, schon gut. Das Geld bekomme ich ja bald zurück. Linda sieht mich an, nimmt all ihren Mut zusammen und erklärt: »Also, eigentlich hat Katja gesagt, du hast ...«

»Hausverbot.«

Da steht sie, meine beste Freundin, in Maries Küchentür. Es hätte jetzt besser ins Bild gepasst, wenn Katja Alpert sich in ein mondänes Seidenkleid gewickelt hätte, dazu vielleicht eine Wasserwelle nebst Zigarettenspitze. Auch ein Medusenhaupt wäre denkbar gewesen, aber einfach nur Jeans und T-Shirt, das ist schlechter Stil. Hinter ihr steht Andi, der wie immer aussieht. Unpassend.

»Hallo Katja. Hallo Andi. Alles klar?«

Eher nicht. Andi klappt seine Aktentasche zu und lässt Frau

Alpert wissen: »Ich warte dann draußen, okay?« Katja umarmt ihren Andi, so herzlich, wie ich es seit Ewigkeiten nicht beobachten durfte, so als würde sie Kraft aus seinem mächtigen Körper tanken wollen. Die wird sie gar nicht benötigen. Ich komme in Frieden.

»Können wir uns mal unterhalten?«, frage ich meine beste Freundin. Sie denkt kurz darüber nach, bestimmt dann: »Okay. Kommst du mit ins Büro?«

Linda stellt mir die Cola vor die Nase, blickt unsicher zu Katja, die abwinkt. Ich kam in Frieden.

»Lass uns lieber auf die Toilette gehen, Katja.«

Sie zuckt mit den Achseln, aber bequemt sich zu mir auf die andere Seite der Theke. Sie geht voraus und ich folge ihr zu den schönen, neuen Waschräumen, die Agnes wirklich hübsch gefliest hat. Es sieht geradezu edel aus, mattschwarz, wie die Gipswand.

Soll Katja anfangen. Tut sie aber nicht. Vielleicht kann sie es nicht, weil sie sich keine Zigarette anzündet, wie sonst, wenn sie ein ernstes Wörtchen mit mir zu reden hat. Also zünde ich mir eine an, und das hilft ihr, den Anfang zu machen: »Muss das sein, Doki?«

Blöder Anfang. Da finde ich ja einen besseren: »Hausverbot, ja? Hast du jetzt die Kneipe gekauft? Allein? Ohne mich? Konntest du keine Woche warten?«

Ganz einfache Frage, ganz komplizierte Antwort, die sie mir nicht mal ins Gesicht sagen kann: »Andi hat einen Finanzierungsplan erstellt, und der sollte aufgehen, wenn wir noch ein paar Dinge umstrukturieren. Wir werden einen Anbau machen und den als Raucherraum deklarieren. Wenn wir uns noch auf bessere Konditionen mit den Brauereien einigen können und in der Woche drei bis vier Konzerte veranstalten, von bekannteren Bands, dann sollte es klappen. Und wenn ein DJ auflegt, nehmen wir jetzt immer Eintritt. Danke für den Tipp übrigens.«

Das Geschwafel vor dem Sturm, so kenne ich meine beste Freundin. Sie ist ganz kurz davor, zu explodieren. Und das soll mir nur recht sein. Sie soll mich jetzt anschreien, mir vorhalten, dass ich fünf Tage lang nicht erreichbar war für sie, und dann schreie ich zurück, was sie sich einbildet, unsere Kneipe wie einen Edelpuff auszustatten, während ich wirklich dringende Sachen zu klären hatte. Darauf wird sie keine Antwort wissen, sondern einfach den restlichen Kacklack aus dem Putzschrank nehmen und durch die Gegend schleudern. Und wir werden uns darin wälzen und halb tot lachen, und diese kranke Sanitäranlage wieder abreißen, genau. Aus diesem Grund hat Katja auch die olle Jeans angezogen, ha. Aber Katja ist noch immer ganz ruhig: »Hast du schon mit Gunnar geredet?«, fragt sie jetzt und wischt sich dabei eine Träne aus dem Augenwinkel. Vor dem Spiegel, damit sie ihre Wimperntusche nicht verwischt.

»Nein, noch nicht.«

Katja krallt sich am Waschbecken fest. Jetzt kann es nicht mehr lange dauern, bis sie platzt. Vielleicht reißt sie das Becken mit bloßen Händen aus der Wand. Aber sie tut etwas anderes. Sie lässt das Becken wieder los und schaut mich endlich an: »Ich habe aber mit Gunnar geredet, Doki. Er hat mir alles erzählt, von damals, von dir. Wie hast du mich die ganze Zeit über anlügen können, wie?«

Das ist nicht fair: »Ich habe dich nicht angelogen, ich habe dir gesagt, dass mein Vater einen Unfall hatte, und ...«

Jetzt, jetzt – lacht Katja doch tatsächlich. Und schüttelt den Kopf, als hätte ich ihr gerade erzählt, dass wir unfassbar reich sind. Aber dazu bin ich ja noch gar nicht gekommen, und werde es auch nicht, denn Katja redet: »Doris, es ist mir egal, was mit deinem Vater war. Ich hätte es gerne von dir gehört, vor zehn Jahren, aber jetzt nicht mehr. Es ist mir auch wurscht, dass du dein Handy ausgeschaltet hast, ich meine, was hatte ich erwartet, das tust du ja immer, wenn's wichtig ist.

Das ist jetzt alles komplett egal. Du bist mir egal. Ich habe mich immer um dich gekümmert, immer, die ganze Zeit, ich habe dir zugehört, dein Chaos ertragen, ich habe dir Geld geliehen, ach was, geschenkt, und du, du benimmst dich einfach immer noch wie ein Kleinkind. Nein, schlimmer. Du benimmst dich wie ein doofer Teenie, so, als wäre alles ein Witz, und wenn was schiefgeht, dann kommt Tante Katja und regelt alles wieder. Und weißt du was? Ich habe jetzt ein letztes Mal alles geregelt, und das war's jetzt. Ich kann das nicht mehr. Ich bin nicht deine Mutter.«

Das letzte stimmt. Zum Glück. Das davor stimmt nicht, oder nur zum Teil. Ich sollte Katja jetzt sagen, dass zu so einer Sache, die wir wohl jahrelang Freundschaft genannt haben, immer zwei gehören. Wir könnten konstruktiv über ihre vorgetragenen Streitpunkte diskutieren, das haben wir nie ernsthaft getan. Nie länger als fünf Minuten, oder bis es wieder Zeit für eine Zigarette, ein Bier, oder eine blöde Fernsehserie war. Aber wenn ich sie mir so anschaue, merke ich, dass sie wirklich nicht mehr kann. Sie sieht gar nicht wütend aus, sondern unfassbar traurig. Noch ein falsches Wort von mir, und sie zerschellt auf dem Boden.

Trotzdem muss ich was sagen: »Finanzierungsplan sagtest du, ja?«, frage ich also, denn wenn ich meine Frau Alpert auch nur ein bisschen kennen sollte, nehme ich stark an, dass sie bei der Erwähnung des Wortes »Plan« wieder Aufwind bekommen sollte: »Ja, genau. Ich heirate Andi. Wir kriegen die Steuerrückerstattung und durch Andis Bank das Vorverkaufsrecht für das ganze Haus. Ist besser als pachten.«

Zwar zieht sie bei diesen Worten den Rotz in der Nase hoch,

aber gleichzeitig vollführt sie diese Armbewegung. Alles meins. Mein Andi, meine Kneipe, meine blöden Fliesen, alles meins. Bei dem Talent, sich abzugrenzen, hätte Katja Sozialarbeiterin werden sollen.

Ich muss eine schreckliche Freundin gewesen sein, wenn man sich von mir freikaufen muss. Aber das ist der Plan: »Dann wünsche ich viel Glück, mit allem. Mit Andi. Und dem Batzen.«

Ich komme nicht über diese Fliesen weg, und klopfe noch mit dem Fingerknöchel drauf, in der letzten, vagen Hoffnung, dass sie doch nur aus Pappe sind. Sind sie nicht. Alles fest, alles echt. »Viel Glück mit diesem ganzen Scheiß hier. Ist nicht meins.«

Und jetzt, in dieser Sekunde, fühle ich mich unglaublich erleichtert. Ich will die Kneipe nicht, so sieht's aus. Keine Ahnung, was ich will, aber das nicht. Und ich will auch nicht, dass Katja weint. Tut sie aber, sie wimmert, sinkt auf ihrem stylischen mattschwarzen Boden zusammen, ihre Frisur ist jetzt völlig hinüber, die Wimperntusche fließt, sie sieht aus wie Alice Cooper an einem ganz schlechten Tag. Das berühmte Häuflein Elend. Das ich gerne, nur allzu gerne trösten würde. Aber das Häufchen hat noch die Kraft, mit den Händen zu wedeln. Ich soll weg, ein für allemal.

Ich werfe einen letzten Blick in die Kneipe.

Linda redet mit der Staatsanwältin, die bestimmt nicht eine Nacht ihres Lebens auf einem Strommast verbracht hat. Olaf ist in ein Gespräch mit ihrem Künstlerfreund vertieft. Bestimmt werden sie dicke Freunde, bei Facebook. Der Künstlerfreund sagt: »Den Namen finde ich ja weiterhin trashig. Also uncool trashig. Ich denke, das wird doch auch leicht verwechselt, mit dem »Red Horse«, oder?«

Ja, das stimmt.

343

Wir waren ziemlich uncool trashig.

Ich schnappe mir Vladimirs Gitarre und gehe zu Fuß nach Hause.

XXXIX

Eins ist zumindest sicher. Vladimir hat die Gitarre nicht geklaut. Er wird sie Felix abgekauft haben, für einen Spottpreis. Denn natürlich handelt es sich um Felix' alte Gitarre, die, die er in die Ecke gestellt hat, zugunsten der Neuen, die er sich angeschafft hat. Manche Menschen wissen einfach nicht um den Wert ihrer Besitztümer. Oder sind einfach zu oberflächlich, um sich einmal ganz genau anzuschauen, was da eingraviert ist, winzig klein, auf dem Hals des Instrumentes. Die Gitarre wäre schon ohne diese Gravur äußerst wertvoll, aber durch diesen kleinen Hinweis darauf, wer einst auf ihr gespielt hat, ist sie noch kostbarer.

Sie ist nicht so viel wert wie ein Mietshaus in dieser Stadt. Aber fast halb so viel, auf jeden Fall mehr, als ich jemals besessen habe.

Oben in der Wohnung ist alles verschwunden, was darauf hindeuten könnte, das Gunnar je hier war. Keine Zahnbürste mehr, keine stinkenden Socken. Nicht einmal einen Parkettboden hat er mir verlegt während meiner Abwesenheit.

Warum wundere ich mich nicht darüber, dass er abgehauen ist? Weil ich weiß, dass er genauso enttäuscht wie Katja von mir ist, da ich in den letzten, entscheidenden Tage nicht erreichbar war? Oder weil er auch nicht mehr ertragen kann, dass ich ein dreißigjähriger Teenie bin und er nicht mein Vater? Bei dem Gedanken muss ich fast lachen. Nein, ganz so ähnlich sind die zwei sich dann doch nicht. Was Katja da gerade durchgezogen hat, war unbeschreiblich, ungerecht und irrsinnig. Aber auch mutig, kompromisslos, ein klarer Schnitt. Gunnar ist eher der unentschlossene Typ. Einer, der sich selbst mit »ständig on the road« bezeichnet. Könnte man allerdings auch schlicht als ziellos oder bequem bezeichnen. Ein bisschen feige, geradezu. Ein richtiger Kerl eben.

Wäre er anders, wäre er ja wie Andi, beispielsweise. Und wer will so was?

Und das ist endlich mal eine gute Frage, Doris Kindermann. Plötzlich bin ich hellwach. Warum hat Katja erst geheult, nachdem du ihr Glück gewünscht hast? Antwort: Sie weiß, dass sie nicht glücklich werden wird. Sie will ihren Andi auch nicht. Punkt. Aber sie wird ihn heiraten, damit sie ihren blöden Batzen bekommt, und sie das »Dead Horst« kaufen kann. Riesenidee: Katja Alpert gibt sich selbst vollkommen auf, damit sie jede Nacht hinter der Theke stehen darf? Sie ist doch nicht Marie! Zieht sie das alles durch, nur um mir eins auszuwischen? Um mich vom Alkohol fernzuhalten? Schwer zu glauben, dass die Wahrheit in diesem Fall irgendwo in der Mitte liegt.

Es ist weit nach zehn Uhr, aber ich brauche jetzt einen Kaffee. Und ich kann mir auch einen machen, erstaunlicherweise ist welcher vorhanden. Richtig gutes Zeug, den habe ich nicht gekauft zu diesem horrenden Preis am Kiosk. Das muss Katja gewesen sein neulich. Als sie in meinem Bett übernachtet hat, Gunnar auf der Couch und ich in der Wanne. Die beiden waren schon lange wach, als ich endlich dazukam. Und da haben sie bestimmt nicht nur über Raffi geredet, nein, nach dem Abend, so wie das abgelaufen ist, bin ich sicher, dass Gunnar Katja schon damals von früher erzählt hat, logisch.

Deswegen war Katja in den Tagen danach auch so komisch zu mir. Wollte nicht *Tatort* bei mir gucken, lieber in Raffis Bude neben Black-out schlafen. Hat sich in die Arbeit gestürzt, und dabei gewartet, dass ich mal Klartext rede wahrscheinlich. Und Gunnar, dem war auch unwohl, weil er da ausgeplaudert hat. Musste plötzlich weg zum Zahnarzt, natürlich, und zwar ganz schnell, mit Katjas Auto. Jetzt will ich gar keinen Kaffee mehr. Ich will mit meiner Mutter sprechen.

Auch, wenn ich sie dafür anrufen muss.

Nach dem achten Klingeln nimmt sie endlich ab.

»Was?«, blafft sie mir entgegen.

»Hallo Mama, ich bin's, Doris …«

»Du rufst *jetzt* an, um mir zu sagen, dass du gut angekommen bist? Da hätte es auch morgen früh gereicht, echt. Jetzt male ich.«

Schlechter Zeitpunkt, war schon klar. Aber ich muss nur ganz schnell eine Sache wissen. »Mama, der Sülzwurst, der Zahnarzt, der hat doch immer nur nachmittags Sprechstunde, oder?«

Meine Mutter stöhnt auf: »Doris, lass bitte morgen noch mal deine Kopfverletzung untersuchen, ja? Du redest Quatsch. Der Sülz hat seine Praxis doch längst nicht mehr.«

Ich schlucke. Mir wird schwindelig, und trotzdem beherrsche ich mich, um meine Mutter zu fragen: »Seit wann?«

Mama stöhnt lauter: »Was weiß ich! Seit drei, vier Jahren bestimmt. Gibt's keine Zahnärzte bei euch in der Stadt?«

Drei, vier Jahre. Nicht: drei, vier Tage. Ich muss das Gespräch dringend beenden, wie mache ich das? Mit positivem Feedback, natürlich: »Schön, dass du wieder malst, Mama.«

»Oh, shit, ich muss rüber, bevor die Farbe antrocknet. Tschüss.«

Sie legt auf.

Ich will mich hinlegen und schlafen. Schön träumen, frisch aufwachen, auf in den neuen Tag. Aber das wird nichts. Diese

Nacht ist noch nicht zu Ende, beileibe nicht, Doris Kindermann, du musst da jetzt durch. Du hast angefangen zu denken, jetzt kannst du nicht einfach aufhören oder auf ein anderes Programm schalten.

Ja, ein bisschen weinen darfst du, auch die Detektivarbeit geht nicht ganz ohne Emotionen voran, vor allem bei den Amateuren. Manche Fälle nehmen einen eben besonders mit, aber du bist jetzt so weit gekommen, du kennst die Täter, die Lücken in ihren Aussagen, und wenn du ganz ehrlich bist, weißt du auch schon, dass es sich um ein Verbrechen aus Leidenschaft handelt, nicht wahr?

Und es bringt dich so richtig zum Flennen, weil Leidenschaft etwas Wunderschönes, Fantastisches ist, sofern man selbst eine Hauptrolle dabei spielt ist. Tust du aber gar nicht. Du warst noch nicht mal das Opfer, sondern nur ein Hindernis, ein Störfaktor. Schon erstaunlich, wie man sich ein paar gefühlte Liter Flüssigkeit aus dem Körper heulen kann und danach doch noch zu einem komplexen Gedanken fähig ist. Ein Geistesblitz nahezu. Katja springt nicht über Hindernisse, sie walzt sie um. Und Gunnar? Der weicht ihnen aus.

Du weißt, wo Gunnar ist.

Er ist nicht weit weg, du kannst es bis zu ihm schaffen, noch bevor der neue Tag beginnt. Du kannst sogar etwas wirklich Gutes, Großartiges, Erwachsenes tun, wenn du jetzt zu ihm gehst, Doris, du kannst weiter über deinen Schatten springen, als es den meisten Menschen in ihrem Leben je vergönnt sein wird.

Nein, lass das Küchenmesser hier.

Gut so.

Guck ruhig in den Spiegel, er wird mindestens so beschissen aussehen wie du, wenn er es ernst meint. Und wenn nicht, kann er was erleben.

Ich stehe auf und gehe über den Hausflur zur Nachbartür.

XL

Gunnar reißt die Tür auf und scheint überrascht, mich zu sehen. Hatte wohl jemand anderen erwartet. Jetzt klappt er den Mund wieder zu, aber die Tür lässt er wenigstens geöffnet. Er fuchtelt mit den Händen herum, eine Mischung aus einladender und entschuldigender Geste.

Ich trete ein, Schiwago springt bei meinem Anblick auf und zischt wie angestochen unter die Couch. Gunnar blickt ihm hinterher, neidisch.

Aber statt sich ebenfalls unter der Couch zu verstecken, setzt er sich drauf. Quetscht sich in die Ecke, umschlingt seine Beine, neunzig Kilo Unbehagen in zu kurzen Jogginghosen. Es ist Raffis Jogginghose, dieselbe, die Katja neulich trug.

Gleich muss ich kotzen.

Gunnar missdeutet meinen Gesichtsausdruck, beeilt sich zu sagen: »Ich bin morgen hier weg, Doris.«

Ich muss doch nicht kotzen, sondern schnauben: »Ja klar, das kannst du ja am besten, abhauen.«

Ich bin doch voll und ganz die Tochter meiner Mutter, aber Gunnar fällt das gar nicht auf. Aber immerhin hat er eine Ahnung, dass ich so eine Ahnung habe, und bringt einen Gunnar-Spruch: »Ist alles beschissen gelaufen, was?«

Wow. Versucht er da ein Lächeln? Erwartet er jetzt, dass ich zurücklächle und so etwas von mir gebe wie: »Ja, du hast verdammt recht, Alter. Kommt ja immer anders als man denkt, das Leben, da macht nix. In zwanzig Jahren lachen wir darüber, wie wir versucht haben, eine Woche lang eine Kneipe zu führen. Tja, dann halte die Ohren steif.«

Aber so kommt er mir nicht davon: »Was ist denn so gelaufen, Gunnar?«

Er starrt seine Füße an, so, als hätte er sich dort eine Geheimformel notiert, eine Presseerklärung, oder was weiß ich. Er ringt mit sich, aber ich gebe ihm keine weitere Hilfestellung. Jetzt will ich alles hören, von Anfang an.

»Also: Katja und ich, wir haben uns bei einem Konzert in Chemnitz kennengelernt, vor zwei Monaten, aber da wusste ich gar nicht, wer sie ist, und sie hat mir auch gesagt, dass sie einen Freund hätte, eigentlich…«

Oh Scheiße, ich will das doch nicht hören, aber jetzt legt Gunnar los, ich bekomme den abgeschlossenen Herzschmerz-Roman aus *Das goldene Blatt* zu hören: »…und wir hatten uns auch gar nicht verabredet hier. Ich dachte, dass sei damals eine einmalige Sache gewesen. Und dann, im »Dead Horst« habe ich dich gesehen, und da war ich auch wirklich wieder so was wie verliebt in dich. Ich war total durcheinander.«

Guck mich nicht so an, wenn du so was sagst, Gunnar. »So was wie verliebt« und »durcheinander« ergibt zusammen nichts anderes als Hormonkarussell, und aus dem bin ich offenbar ziemlich bald rausgeflogen. Gunnar rauft sich die Haare.

»Es war echt nicht geplant. Katja wollte ja Andi heiraten, aber das hat sie an dem Abend nur gesagt, weil sie dachte, du und ich wären wieder zusammen.«

Merkwürdig, das dachte ich auch. Wir haben tatsächlich unglaublich viel gemeinsam, meine ehemalige beste Freundin und ich. Zum Beispiel können wir es beide nicht ertragen, wenn unser jeweiliger Gesprächspartner sich wie ein fünfzehn-jähriges Mädchen verhält und sich in tausend Ausflüchte ver-strickt, um bloß nicht zu Verantwortung gezogen zu werden. Ich werde das jetzt beenden:

»Liebst du Katja?«

»Ja. Sehr.«

Er hat nicht gezögert. Keinen Wimpernschlag lang. Applaus, Applaus. Aber dafür bin ich zu müde. Wenn ich mich sehr,

sehr zusammenreiße, kriege ich das jetzt hin, bevor ich zusammenklappe. »Dann geh zu ihr. Schnell.«

Sehr schnell, bitte, bevor ich mir das anders überlege. Oder jemand heiratet, Häuser kauft oder sonstigen Blödsinn verzapft.

Gunnar steht auf, kommt auf mich zu, mit diesem ganz weichen Blick in den Augen: »Ich muss dir noch was sagen, wegen…«

»Lauf, Forrest, lauf!«, lautet meine letzte Empfehlung an ihn. Und er rennt los. Barfuss. Sekunden später schon höre ich die Haustür zuknallen, kurz danach eine Autohupe. Dann ist es still.

Schiwago kriecht unter der Couch hervor und speit mit Todesverachtung einen Haarballen vor meine Füße. Nach vollbrachter Tat setzt er sich aufrecht hin und blitzt mich auffordern an. Ich beginne, diesen Kater zu mögen.

Um ihm das zu zeigen, lade ich ihn zu mir nach Hause ein.

Nachdem wir unsere Differenzen endlich beigelegt haben, folgt mir Schiwago neugierig über den Hausflur, bleibt aber wie vom Donner gerührt vor der Wohnungstür stehen. Miau, genau so sieht es da aus. Ein Katzenparadies. Hundert Höhlen, in denen man sich verstecken könnte. Das hässliche Sofa. Die vergammelten Stühle. Die Kochnische, die ich Küche nenne. Wie kann jemand so leben?

Bis halb drei räume ich auf. Rechtschaffen müde, oder zumindest auf dem Weg dorthin. Schiwago belohnt meine Bemühungen, indem er seine langen, grauen Haare großflächig auf der Bettdecke verteilt. Vielleicht kann ich mir daraus morgen eine Perücke flicken.

Punkt neun Uhr. Meine Waschmaschine läuft. Die der Nachbarin ebenfalls. Ein Zug aus der Elektrozigarette, die heute mit der Post kam, per Einschreiben.

Meine Mama hat mir verschiedene Geschmacksrichtungen dazu bestellt: Kirsch, Schokolade, Pfefferminz, Traube-Nuss und Kaffee. Andere Mütter schicken Fresspakete. Andere Leute hätten gerne so eine coole Mutter. Andere Leute sind dafür auch »so was wie verliebt« in dich, und schlafen gleichzeitig mit deiner besten Freundin. Kurz überlege ich, die Bettwäsche wieder aus der Maschine zu holen, um sie zu verbrennen. Aber ich habe keinen Bock mehr auf solch hochdramatische Aktionen. Ich werde die Bettwäsche einfach in den Oxfam-Laden bringen, die freuen sich darüber.

Ich kann so verdammt vernünftig sein, wenn es keiner merkt.

Das sollte ich schnellstens ändern.

XLI

Guten Morgen, hier ist das Büro des Anker e.V., Sie sprechen mit…«

»Hallo Margret. Ich bin's. Doris. Kann ich vorbeikommen? Heute noch?«

»Klar. Wann passt es dir?

»Wann passt es *dir*?

»Jederzeit, Doris.«

»Ich bin in zwanzig Minuten da. Pünktlich.«

»Ach, wenn man mir zehn Cent geben würde für jedes Mal, wenn ich das höre…«

Ich schaffe es in achtzehn Minuten, von Wohnungstür zum Büro.

Und ich erzähle Margret alles. Ohne Kippenpause. Vom Mädchenprobetag. Von Ludis Geburtstagsparty. Kiras Auftauchen dort. Von Ludis Bitte, mit meinen Freunden spielen zu dürfen. Von seinem Anruf bei mir. Dem Hilferuf, der vermisst wurde, wenn sich ein Teenager das Leben nehmen will. Margret hört sich das alles an. Sagt nur drei- oder viermal »Scheiße« zwischendurch. Irgendwann bin ich fertig. Und Margret kann anfangen: »Schön, dass ich das auch noch alles erfahre. Von dir. Kira hat zwanzigmal versucht, sich den Schuh anzuziehen, aber der konnte ja nicht passen. Sie hat immer nur von einer ominösen Kneipe erzählt, in der sie Ludolf gesehen hätte. Und gemeint, er hätte ein Alkoholproblem.«

»Völliger Schwachsinn«, kann ich nur unterstreichen.

Margret ist auf Zack: »Was hat er denn deiner Meinung nach für ein Problem, Doris? Und denk bitte nach, bevor du sprichst.«

Er war einsam? Fühlt sich missverstanden? Er ist ein Teenager! Der hier immer ein bisschen Stimmung in die Bude gebracht hat. Und mit allen Mädchen geschäkert hat, auch mit denen, die einen Kopf größer sind als er. Oder zwei Köpfe. Oder doppelt so alt wie er.

Dabei ein erklärter Gegner des reinen Mädchentages. Er wollte entweder Hugh Hefner der Zweite werden oder: »Wahrscheinlich kommt er nicht mit seiner Homosexualität zurecht.«

Margret verzichtet darauf, mir ein Häkchen hinter die erste richtige Antwort zu setzen, die ich ihr je in diesem Büro gegeben habe, sei es schriftlich oder mündlich. Gespielt erstaunt fragt sie weiter: »Oh, aber das ist doch heutzutage kein Problem mehr, gerade nicht in dieser Stadt. Ich meine es gibt doch sogar das »Bi-You«, für schwule, lesbische und unentschlossene.«

Da muss ich jetzt durch: »Ich denke, wenn man schon sehr klein, adoptiert, kurzsichtig und Asiate ist, zudem offenbar noch hochintelligent, aber doch unter Leserechtschreibschwäche leidet, möchte man vielleicht nicht noch einer Randgruppe angehören, oder?«

Margret hat jetzt offenbar Freude an dem Spiel gefunden, reagiert sich auf ihre Weise ab, mit einer grauenvollen Pantomime: Sie macht einen Kussmund und wiegt unsichtbare Melonen in den gespreizten Händen ab. Ich bin nah dran, aber noch nicht ganz da: »Okay, okay. Ob und wann man sich outen kann, hängt von der Erziehung, dem Umfeld, aber ganz besonders vom Individuum ab. Und ob es eine Vertrauensperson gibt, der man sich offenbaren kann. Ludi hatte da keine Gelegenheit gesehen. Oder ich habe sie übersehen. Mehrfach. Ich habe ihn nicht ernst genommen. Gar nicht.«

Margret hat sich das langsame Klatschen abgeguckt, von ihrem neuen Intimus, Ferdi Fernando. Sie sollten sich gemeinsam einem Wanderzirkus anschließen.

Ich sollte bei der Sache bleiben: »So, Doris, das wollte ich von dir hören. Und was willst du jetzt von mir hören? Die Adresse von der Klinik, in der Ludolf ist? Damit du dahin fahren und dein Gewissen reinwaschen kannst? Und dann wieder verschwindest, auf Nimmerwiedersehen?«

Mit welcher Antwort habe ich eine Chance?

»Was muss ich tun, damit du mir glaubst, dass ich mich um Ludi kümmern will?«, frage ich und schlage die Zigarette aus, die Margret mir anbietet. Sie selbst zündet sich eine an, ohne das Fenster zu öffnen.

»Die Frage ist doch eher: Was müsstest du tun, damit Ludi dir glaubt, dass du für ihn da bist?«

Man kann Sozialarbeiter nur hassen. Besonders die, die rauchen, aber Anti-Drogen-Projekte austüfteln wollen.

»Ich könnte meine Kündigung zurückziehen. Oder ihm durch dich die Nachricht zukommen lassen, dass ich immer für ihn erreichbar bin. Jederzeit. Wann immer er soweit ist.«

Margret bläst mir den Rauch ins Gesicht und kommt zu folgendem Urteil: »Ich nehme die Nummer zwei. Hand drauf, Frau Kindermann?«

Hand drauf. Und gedrückt.

Jetzt kann ich nur warten. Und dabei etwas tun. Aber bloß nicht irgendetwas.

XLII

Zunächst tue ich etwas, was mich selbst überrascht. Ich tue etwas für meinen Kopf, zumindest oberflächlich. Die Haar kommen ganz ab, Kahlschlag.

Während ich den Rasierer auflade, muss ich tatsächlich grinsen: »Typisch Frau, beginnt einen neuen Lebensabschnitt mit einer neuen Frisur, wie abgeschmackt. Was kommt als nächstes, Doris Kindermann, meldest du dich zu einem Salsa-Kurs an oder legst du dir einen Modehund zu?«

Das Grinsen erstirbt, als ich die erste Strähne zu Boden fallen sehe.

Immer, wenn ein Kerl aus meinem Leben verschwunden ist, war Katja da. Sie hat mich zum Friseur eingeladen, tapfer meine Lieblingsfilme mit mir geschaut, und mich sorgfältig unter den Tisch getrunken. Die Trauer über die Typen war schneller vorüber als die Kopfschmerzen nach dem Saufen. Das kann nicht nur die Leber, sondern auch eine Freundschaft strapazieren, vor allem in der Wiederholung, aber ganz ehrlich: Katja hat diese Rolle genossen. Sie hat es geliebt, mir ständig kluge Ratschläge zu erteilen, mir Klamotten zu kaufen und meine Liebhaber schlecht zu machen, noch bevor sie die Flucht ergriffen haben. In Katjas Badezimmerschränkchen wird eine elektrische Aufsteckzahnbürste für mich gelagert, hier zu Hause habe ich nur eine normale, nicht mal ein Markenprodukt. Und die kann ich jetzt auch wegwerfen, weil sich die ganzen abrasierten Haare darin verfangen haben.

Wenn Katja das sehen würde, würde sie die Augen verdrehen, mir einen Vortrag darüber halten, dass man erst die Sachen von der Ablage räumt, bevor man sich auch nur die Ponyfransen schneidet, und mich fragen, wie ich es überhaupt schaffe, das Atmen nicht zu vergessen.

Ja, sie kann ganz schön nerven, die Frau Alpert. Ich vermisse sie.

Hoffe, ganz, ganz heimlich, dass sie sich gleich meldet und mir sagt, dass sie gestern nur schlechte Laune hatte. Und dass sie es ganz rührend fand, dass ich den Gunnar zu ihr rübergeschickt habe, aber als sie ihn noch mal so genauer angeguckt hat, fand sie ihn dann doch nicht mehr so schick, nein, wirklich nicht, der soll wieder hingehen, wo er hergekommen ist. Kleines Missverständnis.

»Kein Kerl drängt sich jemals wieder zwischen uns«, das hat sie gesagt, als wir damals Toddy im Krankenhaus haben stehen lassen und in die Cocktailbar nebenan gegangen sind. Und so haben wir es gehalten, wenn wir den Andi mal außen vor lassen. Der zählte nie so richtig.

Aber Katja wird nicht anrufen. Wenn meine Berechnungen ausnahmsweise mal stimmen sollten, hat sie sich gestern gegen Mitternacht in Gunnars Arme geworfen, nachdem er ihr lauthals seine Liebe gestanden hat. Das Publikum an der Theke hat applaudiert, gepfiffen und die Staatsanwältin hat ein paar Tränchen verdrückt. Alles war nur ein klein wenig kitschiger als die Schlussszene von *Pretty Woman*, und das Letzte, was die Zuschauer nach diesem grandiosen Finale noch wissen wollten, war, was denn nun wohl aus der Nebendarstellerin geworden ist.

Nun, so viel steht fest: Ich habe weder den Mann gekriegt,

noch werde ich die Kneipe übernehmen. Dafür werde ich langsam richtig klar im Kopf.

Ich entsinne mich nun all der Zaunpfähle, mit denen mir gewunken wurde, aus sämtlichen Ecken. Natürlich hat Marie mitbekommen, dass zwischen Katja und Gunnar was lief, und sie hat versucht, es mir zu verklickern, neulich in der Küche.

Meine Mutter hat natürlich immer schon gewusst, dass Gunnar nicht der Richtige für mich ist. Und Vladimir wusste es auch, garantiert. Nur wollte der es mir nicht schonend beibringen, Vladimir wollte, dass Gunnar es mir beichtet.

Er hat Gunnar immer wieder die Gelegenheit gegeben, sich vor mir zu erklären: holt seinen Eckzahn aus der Manteltasche, der wahrscheinlich gar nicht bei der Schlägerei rausgebrochen ist, sondern beim wilden Liebesspiel im Backstage. Igitt. Dieses ganze Kumpelgehabe zwischen den beiden war nur Show, ich kann mir vorstellen, dass Vladimir Gunnar nur in seiner Nähe haben wollte, um ihm immer wieder die Pistole auf die Brust zu setzen. Er muss ihn hassen, den Gunnar.

Sonst tut man so etwas doch nicht, es sei denn…

Darum werde ich mich später kümmern, bis dahin ist Hass ein gutes Stichwort. Ich hasse Gunnar und Katja. Aber es ist sehr anstrengend. Zudem wird es schnell langweilig, weil man so gar keine Rückmeldung von den Gehassten erhält. Die merken wahrscheinlich gar nicht, dass sie gerade gehasst werden, aus über achthundert Metern Entfernung.

Also sollte ich doch losgehen und das direkte Gespräch mit ihnen suchen. Mal offen darüber reden, wie ich mich jetzt so fühle, so mit all dem.

Nein.

Das bringe ich erst recht nicht, eine quälende Gruppenanalyse, konstruktive Nacharbeit zu einem gescheiterten Projekt.

Es sieht so aus, als wäre ich nach meinen Freunden, meiner

Kneipe und meinen Haaren auch noch meinen hartnäckigen Sozialarbeitervirus losgeworden. Ist doch prima. Gibt es sonst noch was, was ich aus-, aufräumen, abschaffen oder loswerden könnte?

Ich biete meine DVD-Sammlung bei eBay an, zum Festpreis. Dann schalte ich eine Anzeige unter »Immobilien/Angebote«:

»Zwei-Zimmer-Wohnung, citynah, nicht WG-geeignet, aber ideal für Erstsemester mit kleinem Geldbeutel. Zum 01.07. oder früher«

Jetzt, wo ich Katja nicht mehr habe, werde ich mir einfach selbst in den Arsch treten müssen. Und weil Gunnar nicht mehr da ist, dem ich den ganzen Tag gefallen will, werde ich das auch hinkriegen.

Ich könnte meinem Spiegelbild jetzt ermutigend zunicken, aber ich bin zu erschrocken von dem Anblick: Mit Glatze sehe ich aus wie Andi auf seinen alten Klassenfotos.

XLIII

Doki, können wir uns mal treffen? Auf einen Käsekuchen oder so.«

Da liegt also mein verborgenes Talent. Rede ich über Gunnar, taucht er Jahre zu spät auf, in meiner Kneipe. Denke ich an Andi, ruft er am nächsten Morgen an. Ich sollte mal an Brad Pitt denken. Oder an Elvis.

»Okay, klar. Aber wo?«

Gut, wenn man praktische Dinge zu besprechen hat, das lenkt vom Wesentlichen ab. Nicht ins »Grotekamps«, nein. Hier in der Stadt? Das will Andi nicht. Ob er mich abholen kann und wir fahren ein bisschen aufs Land?

Sicher, aber bitte Richtung Süden. Andi findet das auch besser.

»Wir können es schaffen, über die Grenze bis nach Mexiko, Thelma.«

Es gibt wenig Typen, die auf den Film stehen. Andi mag *Thelma & Louise* wegen der coolen Karre schätze ich. Oder er will sich bei mir einschleimen. Und einen Partnertausch vorschlagen. Ich setze lieber keine Mütze auf, um sicherzugehen, dass diese Verabredung nicht zu einem Date mit dem verzweifelten Herrn Jahn mutiert.

»Und ich dachte, mir geht es beschissen«, grüßt mich mein langhaariger Zwilling. Andi trägt Kontaktlinsen, wahrscheinlich hat der Hornbrillenrand zu sehr auf sein abheilendes Veilchen gedrückt. Außerdem hat er fast die gleichen Klamotten an wie ich, nur ein paar Nummern größer. Wir könnten ein wenig Geld verdienen, indem wir gefälschte Vorher/Nachher-Fotos für einen Diät-Drink schießen lassen. Andi grinst: »Könnten wir. Aber zuerst essen wir Kuchen.«

Andi klappt das Verdeck herunter, schaltet das Radio an und wir brausen los. Nicht bis nach Mexiko, aber fast bis nach Koblenz.

Nach drei Stück Torte geht es mir besser. Andi porkelt immer noch an seinem ersten Stück herum, und jetzt, wo uns kein Autobahnlärm mehr umgibt und er die Musik nicht mehr lauter drehen kann, fragt er endlich: »Seit wann wusstest du es, Doki?«

»Auch erst seit vorgestern. Ich hab's mir halt irgendwie zusammengereimt.«

Und dann habe ich Gunnar zu Katja geschickt. Aber das muss ich Andi nicht sagen, das wird er mitbekommen haben, wahrscheinlich durfte er von der ersten Reihe aus mit ansehen, wie seine Braut mit dem Anderen abhaut. Kein Wunder, dass er keinen Appetit hat.

»Sie wollte nie Kinder haben. Hat sie mir immer gesagt«, schnauft er nun.

Ich nicke, stimmt, dass hat Katja mir auch immer gesagt. Bloß keine Blagen. Aber wie kommt Andi jetzt darauf? Und warum redet er in der Vergangenheitsform? Hat er die beiden vorgestern doch noch abgemurkst, mit Raffis Buttermesser? Vermute doch nicht immer das Naheliegendste, Doris Kindermann, bemüh einmal deine Fantasie, wage, das Unvorstellbare zu denken. Oder lass einfach Andi reden, solange du zu keinem vernünftigen Gedanken fähig bist. Der hört endlich auf, mit der Gabel in den Krümeln zu stochern und sagt: »Aber von dem lässt sie sich eins machen, klar!«

Von dem. Von meinem Gunnar. Mein Mund steht immer noch offen, dafür redet sich Andi richtig in Rage: »Ja, wir kennen das, wir Landkinder, nicht? Ich meine, du kannst die schönste Sau im Stall haben, aber die sind auch die zickigsten. Der kannst du nicht einfach den besten Eber vorsetzen, die sucht sich den aus, den sie will. In England machen die das so: Die lassen erst so einen jungen, scharfen Hauer zu den Sauen, der macht die ganz wild. Wie so einer von den Chippendales. Aber wenn die Sauen dann ganz hin und weg sind, dann kommt der Eber, den sich der Bauer ausgesucht hat. So macht man das in der Schweinezucht.«

Jetzt habe ich auch keinen Appetit mehr. Es wäre wenig hilfreich, Andi zu unterbrechen, um ihm zu sagen, dass er sich selbst nicht mit einem Schwein vergleichen sollte, das übernehmen schon andere. Und erst recht nicht sollte ich ihn korrigieren, indem ich erwähne, dass die Sau wohl doch ihren Willen bekommen hat. Ihren scharfen Hauer. Mit dem Eckzahn. Andi scheint besessen von seinem Schweinegleichnis.

»…sie nennen diese jungen Eber ›Teaser Boar‹, genau so heißen die. So ein Anheizer eben nur. Nicht mehr.«

Andis Blick ist glasig. Ich versuche, das Gespräch auf eine etwas menschlichere Ebene zu hieven.

»Echt? Im ›Horst‹ hat mal eine Band gespielt, die so hieß. Teaser Boar.«

Ablenkungsmanöver geglückt: »Und, haben die was getaugt?«, fragt Andi ehrlich interessiert.

Warum kann ich nicht lügen?

»Ging so. Für eine Vorband okay.«

Andi zeigt mit der Gabel auf mich, als hätte diese Auskunft seine These bestätigt. Das ist ja unerträglich mit dem Mann. Wie konnte Katja das so lange aushalten?

Und wie konnte sie es aushalten, nicht mit mir darüber zu reden. Seit wann weiß sie, dass sie schwanger ist? Was sagte Gunnar, vor drei Monaten bei einem Konzert in Chemnitz?

»Andi, bist du sicher, dass du nicht der Vater bist?« Bescheuerte Frage, Doris. Der Mann ist Banker und wird schon rechnen können. Oder hat zumindest mal nachgerechnet, spätestens gestern. Aber Andi antwortet trotzdem ausdrucksvoll: Mit einem gezielten Gabelschlag haut er seine Tortenkrümel zur Brei.

»Nä. Da lief seit Monaten nix mehr. Seit fast einem Jahr, um genau zu sein.«

Wo ist der Kochtopf, den man sich auf die Rübe setzen kann, wenn man ihn braucht? Dann kann man mit einer Kelle dagegen hauen und muss sich diese pikanten Details aus dem Sexleben anderer nicht anhören. Beziehungsweise aus dem Nicht-Liebesleben.

»Tschuldigung, Doki, das musste ich nur mal irgendjemandem erzählen.«

Warum denn ausgerechnet mir? Sollte mich das trösten? Will er mit mir einen Club gründen, für Zweifachverarschte,

360

eine Selbsthilfegruppe für Aussteiger der Katja-Alpert-Sekte? Hätte er das mal früher getan. »Andi, auch wenn du und Katja nicht mehr, also … seit wann weißt du, dass sie schwanger ist?« Er verzieht das Gesicht, das Wort »schwanger« behagt ihm immer noch nicht, genauso wenig wie mir. »Doki, ich hab's auch erst letzte Woche daran gemerkt, dass sie nicht mehr raucht. Und als ich sie drauf angesprochen hab, meinte sie: ›Okay, lass uns heiraten, dafür fragst du nie, wer der Vater ist‹. Und ich hätt's getan. Hätte den kleinen Scheißer großgezogen wie mein eigenes Kind. Bis vorgestern Nacht hätte ich das wirklich getan.«

Wir schweigen. Wahrscheinlich denkt auch Andi darüber nach, wer in dieser Schmonzette eigentlich der kränkste Kopf ist. Bis vor ein paar Sekunden war er klar mein Favorit, aber Katja hat mordsmäßig aufgeholt.

Denn ich bin mir sicher, sie hätte das genau so durchgezogen. Hätte ihr Kind optimal durch Batzen abgesichert, damit es ihm an nichts mangelt. Fast nachvollziehbar, wenn man weiß, dass der Erzeuger des Kindes nichts Besseres zu tun hat, als in der Wohnung meiner Nachbarin abzuwarten, was so passiert, bis ich vorbeikomme und ihm Beine mache. Einerseits bin ich schon stolz darauf, eine Familie zusammengeführt zu haben, andererseits kann ich jetzt schon verstehen, warum Andi die ganze Angelegenheit für einen Schweinestall hält.

Der scheint nach seinen Überlegungen nun zu ganz anderen Schlüssen gekommen zu sein und tut sie kund: »Wenigstens kriegt sie jetzt kein Geld, ha!« Seine Freude darüber dauert nur kurz an, er fügt knurrend hinzu: »Was schon blöd ist, denn das Haus vom ›Dead Horst‹, das ist ein ziemlich lukratives Objekt. Kann man was draus machen, und da bin ich nicht der Einzige, der das spitzgekriegt hat.

Heute früh habe ich einen ganz komischen Anruf erhalten.

Jemand interessiert sich für die Kneipe, also für das Haus. Will dafür viel mehr zahlen, als es wert ist. War komisch, weil es ja noch gar nicht offiziell auf dem Markt ist. Aber ich bekäme immerhin noch die fette Provision. Und ich glaube, das wäre sehr...«

Sag jetzt nicht befriedigend, Andreas Jahn, oder der Kuchen wird sich als Fehlinvestition herausstellen. »...gerecht.« Danke, Andi.

Während er endlich eine Gabel von seinem Kuchenbrei nimmt, fällt ihm da noch was ein: »Es sei denn, du willst die Kneipe übernehmen natürlich. Das wäre noch gerechter. Wenn du die Kohle hast, meine ich.«

Ich ringe mir ein Lächeln ab: »Wo denkst du hin? Glaubst du, ich bin heimlich reich? Und hätte dich all die Jahre belogen?«

Andi wischt sie den Mund ab, mit seinem Hemdsärmel: »Ne, Quatsch. Du nicht. Wie sagt man bei uns daheim: *Sag, was wahr ist, zahl, was bar ist, und trink', was klar ist.* Magst du einen Schnaps haben, Doki?

»Nä. Lass mal, danke.«

»Hast Recht. Ich geh zahlen, okay?«

Soll er diese Rechnung übernehmen. Kann er bestimmt von der Steuer absetzen. War ja ein Geschäftsessen, quasi.

XLIV

Bevor jemand deine Pläne durchkreuzt: Mach es selbst.

»Bis auf Weiteres geschlossen« steht an der Kneipentür. Das ist gut. Nicht »In Kürze Neueröffnung« oder gar »Under New Management«.

Kneipe dicht, alles offen.

Oben bei Raffi brennt Licht. Wo sollte das junge Glück auch

sonst hin? Wird wohl auf die Dauer ein bisschen eng werden, mit dem kleinen Kind und der großen Schlange. Na, ist ja nicht für lange. Kann mir nicht vorstellen, dass der neue Hausherr sie als Mieter behalten möchte.

Ich kann Katja immer noch nicht hassen, wegen Mutterschutz. Außerdem muss ich ihr zugestehen, dass sie mich schön weit von ihrem neuen Leben fernhalten wollte, damit ich nicht eines Tages ihren Nachwuchs zu Gesicht bekomme und den schiefen Eckzahn bemerke. Und Gunnar – tja. Es wäre schon ganz rücksichtsvoll von den beiden, wenn sie schön weit wegziehen würden, vielleicht nach Leipzig oder auf den Uranus. Kinder brauchen ja viel Freiraum, um sich zu entwickeln.

Um die anderen mache ich mir viel mehr Gedanken. Wo soll Albert seine Dialoge üben, wenn nicht an der Theke? Na, Gin Tonic gibt es überall, und Publikum auch. Holger kam nur wegen Marie. Agnes wird eine coole Staatsanwältin, da freue ich mich drauf. Harald muss Bomben entschärfen. Felix Gitarre spielen.

Toddy und Linda werden auch etwas finden, zusammen. Oder jeder für sich.

Und was tue ich jetzt?

Einen letzten Punkt auf meiner Liste abhaken. Einen nicht ganz unwichtigen, großen schwarzen Punkt. Ich rufe ihn an.

Vladimir nennt mir seine Adresse. Er buchstabiert sie sogar. Entweder will er mich dringend sehen oder er verarscht mich. Als ich mir die fertigen Worte auf dem Notizzettel ansehe, befürchte ich das letztere. Aber ich mache mich auf den Weg dorthin.

Als ich in der Bahn sitze, wünschte ich mir, ich hätte meine gute Jeans angezogen. Und mir doch noch eine Perücke zugelegt. Aber selbst damit wäre ich noch underdressed.

Die Menschen, die in dieser Linie unterwegs sind, sind fast ausschließlich ältere Damen, die angezogen sind, als wären sie bei der Queen zum Tee eingeladen. Ein paar jüngere Frauen, die noch viel jünger aussehen wollen, wirken, als wären sie mit dem Enkel der Monarchin zum Sport verabredet. Gelbe Polohemden zu beigen Hosen, ein Ausdruck im Gesicht, der Bände spricht: »Klar, dass der Jeep ausgerechnet heute in die Werkstatt musste und ich die Bahn erwische, in der eine junge Obdachlose rumhockt. Hoffentlich will sie mir keine Zeitung andrehen.«

Ich lächele den Polofrauen aufmunternd zu, sie wenden sich ab. Bis auf eine, die mir zuruft: »Hallo Frau Wundermann, sie arbeiten doch bei meiner Tochter, oder? Die Lara! Laraaa! Die Blonde.« Na, das grenzt es ein.

»Richtig«, rufe ich zurück und gebe Laras Mutter immerhin doch noch die volle Punktzahl im Kniggetest. Zum einen, weil ich den Namen Wundermann toll finde, zum anderen, weil sie nicht gesagt hat: »Sie arbeiten doch *für* meine Tochter, oder?«

»Schönen Abend noch«, grüße ich beim Aussteigen und kann durch das Fenster der anfahrenden Bahn noch sehen, wie Laras Mom sich ihrer Sitznachbarin gegenüber aufplustert, als hätte sie gerade im Alleingang einen Knastaufstand niedergerungen. Vielleicht sollte sie Sozialarbeiterin werden, der Anker liegt nur einen Steinwurf entfernt und die Einstellungskriterien sind überschaubar.

Seltsam gutgelaunt schlendere ich die Allee entlang, die ihren Namen sogar verdient, als mich ein Paar meines Alters mustert, höre ich auf zu pfeifen.

Und stehe vor dem Haus, das Vladimir als Adresse angegeben hat.

Der große Komiker versucht sich im szenischen Witz.

Ich will wieder umkehren, aber da sehe ich ihn vor der

Haustür, etwa hundert Meter entfernt von mir: »Achtung Doris, ich eröffne die Pforte, einen Moment.«

Er scheint einen Knopf gedrückt zu haben, jedenfalls ertönt ein Surren, und ich kann das Tor öffnen. Enttäuschend. Ich hätte darauf gewettet, dass die beiden Türen von alleine aufschwingen, die Melodie vom *Denver Clan* ertönt, und mich jemand mit einem weißen Rolls Royce abholt, um mich über den farblich passenden Kiesweg zum Haus zu chauffieren.

Immerhin kommt Vladimir mir entgegen; schnellen Schrittes lässt er die Steinchen unter seinen Füßen knirschen.

»Wo sind die Hunde?«, will ich wissen, er zuckt mit den Achseln: »Wahrscheinlich sie schlafen im Hundehaus.«

Er zeigt auf eine Doppelgarage, in der ich bequem meine Wohnung einquartieren könnte. Als wir auf der Mitte des Weges aufeinandertreffen, klopft er mir auf den Rücken: »Keine Sorge, das ist nicht mein Haus. Passe nur drauf auf. Komm, wir gehen hinten rum, durch Dienstbotentrakt.«

Vladimir lotst mich an der Villa vorbei, ich kann einen kurzen Blick auf ein riesiges Gartengrundstück werfen, das sanft in den Stadtwald übergehen würde, wenn es nicht durch eine meterhohe Mauer und diskreten Stacheldrahtzaun von ihm abgetrennt wäre. Ich vermute, dass sich unter der fußballfeldgroßen Plane ein Swimmingpool befindet. Nirgends sind Stallungen auszumachen, wie zurückhaltend.

Vladimir führt mich über die Veranda und schließt umständlich die Hintertür auf:

»Bitte, nach dir«, brummt er, deutet aber einen Diener an. Als ich keine Tiefkühltruhe für frische Leichen in dem Zimmer ausmachen kann, folge ich seiner Aufforderung.

Der Raum ist interessant. Eine Wintergarten-Bibliotheks-Kombination, alles sehr stilvoll gehalten, zwei brokatbezogene Sessel laden dazu ein, bei einem Gläschen Cognac über seltene

Erstausgaben als Wertanlage zu diskutieren, während man selbige in den Händen hält.

An drei Wänden ragen Bücherregale bis zu den Decken. Sehr hohe Decken. Nur ein Detail stört diese mondäne Pracht: Vor einem der Regale steht ein Feldbett, von den Kissen strahlt mir SpongeBob entgegen, auf dem Boden steht eine Wasserflasche und ein Monatsvorrat an Schokoplätzchen. Das Arrangement wirkt etwa so deplaziert hier wie Vladimir und ich.

»Wie gesagt, ich passe nur auf hier«, erklärt Vladimir erneut. Wir nehmen auf den Sesseln Platz. »Möchtest du etwas trinken?«, fragt mich der Hüter der Bücher und Kekse, ich entscheide mich für einen Scotch, weil ich finde, dass es ins Ambiente passt.

»Gute Wahl«, lobt Vladimir, und schüttet mir ein Wasserglas bis zum Rand voll. Er stellt es auf den delikat wirkenden Tisch zwischen uns. Befinde ich mich doch bei einem Date? Eine einfache Nachfrage sollte das klären: »Du trinkst nichts?«

»Ich trinke nicht.«

»Du trinkst *nichts*, meinst du?«

»Ich trinke nicht«, beharrt Vladimir auf seinem Standpunkt. Nun gut, mit dieser Situation kann ich umgehen. Tausendmal habe ich dergleichen im Kopf durchgespielt, mir gegenüber sitzt gar nicht unser Vladimir, sondern dessen eineiiger Zwilling. Die beiden unterscheiden sich äußerlich gar nicht, selbst ihre eigene Mutter kann sie nur dadurch auseinanderhalten, dass der eine Whisky trinkt und der andere nicht. Deswegen muss Vladimir auch ständig ein Whiskyglas in der Hand halten im »Dead Horst«, damit er von seinem stinkreichen Bruder Vladislav zu unterscheiden ist, der gerade mit mir redet...

»Nein, ich trinke nie, Doris. Ist dir nie aufgefallen, dass Marie eine spezielle Flasche für mich aus dem Regal holt?«

Meine Vladislav-Theorie gerät ins Wanken.

»Ist nur Apfelsaft. Immer.«

Ich schlucke. Der Scotch ist lecker. Und irgendetwas sagt mir, dass ich das ganze Glas heute trinken werde.

»Bist du Alkoholiker?«, frage ich meinen Freund, über den ich nichts weiß.

»Nein, ich bekomme nur Kopfschmerzen davon. Ich mag keine Kopfschmerzen.«

Das dürfte die beste Anti-Drogen-Kampagne des Jahrtausends sein! Wer mag schon Kopfschmerzen? Ich mag Scotch, wie ich erneut feststellen muss. Etwas zu gern.

Ich frage nach einem Wasser und bekomme eins. Das Treffen wurde von mir anberaumt, vielleicht sollte ich das Gespräch ins Laufen bringen. Klar auf den Punkt. Wie bei Margret. Und Gunnar.

»Vladimir, stimmt das eigentlich, dass du mal bei den Olympischen Spielen mitgemacht hast?«

Vladimir grinst: »Ja, und du darfst raten, bei welchen.«

Wie gemein. Aber das Wasser schärft meine Sinne, ich enttarne die Frage als Trick: »Moskau, 1980! Natürlich.«

Vladimir schaut mich empört an: »Für wie alt hältst du mich, Doris?«

Jetzt wird es unangenehm: »Wir müssen über etwas anderes reden, dringend, Vladimir«, versuche ich abzulenken, aber er kontert mit dem Gesicht. Nicht, dass ich sein Alter so leichter schätzen könnte, aber es lässt mich kokett werden: »Peking, 2008?«

Vladimir lacht bitter: »Oh, war ich in China seit wir uns kennen, Doris?«

Okay, die Geschmacksrichtung kann ich auch, Bürschchen.

»Ganz ehrlich? Ich weiß es nicht. Kann gut sein, dass du ab und zu nach China fliegst oder heimlich Millionär bist oder kleine Kinder frisst. Ich weiß gar nichts über dich. Außer, dass du ein guter Geschäftsmann bist, was den Musikalienhandel betrifft.«

Vladimir steht auf, der Stuhl, auf dem er saß, gibt ein erleichtertes Knarzen von sich. Hastig greift Vladimir nach den Keksen neben dem Bett, vielleicht, um das Kinderfressergerücht zu entkräften, oder um Punkte als Gastgeber zu sammeln. Wir mümmeln angestrengt schweigend vor uns hin, das Wort »eigenbrötlerisch« erschließt sich mir ganz neu. Vladimir wird es als Erster leid, wie ein eingeschnapptes Eichhörnchen herumzuknuspern, und sagt. »Okay Doris, du hast recht. Was willst du wissen? Von mir? Über mich ich beantworte zehn Fragen, und du eine. Ist gerecht?«

Nein, das wird wahrscheinlich ganz fies, aber mein Wissensdurst ist zu groß:

»Okay, bei welchen Spielen hast du teilgenommen?«

»Sydney, 2000.«

»Nein, echt? Wie ist es so in Australien?«

»Heiß, aber im Sommer erträglich. Denn im Sommer ist dort deren Winter, nur ohne Schnee. Noch acht Fragen.«

Ich wusste, dass es unfair wird. Ich wähle weiter die Kategorie »Sport«.

»Und, in welcher Disziplin?«

»Gehen.«

»Gehen?«

»Gehen. Noch sechs Fragen.«

Der Mann kämpft mit unlauteren Mitteln. Kein Wunder, er trinkt ja nicht einmal.

Ich schwenke über auf »Mensch und Natur«, Gewinnstufe 1:

»Okay Vladimir, wie alt bist du?«

»Sechsunddreißig.«

»Niemals! Kannst du das beweisen?«

»Ja. Du bist so charmant. Und hast noch vier Fragen.«

»Nur noch vier?«

»Drei. Du bist nicht besonders gut im Lernen aus Fehlern, oder?«

Oh doch. »War das deine Frage, Vladimir?«

Er grinst: »Nein, ich ziehe die Frage zurück, und das geht, weil du sie nicht beantwortet hast. Und du hast jetzt noch zwei Fragen.«

Gut, die Frage, ob ich gerade mit dem Teufel pokere, kann ich mir sparen.

»Wie heißt du eigentlich mit Nachnamen?«

»Romanow.«

Frau Kindermann, jetzt ist es nicht an der Zeit zu rufen: »Oh, wie die Zaren, bist du verwandt?«, sondern nachzudenken. Du hast noch eine Frage, wähle weise:

»Was ist los, Vladimir?«

Er hebt seine Wasserflasche und behauptet: »Eine sehr gute Frage, aber gilt nicht. Ist keine Frage über mich.«

Kompliziertes Reglement. Vladimir rutscht auf seinem Stuhl herum, der wie durch ein Wunder nicht unter seinem Gewicht zusammenkracht: »Also, jetzt stelle ich dir meine Frage, und danach darfst du mir noch eine stellen. Geht so in Ordnung?« Ich nicke.

Bin auf alles vorbereitet, kann mir mittlerweile alles Mögliche vorstellen, was Vladimir von mir wissen möchte: Ob ich Rammstein mag oder ob ich Schach spiele. Warum ich ein Fachwerkhaus auf dem Nacken tätowiert habe oder ob ich glaube, dass er mehr aus seinem Typ machen kann. Jetzt weiß ich's: Er wird mich fragen, warum ich in seinen Koffer geguckt habe, obwohl er mich gebeten hat, es nicht zu tun. Dann wird er mich wieder nach Hause schicken. Wo wir uns gerade so schön unterhalten haben. Ich weiß jetzt, dass es heiß wird in Australien.

Vladimir fragt: »Warum kannst du kochen?«

Damit hätte ich nicht gerechnet, trotzdem gehe ich sofort in die Defensive: »Jeder kann kochen, Vladimir. Man stellt einen Topf mit Wasser auf den Herd, wartet, bis es brodelt, wirft Zeug rein, holt es wieder raus, wenn es gar ist. Tada.«

Vladimir schüttelt den Kopf: »Ich habe die Frage nicht richtig formuliert, warte …« Er verfällt in seine Denkerpose, und mir fallen direkt zwanzig bessere Fragen ein, die ich ihm hätte stellen können: Zum Beispiel, warum er sommers wie winters in diesem schwarzen Trenchcoat herumläuft. Oder warum er manchmal seine Sätze glasklar hervorbringt und bei vergleichsweise einfachen Wörtern oder Satzkonstruktionen scheitert. Ich hätte ihn fragen sollen, ob er mir verzeiht, dass ich ihn beschuldigt habe, aus meinem Leben einen Scheißhaufen gemacht zu haben.

Vielleicht kann ich ihm helfen, die gesuchte Fragestellung zu finden: »Willst du ein bestimmtes Rezept haben? Oder suchen die Leute, denen dieses Haus gehört, jemanden, der für sie kocht? Also, da kenne ich vielleicht jemanden, aber nicht mich, garantiert nicht. Ich habe das nur für Marie gemacht, wegen der Pommesbude, die ja gar nicht zumacht… so wie das ›Dead Horst‹.«

Ausgerechnet jetzt fällt Vladimir ein, was er wirklich von mir wissen wollte: »Doris, warum hasst du es, zu kochen?«

»Ich hasse es doch nicht.«

Es klingt lahm. Also doch die Wahrheit erzählen. Hier in diesem unwirklichen Zimmer, in das weder Vladimir noch ich und schon gar nicht das SpongeBob-Feldbett gehört. Warum nicht noch ein Gläschen Wasser trinken und einem neuen Freund eine alte Geschichten erzählen? Wem sollte ich sie sonst erzählen? Die Geschichte, die Katja immer in ihrem »Beste-Freundin-Album« gefehlt hat, bis Gunnar sie ihr erzählt hat. Seine Version. Als Bettgeflüster vermutlich.

So erzähle ich es bestimmt nicht. Aber wie dann? Vielleicht
so, als würde ich einem Riesen eine Gutenachtgeschichte erzählen. Eine Gruselgeschichte, von grausamen Zwergen, die
alle hinter den sieben Bergen lebten, tief im Wald, noch hinter
der Endhaltestelle des Regionalzuges.

»Vladimir, wie du vielleicht weißt, komme ich aus einem
ganz kleinen Kaff. Ich bin dort aufgewachsen. Aber meine
Eltern nicht. Die sind zugezogen. Aus der Stadt. Damit macht
man sich schon nicht besonders beliebt, da, wo ich herkomme.
Man kommt einfach nicht von woanders.«

Vladimir hat das schon verstanden. Ich selber habe Jahre
dazu gebraucht. Und noch länger, um zu folgender Erkenntnis
zu gelangen: »Es gibt nur eine Möglichkeit, dich mit der Landbevölkerung gut zu stellen, nämlich – scheitern. Am besten auf
ganzer Linie. Deine Ehe sollte in die Brüche gehen, deine Kinder missraten, danach kannst du noch den Job verlieren und
dein Haus muss zwangsversteigert werden. Wenn es soweit ist,
kannst du dich endlich mit den blöden Bauern in die ›Dorf-
schänke‹ setzen, und dann nehmen sie dich endlich auf in
ihren Kreis der Versager.«

»Klingt umständlich«, murmelt Vladimir, »da, wo ich herkomme, säuft man Fremde direkt unter den Tisch – und raubt
sie dann aus.«

»Ja, das gibt es bei uns auch«, räume ich ein, »bei uns heißt
es ›zum Schützenkönig ernannt werden‹. War aber keine Op-
tion für meine Eltern. Die liebten sich nämlich und waren ein
ganz tolles Team damals. Obwohl sie komplett unterschiedlich waren. Meine Mutter ist Malerin, weißt du, und sie macht
echte Kunst, also … Jedenfalls hat sie für eine Weile viele Bilder verkauft. In der Stadt. Für viel Geld. Sie hat so viel Geld
verdient, dass mein Vater nicht mehr arbeiten musste. Er hat
seinen Job gekündigt. Obwohl er Beamter war. Zu der Zeit hat

schon kaum noch jemand im Dorf mit meinen Eltern geredet. Das war zuviel für die, denke ich, eine Frau, die ihren Mann aushält. Aber meine Eltern haben sich noch weiter vorgewagt. Mein Vater hat ein Restaurant eröffnet. In einem ganz alten Fachwerkhaus.«

»Ah«, sagt Vladimir. Er glaubt, jetzt schon alles zu wissen. Er weiß gar nichts.

»Nicht ›Ah‹, sondern ›Oje‹. Denn an diesem Punkt dachten sich die Dorfbewohner »So, dann werden wir die blöden Kindermanns doch mal fein ausnehmen, noch bevor sie mit ihrem Gasthof pleitegehen.« Und das haben sie getan. Die Renovierung hat so viel Geld verschlungen, dass meine Mutter das Projekt stoppen wollte, bevor es zu spät war. Aber mein Vater wollte unbedingt eröffnen, und er tat es auch. Alles war fertig, als ich ungefähr fünfzehn war. Und mein Vater hatte kaum noch Geld, schon gar nicht für Personal. Sie haben ihm Angebote gemacht, damit er sein neues Restaurant verkauft, und meine Mutter hat ihn gedrängt, es zu tun. Aber er wollte nicht. Also, die Ehekrise war zumindest da, zur Freude der Bauern.«

Ich trinke einen Schluck Wasser. Genug auf die Landbevölkerung geschimpft. Jetzt bin ich dran: »Also haben mein Vater und ich angefangen mit Kochen. Er hat es sich zuerst selbst beigebracht, dann mir. Und weil ich es irgendwann besser konnte als er, hat er das Kellnern übernommen. Wir haben das Restaurant eröffnet. Italienische Spezialitäten, eher so nobles Zeug, war eben Mitte der Neunziger. Es lief ganz gut. Also, das ›Rossi‹ lief gut. Nicht bei den Bauern, aber viele Gäste, die gutes Essen zu schätzen wussten, und die empfahlen uns weiter. Da kamen welche aus Münster, sogar aus Düsseldorf, nur wegen uns aufs platte Land. Wahrscheinlich auch, weil wir das essen viel zu günstig rausgegeben haben. Ich habe andauernd die Schule geschwänzt, um zu kochen. Und meine Mutter hat nicht mehr mit mir geredet. Aus erzieherischen Gründen. Und weil sie meinte, mein Vater schaufle sein eigenes Grab, und ich helfe ihm dabei. Und mit meinem Vater stritt sie nur noch. Wegen dem Restaurant. Wegen mir. Wir waren keine Familie mehr. Sondern zweigeteilt. Meine Mutter und meine Geschwister auf der einen Seite, auf der anderen Papa und ich.«

Vladimir spürt wahrscheinlich, dass es jetzt wirklich unangenehm wird. Er greift nach meinem Scotchglas und schüttet den restlichen Inhalt in die Palme. Hoffentlich geht die nicht ein davon. Im Prinzip weiß er jetzt, weshalb ich kochen kann. Aber jetzt kann er ruhig noch erfahren, weshalb ich an dem Abend, an dem Raffi zusammengebrochen ist, nicht von meinem sechzehnten Geburtstag erzählt habe. Der war nämlich wirklich für die Tonne.

»Als ich sechzehn wurde, hat meine Mutter dann eingesehen, dass es so nicht weitergeht. Sie hat ein Ultimatum gestellt: Entweder, mein Vater schließt das Restaurant oder sie reicht die Scheidung ein. Das wollte ich nicht. Und mein Vater natürlich auch nicht, ebenso wenig wie meine Mutter. Ich saß also mit meinen Geschwistern zu Hause am Kaffeetisch, und das Telefon klingelte. Meine Mutter nahm es mit in den Flur, und als sie wieder an den Tisch kam, sah sie richtig glücklich aus: Sie sagte: ›Der Papa kommt gleich. Der macht nur noch eine Überraschung fertig für Doris, und dann kommt er. Alles wird gut.‹

Und das haben wir auch alle gedacht. Aber mein Papa kam nicht. Er ging auch nicht mehr ans Telefon. Erst als die Feuerwehr vorbeifuhr, war klar, dass was passiert sein musste. Meine Mutter ist hinterhergefahren, wir sollten im Haus bleiben, hat sie gesagt. Sie hat uns sogar da eingeschlossen. Meine kleine Schwester hat geweint. Die ganze Zeit. Und mein Bruder ist in sein Zimmer gegangen. Ich habe die Torte aufgegessen. Die ganze.«

Ich muss Vladimir nicht erzählen, dass das Restaurant abgebrannt ist. Und mein Vater darin verkohlt ist. Ich muss ihm auch gar nicht sagen, wie es weiterging auf dem Dorf. Sie haben sich alle das Maul zerrissen. Die eine Hälfte war sich sicher, dass meine Mutter das Haus angezündet haben musste, aber es gab auch Spekulationen, dass mein Vater diesen warmen Abriss geplant hatte, weil er pleite war. Und meine Mutter abkassieren würde bei der Versicherung. An einen Unfall glaubte keiner. Es gab auch Leute, die dachten, ich hätte das »Rossi« abgefackelt, weil ich nicht mehr dort kochen wollte. Aber als sie sahen, wie ich litt, immer schlimmer, einigten sie sich darauf, dass meine Mutter die böse Hexe war, die ihren Mann erst vergrault und ihn dann verbrannt haben musste. Zu gerne hätten sie es gehabt, wenn sie sich bei Nacht und Nebel davongemacht hätte auf ihrem schwarzen Pferd. Tat sie aber nicht. Und irgendwann konnte sie es auch gar nicht mehr.«

»Doris«, fragt Vladimir, nach einer Ewigkeit, »warum ist Gunnar hierhergekommen. Zu dir?«

Interessante Frage. Ich weiß es nicht genau. Es kann sein, dass er einer von den dummen Jungs war, die Mamas Pferd vergiftet haben. Vielleicht, weil sein Vater die Elektrik in unserem Restaurant verlegt hat. Es hat sich nie herumgesprochen, aber es war offensichtlich ein einfacher Kabelbrand, der dafür sorgte, dass das Haus innerhalb von Minuten zerstört wurde. Alles Holz.

Im besten Fall habe ich Gunnar einfach nur leidgetan, damals, als ich immer fetter und fetter wurde, bis ich nicht mehr auf die Stühle in der Schule gepasst habe. Ich war sein Projekt, und er hat es erfolgreich zu Ende gebracht. Beim Abiball habe ich in das Kleid meiner Träume hineingepasst und habe mit dem coolsten Jungen der Schule die Nacht durchgetanzt.

Cinderella Kindermann, das war ich an diesem Abend. Und danach noch drei Wochen lang mit Gunnar zusammen.

Ich weiß wirklich nicht, wieso er jetzt hierher kam. Um zu sehen, ob es mir gut geht? Ob es ihm gut gehen darf? Weil ich vielleicht doch die einzige Frau für ihn war, bis er Katja in Chemnitz getroffen hat? Hat ihm sein Therapeut dazu geraten, mich aufzusuchen, bevor es zu spät ist? Kann alles sein, ich habe versäumt, ihn das zu fragen.

»Schätze, er hat mich mal geliebt. Früher«, beschließe ich, und Vladimir fährt sich mit den Händen über den Kopf, der so kahl ist wie meiner.

»Ich war ein Idiot, dir die Gitarre zu schenken, Doris. Aber ich dachte, so wie du liebst unser ›Dead Horst‹, wir könnten weitermachen… zusammen. War Scheißidee, was?«

Ich muss lachen und werde gleichzeitig wütend: »Ja, ich wünschte wirklich, du hättest mich einfach gefragt, statt einfach immer alles im Alleingang zu regeln. Heimlich. Als wärst du der allmächtige Gott, der alles lenken kann, nach seinem Willen. Das war eine Scheißidee, Vladimir. Warum hast du nicht einmal die Karten auf den Tisch gelegt? Du wusstest das doch längst, mit Raffi. Und Marie. Und du wusstest auch von Anfang an von Katja und Gunnar.«

Jetzt bin ich nur noch wütend: »Warum hast du mir das nicht einfach gesagt?«

Vladimir lässt die Schultern hängen und murmelt: »Bin altmodisch, schätze ich.«

Nein, altmodisch ist nicht das richtige Adjektiv, das ist nicht ausreichend, Vladimir Romanow, ganz und gar nicht:

»Du bist nicht altmodisch, du bist gemeingefährlich. Du hast Katja und Gunnar schuften lassen in der Kneipe, hast sie erpresst. Oder was sollte das sonst mit dem Zahn, den du aus der Manteltasche hervorzauberst? Du hast sie für dich arbeiten lassen, Katja hat wahrscheinlich ihr ganzes Geld ausgegeben für die furchtbaren Fliesen. Du hättest es sogar riskiert, dass Katja ihren Andi heiratet und dem ein Kuckucksei ins Nest legt. Du hättest sie leiden lassen, alle drei, für den Rest ihres Lebens...«

Vladimir setzt sich. Auf den Boden, direkt vor mich. So kann ich nicht aufstehen und weggehen. Was ich dringend tun sollte. Was mache ich noch hier?

Vladimir blickt zu mir hoch. Es stimmt etwas nicht mit ihm. Er hat seine Augenbrauen getrimmt. »War keine Erpressung, Doris. War Chance. Gunnar und Katja hätten dir so oft sagen können, dass sie eine Affäre hatten. Ich wusste nicht, dass Katja schwanger ist und Andi so ein großer Trottel. Und du, du hättest auch erraten können, dass sie dich betrügen. Beide. Sehr oft.«

Hätte ich. Ich eitles kleines Ding. Ich blinde Kuh.

»Vladimir, was wird das hier? König Drosselbart?«

Vladimirs Brauen treffen sich nicht mehr in der Mitte, auch, wenn er sie angestrengt nachdenkend zusammenschiebt. Aber sonst sieht es sehr natürlich aus, nicht zu weibisch. Eben auch ein echter Kerl, der Vladimir. Denen muss man auf die Sprünge helfen, habe ich kürzlich gelernt:

»Lass mich die Frage anders formulieren, Vladimir: Bist du in mich verliebt?«

Okay, okay, schon klar. Blöde Frage.

Ich kann ihn jetzt nicht ansehen. Schaue mich im Raum um. Gut, dass hier so viele Bücher rumstehen, da gibt es viel zu gucken. Alles in kyrillischer Schrift, wie ich bemerke. Ich mag ja die russische Sprache. Wahrscheinlich, weil ich sie nicht verstehe. Ich mag auch Vladimir. Aber ich bin nicht in ihn verliebt, nein. Ich liebe ihn nicht. Ich kenne ihn ja gar nicht. Wir haben auch überhaupt gar keine Gemeinsamkeiten. Gut, wir stehen auf dieselbe Musik. Und haben beide geschorene Köpfe. Eine hervorragende Basis, für was auch immer. Was weiß ich von einer guten Basis? Ich weiß nur, wie es nicht funktioniert. Jetzt muss ich ihn doch wieder ansehen, er schaut weg. Aber er kann mich ja gut hören, wozu hätte er sonst so große Ohren?

»Vladimir, du wirst diesen Kasten hier, den du wahrscheinlich geerbt hast, nicht verkaufen und gegen das ›Dead Horst‹ tauschen. Was für ein Schwachsinn. Was hattest du denn als Nächstes vor, mir die Augen verbinden, mich zum ›Horst‹ entführen und mir dann die halbe Kneipe schenken? Und sie dann wieder so herzurichten, wie … wie vor zwei Wochen? Das hätte doch nie geklappt, Vladimir.«

Er hatte es bestimmt lieb gemeint. Er wäre über Leichen gegangen für unsere Kneipe. Vielleicht haben wir ja doch mehr gemeinsam, als ich bisher angenommen habe. Jetzt vielleicht noch ein vernünftiges Argument, Frau Kindermann? Ein versöhnliches Wort zum Sonntag wenigstens: »Und abgesehen davon, dass ich tatsächlich nie eine Kneipe führen sollte, was du nicht wissen konntest: Es hätte nie ohne Raffi und Marie funktioniert. Und es hat auch *mit* Raffi und Marie nicht mehr wirklich hingehauen. Seit Jahren nicht mehr. Freunde sollten niemals zusammen eine Kneipe aufmachen. Gute Freunde nicht zumindest.«

Vladimir schweigt. Elegant aus der Nummer herausmanövriert, Frau Kindermann.

Außerdem viele wahre Worte gesprochen: Man tauscht nicht groß gegen klein. Außer man heißt Gunnar und sagt Worte wie »supi«.

Und das »Dead Horst« ist wirklich schon lange nicht mehr das, was es mal war. Jemandem, der nicht trinkt, hätte das längst auffallen müssen. Und letztlich …

»Was machen gute Freunde miteinander, wenn sie keine Kneipe retten?«, fragt Vladimir leise.

Da bin ich wirklich überfragt. Meine eine gute Freundin hat sich nach Portugal verabschiedet, zusammen mit dem einzigen Mann, den ich als meinen guten Freund betrachte, obwohl er mich belogen hat, was sein Krankheitsbild angeht. Meine beste Freundin bekommt ein Kind von meinem Exfreund.

Sieht so aus, als wäre das Hegen und Pflegen von Freundschaften nicht mein Fachgebiet.

Vladimir reicht mir ein Taschentuch aus Stoff, mit Monogramm. Ich zögere, es zu benutzen.

»Mach ruhig, Doris. Man kann es waschen. Muss man sogar, wegen der Bakterien.«

Ach ja, gute Freunde können einen immer aufheitern. Und sie sind ehrlich zueinander. Erzählen sich, was so los ist. Sobald sie mit dem Heulen aufhören können.

»Du erinnerst dich an Ludi, oder? Der wollte sich umbringen. Ist jetzt in so einer Klinik. Wirklich. Nicht so wie Raffi«, schniefe ich. Vladimir legt mir den Arm um die Schulter. Ein gutes Gefühl, aber sehr, sehr ungewohnt.

»Warum wollte er das tun?«

»Weil er schwul ist. Oder sechzehn. Oder beides.«

Als gute Freundin bringe ich Vladimir zum Lachen: »Gibt schlechtere Gründe.«

Stimmt.

»Nicht mehr leben zu wollen, nur weil man nicht mehr sechzehn ist«, schlage ich vor, Vladimir ergänzt: »Oder leider nicht schwul.«

Schön, so ein Wintergarten. Vor allem, wenn hinter den Fenstern ein Park liegt und man der Sonne beim Untergehen zu-

sehen kann. Kann man gar nicht, das ist schon der Sonnenaufgang. Noch viel schöner. Könnte man sich dran gewöhnen.

»Und, bleibst du jetzt hier wohnen?«

Vladimir schüttelt den Kopf: »Wozu? Ich bin ein freier
Mann. Keine Kneipe mehr, auf die ich aufpassen muss. Ich
kann gehen, wohin ich will. Wann ich will.«

Das kann er. Er hat es ja gelernt, das Gehen. Und ich vermute, er ist sehr schnell dabei.

»Aber bevor du abhaust, gebe ich dir noch Felix' Gitarre zurück.«

Da bestehe ich drauf. Ich will nie mehr auf das Geld von
Freunden angewiesen sein.

»Kannst du mir abkaufen, Doris. Zum Einkaufspreis. Dreihundertneunundsechzig Euro siebzig.«

Ich fasse es nicht: »Du verdammter Fuchs! Hat er nicht versucht, mehr als seine Schulden rauszuholen?«

Vladimir streckt sich, seine Unterschenkel ragen über das
Feldbett hinaus: »Ich kann sehr überzeugend sein, Doris.«

Oh ja, das kann er.

Er tippt mit seinem Fuß gegen meinen Stiefel. »Vielleicht
gehe ich nach Australien, noch einmal. War lange nicht mehr
dort. Und ich frage nur: Du magst nicht mitkommen, oder,
gute Freundin?«

Was soll ich denn da? Was soll ich hier noch? Darauf hoffen,
dass Ludi sich bei mir meldet? Das kann dauern. Ich könnte
ewig darauf warten. Werde ich wohl tun müssen, wenn ich zu
meinem Wort stehen will. Und das will ich.

Auf der anderen Seite: Es gibt Telefone. Und Internet. Wenn
ich die Gitarre verkaufe, habe ich so viel Geld, dass ich jederzeit, von jedem Flughafen der Welt hierher zurückfliegen
könnte. Sogar von Australien aus.

Schöne neue Welt. Schönes neues Leben.

»Ich komme dich besuchen, okay, guter Freund?«

»Bald?« Vladimir versucht das neue Gesicht. Es ist ganz gelungen, aber eben nicht so überzeugend wie das alte. Ich sollte ihm Zeit geben, um daran zu arbeiten.

»In Australien ist jetzt Winter, Vladimir. Da würde ich mich doch um einen Sommer betrügen, wenn ich dich schon im Juli besuchen käme.«

Vladimir kneift die Augen zusammen: »Du hast vollkommen recht, Doris, man darf sich nicht selbst den Sommer klauen. Dann kommst du im November und hast dann einen Doppelsommer. Ich warte auf dich.«

Doppelsommer klingt gut. »Ich warte auf dich« klingt ... verrückt.

»Man darf nicht zu lange auf jemanden warten, Vladimir, das geht nicht gut, glaub's mir.«

Vladimir nickt langsam: »Ich warte nur eine Weile.«

Eine Weile dauert also von Juni bis November. Beziehungsweise bis zum Doppelsommer.

Hätten wir das auch endlich geklärt.

Mein Dank geht

an die Agentur Molden, ganz besonders an Peter Molden. Ohne seinen Zuspruch, sein Gespür, sein kritisches Auge und seinen Mut, vorurteilsfrei auch in ganz fremde Welten einzutauchen, hätte ich das nie geschafft.

an Matthias Bischoff, für seine Begeisterung, seinen Humor und seine Geduld.
Ich hoffe sehr, mit ihm noch oft über Musik, aber nie wieder über Anführungszeichen diskutieren zu dürfen.

an Bernd Gieseking, für den entscheidenden Hinweis.

an Jess Jochimsen, fürs Lesen und Lesen lassen.

an Henry Rollins und Antje Herden und alle anderen, die für Worte brennen.

an Christine Brinkmann und Penny, die immer geholfen haben, wenn es brannte.

an Marina Barth, Christian Bartel und alle anderen Rocker & Reader.

an Sabine, Annette, Nic und Mary. Nicht zuletzt dafür, dass wir immer noch sechzehn sind, wenn es drauf ankommt.

an Antje, für Monster Magnet und soviel mehr.

an Simone, dafür, dass sie mir nicht nur die Haare schneidet, sondern auch den Kopf wäscht.

an Dagmar, ohne dich wäre ich weder wüst noch rot. Danke dafür, dass du jederzeit Herz und Hirn mit mir teilst.

Ich danke meiner Kneipe, dass sie überhaupt nicht so wie das »Dead Horst« ist.

Ich danke meiner Familie unendlich, dass sie genau so ist, wie sie ist.

Rainer danke ich für alles.